Cafard, vertiges
et vodkas glace

Kate Christensen

Cafard, vertiges
et vodkas glace

FRANCE LOISIRS

Titre original : *In the Drink*.
Publié par Doubleday, New York.

Traduit de l'américain par Christine Barbaste.

Tous les personnages de ce livre sont fictifs, et toute ressemblance avec des personnes réelles, vivantes ou mortes, serait pure coïncidence.

Édition du Club France Loisirs,
avec l'autorisation des Éditions Belfond.

France Loisirs,
123, boulevard de Grenelle, Paris
www.franceloisirs.com

Tous nos remerciements pour l'autorisation suivante :
extraits tirés du recueil de T.S. Eliot, *La Terre vaine*
(in *Poésie*) [édition bilingue, traduit par Pierre Leyris],
© Éditions du Seuil, 1947, 1950, 1969).

Pour Jon

On est en droit d'attendre un peu de patience de qui n'a jamais connu d'échec ni traversé de mauvaise passe.

1

« Chère Mrs Skye, étais-je en train d'écrire un après-midi, merci infiniment pour votre lettre tout à fait passionnante. Je suis, bien sûr, très touchée que mon dernier livre vous ait plus autant que le premier, mais je suis également ravie d'apprendre que vous partagez mon point de vue concernant l'établissement de la peine de mort dans tous les États. »

J'ai cessé d'écrire, j'ai bâillé, je me suis calée contre le dossier de ma chaise et je me suis mise à fixer le plafond, avec la même intensité que si j'implorais le ciel de m'envoyer la pluie, ou de l'aide. Dans les tulipes de verre du lustre, j'ai remarqué de petits amas de papillons de nuit, morts, aussi secs et minuscules que des écailles de peinture grise. Je les ai regardés un certain temps à travers le verre, en m'interrogeant distraitement. Pourquoi, tandis que le feu existait depuis des milliers d'années, les papillons de nuit se laissaient-ils encore piéger par les lampes, les cheminées, les flammes de bougie et autres lanternes et réverbères ? L'évolution n'avait-elle pas pour projet, précisément, de remédier à ce genre de choses ? Après tout, si l'espèce était trop stupide pour le piger, les papillons de nuit méritaient bien de rôtir misérablement sur les ampoules électriques.

J'ai de nouveau bâillé et parcouru des yeux le paragraphe que je venais d'écrire. Rien, absolument rien là-dedans ne valait la peine d'être lu. Il était une heure et demie de l'après-midi. Je quittais mon travail à cinq heures. Des images de la soirée de la veille ont surgi dans ma tête, avant de s'estomper : l'International Bar, le contraste des lambris sombres et des patines coquilles d'œuf sur les murs tendus de guirlandes lumineuses, le visage de mon amie Frieda éclairé d'un rire, de l'autre côté de la table.

« Claudia ! Tu me fais marcher ! Tu inventes. »

Souvent, après quatre ou cinq verres, je me retrouvais en train de raconter des histoires au sujet de Jackie. L'hilarité qu'elles provoquaient auprès de mon auditoire avait le don de me réconcilier avec mon travail. Ensuite, je rentrais chez moi le cœur léger, je sombrais dans un sommeil profond, et je me réveillais le lendemain avec le sentiment d'être une pâquerette tout juste éclose au milieu d'une prairie ensoleillée, pleine de l'espoir tout neuf qu'aujourd'hui serait peut-être le jour où ma vraie vie commencerait.

L'évidence qu'il n'en était rien — et n'en serait rien de sitôt — s'abattait sur moi chaque jour vers une heure de l'après-midi. En ce moment, elle était précisément en train de frapper.

« C'est une évidence, ai-je repris, qu'on gaspille l'argent des contribuables pour maintenir en vie des assassins, alors que ces sommes seraient mille fois

8

mieux employées à renvoyer chez eux les immigrés clandestins, et à assurer, dans les rues, la sécurité de citoyens respectueux de la loi comme vous et moi. C'est pour des lectrices intelligentes et réfléchies comme vous que j'écris mes livres. Je vous remercie encore de votre si aimable lettre. Avec mes plus chaleureux encouragements, Genevieve del Castellano. »

J'ai imprimé la lettre et je l'ai ajoutée à la pile d'inepties prétentieuses qui attendaient la signature de Jackie. Quand j'ai frappé à la porte de sa salle de bains, elle a répondu avec impatience : « Eh bien, mais entrez donc, Claudia. »

Je l'ai trouvée assise sur les toilettes, dans le plus simple appareil. Son postiche dans les mains, la bouche pleine d'épingles à chignon, elle téléphonait, le combiné coincé contre l'épaule. Sa peau fripée, aussi fine qu'un mouchoir en papier, pendouillait de partout. Ses vrais cheveux, relevés en houppe sur le sommet du crâne, lui donnaient un air d'oiseau exotique déplumé. Tout autre qu'elle, à sa place, aurait été dans une position désavantageuse.

« Excusez-moi une seconde, Jimmy. »

Elle a posé le téléphone sur le rebord de la baignoire, tiré la chasse d'eau et enfilé un peignoir — pour avoir chaud, ça ne faisait aucun doute, et non par pudeur. Puis, sans se presser le moins du monde, elle a épinglé son postiche, tout en poursuivant sa conversation avec Mr Blevins. J'en ai profité pour penser à ce que j'avais à faire ce jour-là.

« Jimmy très cher, excusez-moi deux petites secondes », a-t-elle tout de même fini par dire. Elle a reposé le téléphone sur le couvercle du panier à linge, elle a chaussé sur le bout du nez la paire de lunettes de lecture que je lui tendais, et elle s'est mise à parcourir les lettres. Le postiche était cramponné à son crâne comme un petit animal terrorisé.

« Claudia ! Je vous l'ai dit des milliers de fois ! Vous devez donner à ces gens leurs titres complets. *Ambassadeur* Bob Stevens. »

Propulsé par le sifflement d'« ambassadeur », un postillon est venu atterrir sur mon nez.

J'avais délibérément spolié cet ambassadeur-là de son titre parce qu'il comptait parmi ses plus vieux amis. Et parce que, ayant entendu Jackie — d'une autre humeur et en d'autres circonstances — déplorer les formalités, celle-là m'avait paru superflue. Cet argument, néanmoins, ne m'était d'aucun secours : Jackie n'avait pas une once de patience à consacrer à la démonstration par l'exemple de sa versatilité. Et, de toute façon, n'aurais-je pas dû être capable d'anticiper sur les standards du jour ?

« Je suis désolée, ai-je répliqué entre mes dents. Je vais rectifier.

— Vous, les jeunes Américaines, vous êtes tellement ignorantes ! Imaginez un peu ce qu'il penserait de moi ! Ce n'est pas votre faute, je le sais bien, mais il vous manque vraiment la sophistication des jeunes filles européennes ! Allez, donnez-moi ça. »

Elle m'a arraché le stylo des mains et elle a gratté dans le tas de lettres, en griffonnant au bas de chacune un paraphe excédé. Je l'ai regardée faire sans un mot, jusqu'à ce qu'enfin elle me restitue le tout.

« Jackie, ai-je dit d'une voix aimable, votre postiche est de travers.

— Mon quoi ?

— Vos cheveux. Ils penchent. »

Avant de riposter, elle a gratifié les miens d'un regard on ne peut plus chargé en sous-entendus.

« Qu'est-ce que vous attendez ? Vous avez du pain sur la planche. » Elle a happé le combiné. « Jimmy très cher, je dois vous quitter, il y a cette jeune fille, qui a besoin que je lui montre... Oh, enfin, peu importe ! À ce soir. »

Le malheureux Jimmy Blevins avait entendu toute notre conversation, mais, même s'il avait pertinemment compris que j'avais besoin de Jackie autant que d'un coupe-coupe en travers de la gorge, il était fort improbable qu'il ose mettre ses paroles en doute. Jimmy était un homme petit, banal et grisonnant, toujours vêtu d'un complet, mais, d'après Jackie, il était le meilleur danseur de tout New York, et lorsqu'il la serrait contre lui, m'avait-elle avoué une fois, il était sujet à des érections. Qu'elle puisse les provoquer de la sorte la flattait. Elle se plaignait : « Ce Mr Blevins se fait toujours donner des fleurs pas fraîches, tous les pétales de celles qu'il m'a apportées hier sont déjà sur le tapis » — Jimmy Blevins possédait une entreprise de pompes funèbres, mais que cela pût valoir pour explication ne semblait jamais l'effleurer. Elle disait encore : « Je ne peux pas emmener Jimmy à ce dîner, il ne présente pas assez bien. Qu'est-ce que les gens penseraient ? » Toutefois, s'il omettait de l'appeler pendant quelques jours, Jackie « disparaissait » mystérieusement — elle était coutumière du fait — et elle me priait de lui faire dire par sa secrétaire qu'elle était « de retour en ville ».

J'ai regagné mon bureau-salle à manger et je me suis effondrée devant l'ordinateur. Elle ne pourrait donc jamais se contenter de signer ces fichues lettres, point ? Je me suis mise à réfléchir à ce que je boirais en rentrant. Il y avait de la vodka dans le placard, et quelques jours plus tôt j'avais planqué une bouteille de gin à moitié pleine en lieu sûr. Mais où exactement ? Dans le tiroir de sous-vêtements ? Sous l'évier ? Peu importe. Où que ce soit, elle y était toujours. J'ai savouré mes hésitations du bout de la langue : avec la vodka, c'était simple et sans histoires, on était engourdi tout en restant lucide ; dans le gin, les baies de genièvre caressaient le palais d'une chatouille onctueuse, et expédiaient vers ces pics hallucinatoires qui avaient parfois le don de me faire sortir de moi-même. Malheureusement, le gin était traître, il pouvait se retourner contre vous si vous n'étiez pas prudent. Et qui avait envie d'être prudent ?

Le téléphone a sonné.

« Secrétariat de Genevieve del Castellano, ai-je annoncé de ma plus belle voix de gorge.

— C'est l'horreur, a dit William. Impossible de me concentrer. Et ça ne fait qu'empirer. »

Une double spirale de joie et de désespoir s'est entortillée en moi.

« Je vois très bien ce que tu veux dire. J'ai exactement le même problème.

— Oh non !

— Si, si, je t'assure.

— Non, a-t-il tranché dans un quasi-grognement. C'est impossible, parce que toi, tu ne travailles pas avec Devorah.

— Devorah... »

William a pris ça pour un signe d'intérêt de ma part, et il a aussitôt développé : Devorah était une héroïne de roman de gare incarnée, une pin-up tout en seins, dotée, en prime, d'un diplôme d'assistante juridique et récemment engagée dans son cabinet. Pour la première fois depuis que je le connaissais, William a employé les mots *peau mate* et *ensorceleuse*.

« Ensorceleuse... », j'ai répété, désespérée.

Devorah avait, qui plus est, vingt-deux ans. Ces derniers temps, sur les trottoirs, dans les bars, j'avais commencé à remarquer la toute nouvelle éclosion de filles jeunes. Je me sentais évincée, bizarre. La biologie est cruelle. Je le savais aussi bien que quiconque et je n'avais pas besoin qu'on me le rappelle. Surtout pas William.

Il a lâché un petit rire.

« Tu crois que je devrais lui demander de venir dans mon bureau et la culbuter sur un classeur ? »

L'évidence crevait les yeux : William était prisonnier d'une illusion dans laquelle j'étais sa bonne copine, sa confidente, sa comparse en affaires galantes.

« Non », ai-je répondu. Ce qui l'a fait éclater de rire.

Depuis des années, William et moi discutions en toute franchise et sans rien omettre des garçons et des filles qui nous plaisaient, de ceux ou de celles avec qui on couchait, ou qu'on essayait de faire décamper de nos vies. Au printemps dernier, j'étais sortie pendant plusieurs mois avec John Threadgill, un de ses vieux amis, et lui, de son côté, ne m'avait épargné aucun détail : je savais tout de ses sentiments confus pour Margot Spencer, et pour les innombrables filles jeunes, impeccablement pomponnées et impardonnablement dénuées d'humour, qui défilaient dans sa vie, qui l'obsédaient, et qu'il finissait par laisser tomber.

Toutes ces confidences me faisaient mal au cœur, parce que, depuis environ un an, j'étais moi-même amoureuse de William. Bien sûr, je ne lui en avais rien dit. Je ne tenais pas à mettre notre amitié en péril, encore moins à le faire fuir. De toute façon, je n'avais pas eu le choix : ce sentiment avait pris possession de moi comme une fièvre et, comme elle, il se dissiperait. En attendant que sonne l'heure de la délivrance, tout ce qui était en mon pouvoir, c'était de dépêcher les troupes pacificatrices de la raison vers mes hormones.

« Tu veux qu'on se retrouve chez Georges ce soir ? Gus a bien envie de nous rejoindre. Je viens juste de l'avoir au téléphone.

— Gus ? » me suis-je étonnée, mais en me gardant bien de protester. Pour des raisons qui m'échappaient du tout au tout, William adorait Gus et, quand il adorait quelqu'un, William faisait preuve d'une loyauté quasi pathologique. J'étais prête à parier que Gus, exactement pour la même raison, se mordait lui aussi la langue chaque fois que mon nom venait sur le tapis. Impassible, j'ai repris :

« D'accord, je te retrouve chez Georges.

14

— Claudia, faut que je te laisse, j'ai quelqu'un en attente sur l'autre ligne. Vers neuf heures, ça marche ?

— Ça marche. Et bas les pattes avec les mineures. »

Mais il avait déjà raccroché.

Je suis allée ouvrir aussi grands que j'ai pu les doubles battants de la fenêtre et je me suis penchée au-dessus de la cour. Une odeur de feuilles sèches flottait dans l'air, sur fond de gaz d'échappement de diesel. Une rafale de vent est montée de la cour avec un petit gloussement et a fait vibrer les feuilles du lierre sur leurs tiges. Le ciel était en train de s'obscurcir. Le découragement de l'après-midi sur son déclin semblait promettre quelque séduisante aventure nocturne, si seulement je parvenais à tenir jusque-là.

Un coassement m'est parvenu aux oreilles. De sa chambre, Jackie parlait à sa secrétaire — moi, en l'occurrence. Je me suis écartée de la fenêtre et j'ai laissé le son de sa voix me guider jusqu'à elle pour voir ce qu'elle me voulait encore. Ce qui m'attachait à Jackie, ce qui me conduisait ici chaque jour et me reconduisait chaque soir jusqu'à mon petit appartement, jusqu'aux évasions nocturnes que je me concoctais, c'était une force centrifuge si bien ancrée en moi que tous mes réflexes corporels s'étaient calés sur elle. Si j'en étais brutalement sevrée, j'imaginais que j'allais tituber, et m'effondrer.

J'étais arrivée à New York neuf ans auparavant, fraîche émoulue de la fac, pleine d'enthousiasme et animée d'un projet : devenir journaliste. Il avait suffi d'un bref passage dans les bureaux aux moquettes douteuses d'une des gazettes de la ville, à taper des trucs pour des cinglés bronzés à outrance qui se plantaient devant moi en bavant, pour que les rêves de gloire de Claudia Steiner, Reporter sur le Vif, s'évaporent dans la couche d'ozone. Le mordant, l'urgence chauffée à blanc, les cigarettes à la chaîne, le bagout tonitruant de l'échotier : l'indispensable mélange, chez moi, refusait de prendre.

J'avais donné ma démission. Après ça, je trimballais partout avec moi un vide dans la poitrine, là où aurait dû se loger l'ambition de réussir. Le monde professionnel, comme s'il percevait cette vacuité en moi, me présentait une face lisse sur laquelle je n'avais aucune prise. J'avais navigué d'un job à un autre : réceptionniste, nounou pour chiens, scénariste de téléphones roses, secrétaire intérimaire, serveuse, femme de ménage, intérimaire de nouveau. Chaque fois que je laissais tomber un de ces jobs, je contemplais, éblouie, le monde autour de moi, et je respirais avec avidité de grandes bouffées d'air frais avant de me jeter, tête baissée et la mort dans l'âme, dans le job suivant. Ce qui m'avait maintenue à flot, tout au long de ces interludes aussi sinistres qu'exténuants, c'était de savoir avec quelle rapidité, quelle facilité, je m'effacerais de leur conscience, tout comme eux s'effaceraient de la mienne lorsque, six mois plus tard, j'irais voir ailleurs.

Jamais je n'avais eu l'intention de transformer ma vie en un tel champ de ruines. Les choses s'étaient aggravées par paliers ; j'avais senti s'élargir, un peu plus chaque jour, le fossé qui me séparait de cet univers parallèle où attendait la vie que je m'étais mitonnée en songe, tourbillon excitant, passionnant de voyages, de dîners fabuleux et de travail gratifiant. Au fil des ans, j'avais commencé à éprouver un plaisir pervers à observer jusqu'à quel point ma vie pouvait empirer avant le chaos final, et — corollaire intéressant — jusqu'à quel degré de sévérité j'étais capable de punir cette arrogance démesurée qui avait été la mienne : n'avais-je pas osé penser que mon potentiel inexploité et mon vague désir de réussir pouvaient présenter un quelconque intérêt pour tout autre que moi ? Comme j'étais à court de nouvelles options, cette expérience me tenait lieu, en quelque sorte, de substitut d'ambition.

Trois ans auparavant, j'en étais arrivée à travailler pour Genevieve del Castellano, personnalité en vue de la haute société et auteur de best-sellers. J'y étais toujours. J'avais mes raisons, mais c'était bien là tout ce que j'avais.

Jackie, en robe de cocktail noire, était en pleine séance d'essayage devant son mur de miroirs. Elle s'est retournée pour me présenter son dos. La fermeture Éclair s'était coincée à mi-chemin de sa destination, et la peau débordait du tissu.

« Ça va aller », a-t-elle dit d'un ton serein, en ramenant ses omoplates vers le milieu du dos dans un mouvement d'ailes.

La fermeture s'est plantée dans mes doigts et n'a rien voulu entendre. Jackie a rehaussé ses seins dans le corsage et rectifié son port d'épaules.

« Essayez à nouveau, maintenant. »

Cette fois, la fermeture a glissé, docile. Jackie a

esquissé quelques pas de valse fantaisistes, en fredonnant et en faisant virevolter sa jupe ample. Elle était aussi petite et menue qu'une jeune fille, et cette voix rauque et atone révélait tant de candeur que je n'ai pas pu réprimer mon rire. Quand je riais d'elle, elle prenait toujours l'air un peu sidéré, et flatté aussi, comme si les gens ne la trouvaient que rarement drôle. Elle s'est mise à rire avec moi, bien que manifestement sans trop savoir pourquoi.

« Est-ce que cette robe me grossit ?

— Pas le moins du monde. »

J'étais tout à fait honnête.

« C'est une antiquité, vous savez », a-t-elle précisé, ravie. Nous nous sommes souri. « Je l'ai fait faire à Paris il y a vingt ans. Ce n'est pas comme ces robes des couturiers d'aujourd'hui, qui se désintègrent dès la seconde fois que vous les portez. »

La robe suivante s'est laissé enfiler sans résistance. C'était un modèle à paillettes, dont elle venait de passer commande à un styliste de ses amis. Le bas était raide et crénelé ; le haut, imaginé comme une coquille, se figeait en avant de sa poitrine, sans la toucher. Un seul regard vers le miroir lui a suffi pour décréter : « C'est absolument hideux.

— Mais pas du tout, c'est magnifique », j'ai protesté avec une emphase sincère. Je savais pourtant très bien ce qui allait suivre.

« Claudia, s'il vous plaît, épargnez-moi votre condescendance. Même un *enfant* verrait à quel point cette robe est immettable. Ah ! J'aimerais pouvoir la renvoyer dans l'instant.

— Dois-je les appeler ? »

Lentement, une vision de plan foireux a enflé comme une bulle dans ma tête avant d'éclater contre mon crâne. À mon immense soulagement, Jackie a répondu : « Juanita sera peut-être capable de découdre les paillettes, ou de la reprendre, ou de... Enfin, on verra. » Et, tandis que je l'aidais à se déshabiller, elle a enchaîné : « Au fait, Claudia, le nouveau serveur que nous avions engagé pour mon dîner, hier soir, figurez-vous qu'il était *noir* ! Il était noir, mais *noir* ! Comme vous n'en avez jamais vu ! Mon Dieu ! J'en suis restée bouche bée. Il avait pourtant l'air très bien, au téléphone, non ? Un homosexuel, sans doute, c'est pour ça. Ils ont tous la même voix. Je ne pouvais absolument pas lui demander de partir, mes invités commençaient à arriver. J'ai dû passer le plus clair de ma soirée à l'office. Je n'allais tout de même pas le laisser seul avec l'argenterie ! Et j'ai été obligée de servir la plupart des plats moi-même. Il était hors de question qu'il touche quoi que ce soit avec *ces* mains-là, car inutile de se demander *où* elles étaient passées avant, et maintenant ils ont tous le sida. Vous *imaginez* ? »

Le pire était que là, dans cet appartement fossilisé et hermétique à l'égal d'un caveau, je n'*imaginais* que trop bien la scène.

« C'est épouvantable », me suis-je entendue répondre d'un ton compatissant.

Jackie est repartie s'affairer dans la salle de bains, bien loin de soupçonner qu'après ce petit échange le dégoût de moi-même me secouait les tripes. Je m'étais dégonflée. J'avais compati. J'avais approuvé sa vision du monde et d'elle-même. D'un point de vue technique, cette complicité ne nuisait à personne, mais ses implications générales et historiques ne m'échappaient pas. J'aurais dû lui rétorquer que son nombrilisme confinait à la démence. J'aurais dû prendre la défense du malheureux serveur.

J'ai regagné mon bureau d'un pas traînant. Quelques instants plus tard, quand j'ai entendu le flip-flap des mules traverser le salon, je me suis jetée sur le clavier en prenant l'air affairé, alors qu'une seconde plus tôt j'étais en train d'éliminer les fourches de mes cheveux en méditant avec morosité sur mon manque de caractère.

« J'ai un projet qui va nous occuper », a annoncé Jackie.

Nous avons consacré tout le reste de l'après-midi à trier les photos pour *Un privé en décolleté*. Ces documents étaient censés accréditer la véracité de l'histoire. Mais Jackie n'autorisait la publication, dans ses livres, que des seules photos où elle apparaissait entièrement à son avantage. Peu lui importait qu'il n'en soit pas de même pour tous les autres, ou que le cliché ait ou non un rapport avec l'intrigue et les personnages concernés. Du coup, ces cahiers d'illustrations formaient un assemblage curieusement assorti de personnes sans lien les unes avec les autres, de scènes incompréhensibles, et de visages flous que seule la légende en bas de page permettait d'identifier. Leur autorité collective servait à garantir au lecteur que l'auteur et la narratrice n'étaient qu'une seule et même femme. Pimpante, rayonnante, impeccablement coiffée, Jackie régnait sur les bigleux, les décapités, les puissants déchus et les illustres inconnus.

Avec mon aide (qui consistait pour l'essentiel à dire soit « Magnifique », soit « Pas à votre mieux »), Jackie a sélectionné pour le livre en cours un certain nombre de photos et de clichés de journaux, où elle figurait en compagnie de plusieurs des personnages les plus célèbres qui y étaient cités. Sur les photos, on voyait ces gens se livrer à des activités qui collaient assez bien à celles qui les occupaient dans le récit : ils déjeunaient, jouaient au golf, chassaient, faisaient du bateau et souriaient, par petits groupes débordants d'autosatisfaction, à des bals de charité et à des réceptions. Du cadre doré qui trônait d'ordinaire sur la table de chevet de la chambre d'amis, Jackie a extrait le joyau de cette collection particulière : Jackie et Giancarlo del Castellano avec leurs très chers amis Ferdinand et Imelda Marcos, photo prise à Manille en 1977.

« Le voyage aux Philippines est au chapitre sept, m'a précisé Jackie, comme si ce n'était pas moi qui l'avais placé là. Giancarlo et le président Marcos s'entendaient merveilleusement bien. Ferdinand n'était pas tout à fait aussi mauvais que ce qu'en a dit la presse libérale. Et je ne crois pas une seule seconde qu'Imelda se doutait de ce qui se passait. Les épouses de notre génération n'ont jamais prêté attention à ces choses-là, mais ça, personne n'a l'air de le comprendre. »

Les deux couples posaient, le soleil en pleine face. Je suspectais Jackie d'avoir tout manigancé en demandant au photographe d'agir avant que les autres soient prêts. Le président et son épouse avaient été clairement pris par surprise, mais le signor del Castellano, quoi qu'il ait pu être d'autre, appartenait à cette catégorie d'hommes sur qui leur femme pouvait toujours compter pour affronter avec une parfaite équanimité n'importe quel objectif pointé dans leur direction. Les Marcos paraissaient courts sur pattes et peu avenants aux côtés de leurs invités resplendissants. Les del Castellano avaient eu l'un et l'autre la présence d'esprit d'arborer des lunettes de soleil et d'élégants chapeaux. Du coup, leurs visages ombragés semblaient lisses et amènes, comparés à ceux de leurs hôtes surpris les yeux plissés, les lèvres retroussées sur leurs dents dans une expression presque canine. Debout sur une légère éminence, Jackie arborait une expression triomphante dans son pantalon blanc et souple. J'avais beau savoir que les deux femmes étaient à peu près de la même taille, Jackie semblait avoir une bonne tête de plus et être bien plus mince que Mrs Marcos, que l'on aurait dit mise à l'écart dans un parterre de fleurs.

« Prenez un soin tout particulier de celle-ci, m'a recommandé Jackie en glissant la photo des Marcos dans une grande enveloppe de papier brun, à part. Je n'ai pas le négatif, et c'est mon seul tirage.

— Je la protégerai au péril de ma vie », ai-je promis, un peu impatiente.

Pour qui me prenait-elle ?

« J'espère que ce ne sera pas nécessaire », a-t-elle répliqué.

J'ai jeté un coup d'œil à ma montre : il était l'heure de commencer à plier bagage pour la journée, mais il me restait encore le courrier du jour à ouvrir et trier : plusieurs invitations, une lettre d'admirateur, un imprimé du fisc, un relevé bancaire, une ou deux factures, le dernier bulletin de Media Watchdog et le lot habituel de courrier publicitaire. Une fois, au début, j'avais par mégarde jeté le prospectus d'un magasin du quartier qui annonçait ses soldes, et le lendemain Jackie était allée acheter un nouveau répondeur téléphonique ailleurs, où elle l'avait payé huit dollars de plus que le prix soldé. Dans l'ascenseur, son voisin de palier l'avait vue ouvrir l'emballage. Venait-elle du magasin en question ? Leurs soldes étaient tellement exceptionnels ! Non, vraiment ? avait répondu Jackie. Elle avait ensuite éclairci toute l'affaire, j'avais pris le savon du siècle, et le résultat, c'était qu'elle insistait maintenant pour tout voir.

J'ai posé les deux piles de courrier (une pour les pubs, l'autre pour tout le reste) sur la table de la cuisine, j'ai remisé la table pliante et le bureau informatique roulant dans l'office, et j'ai rangé les deux enveloppes de précieuses photographies sur l'étagère où je gardais mon travail en cours. Cela fait, ma journée chez Jackie était terminée, j'étais libre. En traversant Central Park, j'ai fredonné les mêmes fausses notes voilées sur lesquelles Jackie avait valsé. Le crépuscule de ces premiers jours de printemps sentait le frais et le vide. Les phares des voitures se sont allumés les uns après les autres, et peu après la circulation n'a plus formé qu'une masse indistincte de lumières mouvantes. Des appartements éclairés, haut perchés au-dessus de la lisière du parc, brillaient entre les cimes nues des arbres. J'ai débouché sur Central Park West, que j'ai remonté jusque chez moi.

J'habitais au cinquième étage d'un ancien hôtel-résidence construit à l'économie et à la va-vite après l'une ou l'autre guerre pour abriter une vague soudaine d'immigrants prêts à vivre n'importe où. La cage d'escalier était une coquille tremblante de plâtre qui s'écaillait, une bogue fragile que mes allées et venues menaçaient toujours de faire imploser et d'expédier, à l'état de gravats, au sous-sol. Les marches étaient érodées en leur milieu, comme des pains de savon. Dans les angles supérieurs de chaque palier, l'usure avait rogné les moulures en plâtre, les avait réduites à de tristes arêtes grisâtres, moisissures plus qu'ornements. Il y avait bien un ascenseur, mais c'était une vieille boîte grinçante, terrifiante, aux parois disjointes et aux câbles râpés. Vu la vitesse à laquelle la chose s'élevait, on avait plus vite fait de monter à pied.

Quand j'ai ouvert ma porte et allumé le plafonnier, j'ai eu l'impression fugace d'un mouvement de fuite : c'était l'habituel escadron de cafards qui se glissaient dans les fines fentes du mur de la cuisine. Sept ans de cohabitation avec ces créatures dans ce minuscule studio avaient édulcoré le dégoût facile qu'elles m'inspiraient. Je disposais encore des disques insecticides tous les deux ou trois mois, mais c'était plus par habitude que dans l'espoir qu'elles périssent. Elles et moi, on avait passé une sorte de pacte : elles vagabondaient à loisir dans mon appartement toute la journée, mais décampaient dans la seconde où j'étais de retour. Tel le peuple d'Israël dans le désert, elles dépendaient de

24

la manne du ciel et des caprices d'un être incompré-hensiblement plus grand, qui pouvait les broyer sous sa plante de pied si jamais elles franchissaient la ligne. Une coupe transversale du mur aurait révélé une nappe luisante et grouillante de générations sur générations de cafards, reclus leur vie entière dans ce mur, sans avoir la moindre idée que derrière celui-ci il existait des rues, le ciel, des lumières, des arbres, d'innom-brables autres murs et autres mondes identiques au leur.

Ma cuisine, coincée dans le passage de l'entrée, à côté de la penderie, se composait d'un réfrigérateur bas sur lequel étaient encastrés un minuscule évier en inox et deux plaques chauffantes. Fixé au mur au-dessus de ce bidule, il y avait un vieux placard métal-lique où je rangeais assiettes, bols et tasses, une boîte de café, un paquet de corn flakes de trois ans d'âge, une bouteille de vodka presque à moitié pleine et un paquet de sucre. J'ai rempli la bouilloire et tourné au maximum le bouton d'une des plaques chauffantes. Tandis que la résistance chauffait, un cafard égaré, sénile ou stupide, s'est avancé lentement le long du mur, avec un mouvement convulsif des antennes. J'ai observé sa carapace brillante, molle et graisseuse, et la façon obscène dont ses pattes adhéraient sans effort à la surface verticale. Ce n'était pas strictement un insecte comme le sont les fourmis et les abeilles : celui-là n'avait aucun charme, aucune organisation, aucune activité industrieuse ni le moindre but, sinon celui de repousser quiconque par sa seule vue. Même un moustique était préférable à cette ignoble machine.

Même une mouche. Aucune espèce d'importance sur cette terre ne se livrait à des actes cannibales envers ses morts, ne mangeait ses propres excréments, n'exsudait un fluide huileux pour pouvoir se faufiler dans une fente aussi fine que l'épaisseur d'une feuille de papier. Leurs vies étaient myopes, désordonnées, privées d'affiliation au monde naturel ou au progrès, et dépourvues d'aspiration au-delà de celle de rassasier leurs appétits. Je me suis baissée pour ôter une chaussure et j'ai visé ma cible. Le coup a porté sur le mur ; le cafard est tombé raide mort derrière le réfrigérateur. Maigre satisfaction : son corps n'allait faire que procurer de la nourriture aux copains et leur permettre de fabriquer pleins de bestioles supplémentaires en tout point identiques à celle-là. J'ai renfilé ma chaussure, je me suis lavé les mains et j'ai versé plusieurs mesures de café dans la cafetière en alu. J'ai sorti le carton de lait du réfrigérateur et je l'ai reniflé : il était toujours bon, même si la date limite indiquait la veille. Cela m'a fait davantage plaisir que d'avoir écrabouillé le cafard, mais, là encore, c'était un plaisir de petit calibre.

« Da-li-la ! » j'ai appelé.

J'avais paraît-il un chat, une adorable petite chatte tigrée que j'avais eue tout bébé deux ans auparavant. J'avais espéré qu'elle viendrait ronronner affectueusement contre ma tête sur l'oreiller, la nuit. Mais je ne l'avais pas sitôt rapportée à la maison qu'elle avait plongé sous le lit, et n'en avait plus bougé. Je savais qu'elle vivait encore parce que, quand je rentrais, je trouvais toujours dans sa caisse un étron bien net, soigneusement enveloppé de litière, parce que sa pitance et sa ration d'eau disparaissaient à un rythme qu'il était impossible d'imputer aux cafards, et aussi parce que très exceptionnellement, lorsque je restais assise et très calme pendant très longtemps, une patte grise sortait en hésitant de sous le lit et testait les courants d'air. Dès que je respirais ou esquissais un mouvement, même imperceptible, la patte se rétractait. Je rêvais que la petite bête venait se lover sur mes genoux, et pousser d'un museau joueur le livre que je lisais, comme le faisaient les chats de tous les autres gens, mais, dans un registre grimaçant d'humour noir, ça semblait parfaitement cadrer avec le reste que mon chat m'évite, quand bien même j'étais pour lui la seule distraction de la ville.

Pendant que la bouilloire commençait à gronder comme un moteur au point mort qui s'emballe, j'ai fait les cent pas. Ma chambre mesurait trois mètres sur quatre, soit douze mètres carrés au total. J'étais devenue aussi insensible aux limites de ma principauté que je l'étais à la présence de la vermine qui la colonisait : sa désolation surpeuplée était le reflet confortablement exact de mon état d'esprit. Toute opulence ou n'importe quelle stratégie de décoration aurait requis une revalorisation simultanée de mon paysage intérieur, et je sentais que je n'en étais pas capable tout de suite. À côté du lit, il y avait une table et une chaise, un fauteuil poussiéreux tapi sous un lampadaire et une étagère, qui contenait un dictionnaire des synonymes dont la couverture était tombée, des anthologies de poésie en édition de poche — reliquat des cours d'anglais de la fac — et un livre en édition reliée : ma prose, avec le nom et la photo de Jackie sur la couverture. Mon minuscule placard était un trou noir dans lequel les vêtements étaient aspirés, pour ne jamais plus reparaître propres ou entiers.

J'ai allumé la radio. La veille, je l'avais réglée sur une station de salsa. La musique est arrivée jusqu'à moi, de plus en plus forte, enragée, festive. J'ai monté le volume et je me suis balancée, une main posée sur l'estomac, l'autre flottant à l'aplomb, trois petits pas à l'est, trois à l'ouest, cinq autres vers les plaques chauffantes, où la vapeur montait du bec de la bouilloire et la faisait certainement siffler, même si je ne pouvais pas l'entendre par-dessus la musique. J'ai versé l'eau dans le compartiment supérieur de la cafetière, puis j'ai baissé la radio pour écouter le café passer. Le bruit du goutte à goutte me rappelait le filet d'eau d'un ruisseau, la pluie sur les feuilles.

J'ai apporté la tasse de café sur le bureau et je l'ai allongé d'une rasade de vodka. J'ai englouti la moitié de ce mélange inhabituel mais requinquant avant de m'attaquer à mon courrier, qui s'accumulait depuis une ou deux semaines. Ou, plutôt, depuis un ou deux mois. Le mien était plus facile à trier que celui de Jackie, puisqu'il consistait dans son intégralité en avertissements, sous forme d'avis informatisés, émanant de Visa, de Visa encore, de Sallie Mae, de Visa toujours, de la compagnie d'électricité, de celle du téléphone, etc., etc. Je ne pouvais pas les payer. Et je devais au fisc d'innombrables milliers de dollars supplémentaires, puisque Jackie ne faisait aucune retenue sur mon salaire. Je n'avais pas eu le moindre contact avec les impôts depuis que j'avais commencé à travailler pour elle. En les informant de la somme que je leur devais, je leur aurais seulement fait dépenser de l'énergie et des frais postaux qui seraient restés sans effet. Je n'avais pas d'argent à leur donner. Même mon découvert bancaire autorisé était une source tarie.

Tout cela était suffisamment clair. Ce qui l'était moins et me laissait perplexe, c'était le pourquoi de l'affaire. Où passait mon argent ? Il semblait doué d'une capacité de dispersion dont l'argent des autres était dépourvu. Quand j'encaissais mon chèque hebdomadaire, il sortait goutte à goutte, comme de l'eau d'un robinet qui fuit. Non, cela n'était pas strictement vrai. Je retirais mon salaire en deux fois (une fois quarante, une autre fois soixante dollars) et je le dépensais en tournées dans les bars, en dîners à emporter et en courses de taxi pour rentrer de l'East Village jusque chez moi. Depuis que je bossais pour Jackie, mes dettes avaient immédiatement échappé à tout contrôle, et je n'avais fait aucun effort pour me serrer la bride : mes habitudes en ce domaine, déjà prodigues par le passé étaient devenues suicidaires et autodestructrices. Je prenais un taxi pour me rendre chez Jackie si je me réveillais trop tard ; quand je n'avais pas le temps de déposer mon linge chez les blanchisseurs chinois du coin (un autre nouveau luxe que je m'autorisais), j'achetais des vêtements que je chargeais sur ma carte Bloomingdale en allant faire des courses pour Jackie. Lorsque celle-ci m'octroyait deux semaines de congés en juillet, j'invitais mon amie Frieda en vacances au

Mexique, billet d'avion inclus. J'agissais conformément à ma conviction intime que des jours meilleurs, des jours plus prospères étaient à deux pas de ma porte. J'avais goûté à la grande vie, je passais chaque jour ouvrable en contact direct avec elle ; un peu de celle-ci allait finalement rejaillir sur moi, il ne pouvait pas en être autrement.

J'ai perçu l'énergie farouche des cris d'enfants dans la rue, en bas ; je me suis sentie vieille et lasse. Puis je me suis souvenue, comme j'avais tendance à le faire en de tels moments, que j'étais l'auteur d'un best-seller, même si presque personne ne le savait. Mon deuxième livre serait bientôt achevé, et j'en écrirais ensuite un troisième. Tout irait bien tant que je continuerais dans cette voie, tant que j'aurais un salaire. Mes dettes, Jackie, le point d'interrogation suspendu en permanence au-dessus de ma tête, tout cela n'était sur mon chemin qu'insignifiants gravillons que j'écarterais aisément du pied en temps utile. Je me dégagerais de l'aile de Jackie tout comme l'avait fait Margot. Très bientôt, j'allais commencer à penser à ce que j'écrirais si je pouvais écrire tout ce que je voulais, et puis, je l'écrirais, et puis...

Je me suis levée, brusquement décidée à prendre un bain, mon remède habituel après m'être vautrée pendant un instant, petit ou long, dans mon insondable merde financière.

À ma stupéfaction, dans le miroir de la salle de bains, il y avait une fille blonde au visage frais. Ce reflet n'avait rien à voir avec la façon dont j'imaginais mon image — un regard voilé, injecté de sang, des traits prématurément vieillis. Les accès de désespoir et les litres d'alcool avaient coulé en moi sans laisser aucune horrible trace visible. Face à cette évidence, une soudaine bouffée d'espoir s'est emparée de moi. Ma vie n'était peut-être pas fichue, après tout. De tels moments se produisaient de temps en temps, sortis de nulle part, bulles éphémères qui éclataient immédiatement puis disparaissaient.

J'ai grimpé dans la baignoire fumante avec le *Cosmopolitan* brillant et odorant que j'avais acheté à un kiosque sur le chemin de la maison. J'ai déployé mes membres, j'ai posé l'épais magazine sur mes genoux fléchis et calé ma tête contre le rebord de la baignoire. La vapeur se déposait en perles sur le papier glacé ; mes muscles se sont tellement relâchés qu'il semblait impossible qu'ils aient été à ce point tendus. J'ai respiré lentement, régulièrement, en lisant un article sur les enveloppements d'ongles et les masques désincrustants pour le visage, sujets auxquels je ne connaissais rien mais sur lesquels je désirais tout apprendre. J'aimais bien le ton « confidence de grande sœur » de la journaliste. Je me sentais plaisamment ivre. Et là, le téléphone a sonné.

De toute évidence, dans l'esprit de Jackie, je me dissolvais dans la marée cosmique chaque soir après avoir quitté sa maison et je planais dans les limbes, suspendue au cordon ombilical de mon téléphone, jusqu'à ce que je me réincarne devant sa porte le lendemain matin. Sa voix sur le répondeur a rempli tout l'espace entre les quatre murs et est venue se faufiler jusqu'à la peau de mon cou. « Claudia, c'est Jackie.

31

J'ai un besoin urgent de savoir où diable vous avez bien pu ranger les exemplaires de mon livre qui sont arrivés aujourd'hui. J'ai retourné chaque centimètre carré de l'appartement ! »

J'ai bondi hors de la baignoire et j'ai regardé fixement la machine. Ça ne donnait jamais rien de bon de filtrer ce genre d'appel. Si je ne décrochais pas, l'idée qu'elle puisse croire que j'avais égaré ses livres allait me miner toute la soirée, et le lendemain il faudrait l'écouter me raconter comment elle avait passé la nuit à fulminer, sans pouvoir fermer l'œil. En fin de compte, j'ai décroché et j'ai dit, comme si je venais de rentrer :

« Jackie ! Bonsoir...

— Ah, Claudia ! Bon, très chère, j'ai regardé partout, absolument partout, et je n'ai rien pu trouver. Je dois en envoyer un à cet homme qui m'a écrit cette adorable lettre, vous savez, cet homme merveilleux, à Paris, comment s'appelle-t-il déjà...

— Henri Séverin. Je lui ai envoyé le livre. Et les autres sont par terre dans l'office, là où vous m'avez dit de les mettre. »

L'eau ruisselait le long de mes jambes et formait une mare à mes pieds.

« Claudia ! Je vous l'ai dit vingt fois, vous devez les déballer lorsqu'ils arrivent ! Je ne peux pas vivre avec des cartons partout, ça fait tellement classe inférieure. »

J'ai marmonné quelque chose, en griffonnant d'un doigt humide sur la coque poussiéreuse du répondeur.

« Ah oui, autre chose, la nuit dernière, je me suis réveillée en pensant à cinq choses que je vous ai demandé de faire et dont je n'ai jamais plus entendu parler. Impossible de me souvenir de quoi il s'agissait. Vous devez absolument prêter davantage attention à tout ce que je vous dis. Oh... » Sa voix s'est déportée vers quelque chose au-delà du combiné. « Jimmy, ne mettez pas la pagaille dans ces papiers, je les ai rangés dans un ordre particulier. Bon, ça ira », a-t-elle ajouté à mon intention, avant de raccrocher au beau milieu de la phrase.

Entre-temps, l'eau du bain avait stagné, mais j'étais de toute façon trop énervée pour m'y replonger. Je me suis habillée et je suis descendue chercher une boîte de haricots et du riz jaune au restau cubano-chinois du coin. Je me suis arrêtée dans une bodega pour acheter une cannette de bière blonde. Tout en dînant, j'ai feuilleté quelques-uns de mes vieux bouquins de poésie de la fac. J'avais envie de regarder la télé, mais ma morale ne me le permettait pas. À la place, je suis tombée sur « Le Prélude » de Wordsworth, et je me suis administrée une dose apaisante et purgative de vers blancs :

> Vaine confusion ! abrégé véritable
> De ce qu'est la Cité gigantesque elle-même
> Pour des milliers et des milliers de ses enfants,
> Vivant au cœur d'un tourbillon perpétuel
> De vulgaires objets, fondus tous et réduits
> En une identité, par l'effet de contrastes
> Qui n'ont ni loi, ni sens, ni fin — Oppression,
> Dont forcément les esprits même les plus hauts
> Souffrent, dont les plus forts ne sont point préservés [1].

Traduction de M. Louis Cazamian, Aubier, Paris, 1949.

La poésie avait été, des années durant, mon substitut personnel aux litanies de prières qu'on récite sous le regard perçant de ce Jéhovah inique et lunatique, avec son unique sourcil et son poing plein d'éclairs. C'était comme accéder à un éternel printemps de conseils et de camaraderie : une heure ou à peu près de poésie, et j'avais l'impression d'expier tous les torts que j'avais récemment infligés à l'ordre naturel. En attendant, les haricots rouges étaient piquants, farineux, savoureux, le riz gras et salé, la bière blonde rafraîchissante, parfaite avec la nourriture. Jamais Jackie n'aurait soupçonné à quel point ce repas était bon. Elle aurait froncé le nez : trop hispanique, trop riche et trop classe inférieure. Elle ne savait apprécier la nourriture que si elle était hors saison, baptisée de noms français et préparée par un homme en *toque* [1]. Je me suis assise à ma petite table, j'ai recroquevillé les pieds dans la chaleur douillette des chaussettes, j'ai ajouté un peu de sauce piquante çà et là, et j'ai senti le battement nerveux de mon pouls, signe que j'allais voir William ce soir. J'avais plus envie de voir William que n'importe qui d'autre au monde. J'aurais aimé ne pas éprouver cette envie-là, mais c'était ainsi.

1. En français dans le texte.

2

Jackie et moi avions été imposées l'une à l'autre trois ans auparavant par un besoin réciproque : elle était désespérée, j'étais disponible.

Peu après que son premier livre, *Le Limier raffiné*, était devenu un best-seller, Margot Spencer, sa secrétaire d'alors, avait démissionné, laissant Jackie dans la plus totale panique : son bon génie était sur le point de disparaître dans la nature, de l'abandonner à son sort. Elle avait exhorté Margot à lui trouver quelqu'un exactement comme elle. Impatiente de s'acquitter de cet ultime devoir et de s'occuper de sa propre vie, Margot m'avait appelée, de but en blanc, pour me dire qu'elle connaissait quelqu'un qui avait besoin d'une secrétaire. Est-ce que par hasard j'avais besoin d'un job ?

« Je pense que tu es la personne idéale pour me remplacer », avait-elle avancé.

J'en doutais terriblement. Margot était de ces filles que j'avais toujours considérées avec un sentiment de malaise, mélange d'intimidation, d'incompréhension et d'envie, une de ces privilégiées dont la vie paraissait progresser le long d'une autoroute illuminée de mille feux sans jamais faire la moindre embardée vers les contre-allées obscures. Son visage était ciselé selon un dessin aérodynamique, telle une proue de navire, et ses longs membres raides et nerveux pouvaient évoquer des rames. Du temps où elle était en fonction chez Jackie, elle avait consacré ses loisirs à écrire des essais et des articles, et son agent en avait vendu quelques-uns à des magazines. Un récit autobiographique de son enfance à Greenwich, Connecticut, destiné à *Vanity Fair*, lui avait rapporté un beau contrat bien juteux avec un éditeur réputé, qui lui avait demandé d'étoffer sa copie pour en faire des Mémoires — *Au pays de la soie et de l'argent*. Cela avait, à son tour, entraîné certains magazines, plus frimes encore, à passer commande, et c'est ainsi que fut signé un nouveau contrat pour un second récit autobiographique, intitulé celui-là *Une innocence à l'étranger*. Margot y relatait sa troisième année de fac, quand elle vivait à Paris, étudiait à la Sorbonne, et souffrait de troubles psycho-alimentaires — ça me semblait un terrible gâchis d'être anorexique à Paris plus que partout ailleurs, mais elle avait certainement ses raisons, et l'une d'elles pouvait très bien avoir été l'avance non négligeable que cela lui rapporterait un jour ou l'autre.

Margot et moi nous montrions d'une amabilité maniaque l'une envers l'autre, comme si cette effusion de chaleur artificielle allait triompher de l'hostilité spontanée que ni l'une ni l'autre ne voulions reconnaître, mais qui était présente, chaque fois que nous croisions, tel un printemps glaciaire. Nous nous étions rencontrées par l'entremise de William : elle était sortie avec lui pendant son année de licence à Barnard, quand lui était en première année de droit à Columbia. Elle l'avait plaqué juste avant les vacances d'été. À part moi, je soupçonnais Margot d'avoir vu dans cette aventure une expérience des classes moins favorisées, mais je ne disposais évidemment d'aucun moyen pour vérifier l'exactitude de ma théorie. Margot traitait avec un détachement amical William, lequel lui témoignait un respect presque révérencieux qui me donnait envie de le secouer très fort, jusqu'à ce que ses idées se remettent en place. Dans le même temps, William s'inquiétait de moi, me faisait ses confidences et m'écoutait, ce qui était plutôt une marque de loyauté mais ne me suffisait pas.

En tous les cas, si Margot pensait que j'étais capable de la remplacer, je n'allais certainement pas discuter, surtout pas après qu'elle eut mentionné le salaire (dix-huit dollars de l'heure), et promis que, quoique engagée au titre de secrétaire personnelle de Jackie, ma véritable fonction serait de remplir le contrat qui la liait à son éditeur pour plusieurs ouvrages.

« Elle n'est pas très littéraire, pour parler gentiment, avait dit Margot. Il me suffit d'indiquer que tu écris, et elle t'engage par téléphone. Cependant, je dois te prévenir : tu risques de t'amuser à écrire les livres à sa place, mais ce sera ta seule récompense.

— Je vois », ai-je répondu avec allégresse. Je venais juste de me faire virer d'un boulot de serveuse particulièrement épouvantable.

« Non, tu ne vois rien du tout, a insisté Margot. Je t'assure, elle est insupportable. Elle va te rendre folle. »

J'ai éclaté de rire.

« Elle est insupportable comment ?

— Comment... », a-t-elle d'abord répété d'un ton perplexe, comme si elle ne savait pas trop par quoi commencer. Puis elle s'est lancée dans le récit des humiliations qu'elle avait endurées. J'avais du mal à imaginer Margot en train de subir cela de la part d'une dame de l'Upper East Side. Jamais cette vieille bique n'oserait me dire devant trois amies de son monde que je puais l'ail. Jamais elle ne m'enverrait en taxi chez le vétérinaire apporter un échantillon des selles sanguinolentes du caniche de sa nièce, ni même ne me ferait m'agenouiller devant elle pour remonter la fermeture éclair de son jean. Si elle essayait, je lui dirais tout simplement d'aller au diable. Margot était de toute évidence plus dévouée, plus sérieuse que moi. Je saurais remettre Jackie à sa place. De toute façon, dix-huit dollars de l'heure...

« Tu penses vraiment qu'elle va m'engager ?

— Je l'appelle tout de suite », m'a assuré Margot avec sympathie.

Jackie a rappelé dix minutes plus tard.

« Je fais entièrement confiance à Margot, et j'ai besoin de quelqu'un tout de suite, donc je ne vais même pas vous faire passer un entretien, ni vous demander un curriculum vitae. Venez simplement demain à neuf heures, et nous verrons tout ça. »

J'ai débarqué devant son immeuble sur Park Avenue vêtue de mon seul et unique tailleur, un truc bleu marine de mémère, complètement démodé, que j'avais acheté à l'Armée du Salut sept ans auparavant en perspective d'un entretien pour un boulot que je n'avais pas eu. Le portier, prévenu de mon arrivée, m'a accueillie avec un bonjour joyeux (« Je m'appelle Ralph et je vous conseille d'être prudente, là-haut »). Les portes de l'ascenseur se sont ouvertes sur un petit palier flanqué de deux portes marquées 4A et 4B, entre lesquelles était accroché un tableau sombre qui m'avait tout l'air d'une authentique peinture à l'huile. À côté de chaque porte, il y avait une urne ancienne remplie de lis fraîchement coupés. J'ai tendu la main et effleuré l'une d'elles. Elle était fraîche, comme cirée. Les murs étaient tapissés de papier crème à peine moucheté de brun, et il flottait dans l'air des traces d'un parfum que je ne connaissais pas. Un frisson a couru le long de mes bras.

Elle a ouvert la porte et nous nous sommes toisées. Son visage était impénétrable, ses cheveux, une coquille laquée de bronze. Elle portait un tailleur Chanel sur mesure, du même bleu marine que le mien, mais la ressemblance s'arrêtait là. Les mots « embauchée sans examen » flottaient, non dits, dans l'air. Je me suis souvenue brusquement que je ne m'étais pas repeignée après avoir traversé Central Park battu par les vents. Jackie a reniflé avec élan, puis a relevé le nez, apparemment déterminée à prendre les choses du bon côté.

« Eh bien bonjour, Claudia, entrez », a-t-elle dit d'une voix dure, grave, mal assortie au reste de sa personne. J'ai serré la main qu'elle m'a tendue. Elle était froide, osseuse et douce comme un lézard. Elle m'a introduite dans le vestibule (tout en dorures, miroirs et marbres) et elle a ouvert la porte d'un placard.

« Je suis tellement navrée, a-t-elle dit alors que je suspendais mon manteau en laine entre deux fourrures au poil luisant. Vous allez penser que je suis très mal-polie, mais mon emploi du temps est épouvantable-ment chargé aujourd'hui, j'ai une interview dans vingt minutes, et ensuite un déjeuner pendant lequel je dois rencontrer la personne qui va traduire mon livre en français. Je vous ai laissé une liste des choses que vous avez à faire, mais je n'ai pas le temps de voir ça en détail avec vous. Je suis certaine que vous saurez vous débrouiller. Nous aurons tout le temps de bavarder plus tard. Margot m'a dit monts et merveilles de vous. Allez-y, c'est tout droit. Il faut que je me sauve. »

Elle s'est enfoncée dans le couloir et a disparu. J'ai étudié mon reflet dans l'énorme miroir qui surplom-bait la console en marbre, je me suis peignée avec les doigts, j'ai lissé le plastron de mon chemisier, et je me suis avancée furtivement sous la porte voûtée qui ouvrait sur la salle à manger. Des rideaux en velours vert foncé étaient tirés devant les fenêtres, la lumière du jour ne filtrait qu'autour de leurs bordures, et la pièce tout entière baignait dans une obscurité de fonds marins. Lorsque j'ai appuyé sur l'interrupteur mural, la lumière a jailli d'un lustre suspendu au-dessus d'une imposante table ovale, illuminant la pièce dans laquelle (mais à ce moment-là je l'ignorais encore)

40

j'allais passer une bonne partie de mes heures de veille durant les quelques années à venir. Haute de plafond, sans doute autrefois élégante, elle était à présent un peu usée sur les bords, comme si son déclin avait été trop graduel pour qu'un habitué des lieux ait pu le remarquer. Le papier peint — un motif répété de paysage méditerranéen avec rivière sinueuse, bosquets de cyprès et d'oliviers, flèche d'église suggérée dans le lointain — se déchirait derrière le radiateur et près d'une plinthe dans l'un des angles. Le tapis persan était élimé et passé à plusieurs endroits. Sur la table, un bouquet de roses jaunes en train de virer au marron perdait ses pétales sur la nappe à glands vert foncé. Une dizaine ou une douzaine de chaises à dos droit garnies de coussins verts râpés étaient alignées contre le mur d'en face, comme si on avait préparé la pièce pour une sauterie de collégiens.

Près de la fenêtre, il y avait une table et une chaise pliantes en bois ordinaire, et un petit élément roulant sur lequel étaient posés un ordinateur portable et une imprimante miniature : mon nouveau bureau. Je me suis assise devant la table, et j'ai fixé pendant un moment la liste qu'avait griffonnée Jackie. Puis j'ai farfouillé dans le tas de papiers voisin, qui avaient, j'imaginais, un lien quelconque avec ce qu'elle voulait que je fasse, si seulement j'arrivais à déchiffrer son écriture. Je me suis levée pour aller tirer les rideaux, puis, les yeux plissés, j'ai une nouvelle fois examiné attentivement la liste. L'une des missions s'est révélée être « Commander trois livres chez éditeur, Gid

Row ». Suivait un numéro de téléphone, que j'ai composé sur-le-champ.

« Allô, a fait une voix masculine cassante, avant même la fin de la première sonnerie.

— Je suis la secrétaire de Genevieve del Castellano », ai-je annoncé d'une voix hésitante. Son nom était difficile à prononcer d'une seule traite et j'avais dû reprendre ma respiration à mi-chemin. « Pourrais-je parler à Gid Row, s'il vous plaît.

— C'est Margot ? a demandé l'homme, manifestement surpris.

— Non, Claudia. Claudia Steiner. Margot est partie. Je suis nouvelle. »

Il a gloussé. Je me suis représenté un gros homme tout rose, tiré à quatre épingles, avec un visage qui respirait l'intelligence.

« Avec un nom pareil, on imagine la garce castratrice d'une série télévisée à trois francs six sous, mais vous avez plutôt une voix d'ingénue ; au fait, je m'appelle Gil Reeve, à moins qu'elle ne s'amuse à me coller des surnoms.

— Oh ! Je suis désolée. » J'ai vérifié une dernière fois les instructions de Jackie. « Je pense qu'elle veut que je commande trois exemplaires de son livre.

— Jackie vous dira de m'appeler à tout bout de champ pour un oui ou pour un non, mais vous apprendrez vite qui fait quoi ici ; je vous passe Janine. Ne quittez pas. »

Janine a dit sans grand enthousiasme qu'elle enverrait les livres. Ç'a été là la seule mission accomplie de la journée. À cinq heures, j'ai trouvé Jackie installée à son bureau, dans le salon, en train de téléphoner. J'ai attendu sur le seuil jusqu'à ce qu'elle raccroche. Quand elle m'a demandé quelles tâches j'avais accomplies ce jour-là, j'ai pris un air contrit :

« Eh bien, j'ai essayé de comprendre un peu tout. J'ai regardé sur le disque dur et j'ai lu quelques fichiers.

— Vous n'avez fait que ça, de toute la journée ?

— Et j'ai commandé les livres. »

Elle m'a gratifiée d'un regard que j'allais apprendre à bien connaître, aussi vide qu'un gouffre, qui m'a aspirée et clouée sur place.

« Vous n'avez *rien* fait », a-t-elle conclu.

Que pouvais-je répondre ? Elle s'était attendue à une vraie secrétaire, une fonceuse qui saurait prendre les choses en main. J'étais incapable de m'occuper de moi, comment aurais-je pu m'occuper de quelqu'un d'autre ? J'ai replié ma table et, sous la direction de Jackie, j'ai fait rouler le bureau informatique jusqu'à l'office (« Veillez à tout bien ranger chaque soir, Claudia. Je ne veux pas que mes invités voient ma salle à manger transformée en vulgaire bureau »). Puis j'ai récupéré mon manteau, je lui ai docilement souhaité une bonne soirée, et j'ai filé jusque chez moi d'un pas furibard. Là, assise à ma table, j'ai dévoré le contenu d'une barquette en carton blanc, un mélange collant d'épis de maïs miniatures et de disques beiges croustillants, restes de la veille que l'âge n'avait pas du tout affectés. Après dîner, j'ai passé en revue ma garde-robe, désespérée par l'absence de tenues adéquates. Le tailleur Chanel de Jackie flottait devant mes yeux comme un mirage. Finalement, j'ai laissé tomber et je suis allée me coucher.

Je suis restée éveillée des heures et des heures. Mes pensées tournaient en rond sans aller nulle part.

Je voulais réussir dans ce job. J'avais grandi dans une petite ville, au milieu du désert de l'Arizona, d'où je m'étais échappée pour aller dans une université d'arts libéraux tout aussi petite, et où, de bien des façons, tout le monde se ressemblait. Je vivais à New York depuis six ans lorsque j'avais rencontré Jackie, mais je m'étais débrouillée pour demeurer incroyablement naïve. Pour l'essentiel, j'avais confiné ma vie new-yorkaise aux bars miteux de l'East Village, aux immeubles de bureaux dans le quartier des affaires, et aux coins les plus pourris de l'Upper West Side. Je n'avais jamais quitté les États-Unis. Je n'avais jamais rencontré qui que ce soit comme Jackie, sauf dans les livres et au cinéma. Intuitivement, je savais qu'il me fallait une bonne gifle pour me réveiller, et Jackie m'est d'emblée apparue comme la personne capable de me la donner. C'était une républicaine fanatique, une catholique en rupture de pratique, une aristocrate européenne et une célébrité américaine. On voyait sa photo dans les magazines et dans les carnets mondains des journaux. On l'invitait à des talk-shows. Dans les cadres dorés qui encombraient les guéridons et les bureaux de son appartement, on la voyait photographiée avec des stars du cinéma, des toreros, des jockeys, des hommes politiques, feu son joli ex-mari, ses play-boys de fils.

J'ai passé les premières semaines à tâtonner dans les

brumes d'une angoisse déconcertante, dents serrées, épaules rentrées, comme si j'affrontais une tempête. Tout ce que Margot m'avait prédit se réalisait. Il s'est avéré que je n'étais pas plus forte qu'elle, que Jackie n'était finalement pas une vieille chouette, mais une espèce de lunatique séductrice et terrifiante, qui, pour des raisons qui m'échappaient du tout au tout, m'en voulait. Je ne comprenais pas davantage ce qui justifiait ma présence chez elle. La logique qui gouvernait ses requêtes m'était aussi peu familière et indiscernable que son écriture. Qui était la comtesse Robles et à quoi rimait de lui téléphoner pour lui dire que « la robe n'était pas assez longue » ? Qu'entendais-je, au juste, lorsque j'appelais l'agence de voyage pour m'assurer que les billets pour la Floride étaient bien réservés sur « le bon vol » ? J'essayais d'improviser avec les lambeaux d'information que me donnait Jackie. J'étais trop lâche pour m'aventurer à demander des explications et risquer de me faire épingler au mur par son regard fixe et exaspéré.

Dans la plupart de mes autres boulots, je n'avais été rien de plus qu'un quidam parmi d'autres en proie à un ennui mortel, jouant à des jeux informatiques, envoyant des fax, et vidant les lieux à cinq heures sans un seul regard en arrière. Ç'avait été des heures incolores qu'on retirait de ma vie comme de l'argent de la banque. À rester seule toute la journée avec Jackie, cloîtrée dans ces pièces confinées, je me transformais, dans mon imagination, en héroïne de divers drames stéréotypés, qui avaient tous en commun l'assujettissement et la patience muette. J'étais ligotée à des rochers, bannie en enfer, emprisonnée dans des tours, confondue avec une grenouille, envoyée dans des quêtes impossibles. Ces journées passées ensemble se chargeaient de cette pression qu'on peut ressentir dans un tunnel ou dans une serre, et que j'avais jusqu'alors associée aux otages et à leurs ravisseurs. Je tapais et classais, accourais et allais chercher, inondée d'une lumière qui ne brillait que dans ma tête.

Plus tard ce soir-là, lorsque je suis arrivée chez Georges, l'endroit était désert, à l'exception, au bar, des trois esseulés habituels dont le coccyx avait pris racine dans leur tabouret, et de la barmaid des soirs de semaine, une étonnante géante nommée Wanda. Wanda ne parlait pas beaucoup et ne souriait presque jamais ; en revanche, elle savait comment glacer un Macallan jusqu'à ce qu'il soit soyeux et frais, mais dilué au minimum, et à quel moment précis le verser dans le verre. Ce détail avait son importance, car William, au nombre des traits de son personnage de débutant au sein de l'élite sociale, cultivait un goût de la perfection en matière de whisky pur malt.

Il est entré juste après moi, ébouriffé et l'air soucieux, sa mallette à la main, venant directement du bureau, encore en costume cravate. Sa vue m'a momentanément découragée. Il faisait tellement adulte ! Comment Billy Snow le petit inadapté avait-il réussi à se transformer en bel avocat ? Et comment pouvais-je, moi, penser ma propre situation à la lumière de son succès ? Nous étions deux graines issues du même sol,

mais lui était utile et comestible, quand je n'étais que de la mauvaise herbe.

« Comme d'habitude ? » a-t-il demandé. Il a sorti son portefeuille, un machin en veau rempli de cartes de crédit or et platine.

« Parfait », j'ai répondu, même si, personnellement, je faisais peu de cas des whiskies parfaits. Toute cette histoire de le glacer sans le diluer agissait sur sa constitution chimique, le rendait plus puissant, plus propre à altérer l'humeur qu'un whisky bu à température ambiante ou avec de la glace. Mais peu importait : je prendrais ce que William prendrait, dans l'espoir que son état d'esprit et le mien s'aligneraient sur la même longueur d'onde, telles deux flèches de compas attirées vers le même pôle magnétique.

On s'est accroupis autour d'une petite table ronde et bancale, on a éclusé quelques gorgées, puis William a poussé un soupir en se frictionnant la tête.

« J'ai emporté tellement de dossiers que j'aurais aussi bien fait de camper dans mon bureau.

— Tu vas travailler ici ?

— Non, je les ai pris pour duper ma conscience. Tant qu'ils sont avec moi, je me sens bien. »

Il avait un creux dans chaque joue, pas vraiment des fossettes, deux petites cavités plutôt, qui s'approfondissaient lorsqu'il riait. Ma tête me faisait l'effet d'être aussi légère que si j'avais inhalé un plein ballon d'hélium. J'ai expiré, mais l'impression refusait de partir. « Ces maudits vieux croûtons m'emmerdent », était en train de dire William. Comme je fixais sa bouche avec une insistance involontaire au lieu de l'écouter, j'avais raté le changement de sujet, mais j'ai tout de même deviné que la remarque s'appliquait aux « anciens » de son cabinet. « Ils se sont rencontrés à Choate, ils ont épousé la sœur de l'un ou de l'autre, et ils s'empruntent aussi sans doute des vêtements. Chaque jour, il faut que j'aille me regarder dans le miroir des chiottes en me disant : Je suis aussi bon que n'importe qui sorti d'une école de charme du Connecticut. Mais même si je leur ressemble, même si je parle comme eux, je m'habille comme eux, et même si maintenant je pisse aussi comme eux, ils savent que je ne sors pas du sérail. Ils arrivent à le sentir dans mon ADN.

— Pourquoi ? Ils pissent comment, eux ?

— Comment des soldats. Les épaules carrées, l'arme en main, prêt ? Visez ! Feu ! Moi, j'y allais toujours en traînant les pieds, le dos voûté, et je faisais du goutte à goutte dans l'urinoir comme un animal. Jusqu'à ce que je remarque qu'ils me regardaient tous d'un drôle d'air. Pisser selon les règles ! Tu y crois ? »

Il a secoué la tête, mi-indigné, mi-fier de lui.

« Moi, je dois supporter la vue de Jackie sur les chiottes. Qu'est-ce que tu en dis ?

— Ah, tiens, en parlant de Jackie, je suis tombé sur Margot l'autre jour. »

Je me suis efforcée de sourire.

« Ah bon ? Comment va-t-elle ?

— Elle ne s'est pas montrée très amicale. Non, ce n'est pas exactement ça. Disons qu'elle était polie et distraite. Au bout de deux minutes, elle a dit : Bon, c'était super de se revoir. *C'était super de se revoir...* Comme si j'étais le premier connard venu qui essaie de l'embarquer dans une fête ! » Il s'est mis à fixer ses mains posées en coupe autour du verre qu'il faisait rouler d'avant en arrière sur la table. « La prochaine fois que tu la vois, tu pourrais peut-être lui demander en quoi je l'ai offensée.

— Tu sais, William, Margot et moi, nous ne sommes pas exactement amies. S'il n'y avait pas Jackie, nous n'aurions rien à nous dire. Enfin... À propos de Jackie, elle m'a encore fait un sermon aujourd'hui sur le thème "les jeunes Américaines". Quel est le problème si je n'ai pas grandi au milieu d'une tripotée de ducs, de comtes et de vicomtes ? Tu peux me dire à quoi servent les vicomtes ?

— Ils sont comme les paons. Ils ne peuvent pas chanter, on ne peut pas les manger, mais ils font un effet du tonnerre dans le parc. »

Il a bu une goulée de whisky et l'a retenue sur sa langue avec une grimace sensuelle, qui aurait dû me pousser à lui conseiller de laisser tomber ses mines affectées de yuppie, mais qui, au lieu de ça, a allumé la petite veilleuse dans mon bas-ventre.

« La secrétaire d'Ian Macklowe vient juste de démissionner, si ça t'intéresse. »

Une vague de dépression a déferlé, pour s'écraser contre ma tête.

« Ian Macklowe, c'est cet "ancien" de ton cabinet qui se paie des coupes de cheveux à trois cents dollars ? Qui achète à sa petite amie des sous-vêtements en coton blanc à cent dollars l'ensemble ? Je ne peux pas travailler pour une ordure pareille ! Mon Dieu !

— Tu te ferais cinquante mille dollars par an. Je te

recommanderai même si tu t'entêtes à me répéter que tu es une secrétaire archinulle. Tu sais taper, non ?

— Mais j'aurais une vie misérable !

— Tu as une vie misérable, là, en ce moment.

— Que veux-tu dire ? J'écris un livre. Je ne peux pas partir comme ça. »

William a fixé son verre, qui était presque vide, puis le mien.

« Bon, prête pour le second round ?

— Pourquoi pas. »

Nous nous sommes souri. Pour m'interdire de lui sauter dessus et de le dévorer tout cru, j'ai détourné les yeux vers Wanda, qui renversait un casier de Rolling Rock dans une poubelle remplie de glace. Sa bouche froissée par l'effort formait comme un bouton cousu au centre du large oreiller blanc de son visage. Si j'avais espéré me détendre en la regardant, c'était raté : je flottais sur un courant rapide, qui allait en s'accélérant et me soulevait presque de ma chaise.

Au-dessus de nous, une voix a percé le brouhaha avec la précision d'une aiguille : « Tiens, bonjour vous deux ! » Gus Fleury. Ses cheveux étaient artistement lissés vers l'arrière en une vague unique et compacte. Un filet de transpiration brillait sur son visage aux traits aigus. Ses cheveux brillaient. Sa veste en peau de requin brillait. Il buvait une mixture épaisse dans un grand verre, une spirale de liquides opaques dans des tons pastel.

« Qu'est-ce qu'il y a dans ce verre ? j'ai demandé. On dirait du baryum.

— *Crème de* truc, *crème de* machin », a-t-il répondu en s'installant à notre table.

Gus avait des yeux en amande vert émeraude qu'il élargissait ou étrécissait selon les besoins pour un effet théâtral maximum.

« Claudia ! Ne me dis pas que tu n'as jamais entendu parler d'un Vanderbilt. »

L'instant, ou ce dont il s'était agi juste avant avec William, s'était évaporé.

« Je parie que si, a dit William. Comment tu vas, Augustin ?

— Si tu m'appelles encore une fois comme ça, je te jure que je lance un contrat sur ta tête. Et j'ai des relations, je te préviens. C'est la panique absolue, merci. Je cours à droite à gauche à la recherche d'un nouvel espace pour jouer ma pièce. On était censés commencer la semaine prochaine. »

Au milieu des années quatre-vingt, pendant son dernier semestre à la fac de cinéma de NYU, Gus avait tourné un film à petit budget sur les drag queens de l'East Village. *Apocalipstick* était devenu un succès du circuit d'art et d'essai et avait été primé au festival de Sundance, avant de tomber dans le collimateur d'un gros distributeur. Gus s'était fait une petite fortune supplémentaire avec les droits étrangers, vidéo et ceux des télévisions câblées. Et comme il avait placé son argent en homme avisé, il s'offrait maintenant le luxe de produire une pièce « originale » après l'autre sans se soucier des frais généraux ni des profits, ni de l'opinion des critiques de théâtre des hebdos de loisirs. L'un d'eux avait qualifié son travail de « précieux, tendance cradingue », un autre avait écrit : « Le spectacle démarre sur les pleurnicheries d'un morveux imbu de sa personne, et je n'ai aucune idée de la façon dont il s'est achevé, parce que je me suis enfui. »

« Nous avions des locaux d'usine à Dumbo, était-il en train de raconter, mais, la semaine dernière, les propriétaires, deux petits malins du New Jersey qui ne reconnaîtraient pas l'intégrité artistique même si elle leur tirait dans le genou, ont entendu dire que dans la pièce il était question de nudité. Ils m'ont dit, et je cite : "Pas de pédés à poil, sinon, pas de deal." Je leur ai expliqué que, techniquement parlant, elle n'était plus un homme, mais ça n'a pas impressionné Dom et Vinnie, et franchement je n'ai pas la moindre envie de finir au fond de l'East River, les pieds coulés dans un seau de béton. Du coup, nous voilà à la rue.

— Il y a plein de spectacles avec des mecs à poil tout d'un coup, ai-je fait remarquer sans m'adresser à personne en particulier. Je ne comprends pas. Les femmes peuvent être nues et garder un contrôle total de la situation, mais les hommes sans vêtements ressemblent à des chats mouillés. Je suis sûre qu'Ève a mangé la pomme pour donner un peu de dignité à Adam.

— *La Terre vaine : une tragédie musicale*[1], a poursuivi Gus à l'intention de William. C'est moi qui ai écrit la musique, pour synthétiseur et boîte à rythme,

---

1. Poème de T.S. Éliot (1888-1965) écrit en 1921-1922. Toutes les citations sont empruntées à la traduction de Pierre Leyris, Le Seuil, 1947 *(N.d.T.)*.

c'est *seventies* à mort, le genre délire disco. Le texte parle si clairement de toute cette époque-ci, tu vois ce que je veux dire ?

— Non, a répondu William. Je ne vois pas du tout. Tout ce que je lis, c'est des conneries de textes de loi. Allez, Gus, chante-nous quelques mesures.

— Voyons... »

Gus s'est mis à faire son cinéma : l'index planté dans la joue, il a roulé des yeux au plafond tout en parcourant mentalement la partition, puis, après une profonde inspiration, il a gémi d'une voix de tête essoufflée à la Bee Gees, tout en marquant les temps de la boîte à rythme d'un hochement de tête : « "Ici point d'eau, rien que le roc, point d'eau, le roc et la route poudreuse. Ici poin-int d'eau rien-en que le roc, point d'eau le roc et la rou-oute poudreuse." »

J'ai ri. William, non.

« Le texte d'Éliot est effroyablement *à propos*[1], a rajouté Gus d'un ton pieux. "Qui eût dit que la mort eût défait tant de gens", par exemple, et le marin noyé, la stérilité, l'aura de la décadence. "Considère Phlébas, naguère ton pareil en grandeur et beauté."

— *À propos* de quoi ? j'ai demandé. Du disco ? Je pige pas. »

Gus s'est tourné vers moi comme s'il avait oublié ma présence, ce qui était certainement le cas.

« Évidemment, Claudia ! Tu as entendu parler de la métaphore, n'est-ce pas ? »

William, à présent, riait. J'ai détourné le regard et

---

1. En français dans le texte *(N.d.T.)*.

fait comme si je venais juste d'aviser quelque chose digne d'un léger intérêt au bar, même s'il n'y avait en tout et pour tout qu'un match de hockey à la télé et Wanda, perchée sur un tabouret, en train de fumer un cigarillo en lisant le *Post*. Gus a continué à parler, parler, mais je n'écoutais plus. Je ne faisais même pas semblant.

« Bla, bla, bla, moi, moi, moi », il a fait au bout d'un moment, comme pour résumer en six mots, à l'intention de quiconque ne l'aurait pas encore captée, la quintessence de sa personnalité. Puis il a posé le menton dans la main et a fixé William d'un regard intensément vert et profondément intéressé.

« Alors, qu'as-tu fait de beau, business boy ?

— Pas grand-chose, a répondu William. J'ai pondu les habituelles conneries, et j'ai facturé les heures.

— Et tu as harcelé les assistantes juridiques », ai-je laissé échapper. J'étais la proie d'une joyeuse insouciance et de quelque chose d'autre, une puissante sensation de vide sous le rayonnement du whisky, qui m'a fait finir ce qui restait dans mon verre cul sec. Cela fait, j'ai adressé un large sourire à tout le monde et à personne en particulier.

« Fais gaffe, a dit William en poussant Gus du coude. Elle est sur le sentier de la guerre, ce soir.

— Je ne suis pas si teigne que ça », j'ai protesté, sur la défensive. Puis, à l'expression étonnée de William j'ai compris qu'il ne faisait que me taquiner à son tour. J'ai lâché un « Oh ! » accompagné d'un rire sec et j'ai fermé les yeux une seconde. La pièce a commencé à tourner, lentement. J'ai rouvert les yeux, pour les plisser en direction de Gus, qui, lui, a écar-quillé les siens, comme s'il venait à l'instant de se souvenir de quelque chose d'un intense intérêt dont il devait nous faire part sans attendre.

« Vous avez appris la bonne nouvelle pour Margot ?

— Quelle bonne nouvelle ? a demandé William.

— Ses Mémoires viennent juste de recevoir le prix de la Fondation Clark. C'était totalement inattendu. Un véritable coup de tonnerre. Ça ne pouvait pas tom-ber mieux que sur elle. »

Des falaises noires et abruptes sont venues, des quatre coins de la salle, se refermer sur moi.

« Ça fait beaucoup d'argent, non ? j'ai demandé, la voix caverneuse.

— Sans mentionner le prestige, a renchéri Gus. À partir de là, elle va pouvoir dicter ses conditions.

— Vraiment ? »

J'ai deviné qu'il scrutait ma réaction, et j'ai fait de mon mieux pour lui retourner un regard imperturbable. Il y avait un grumeau de mascara sur ses cils inférieurs gauches, mais je ne le lui ai pas dit.

« C'est formidable, s'est exclamé William. Vrai-ment bien pour elle. Elle le mérite. » Il y avait dans sa voix un mélange à parts égales de respect, de nostalgie et d'affection.

« Elle connaît sûrement quelqu'un au comité », j'ai lancé d'une voix dure. (Ils m'ont regardée.) C'est comme ça que ça marche. Bien sûr qu'elle écrit bien, mais c'est incroyable, elle à l'air de connaître toutes les personnes susceptibles de l'aider. Elle fait de la lèche comme nous on respire. Elle connaît tous les gens qu'il faut connaître depuis qu'elle est née. » Au prix d'un énorme effort, j'ai réussi à me forcer à la boucler.

« Ça alors ! » a fait Gus. Il m'a jaugée un instant d'un air circonspect qui m'a poussée à chercher comment nuancer ce que je venais de dire. J'évitais de regarder William, j'en étais incapable depuis qu'il s'était moqué de moi.

« Elle a de la chance, j'ai dit, en désespoir de cause. On a besoin de toute l'aide qu'on peut trouver. »

Gus a haussé les sourcils par-dessus son verre.

« Absolument », a-t-il confirmé avant d'avaler les dernières gouttes de son cocktail. Les glaçons ont tinté contre ses dents. Un drôle de regard a traversé à ce moment-là ses yeux, un éclair de doute nauséeux à son propre sujet. « Excusez-moi une seconde », a-t-il dit en posant sur la table son verre vide dans lequel ne subsistait qu'une pellicule poisseuse. Il s'est levé. Le bar venait tout juste de se remplir. Gus a fait pression contre les corps massés derrière lui jusqu'à ce qu'ils s'écartent suffisamment pour s'insérer parmi eux, et il a disparu.

« Pour info, Claudia, sache qu'aucun cocktail ne répond au nom de Vanderbilt, a dit William. Gus adore faire passer les gens pour des ploucs : il invente un truc, et se moque d'eux sous prétexte qu'ils n'en ont jamais entendu parler.

— Comme il doit s'éclater... » *Pour info ?* Qu'est-ce qui lui prenait ? Il se croyait en train de m'écrire un mémo ? « Pourquoi es-tu ami avec lui ?

— Pourquoi untel est-il ami avec untel ? » a-t-il

répliqué doucement, avant de se lever pour aller chercher une autre tournée. Derrière le bar, une guirlande de lumières colorées clignotait, tels de minuscules cœurs, exactement à l'endroit où de vrais cœurs auraient battu si les bouteilles avaient été des êtres humains ; haut au-dessus de nos têtes, des ventilateurs brassaient l'air avec la fumée et renvoyaient le mélange vers le sol ; les visages s'épanouissaient dans la pénombre ; les gens bavardaient en rejetant la fumée vers le plafond. Une ballade country s'échappait du juke-box. La plainte métallique de la guitare acoustique a soulevé une bourrasque dans ma poitrine ; le whisky a répandu à travers tout mon corps une langueur paralysante qui me rendait toute molle sur la chaise. J'enviais tellement Margot que j'en avais mal aux bras, mais c'était l'envie innocente, sans espoir, du paraplégique qui regarde un coureur olympique gagner une nouvelle médaille d'or.

Oh ! Et puis à quoi bon ! je me suis dit. Qu'est-ce que tout ça pourrait bien faire dans cent ans ? Tout serait fini à ce moment-là, et peut-être même qu'il n'y aurait plus personne dans le coin. Nous ne faisions tous qu'étayer nos ruines de fragments.

Le juke-box s'est tu. Où était passé William ? Dieu que je l'aimais. De nouveau, le sentiment du paraplégique désespéré m'a submergée. Le processus selon lequel les hommes et les femmes tombaient amoureux et s'accouplaient avait toujours été pour moi à peu près aussi clair que les équations mathématiques du second degré ou les rites maçonniques. J'avais grandi sans être exposée à de vrais hommes, en dehors des professeurs, qui ne comptaient pas vraiment. Je m'étais bricolé pour mon usage personnel une image composite à partir de la source limitée de matériel à disposition. L'opinion de ma mère — le sexe mâle était d'un ordre inférieur, dépourvu de sens commun, ou incapable de faire preuve d'un comportement responsable — avait naturellement pesé lourd, mais les romans gothiques et les contes de fées m'avaient inculqué la conviction, tout aussi solide mais diamétralement contraire, que, soit un genre de prince m'enlèverait et m'emporterait dans son château, soit Mr Rochester finirait par m'épouser si j'attendais le temps qu'il faut pour qu'il devienne aveugle. À huit ans, j'avais digéré l'idée que le mariage avait lieu lorsque l'homme parfait survenait, vous choisissait dans la file d'attente et vous courtisait. Tout ce qu'il y avait à faire, pour la fille, c'était de se tenir là et d'être patiente.

Après avoir vécu autant d'années avec des attentes si précises et si profondément enracinées, être confrontée à un véritable homme en chair et en os, c'était comme essayer de comprendre une conversation dans une langue étrangère apprise à l'école. Çà et là, je captais un mot familier, mais ces flashs de compréhension n'évoluaient jamais vers un échange suivi. S'enivrer et coucher avec de parfaits inconnus semblait ouvrir des voies de communication d'un ordre physique, temporaire, mais après je ne me souvenais jamais de ce que j'avais appris. William et moi étions amis, mais apparemment il n'y avait aucun pont entre l'amitié et les sentiments amoureux.

Le juke-box a implosé ; la foule s'est mise à crier en soufflant sur la fumée. J'ai lancé des regards paniqués autour de moi, avec l'impression que la petite fille de huit ans avait fendu les années qui me séparaient d'elle, et atterri chez Georges, seule et ivre.

William est arrivé à ce moment-là de la direction opposée. J'ai pris le verre de whisky bien frais dans mes mains et j'en ai bu une gorgée ; l'alcool avait un goût de sueur froide.

« Merci, j'ai dit. C'est la dernière chose dont j'ai besoin, mais merci.

— Où est Gus ? »

Et il a regardé alentour, perplexe, comme si la présence de Gus n'était pas un odieux fardeau dont il fallait à tout prix se décharger. Le whisky est remonté dans ma gorge et, cette fois, il avait un goût de bile.

« *La Terre vaine : une tragédie musicale*, j'ai dit d'un ton enflammé. Comment peut-on être aussi prétentieux ? Putain ! Qu'est-ce qu'il est imbu de sa personne !

— Me revoilà », a annoncé une voix au-dessus de nos têtes. Gus s'est assis avec affectation, en sirotant un Vanderbilt flambant neuf.

« Ah, te voilà, a fait William.

— Cette pièce n'aura tout simplement pas lieu, a dit Gus. (Il avait l'air frustré.) Personne ne peut me donner de piste. Il n'y a pas un seul espace libre dans tout New York.

— Tu peux utiliser mon appartement, si tu en es là », a proposé William.

Gus lui a passé un bras autour du cou et l'a

embrassé sur la joue en coulant un regard dans ma direction : « N'est-il pas la chose la plus merveilleuse que tu aies jamais vue ? »

J'ai répondu d'un signe muet, consciente de la promiscuité électrique, sous la table, de la jambe de William contre la mienne ; j'ai éloigné mon genou du sien juste avant qu'ils n'entrent en contact. Une fois nos verres terminés, William a déclaré, en s'étirant et en bâillant : « Bon, les enfants, c'est l'heure de rentrer faire mes devoirs.

— Dommage que tu puisses pas rester, a dit Gus. Je pense que je vais dériver vers le bar et faire un brin de causette avec ce garçon qui n'a pas arrêté de me mater. »

J'ai demandé à William s'il partait en direction du métro. « Bien sûr. Je te retrouve dehors, il faut que j'aille aux chiottes.

— Au fait, Claudia, m'a lancé Gus pendant que j'enfilais mon manteau, peut-être devrais-tu venir voir *La Terre vaine* avant de décider que c'est prétentieux. Tu pourrais être surprise. » Ses canines pointues se sont plantées dans sa lèvre inférieure. Nous nous sommes regardés droit dans les yeux ; à son expression, j'ai clairement compris qu'il ne m'aimait pas, qu'il ne me respectait pas beaucoup non plus.

Pour quelque obscure raison, maintenant que l'antipathie entre nous était ouvertement déclarée, j'ai éprouvé à son égard une bonne volonté aussi soudaine qu'étrange. « C'est de bonne guerre, j'ai répondu. Et bonne chance avec le blond.

— Il y a des gens qui n'ont pas besoin de chance, a-t-il répliqué dans un battement de cils.

— Nous en avons tous besoin, tu te souviens ? »

Sur quoi j'ai entrepris de traverser le bar pour gagner le trottoir, où j'ai inspiré profondément afin de décrasser mes poumons. La pluie tombait d'un ciel blanc et ruisselait le long des caniveaux. Je n'avais pas pris de parapluie ; des gouttes glacées me fouettaient le front, dégoulinaient dans mes yeux, avant de poursuivre leur route dans le col de mon manteau.

En pivotant vers la devanture vitrée du bar, j'ai cru apercevoir une lumière bleue glisser le long d'une mèche luisante de gel, juste à côté du visage de William. Les yeux fermés, William souriait. On aurait dit que Gus avait son visage niché au creux de l'épaule de William, mais l'air était enfumé, et la foule dense. J'ai secoué la tête pour m'éclaircir la vue, j'ai voulu regarder de nouveau dans le bar, mais juste à cet instant-là William a émergé sur le seuil. « Désolé, a-t-il dit, il y avait la queue. »

Là dehors, dans la rue froide, détrempée, battue par le vent, je me sentais encore plus ivre. Je titubais un peu comme une marionnette qui aurait eu du jeu aux articulations. Nous avons commencé à marcher et nous avons longé Saint Mark Place, dépassant des boutiques en sous-sol, des fast-foods éclairés au néon, un hôtel miteux. Nous avons contourné un groupe de Trustafarians à la dérive, leur peau de jeunes banlieusards boutonneux piercée, tatouée, maculée de traces, incrustée de crasse.

« Hé ! » j'ai lâché sur un ton de molle hostilité à

l'intention d'un grand mec émacié qui se mettait en travers de ma route, à moins que ce ne soit moi qui m'étais mise en travers de la sienne. « Rentre chez ta mère. »

Une main sur mon coude, William m'a tirée vers l'arrière. « Oh là, Claudia, on se calme. »

Je me suis appuyée contre lui.

« Qu'est-ce qu'il faisait à ton cou, Gus ?

— Quand ?

— On aurait dit un vampire. Juste avant que tu sortes du bar.

— Gus est un vampire !

— Eh bien, c'était dégoûtant », j'ai répliqué, mais sans grande indignation ; je me moquais pas mal de ce qu'on disait, du moment que j'étais contre lui. J'ai glissé un bras autour de sa taille, et il a posé le sien par-dessus mes épaules. À travers les couches des vêtements et du manteau, je devinais son corps vigoureux mais malléable, comme s'il pouvait tenir tout seul contre le mien, ou s'accommoder aussi bien de tout ce que j'aurais envie de lui faire. Un des boutons de sa chemise a cogné contre mes dents. J'ai fermé les yeux, comme dans un rêve, je me suis abandonnée à une brume de bonheur, et je l'ai laissé me guider. Il ne semblait pas y voir d'inconvénient.

Quand nous nous sommes immobilisés, j'ai rouvert les yeux, et vu que nous étions sur l'îlot au milieu de Cooper Square, dans le virage, à attendre que le feu soit vert pour traverser Lafayette.

« Tu veux que je t'arrête un taxi ? a-t-il demandé.

— Attends, restons là juste une minute.

— D'accord, mais ne t'endors pas, parce que je ne pense pas que je pourrais te porter jusque chez toi.

— Jamais je ne te le demanderai », ai-je murmuré, béate.

Le feu est passé au vert, et les gens autour de nous ont circulé, mais nous, nous n'avons pas esquissé le moindre mouvement. Nous tanguions légèrement, chacun maintenant l'autre droit. J'ai collé mon visage contre son cou, exactement à l'endroit où Gus avait mis le sien. J'ai frotté mon nez contre la peau et j'ai fermé les yeux. Son pouls battait sous ma bouche, intime et étranger. C'était merveilleux ; ma respiration s'est ralentie. J'ai senti l'odeur de sa peau, remonté la main jusqu'à la naissance de son cou, et pressé sous mes doigts les petits cheveux drus sur sa nuque. Sa tête a remué contre la mienne, j'ai entendu un bruissement de cheveux contre mon oreille, le froissement de son manteau. Quand j'ai levé les yeux vers lui, son visage était flou, ses yeux n'en formaient plus qu'un seul, étiré en longueur. Quand j'ai approché ma bouche de la sienne, une créature chaude, vivante, souple a abdiqué contre mes lèvres un bref instant ; l'instant d'après, elle n'y était plus. Tout s'était passé si vite, je n'étais pas certaine de n'être pas le jouet de mon imagination. Nous nous sommes retrouvés à quelques pas l'un de l'autre, à nous dévisager.

« Waou ! a fait William en riant. Qu'est-ce que c'était que ça ? »

J'avais le visage en feu ; la pluie froide lui faisait du bien. Spontanément, le souvenir de la bouche de William reculant devant la mienne s'est rejoué dans ma tête. Mon esprit était dans le même état que si une chape d'obscurité s'était abattue par-dessus ; mes mots étaient probablement indistincts, parce que ma bouche avait du mal à fonctionner correctement.

« J'arrive pas à croire qu'on se connaît depuis... Pourquoi est-ce qu'on n'a jamais couché ensemble ?

— Claudia... (Il avait une lueur dans l'œil, un éclair libertin et polisson de... Non, sûrement pas d'amusement, ça, c'était encore un tour de mon imagination)... tu es bourrée.

— Tu peux m'arrêter un taxi ? »

Il a levé le bras face aux voitures qui venaient vers nous et un taxi a déboulé le long du trottoir. William m'a aidée à monter à bord, et il a tendu un billet au chauffeur en lui indiquant mon adresse. « Gardez un bon pourboire, et rendez-lui la monnaie. » Le type a commencé à protester, mais William a insisté. « Hé, vous avez forcément de la monnaie, il pleut. Bon, salut, Claudia, je t'appelle demain. » Il a refermé la portière et s'est enfoncé dans la nuit, traversant Lafayette d'un bon pas, les pans de son manteau flottant derrière lui, sa mallette bringuebalant contre ses jambes. Où allait-il ? Il habitait en haut de Manhattan, sur York, vers la 90e Est.

Tout au long du chemin pour gagner le nord de Manhattan, les lumières de la ville se confondaient en un long ruban de couleurs fondues les unes dans les autres. Le chauffeur a freiné devant mon immeuble, poussé le compteur et allumé le plafonnier. Détendue dans la chaleur de l'habitacle, j'ai attendu, passive, quoi, je n'en savais rien. Il m'a tendu de l'argent, que j'ai repoussé d'un geste. Ma tête se prélassait contre le rebord de la banquette.

« C'est bon, j'ai fait, comme si j'étais la reine de Saba — et, précisément, j'avais besoin de croire que c'était le cas.

— Mais il m'a donné un billet de cent ! » a argué le chauffeur en m'agitant un paquet de billets sous le nez.

Oh, William... Il ne pouvait pas se permettre ça. À côté des traites de remboursement de son emprunt et du prêt consenti par son école de droit, mes propres dettes étaient de la rigolade. Est-ce que je lui faisais pitié à ce point-là ? Que le diable l'emporte. Ou plutôt qu'il aille se faire foutre.

« Gardez tout », j'ai répondu, royale, comme si c'était trop de souci de devoir s'encombrer de monnaie si tard dans la soirée. À peine étais-je sur le trottoir que le taxi s'est taillé et a bifurqué à la première inter-section. J'ai titubé jusqu'à ma porte d'entrée et four-ragé avec la clé pour l'ouvrir. J'ai gravi l'escalier avec lenteur, en m'accordant une pause pour appuyer la tête contre le mur. Parvenue au palier du deuxième étage, je me suis assise, adossée au mur, et j'ai contemplé fixement la peinture jaune cérumen de la cage d'esca-lier. Je ne pouvais pas affronter mon appartement. Toutes ces enveloppes encore intactes sur la table, là où je les avais laissées. Les cafards. Le lit défait.

Oh, merde ! j'ai pensé, en me souvenant. Je me suis relevée et j'ai grimpé ce qu'il restait de marches d'un bon pas, pleine d'appréhension.

3

Je suis entrée : pas de cafards en vue, pas de Dalila non plus, mais je savais qu'ils n'étaient pas loin. Je me suis retrouvée debout au milieu de ma chambre, assaillie d'un indicible sentiment de solitude. J'ignore combien de temps exactement je suis restée plantée là, mais à un moment donné le téléphone a sonné. Je suis allée décrocher avec une bouffée de joie. Il m'appelait pour s'excuser de s'être moqué de moi, de m'avoir expédiée à la maison. Pour me dire qu'il m'aimait.

« Claudia.

— Maman ?

— Est-ce que j'appelle trop tard ? »

Ma mère demeurait toujours debout jusqu'à « l'heure du dernier pipi », pour reprendre ses propres termes, classant des papiers ou lisant en grinçant des dents la plus récente des propagandes antifreudiennes.

« Pas du tout », j'ai fait. Bon, c'était parti... « Comment vas-tu, maman ?

— Oh, je vais très bien. » Elle a ajouté un truc en allemand, que j'ai fait semblant de ne pas comprendre. « Et pour toi, tout va bien ? »

À mon immense honte, je me suis entendue lui demander de me prêter de l'argent.

« C'est juste parce que je suis en retard pour le loyer. Et j'ai peur que cette fois il m'expulse. »

Elle a poussé un soupir.

« *Ja, liebchen*, che ne peux plus te prêter d'archent. C'est pas que che ne peux pas me le permettre, simplement, che ne pense pas que ce soit bon pour toi de me devoir autant. »

Elle avait entièrement raison, comme d'habitude, mais je n'avais jamais vraiment autorisé mon esprit à enregistrer le fait qu'elle attendait un remboursement de ma part comme c'était le cas pour mon banquier. J'avais toujours réussi à me bercer d'un faux sentiment d'immunité, supposant, vu que c'était ma mère, qu'elle appellerait ça un « prêt », mais protesterait énergiquement si jamais j'essayais de la rembourser. Ses dépenses étaient nulles, et son salaire de professeur titulaire de psychologie dans une université d'État augmentait sans arrêt. Combien pouvait coûter un pull en acrylique ? Comment allait-elle dépenser ses économies, sinon en renflouant de temps en temps sa bonne à rien de fifille ? J'aimais bien penser à moi en ces termes. Malheureusement, elle, non.

« Peut-être que le temps est venu de te trouver une meilleure situation. (Elle parlait la bouche pleine d'une chose qui ressemblait à des flocons d'avoine, mais devait être, plus vraisemblablement, du pudding instantané au chocolat.) Il est peut-être temps de décider ce que tu veux vraiment faire. »

Là, nous touchions au cœur du problème. Il nous avait fallu moins d'une minute pour y arriver.

« J'ai un bon boulot, j'ai dit d'un ton buté. J'écris un livre.

— Che sais combien c'est difficile pour les jeunes gens de bâtir une carrière », a-t-elle répondu, comme si écrire un livre était plus ou moins du même niveau que faire la plonge dans une cafétéria. Elle avait des théories sans fin sur la jeunesse, sur les illusions et les faiblesses qui l'accompagnent. Que se dirait-elle, d'ici quelques années, lorsque je ne pourrais plus, en aucune manière, être rangée dans la catégories des « jeunes » ? Quelle théorie invoquerait-elle alors ? « Che suis passée par là moi aussi, cinq ans dans cette ville, sans personne pour m'aider, rien que travailler dur. Che sais très bien à quoi ça ressemble. »

C'était vrai ; durant tout son troisième cycle à l'université, ma mère s'était nourrie de lait en poudre et avait vécu dans une chambre de la taille d'une cabine d'ascenseur ; mais là, à ce moment précis, tout cela n'avait aucun sens pour moi. Sa période de pauvreté était derrière elle, alors que moi, je pataugeais en plein dans la mienne. Je l'ai écoutée en silence tandis que sa mâchoire de sergent-major happait la cuillère. Elle portait, j'en étais sûre, son éternel pantalon vert kaki et un pull en acrylique d'une couleur bien pétard tiré aussi bas que possible sur ses hanches carrées et masculines, non pas pour les cacher, mais parce que c'était comme ça, pensait-elle, que ça se mettait.

« Tu sais, a-t-elle repris — et là j'ai rassemblé mes forces, car je savais beaucoup de choses, mais rien que je veuille entendre de sa bouche —, peut-être qu'il est temps que tu penses à t'inscrire en troisième cycle.

— Je ne veux pas faire de troisième cycle. » Je me suis gratté la tête pour dissiper un peu d'électricité statique refoulée à l'intérieur de mon crâne ; même ivre morte, je connaissais par cœur toutes mes répliques de cette conversation. « Et je ne pense pas que l'université veuille de moi pour un troisième cycle. Elle et moi, on a passé un accord. »

Elle a ri, du rire formel et bourru de quelqu'un qui n'a pas l'habitude de plaisanter. « Bon, de toute façon, che vais bientôt venir à New York, pour une conférence. Le premier samedi d'avril. Tu pourras peut-être trouver le temps de dîner avec ta vieille mère ? Pas trop de rendez-vous avec les cholis messieurs ?

— Bien sûr que j'ai le temps. On pourra aller dans ce restaurant ukrainien qui te plaisait, tu te rappelles ?

— Bah, ils se valent tous, des cafards plein les cuisines, personne qui se lave les mains. On pourrait plutôt rester manger chez toi, mais tu seras sans doute trop occupée, ce soir-là.

— Si tu veux, mais tu sais, ma cuisine est plutôt minable.

— Che ne sais pas si on ne finira pas en retard, et dans ce cas che ne veux pas te faire attendre, alors, on pourrait aussi bien se voir le lendemain, si tu es libre. Che ne pourrai pas me concentrer si che sais que tu m'attends dehors, affamée.

— Maman, je vis ici. Je trouverai bien un moyen de passer le temps. J'aime regarder les gens. Tout ira bien. »

Et ça a continué comme ça pendant au moins cinq bonnes minutes, jusqu'à ce qu'on tombe enfin d'accord : si la conférence s'éternisait, elle pourrait apaiser sa conscience en sachant que j'irais m'acheter un hot dog.

« Bon, on se retrouve sur les marches, alors, a-t-elle conclu.

— Oui. À six heures.

— Ou plus tard.

— Ou plus tard. J'attendrai. »

Toutes nos conversations, même en des temps meilleurs, étaient bâties selon un même plan. Ma mère poussait ma patience à bout, mais presque jamais au-delà, et je me cachais derrière un bouclier de gaieté filiale taciturne qui la tenait à distance sans jamais la repousser complètement. La moindre augmentation de la pression d'un côté ou de l'autre, et la ligne téléphonique se serait mise à grésiller, le fil se serait racorni entre nous deux comme une mèche de pétard.

Quand j'ai eu articulé un bonsoir et raccroché, j'ai remarqué que le voyant de mon répondeur clignotait. J'ai appuyé sur la touche « marche », une boule coincée tout en haut dans ma gorge. La voix de Jackie est venue m'écorcher les oreilles comme le croassement de quelque horrible oiseau.

« Claudia... (J'ai senti les côtes me comprimer les poumons.)... je viens juste de me souvenir d'une autre chose que je voulais vous demander quand je vous ai appelée tout à l'heure, mais là, maintenant, ça m'échappe. Il faut que vous veniez directement me voir demain matin en arrivant. Je sais que c'est important, quelque chose qu'il vous faudra faire d'urgence. »

J'ai pressé violemment la touche de rembobinage et je me suis effondrée sur le lit, d'où j'ai fixé le plafond nu et attendu que la pièce s'arrête de tourner. Des larmes ont ruisselé, froides, jusque dans mes oreilles. Dans la rue en bas, la circulation ronronnait à travers la pluie, ébranlant la membrane de plâtre blanc de ma petite chambre. L'air ambiant me tenait mollement dans son étreinte poisseuse. Je me sentais pareille à un singleton, ou encore à un jaune d'œuf, comme lui enflée d'humeurs et enveloppée d'une mince pellicule. Beaucoup plus tard, au prix de quelques contorsions, j'ai retiré mon jean, je l'ai jeté par terre, j'ai éteint la lumière, et je suis restée dans le noir un long moment, pas vraiment éveillée, mais sans dormir pour autant.

Peu de temps après mon départ d'Evandale, Arizona, pour Swarthmore, ma mère m'a appelée dans ma chambre et m'a annoncé qu'elle allait déménager vers l'est l'année suivante. J'ai eu l'impression qu'elle me suivait, aussi l'ai-je pressée de rester où elle était.

« Ch'en ai tellement marre de cet endroit, a-t-elle dit.

— Dans ce cas, pourquoi y es-tu restée toutes ces années ?

— À cause de toi, *liebchen*.

— De moi ?

— Oui, che voulais que tu grandisses dans ce si bel

71

endroit, et que tu n'aies pas à te faire de nouveaux amis pendant tes années de formation. »

J'ai ricané. « Maman, je n'avais pas un seul ami pendant mes années de formation. Je ne pensais qu'à partir. »

Ça l'a fait rire. « Tu adorais l'Arizona. Tu as eu l'enfance que ch'aurais voulu avoir, j'ai au moins pu te donner ça. »

J'ai jugé prudent de ne pas la contredire.

Même si elle vivait, depuis des années maintenant, dans le nord de l'État de New York, je me représentais toujours ma mère à Evandale, dans cette maison de coucou suisse toujours nickel, entourée d'une barrière blanche, posée sur sa pelouse miniature d'un vert artificiel et tondue en brosse. Elle était située à la lisière de la ville, dans une rue large et paisible qui finissait là où les contreforts commençaient leur ascension vers les montagnes, à l'extrémité de la vallée, au nord-est. Au-delà de la barrière de notre cour s'ouvrait un terrain vague, une étendue désolée de sable craquelé, peuplée de lézards, de cactus tonneaux, aussi bosselés et moustachus que de vieux bonshommes, de saguaros qui se saluaient en levant leurs bras poilus.

Cette immensité aride sur laquelle adhéraient plusieurs petites villes flétries et déprimées s'appelait la Ventana Valley ; Candlewick, la plus importante de ces bourgades, offrait, en termes de civilisation, un A & W, un Kentucky Fried Chicken, un Supermarché Babbitt et un cinéma drive-in. Evandale était à environ un kilomètre et demi de la sortie de l'autoroute, abject et minuscule trou perdu qui possédait une école primaire semblable à une prison, deux ou trois marchés qui sentaient le moisi, plusieurs églises — baptistes pour la plupart — et un parc anémié dans les tons de marron. La Ventana Valley, pour les voyageurs qui la traversaient, était un assommant déploiement de kilomètres vides à parcourir. Pour ceux d'entre nous qui étaient coincés là et auraient aimé ne pas l'être, c'était d'un ennui carrément mortel.

Ma mère avait conçu sa maison selon une économie spatiale qui n'avait rien à voir avec le désert où elle était bâtie, mais tout, en revanche, avec le petit village médiéval de la Forêt-Noire, au tissu urbain dense et enchevêtré, dans lequel elle était née et avait grandi. Sa maison se dressait, étroite et nette, fine structure d'avant-toits tarabiscotés, de fenêtres en saillie et de lucarnes, au milieu des vastes ranchs de plain-pied dotés d'auvents pour les voitures. Toutes les maisons de la ville avaient des plafonds bas en plâtre, du lino et des moquettes de récupération au sol, sauf la nôtre. Dans notre salle à manger, le plafond était haut, cintré de poutres apparentes en bois sombre ; nos planchers et nos comptoirs étaient cirés et polis jusqu'à briller d'une patine digne du Vieux Continent. Dans le bureau de ma mère, le long de deux murs, s'alignaient, époussetés deux fois par mois, les œuvres complètes de Freud, presque tous les livres existant à son sujet, les écrits de Jung et d'Adler (dans le but de comparaisons — défavorables bien entendu), et divers autres ouvrages de référence. Ma mère rangeait les lectures « légères » dans la bibliothèque de sa chambre au premier, une soixantaine de romans d'Agatha Christie en édition de poche cornée, et une collection reliée de romans russes du XIXe aussi épais que des pains de campagne. La plupart de nos voisins possédaient plusieurs bibles, étaient abonnés au *Reader's Digest* et exposaient sur la table du salon quelques best-sellers en éditions de poche flambant neuves, qu'ils donnaient à la vente de charité de l'église quand ils avaient fait leur temps. Dans un tel climat, l'attitude qui prévalait envers ma mère consistait en un mélange de suspicion et d'admiration. Elle était une intello dans un lieu où les gens considéraient le fait de puiser d'authentiques connaissances dans les livres avec une espèce de scepticisme teinté d'un soupçon de désir : personne ne comprenait ce genre de choses, ils n'y croyaient pas vraiment, le respectaient et, dans le même temps, tournaient en ridicule quiconque semblait savoir comment s'y prendre.

À vingt-deux ans, Gerda Steiner avait quitté Fribourg afin de poursuivre son doctorat de psychologie à Columbia, et elle était devenue citoyenne américaine plusieurs années après. Je me la représentais très bien, vêtue de l'une de ces volumineuses jupes plissées et ceinturées des années cinquante qui tombaient sur les tibias, tapant avec férocité sur sa machine presque jusqu'à l'aube, dans sa minuscule chambre meublée en bordure de Harlem, s'amusant comme une petite folle. Si la théorie freudienne était la flamme de la vérité, alors elle était la lanterne de verre qui l'abritait, brillant au-dessus d'une mer de ténèbres et illuminant ses profondeurs de compulsions orales, de rêves de perruques et de cigares, de complexes œdipiens, de pulsions et de désirs refoulés.

Enfant, Gerda avait adoré les westerns ; en Allemagne, elle allait s'asseoir dans les salles de cinéma, parfois pour voir trois fois le même film, et regardait, ébahie, les amarantes, les armoises, le sable. Du Sud-Ouest américain, elle connaissait seulement les images en noir et blanc qu'elle avait vues sur l'immense écran, mais c'était assez pour instiller en elle une attente si puissante que, sitôt son doctorat en poche, elle avait abandonné la civilisation pour les immensités sauvages de l'Arizona. Elle avait fondé sa mission au milieu du désert, l'Institut psychanalytique de la Ventana Valley, dans une hutte quonset poussiéreuse sur un bout de terrain broussailleux juste à la sortie de l'autoroute, près de Camp Ventana. Déçue ou pas par les réalités de l'Arizona après le rêve cinématographique de son enfance, elle avait foncé tête baissée dans les affaires. Elle avait fait de la pub et recruté des étudiants, elle avait fait connaître son nom dans le circuit des lecteurs d'université, et publié dans des revues freudiennes des articles aux opinions très certainement tranchées et provocatrices. Son mentor à Columbia, et son admirateur à vie, le Pr Grover Highland, recommandait autant qu'il le pouvait son programme d'études. En ce temps-là, personne n'était jamais allé en Arizona ; pour les habitants des banlieues et des villes, ça semblait aussi exotique et lointain que la Perse.

Ainsi, alors que tout jouait contre elle, ma mère avait réussi à convaincre un nombre croissant de gens de quitter leur famille et leur boulot afin de besogner au milieu de nulle part en sa compagnie. Au bout de trois ans, elle avait engagé encore plus d'instructeurs et déménagé dans les anciens locaux du Yavapai Country Club de Candlewick, une oasis de stuc étincelante où les systèmes d'arrosage lançaient leurs arcs de diamants au-dessus des anciens greens du terrain de golf. Docteurs en exercice et aspirants psychanalystes affluaient de tout le pays pour se faire analyser et assister à des séminaires intitulés : « Développement et résolution du transfert narcissique », « Éros contre Thanatos : une analyse de la psychanalyse », ou même « Ce que veulent les femmes ». En me souvenant de ce dernier, impossible de ne pas rire. Ce que veulent les femmes ! Quand tout ce qu'elle voulait, elle, c'était sa petite cour d'étudiants en adoration, sa petite maison impeccable, ses solides chaussures de marche, et ses sandwiches à l'arrière-train de cochon chaque jour à midi tapant ! Quelle autre femme, dans tout l'univers, pouvait bien désirer ces choses-là ? Comment ma mère pouvait-elle présumer parler pour le genre féminin dans sa totalité ? C'est pourtant ce qu'elle faisait, et tous ils l'écoutaient, prenaient des notes et la citaient plus tard dans leurs propres articles.

À trente-six ans, elle se retrouvait propriétaire de la seule maison tarabiscotée d'Evandale, gourou de son propre institut et mère célibataire d'une petite fille baptisée Claudia, d'après une tante célibataire qu'elle avait toujours admirée. Ma naissance était le seul élément dans tout ça qui n'avait peut-être pas fait partie de son programme de départ, mais elle s'est attelée à la maternité avec cette efficacité résolue qu'elle apportait à n'importe quelle tâche. Elle changeait mes couches et m'administrait des biberons de lait maternisé entre les séances et les cours (l'allaitement, c'était très bien et très bon pour les mères ordinaires, mais elle, elle était une mère trop occupée) ; chaque fois qu'elle avait besoin d'une baby-sitter, elle jetait son filet dans son vivier bien approvisionné en barbus sérieux ou en jeunes femmes au regard brillant, et l'un d'eux, obligeamment, balançait un hochet dans mon parc tout l'après-midi pour un salaire minimum, ou peut-être pour pas de salaire du tout. L'honneur d'avoir été choisi était sans aucun doute une récompense plus que suffisante.

Je n'avais ni père, ni frère, ni sœur. Mon parent mâle avait été un lecteur invité du nom de Charles Kirby, qui s'était laissé aspirer dans l'orbite de ma mère pour des raisons qui m'échappaient ; durant leurs séances non professionnelles, il avait réussi à produire un spermatozoïde assez intrépide pour pénétrer la peau coriace de son ovule. Quand elle en avait eu fini avec lui, elle l'avait jeté, et il était parti en rampant périr au loin. Du moins c'est ainsi que j'imaginais l'histoire de ma conception. Tout ce que ma mère avait bien voulu me raconter à son sujet se résumait aux faits qu'il était anglais, que c'était un homme et qu'il était mort avant ma naissance, renversé par une voiture en traversant une rue passante à Londres. Un jour, je suis tombée sur une photo floue de lui dans un catalogue des cours de 1967, l'année où il avait été lecteur à l'institut. J'étais restée perplexe devant sa beauté blonde radieuse : pourquoi avait-il ressenti le besoin de frayer avec quelqu'un comme ma mère ? Même si les photos de cette époque montraient une version d'elle plus jeune, plus mince et plus souriante, je trouvais presque impossible d'imaginer ces deux-là ensemble. « Il n'était pas très intéressant, m'avait-elle dit une fois. Il était tellement typique ! Vraiment, il n'en avait qu'après un truc.

— Quel truc ? » j'avais immédiatement demandé.

Comme n'importe quel freudien fervent, elle croyait qu'on refoulait le sujet du sexe à ses risques et périls. Elle m'avait donc répondu franchement, mais avec un détachement sec : elle était, elle, au-delà de besoins aussi animaux, exception faite de cette aberration momentanée du comportement dont j'étais le résultat. Son corps n'était que l'indispensable logis de son cerveau. Je ne l'avais jamais vue nue, et je doutais qu'elle eût jamais inspecté avec minutie, comme je le faisais si fréquemment moi-même, son image nue dans le miroir en pied fixé derrière la porte de sa chambre. Elle consacrait sa vie à passer au crible la boue de la psyché des autres tout en consignant la sienne au royaume des choses qu'il valait mieux laisser tranquilles ; le seul plaisir corporel qu'elle s'accordait, c'était la nourriture, dont elle se délectait sans aucune contrition.

En grandissant, j'ai de plus en plus pris conscience de la distance irréductible qui séparait la mère que j'avais de celle que je ne pouvais pas m'empêcher de désirer. Je n'étais jamais cajolée ni bercée, sauf par l'occasionnelle disciple baby-sitter qui avait laissé ses propres enfants à L.A. ou dans le New Jersey le temps de s'occuper de sa carrière, et qui trouvait en moi un exutoire à ses appétits maternels. Bien qu'elle ait dû entendre parler de diverses expériences de laboratoire où les souris que leur mère ne léchait pas s'affaiblissaient, s'étiolaient et, finalement, mouraient, toute l'attention que la mienne me prodiguait s'exprimait, pour l'essentiel, dans ses efforts pour déterminer la véritable signification de mon comportement : Freud avait pondu quelques théories carrément puissantes sur l'enfance, et l'on attendait de moi que je me conforme à toutes, sans exception. Je faisais de mon mieux pour m'exécuter, en apparence du moins, et du coup je me sentais minable, soucieuse, comme si ma mère allait percer à jour mon bluff et le dénoncer. À sept ou huit ans, elle m'a surprise en train d'admirer une de mes créations corporelles dans la cuvette des toilettes, au lieu de tirer la chasse immédiatement après ainsi qu'elle me l'avait appris, et elle m'a informée que je traversais une période tardive de fixation anale. « Pardon, j'ai dit en regardant la cuvette avec regret. Est-ce que je dois prendre des médicaments ? »

Elle a tiré la chasse d'une main calme. « Tu ne dois pas t'inquiéter. Tu es parfaitement normale. Il se peut que tu recommences, et, si c'est le cas, je veux que tu m'en parles, d'accord ?

— D'accord », j'ai fait.

Le lendemain, je me suis forcée à recommencer, même si, naturellement, j'avais perdu tout mon intérêt de la veille dans l'entreprise. Je suis allée dans son bureau lui rendre compte de mon comportement avec un demi-sourire nerveux, hypocrite. Elle m'a reconduite jusqu'aux toilettes, où elle a inspecté le tableau, qui était tel que je l'avais laissé. « Intéressant », a-t-elle dit, entièrement satisfaite. Elle a fait disparaître la donnée d'un coup de chasse d'eau et elle est partie se remettre au travail. J'ai haussé les épaules et je suis montée dans ma chambre, où je suis restée assise un moment, sans rien faire, me sentant vaguement malveillante, basse.

Ce qui me perturbait tout autant, mais d'une façon plus tangible, c'était l'assommante légion de figurines brillantes en porcelaine, disposées d'après une mystérieuse taxinomie transmise de génération en génération sur la moindre surface plane, de bas en haut de la maison. Il ne fallait ni les déplacer ni les toucher. Ma mère les époussetait elle-même. Elles avaient appartenu à sa mère et, avant elle, à sa grand-mère. Ma mère était leur actuelle gardienne, puis mon tour viendrait, mais elles n'avaient pas de réel propriétaire, c'étaient plutôt des espèces de divinités domestiques. Elles possédaient, en miniature et collectivement, une étrange sorte de pouvoir, une morbide droiture teutonne. Je les détestais toutes : la petite bergère aux lèvres pincées et son agneau qui gambadait, la batterie de chérubins gras et obscènes aux jambes comme des jambons de marbre, le troupeau de vaches faméliques et de chèvres, avec leurs sinistres têtes humaines, les cohortes de mariées sans leur marié, rassasiées et suffisantes, l'armée de pastoureaux et pastourelles brandissant seaux, binettes, râteaux, ou fifres, cors et tambours, tous pimpants, avec leurs joues comme des pommes, tous aliénés par la joyeuse acceptation de leur sort. Ces figurines m'inspiraient des fantasmes récurrents, puissamment agréables : je les fourrais toutes dans une boîte en carton, je les emportais dans le désert, je creusais un trou très profond, et je les enterrais sous un saguaro. Mais comme ma mère avait bien mis les points sur les i — en toucher une, la déplacer, ou même la heurter accidentellement était passible d'une punition capitale —, je longeais les couloirs étroits tel un funambule sur sa corde raide, et je ne m'aventurais que rarement dans le salon, où le moindre guéridon bancal, la moindre étagère étaient encombrés de ces figurines.

J'avais quelques amis, mais notre alliance n'était que le réflexe de défense, le ralliement de circonstance des outsiders : Reuben Grady, qui respirait par la bouche et sentait le pipi ; Linda Flavin, qui était témoin de Jéhovah et n'avait pas le droit de faire des décorations pour Halloween ni de porter des shorts à la gym ; Jessica Marshall, grosse et intelligente ; Bobby Gordon, gros et binoclard ; Billy Snow, l'effrayant petit vicieux, et moi. Jamais il ne venait à l'idée d'aucun d'entre nous de traîner ensemble après l'école. Ça suffisait de devoir être mis dans le même panier toute la journée.

Le seul de mes copains parias avec lequel j'avais des affinités, c'était Billy Snow. Ed Snow, son père, était l'administrateur en chef de l'institut ; Ed et ma mère n'étaient pas à proprement parler amis, parce que ma mère n'avait pas d'amis, mais ils s'appréciaient assez pour s'asseoir à une table de poker tous les mois, ou tous les deux mois, si bien que Billy et moi partagions ce lien vague qui unit les gamins dont les parents collaborent d'une manière ou d'une autre : nous ne savions pas si nous nous aimions, mais quand nous nous croisions dans les couloirs de l'école ou sur le terrain de jeux, nous échangions un sourire gêné, comme si nous partagions un secret coupable.

Ed Snow avait beau avoir une maîtrise en administration de l'université du Texas et occuper un poste dans un bureau au milieu d'une clique de psychanalystes, il ressemblait et se comportait comme un personnage de *Délivrance*. C'était un homme cambré, joufflu, bedonnant, avec des cheveux rasés de près d'un blond presque blanc, un visage large et mou, et deux petits yeux de travers de part et d'autre d'un nez retroussé. Quand il venait jouer au poker chez nous, son gloussement sinistre et haut perché dérangeait les courants d'air et me donnait la chair de poule. Sa femme était morte quand Billy avait trois ans. C'était forcément à elle que Billy ressemblait ; Ed Snow était une espèce de rongeur, un gros rat d'égout tout flasque, alors que Billy était un hybride, sauvage mais intelligent, aux traits fins, à la silhouette dégingandée, avec des cheveux bruns maladroitement coupés et de grosses lunettes, dont une branche tenait par un bout de ruban adhésif.

Billy me faisait peur, mais je l'admirais. Sa résistance était aussi ouverte que la mienne était cachée. Il vivait avec son père dans une maison lugubre dont une des fenêtres était condamnée, cassée par Billy en personne, et qui n'avait jamais été réparée. Dans les petites classes, les infractions de Billy étaient mineures : il bousculait les filles, il envoyait des crachats sur le tableau. Avec les années, ses délits ont progressé : ça allait de mettre le feu aux poubelles et de voler l'argent du déjeuner jusqu'à arracher une cuvette dans les toilettes des garçons ; en huitième, comme pièce de résistance, il a démarré, durant les heures de classe, la Mustang d'un professeur en tripatouillant les fils, et il est parti s'en donner à cœur joie dans le désert. Il était sans arrêt convoqué dans le bureau du principal. Les profs l'expulsaient de leurs cours, menaçaient de le renvoyer définitivement, le frappaient, écrivaient des mots à son père, mais rien de tout ça ne paraissait l'affecter de manière visible. Son père le battait, tout le monde le savait. Un matin, il était arrivé en boitant et s'était tortillé sur sa chaise comme s'il ne parvenait pas à se mettre dans une position confortable, mais ça ne l'avait pas calmé pour autant. Il détruisait tout ce qui se trouvait sur son chemin, et quiconque se moquait de lui ou le provoquait s'en repentissait : Billy bondissait, en moulinant des bras, et essayait de lui arracher les yeux. La plupart des élèves le laissaient tranquille.

Dans le spectacle de Noël en septième, Billy tenait le rôle de Joseph, et moi celui de Marie. Nous devions nous traîner péniblement sur la scène, de la droite vers la gauche, puis de nouveau vers la droite, tandis que plusieurs aubergistes dans des encadrements de porte nous repoussaient ; ce faisant, Billy, selon les instructions du professeur, me soutenait, une main autour de ma taille, l'autre sous mon coude, et me guidait comme si j'étais une femme enceinte de neuf mois au lieu d'une petite fille de sept ans. Jusque-là, j'avais toujours pensé que Billy était de ces gens dont il n'était pas sage d'attirer l'attention, mais, alors qu'il m'enveloppait comme une chose précieuse et fragile et qu'il me regardait avec une tendresse si angélique, si envoûtante, j'étais sous le charme, et plus du tout concentrée sur mon rôle. Je lui rendais son regard avec reconnaissance, oubliant le public et le spectacle, oubliant tout sauf cette compassion qui s'était emparée de moi, sortie de je ne sais où.

Le spectacle achevé, Billy est redevenu le détraqué imprévisible qu'il avait toujours été, il n'a plus manifesté aucun intérêt ni envers moi ni envers personne, mais, depuis ce moment-là, je me sentais secrètement alliée avec lui, qu'il le sache ou non.

L'autre personne que j'admirais, mais là, sans en faire vraiment mystère, c'était Lauren McDevitt, une voisine. En ces jours bénis où elle n'avait rien de mieux à faire que de jouer avec moi, je bondissais et abandonnais mon livre dès que j'entendais la sonnette de la porte, et je courais en bas aussi vite que possible, sans déranger les figurines. Sitôt que j'ouvrais la porte, Lauren m'attrapait par le bras et me tirait dehors pour lui servir de figurante dans les divers jeux qu'elle imaginait — le jeu de l'explorateur, du voyageur, de l'espion venu d'ailleurs —, jeux dont elle déterminait l'intrigue générale et les paramètres, et dans lesquels j'essayais de pourvoir aux détails littéraires. Contrairement à elle, mes goûts avaient un sérieux penchant au romantisme et à l'invraisemblance ; du coup, ces séances de on-joue-à-faire-semblant incluaient toujours des courses-poursuites, des cris, et très peu d'éléments dramatiques.

Juste derrière la cour de nos maisons respectives, il y avait une vieille voiture rouillée, à moitié enlisée. Un jour, nous nous sommes faufilées par un trou dans la clôture de chez Lauren, pour aller nous asseoir dans la voiture et filer vers de lointaines destinations ; Lauren m'a autorisée à poursuivre le récit que j'avais imaginé pendant qu'elle s'affairait à passer les vitesses, à faire ronfler le moteur à travers les décors que je décrivais avec une joie fébrile : un pont jeté par-dessus une rivière profonde nous conduisait aux abords d'une ville, au cœur de laquelle nous foncions, longeant une enfilade sans queue ni tête de cinémas, de gratte-ciel, d'immeubles et d'appartements, de grands magasins. Pour finir, Lauren a dû me rappeler à l'ordre.

« C'est moi qui conduis, Claudia.

— Je sais.

— Alors, arrête de me dire où nous allons.

— D'accord », j'ai fait, submergée par un brusque sentiment d'adoration. J'ai soupiré : « Tu es si belle. Tu as des cheveux de princesse. » Elle a grogné, en chassant ma main et en me poussant la tête : « Fiche-moi la paix, espèce de goudou. »

Tout au long des ces longs après-midi où nous étions ensemble, j'avais toujours conscience d'être une poussière au fond d'une cuvette de rocaille vaste et minable, sous le ciel vide, enterrée dans le silence et la chaleur, entourée de sable vierge. Les contreforts, avec leur fourrure de mesquite gris-vert, filaient vers les montagnes lointaines, assises bien droites à l'horizon, déconnectées du sol de la vallée, comme si elles avaient été posées là toutes faites. À l'ouest, sommets et plateaux brillaient d'un rouge profond ; des veines magenta et vertes s'étalaient en toiles d'araignée sur les formations rocheuses découpées en forme de plaques ou de mains géantes, aux superpositions de couches vermillon, violettes, brique. Des masses nuageuses, avec leurs strates de charbon et d'ocre, leur faisaient écho, rocs escarpés modelés par le vent, si denses qu'on aurait dit des minéraux ; le parfum de la sauge et l'odeur de la poussière alourdissaient l'air. Au soleil couchant, l'air flottait bas, strié comme un champ de terre pigmentée bizarrement labouré, projetant en contre-jour un éclairage au néon sur les montagnes, filtrant toutes les couleurs des rochers, réduisant les buissons à d'abstraites découpes sombres. Le vent se déplaçait dans la vallée comme une main gigantesque et m'emplissait d'une impatience permanente, d'une vacuité que j'ai identifiée, plus tard, à de la solitude.

Juste à la sortie d'Evandale, il y avait une usine que j'apercevais depuis notre cour. Tout au long de la journée, des camions franchissaient son portail, entraient et sortaient dans un nuage de fumée et de poussière, mais, la nuit, l'usine se métamorphosait en un échafaudage de tubes d'un blanc étincelant et de lumières dorées. Il y avait un moment, chaque soir quand le soleil se couchait, où les lumières de l'usine s'allumaient tandis que le ciel offrait encore un déchaînement de nuages et de couleurs ; cette soudaine illumination n'avait alors pas plus d'effet qu'une ampoule s'allumant dans une pièce déjà inondée de clarté. En revanche, lorsque le ciel s'assombrissait, les feux du bâtiment s'intensifiaient, et l'on aurait dit qu'il se mettait à flotter sur le sol sablonneux de la vallée, telle la ville imaginaire dont je rêvais. Quand les lumières de l'usine étaient devenues si vives que des halos nimbaient nos cils, ma mère apparaissait sur le seuil de la porte de derrière, râblée et impérieuse, et chantonnait un « Hou-ou » dans l'obscurité, ce qui déclenchait le rire de Lauren, et me faisait intérieurement grincer d'irritation, et d'un embarras lié à cette mère bizarre, étrangère, désespérément pas cool, rigide et rétrograde qui était la mienne. C'était l'heure de rentrer dîner.

Au fil des années, ma mère a engagé une ribambelle de femmes pour nous faire la cuisine et le ménage. Je n'avais pas vraiment l'occasion de les connaître, puisqu'elles venaient dans la journée, pendant que j'étais à l'école. À mon retour, elles étaient parties, notre linge était propre et plié, la vaisselle du petit déjeuner faite, les lits aussi, les sols balayés. Elles laissaient également des marmites de ragoût ou de chili sur la cuisinière, des poêles d'enchiladas dans le four. La nourriture qu'elles préparaient me dégoûtait curieusement : des mains inconnues avaient découpé la viande, émincé les oignons, roulé les crêpes. Ma mère adorait ces plats. Elle les mangeait avec un extraordinaire plaisir, et s'irritait que je n'en fasse pas autant . « Arrête de chipoter, ordonnait-elle. Si tu ne manges pas ça, tu vas mourir de faim, parce qu'il n'y a rien d'autre. » J'avalais avec des haut-le-cœur, réfugiée dans un silence venimeux qu'elle ne remarquait pas le moins du monde, bien trop occupée qu'elle était à remâcher ses chamailleries avec quelques-uns de ses collègues les plus querelleurs, Mark Wickers et Susan Fletcher, par exemple : « Ils m'ont demandé la permission d'animer ensemble un atelier sur les techniques de Skinner. C'est dommage pour eux parce que Fletcher ne va pas revenir l'an prochain, et Wickers a eu beaucoup de chance de décrocher ce contrat. Che ne peux pas supporter ces gens idiots ! Ils me rendent dingue avec leurs idées stupides ! » Et elle me scrutait, comme si je pouvais être de mèche avec eux. Je filais dans ma chambre dès l'instant où j'avais séché mes mains au torchon.

À huit heures et demie, le soir, une fois en pyjama, je descendais passer la tête dans son bureau pour lui souhaiter bonne nuit. Dans les livres, les mères embrassent leurs enfants, leur racontent des histoires et leur chantent des berceuses. Je restais sur le seuil, pétrifiée de timidité, emplie d'une attente sans espoir, à triturer un éclat de bois sur l'embrasure en regardant ma mère. Au moindre encouragement de sa part, j'aurais volé dans ses bras, enfoui mon visage dans son cou, et je me serais serrée contre elle si fort qu'il lui aurait fallu, pour se débarrasser de moi, me décoller d'elle, un membre après l'autre.

Au bout d'un moment, elle levait les yeux de son livre, un doigt posé sur la page pour marquer la ligne. « Tu t'es brossé les dents ?

— Oui.

— Lavé la figure ? Fini tes devoirs ?

— Oui, à l'instant, mentais-je.

— Alors, ça va, tu peux monter. Dors bien, *liebchen.* »

J'attendais un instant. C'était raté. « Bonne nuit, m'man. » Et je remontais.

Après le petit déjeuner — un bol de céréales froides que je me forçais à faire descendre à la hâte au fond de la gorge pour empêcher ma mère de sortir le thermomètre rectal —, j'attendais comme tous les jours devant chez Lauren qu'elle apparaisse. On parcourait ensemble les huit ou neuf blocs qui nous séparaient de l'école. Lauren se montrait assez gentille avec moi jusqu'à l'instant où nous mettions les pieds dans la cour de récréation. Là, une formidable junte de filles, des filles populaires, cachottières et narquoises, s'attroupait autour d'elle. Derechef, je glissais aux oubliettes, ce qui n'était pas une surprise, puisque ma valeur politique était nulle. Avant que la cloche sonne, j'allais traîner à l'écart sous le passage couvert qui reliait les bâtiments, et je m'asseyais, le dos appuyé contre le mur en parpaing, un livre calé sur mes genoux.

Le samedi matin qui a suivi mon quatorzième anniversaire, c'est-à-dire lorsque j'ai eu atteint l'âge considéré par ma mère comme celui de la « maturité sexuelle » (j'avais mes règles depuis plus d'un an déjà mais j'avais été incapable de lui en parler), ma mère a gravi l'escalier d'un pas martial et a frappé à ma porte. Elle est entrée en brandissant un sous-vêtement blanc et épais d'allure orthopédique qu'elle avait acheté exprès pour moi. La chose ne ressemblait que de très loin aux vieilleries en dentelle rose que Lauren me cédait depuis deux ou trois ans, et jamais je n'aurais compris de quoi il s'agissait si ma mère ne m'avait pas fait une démonstration sans y aller par quatre chemins, selon son habitude. « Claudia, a-t-elle dit en plaquant contre sa poitrine le machin qui ressemblait à un bandage Ace, ce soutien-gorge est pour toi, et tu vas le mettre pour ne pas t'affaisser de partout. » Elle avait également apporté une boîte de maxi-tampons. Lauren m'avait déjà appris comment les utiliser, mais c'est avec une fascination horrifiée et captivée que j'ai regardé ma mère tenir le tampon sous son entrejambe, avec le pragmatisme blasé d'une hôtesse qui explique comment boucler sa ceinture.

À un moment donné, au début de notre première année au lycée, Billy Snow a dû se réveiller et réaliser qu'il avait intérêt à prendre lui-même les choses en main, étant donné que personne ne l'aiderait à s'échapper. Il traînait dans les corridors d'un air morose, ses livres coincés sous une de ses grandes mains, l'autre profondément enfoncée dans la poche de son pantalon pour ne frapper personne. Il n'avait jamais de petite amie, n'allait jamais à aucune boum ; ses vêtements étaient froissés et pas vraiment propres, comme s'il avait dormi tout habillé, ses cheveux n'étaient pas lavés et il sentait fort le tabac. Mais Billy était un élève émérite, inscrit sur tous les tableaux d'honneur, et c'est avec la plus forte bourse qu'il est entré à l'université d'Arizona.

Je suis partie à Swarthmore avec une aide financière suffisante pour que ma mère n'ait pas à vider son compte d'épargne. J'étais en deuxième année quand elle a intégré l'université de l'État de New York, à Albany. Elle a délégué l'institut à plusieurs personnes de son staff, dont le perfide lecteur de Skinner, Mark Wickers, qui s'était débrouillé pour rentrer en grâce. Elle s'est acheté une maison victorienne dans une rue arborée près du campus, et elle a commencé à recevoir des patients à domicile en plus de sa charge d'enseignante. Depuis, elle n'en avait plus bougé, plutôt heureuse dans l'ensemble.

Cinq ans après avoir obtenu mon diplôme et déménagé à New York, un mercredi soir, j'étais au marché bio d'Union Square lorsque, penché au-dessus de l'étal d'un marchand de cidre, j'ai vu Billy Snow. Ma première réaction, presque même avant de le reconnaître, a été une pointe de soulagement née de la restitution d'une chose que j'ignorais avoir perdue. La pente de son front, son expression, la manière dont il se tenait m'étaient familières et poignantes comme si notre longue séparation avait été celle d'époux désunis. « Billy », j'ai dit, sans autre entrée en matière. Il s'est retourné et il m'a vue ; son visage est demeuré un instant impassible. « Claudia Steiner », a-t-il fini par prononcer, incrédule, et là son visage est revenu à la vie, il a souri, content de me voir. On est restés debout à discuter jusqu'à ce qu'on décide d'aller boire un coup, et nous nous sommes dirigés vers le Old Town Bar, pour la première de nos innombrables tournées dans les bars.

Sorti l'année précédente diplômé en droit de Columbia, il était depuis peu collaborateur « junior » dans un cabinet d'avocats dont le chapelet de noms évoquait immanquablement le *Mayflower*. Ce qui expliquait le fait qu'il porte un costume, et qu'il use, de temps en temps, et avec une ironie seulement partielle, de termes de jargon d'entreprise tels que « zéro réflexion » et « zone de confort ». Mais il était toujours le même, nerveux, râleur, impatient, rétif à toute forme d'autorité. Il essayait encore de se dompter lui-même, afin d'obtenir ce qu'il voulait.

« Ça fait des années que je ne suis pas retournée en Arizona, j'ai dit devant une pinte de bière. Je détestais ce bled à l'époque, Billy. Je ne savais même pas à quel point c'était magnifique jusqu'à ce que j'en parte.

— Je vois exactement ce que tu veux dire. Au fait, Claudia, je m'appelle William maintenant. »

Je me suis retournée dans le lit, et j'ai écouté le bruit de la circulation sous la pluie. Tel un vol d'oiseau, quelques vérités froides et claires se sont acheminées une à une jusqu'à ma conscience : je n'étais, même pas très médiocrement, digne de William, et jamais il ne serait à moi ; j'avais demandé à ma mère de me prêter de l'argent et elle avait refusé ; j'avais laissé toute la monnaie des cent dollars au chauffeur de taxi ; personne n'allait payer mes dettes ; personne ne me sauverait de moi-même. Je me suis endormie, bercée par le doux battement d'ailes dans ma tête.

4

Je me suis réveillée le lendemain matin à huit heures, de bonne humeur et étonnamment reposée. Je n'avais à l'esprit qu'un souvenir très vague des événements de la veille. Je suis demeurée allongée un moment, flottant sur une optimiste illusion de bien-être, avant de me lever par paliers : je me suis assise à la tête du lit, en me grattant le crâne pour dissiper le brouillard, je me suis mise debout, puis, à pas prudents, me suis dirigée vers la salle de bains. Tout semblait trop étriqué, trop loin, mes membres manquaient de ressort, ils étaient lourds, mal coordonnés, comme si j'avais beaucoup grandi pendant la nuit.

J'ai passé la porte de la salle de bains en titubant, j'ai ouvert le robinet de la douche, attendu que l'eau soit aussi chaude que je pouvais le supporter et me suis glissée sous le jet. À la vue de mes seins, j'ai pensé au sexe, au fait, en particulier, que je n'avais pas fait l'amour depuis longtemps. Je me suis savonné la poitrine ; c'était bon. J'aurais aimé que quelqu'un d'autre soit là pour s'en occuper à ma place, mais j'ai dû m'accommoder des moyens du bord, en l'occurrence des souvenirs de mes diverses rencontres avec John Threadgill. John et moi nous étions séparés au printemps précédent, après une aventure de tout juste deux mois, non sans avoir eu auparavant notre compte d'ébats gloutons sur des banquettes de taxis, dans des toilettes de bars de nuit, des halls de vieux immeubles délabrés du Lower East Side. Leur souvenir fournissait des points de départ à mes fantasmes chaque fois que j'en avais besoin. J'ai fait basculer l'arrivée d'eau sur le robinet ouvert au maximum, et j'ai avancé l'entrejambe en plein sous le jet, en imaginant que John s'en donnait à cœur joie avec sa brutalité coutumière, sur le quai de chargement d'un entrepôt des abattoirs par une nuit d'hiver. Nous avions bu assez de vin rouge dans le courant de cette longue nuit pour résister aux morsures de l'air glacé et demeurer insensibles au contact des bordures métalliques sur lesquelles nous n'arrêtions pas de buter. Nous étions entièrement vêtus, à l'exception des parties stratégiques, et nous jouissions, avec violence, dents serrées, en riant à moitié, uniquement conscients de nos chairs nues, chaudes, unies, tout le reste nageant dans un flou fébrile.

Quand ce fantasme a eu fait son temps, j'ai éprouvé un bref instant de déroute, en essayant de faire coïncider le robinet avec une image nette de l'homme imposant que mon imagination venait, un instant plus tôt, d'autoriser à me violer. Je suis sortie de la baignoire, je me suis essuyée, j'ai séché mes cheveux, j'ai enfilé une jupe en laine raisonnablement propre et un cardigan pour cacher la couture déchirée de mon chemisier, j'ai avalé une tasse de café et foncé dans cette nouvelle journée. L'air froid et lumineux m'a fouetté le visage ; on aurait dit que, pendant la nuit, le whisky s'était métabolisé en une autre sorte de drogue, une combinaison tonifiante de caféine et de champagne.

Et puis, sorti de nulle part, un mécanisme mental à retardement a mis en branle le souvenir de tout ce qui s'était passé la nuit précédente. Je me suis figée devant un PMU, et mes yeux écarquillés se sont mis à fixer l'intérieur de la salle jonchée de papiers et imprégnée de sueur. J'ai croisé le regard d'un homme qui me dévisageait, mais j'étais trop gravement touchée pour comprendre d'emblée ce que je voyais. Nos regards se sont soutenus une fraction de seconde de trop, et puis l'homme a haussé les sourcils. J'ai vite regardé ailleurs, et j'ai descendu Amsterdam Avenue d'un pas chancelant, en ayant le sentiment d'avoir lacéré le tissu fragile dont ma vie était faite. Je voulais me précipiter contre le trottoir et réduire mon crâne en marmelade contre le béton.

C'est alors que j'ai entendu, comme cela m'arrivait parfois, la voix de Ruth Koswicki, mon ancienne analyste. « Allons, Claudia, disait la voix dans ma tête, où est le problème si le volcan entre un peu en éruption ? Vous croyez vraiment que toute cette lave peut rester indéfiniment enfouie ? » Je pouvais voir son visage rond et franc, ses yeux sombres braqués sur moi avec sincérité, les mèches de cheveux poivre et sel échappées de son chignon, sa poitrine opulente soulevée par l'intensité qu'elle apportait à sa réponse. Elle portait des sortes de robes traditionnelles hawaiiennes avec des baskets, et elle semblait être perpétuellement enrhumée. Elle se servait une tasse après l'autre d'infusion de camomille d'une théière posée sur la table à côté d'elle, et les buvait à petites gorgées, avec des mouvements de chat qui lape. Lorsque j'avais appelé pour prendre mon premier rendez-vous, elle m'avait certifié au moins huit fois qu'elle n'était pas freudienne ; j'avais consenti à la voir à cette condition, et seulement parce que j'étais déprimée, désespérée, ne sachant pas vers qui d'autre me tourner. Quand elle se lançait dans ses tirades les plus ferventes, l'envie d'éclater de rire me démangeait ; quand elle cherchait à me convaincre et à me réconforter, je me tortillais, embarrassée, sceptique comme un enfant, mais je continuais à la consulter, semaine après semaine, parce que, quelque part, je savais que ça me faisait du bien de me frotter à son maternage chaleureux et sentimentaliste. Lorsque j'ai démissionné du poste de réceptionniste que j'occupais à ce moment-là, j'ai perdu mes droits à une couverture médicale et suspendu mes visites. Je n'y étais plus retournée depuis, mais Ruth se débrouillait encore pour faire des apparitions gratuites de temps à autre. « Pourquoi pensez-vous que vous ne méritez pas de faire reconnaître vos sentiments ? Où est le problème s'il sait vos véritables sentiments ?

— La ferme, Ruth », j'ai murmuré, mais, confusément, je me sentais mieux. J'ai longé la 80e Ouest, j'ai traversé Central Park Ouest et poursuivi ma route dans le parc. Les promesses printanières de la veille s'étaient rétractées pendant la nuit. Un anneau de glace décorait la pointe des hautes herbes qui entouraient l'étang près du Delacorte Theatre. En dépit du manteau et de l'écharpe dans lesquels j'étais emmitouflée, du bonnet de laine qui emmaillotait ma tête, le vent glacial me pénétrait jusqu'aux os, me congelait les jambes, on aurait dit deux bûches inertes. Les rayons bas du soleil matinal perçaient entre les branches nues des arbres, aveuglants. Pour résister au vent, j'ai marché, ployée vers l'avant, les yeux plissés, en serrant les pans de mon manteau. Mes oreilles étaient douloureuses, mes yeux larmoyants, mon nez ruisselant.

Quand je suis arrivée chez Jackie, la bonne était en train de préparer le plateau du petit déjeuner. Depuis plus de dix ans qu'elle vivait aux États-Unis, Juanita n'avait jamais jugé nécessaire d'apprendre le plus petit mot d'anglais, comportement que je trouvais à la fois xénophobe et admirable. Jackie communiquait avec elle par le langage des signes et un espagnol rudimentaire qu'elle avait inventé à partir de l'italien et du français. Elle payait Juanita moins de la moitié des tarifs en vigueur, et justifiait le fait d'« aider » un de ces « émigrés clandestins » par tout l'argent qu'elle économisait. Pour économiser davantage encore, elle ne faisait venir Juanita que le matin. Comment celle-ci occupait ses après-midi et se débrouillait pour faire vivre ses enfants avec les gages dérisoires que lui allouait Jackie, je l'ignorais totalement, puisque Juanita et moi ne pouvions rien partager d'autre qu'une solidarité non-verbale des plus sommaires. Ça ne faisait pas l'ombre d'un doute que Jackie préférait qu'il en soit ainsi.

« Bonjour », ai-je dit en suspendant mon manteau dans le placard à balais. J'avais le visage en feu et le nez qui coulait en se décongelant au contact de la chaleur.

« *Buenos días*, a répondu Juanita en décalottant un œuf à la coque. *Cómo estás ?*

— Bien », ai-je fait, avant de me diriger vers la chambre de Jackie. J'ai frappé discrètement à la porte et je suis entrée. Vêtue de sa veste de nuit en satin rose, assise contre six ou huit oreillers, Jackie tenait ses lunettes de lecture dans une main, et un journal dans l'autre.

« Dieu du ciel ! » s'est-elle écriée en me voyant, avant de s'abriter derrière son journal, comme pour me repousser.

« Qu'est-ce qui se passe ?

— Oh ! Claudia, c'est vous ! Mon Dieu, vous m'avez fait une de ces peurs ! Vous avez l'air si grosse avec ce bonnet. Enfin, votre visage, je veux dire. J'ai cru que vous étiez une inconnue.

— Je suis désolée », ai-je dit en ôtant mon couvre-chef que j'avais complètement oublié. J'ai passé la main dans mes cheveux pour les assagir ; ils ont grésillé et se sont dressés contre ma paume.

Jackie riait, haletante. « Quel choc ! (Elle s'est tapoté la clavicule.) Vous ressembliez à une de ces femmes.

— Je suis désolée, ai-je répété. Quelles femmes ? »

Juanita est entrée avec le plateau, sur lequel étaient

posés l'œuf à la coque sur une assiette, quatre toasts de pain de mie sans croûte et découpés en triangle, un pot de marmelade, une théière, tout un assortiment d'accessoires pour le thé et d'instruments en argent. Quand Juanita a eu déposé le plateau sur le lit, Jackie lui a fait signe de se retirer. Tandis qu'elle s'exécutait, nos regards se sont croisés, et sont demeurés aussi prudemment impersonnels l'un que l'autre.

Jackie a tout dérangé sur le plateau jusqu'à ce qu'il soit disposé à sa convenance. « Qu'est-ce que vous attendez ?

— Vous m'avez dit que vous vouliez me voir dès que j'arriverais. »

Elle a pris un air vague. « Je suppose que je voulais vous dire que... Peu importe, je m'en suis occupée hier soir. Allez-y, vous avez du pain sur la planche. »

J'ai fait rouler le chariot avec l'ordinateur et l'imprimante de l'office jusqu'à la salle à manger, j'ai installé ma table, et attrapé mon travail de la veille sur l'étagère. Les photos étaient sur le haut de la pile. J'ai vérifié qu'elles étaient bien toutes là. Ce n'était pas le cas. Il manquait une enveloppe, celle avec la photo d'Imelda dans le massif de fleurs.

Dans un premier temps, je ne me suis pas inquiétée ; la photo n'était forcément pas loin. Je suis retournée dans l'office et j'ai examiné l'étagère. Elle était vide. J'ai passé tout l'office au peigne fin deux fois, trois fois, une quatrième. J'ai regardé dans les tiroirs de dossiers, dans les placards, j'ai examiné toutes les piles de papiers posées sur les comptoirs. J'ai vérifié une fois encore ma propre pile de boulot. Puis je me suis plantée à côté de ma table, les yeux rivés sur l'écran de l'ordinateur.

Je pense que j'ai dû avoir un genre de crise cardiaque bénigne : mon cœur a fait un truc terrible, une douleur s'est mise à m'élancer dans le bras gauche, ma vision s'est brouillée. La pression subtile sous laquelle j'étais constamment dans cet appartement s'est intensifiée d'un seul coup. J'ai considéré la mauvaise humeur coutumière éprouvée quelques minutes auparavant du même œil que quelqu'un considère la grippe quand on lui annonce qu'il est malade et condamné. Dehors, les gens vaquaient à leurs petites affaires pépères. J'ai respiré profondément, j'ai essayé de réfléchir. La photo ne pouvait pas avoir disparu comme ça. Jackie avait dû venir la prendre, dans la soirée, pour y jeter un coup d'œil ; elle devait l'avoir dans sa chambre. Ou alors, elle avait changé d'avis et l'avait replacée dans son cadre.

J'ai traversé le vestibule sur la pointe des pieds, jusqu'à la chambre d'amis. J'ai ouvert la porte, je suis entrée. À la vue du carton noir au milieu du cadre doré, j'ai manqué de m'évanouir. J'ai rebroussé chemin quasi chancelante et me suis figée, frappée de cécité, au milieu de la salle à manger. Je ne pouvais pas fouiller sa chambre avant qu'elle parte chez le coiffeur. Je ne pouvais pas lui demander où était la photo : elle serait complètement bouleversée, folle de rage que je l'aie égarée, ce qui ne me serait d'aucune aide. Tant qu'elle n'en saurait rien, il était possible de maintenir une apparence de calme.

J'ai réussi tant bien que mal à survivre jusqu'à onze

heures, assise devant l'ordinateur, tremblante et hébétée, à taper des trucs sans queue ni tête que j'effaçais aussitôt après. Quand Jackie est enfin partie chez le coiffeur, je me suis précipitée dans sa chambre. J'ai regardé sous son lit, entre les livres de la bibliothèque, dans les tiroirs, sur la tablette à côté de ses toilettes. Rien. Je suis allée dans la buanderie et j'ai montré l'autre enveloppe à Juanita. « Un otta como ci ? » je lui ai demandé, désespérée. « Vous n'avez pas vu une autre enveloppe comme celle-ci ? »

Elle a eu l'air perplexe, elle a libéré un flot d'espagnol, esquissé un sourire contrit et est retournée à son repassage.

J'ai fouillé dans la cuisine, dans le salon, dans la chambre d'amis, dans la salle à manger, de nouveau dans l'office, dans toutes les corbeilles à papier, et dans ma pile de travail en cours pour la quatrième fois. Le coursier devait venir à quatre heures pour emporter les photos chez Gil Reeve. Il me restait quatre heures et demie pour retrouver l'enveloppe, et j'avais déjà cherché partout. Je voulais filer de cet appartement et ne jamais plus y revenir.

Je me suis forcée à me rasseoir à ma table. Le travail qu'elle m'avait laissé à faire était devant moi, intact. J'avais mis les photos sur l'étagère. C'était bien ce que j'avais fait, non ? Oui, j'en étais certaine. Mais peut-être que je me trompais. La veille au soir, j'étais fatiguée et pressée, à bout de nerfs à force de me débattre avec les prospectus publicitaires. Deux des qualificatifs favoris de Jackie à mon sujet était « brouillon » et « désorganisée ». Dans très peu de temps, j'allais y avoir droit, assortis sans doute de quelques autres inédits. J'ai rassemblé mes forces. La zone derrière mes yeux me faisait un mal de chien.

Les colères de Jackie se déchaînaient tel un ouragan aplatissant tout sur son passage, un tout qui, beaucoup trop souvent, n'était autre que moi-même. Une fois, elle avait hurlé que je dépensais son argent comme un bandit soûl parce que, un soir en partant, j'avais laissé le chauffage monté au maximum dans la salle à manger, au lieu de le régler sur la position « économique » ; elle m'avait traitée de tête de linotte et de folle un jour où j'avais oublié de lui communiquer un message de Mr Blevins, qui se proposait de venir lui apporter des fleurs : il s'était donc pointé ce soir-là alors qu'elle recevait un autre galant. J'étais dénuée d'esprit pratique, j'étais une rêveuse, j'étais abyssalement désordonnée.

Même si je les méritais, ces condamnations me minaient. Le typhon passé, je m'asseyais à mon bureau, le visage aussi brûlant que si on m'avait violemment giflée, et je fixais la liste devant mes yeux à travers un écran de larmes silencieuses, impuissantes. Ça ne me réconfortait nullement de penser que Jackie réagissait exactement de la même façon quand son blanchisseur ne tenait pas ses gants prêts à temps pour le dîner chez les Patterson, ou encore quand l'épicier du coin était en rupture de stock de son parfum préféré de yogourt glacé : quarante et quelques années de luxe n'avaient en rien terni le fait qu'elle était née dans une maison mitoyenne. Rien n'y ferait jamais. Si elle avait été une fille de bonne famille, aristocrate et fortunée, peut-être aurait-elle appris la grâce et la tolérance ; épouser la naissance et la fortune ne l'avait rendue que vulnérable et étroite d'esprit.

J'avais appris, peu après avoir commencé à travailler pour elle, que ses origines étaient presque aussi obscures que les miennes. Elle était née à Englewood, dans le New Jersey, en 1925. Son nom de baptême, choisi par une mère clairement accablée d'une nature romantique, était Genevieve Ursula, mais c'est à son père, Jack Timmins, qui à l'évidence avait espéré un fils, qu'elle devait son diminutif. Jeune fille, Jackie Timmins avait porté des derbies bicolores, du rouge à lèvres et l'uniforme d'une école catholique ; elle avait lu des romans à l'eau de rose, bu des sodas au comptoir des drugstores avec ses copines, chanté en écoutant les Andrews Sisters et les Lemmon Brothers à la radio, et prié pour les courageux garçons — dont aucun n'était son petit ami — partis outre-mer. Elle avait quitté le lycée l'été qui avait suivi son année de première, pour embrasser une carrière de secrétaire à Manhattan. En ces années-là, elle semblait foncer droit sur un mariage avec un courtier de Wall Street ou avec un médecin, ce qui aurait déjà été un grand pas de franchi depuis ses origines et sa maison mitoyenne du New Jersey. Mais alors qu'elle venait tout juste d'avoir vingt et un ans, Giancarlo del Castellano était arrivé sur un cheval blanc et avait radicalement bouleversé son destin.

Il avait trente-deux ans et était issu d'une lignée

103

d'aristocrates milanais qui possédaient une bonne partie de l'Italie du Nord. Il venait d'être nommé à un poste diplomatique à Paris et cherchait une épouse, seul accessoire manquant à sa réussite professionnelle. Il avait rencontré Jackie, à Manhattan, dans une soirée donnée par le président de la société qui venait de l'engager. Jackie était catholique, vierge, elle avait de grands yeux ingénus et un air sage ; moyennant le concours d'une robe profondément décolletée et d'une chevelure mise en plis et relevée sur la tête, elle était vraiment canon. Elle était exactement ce dont Giancarlo avait besoin. Il avait dansé avec elle toute la nuit, trois mois plus tard il l'épousait, et l'emportait vers une vie d'opulence et de délices confinant à l'absurde.

Une vie que Jackie évoquait devant moi avec une insistance à moitié incrédule : les nuées de serviteurs en livrée, les escaliers de marbre ciré, les dîners incroyables de faste, les corridas et les courses de chevaux, auxquelles ils assistaient toujours depuis les meilleures loges. « Partout où nous allions, on nous traitait comme des rois. Que nous étions, Claudia. Là-bas, ce n'est pas comme ici, en Amérique ; ils sont très attentifs aux différences de rang, très traditionnels, ils respectent leurs classes aisées, ils n'essaient pas de prétendre que tout le monde est pareil. Vous devez vous souvenir à chaque minute que des gens vous regardent. Même les domestiques ; ils voient tout et ils font des commérages entre eux. J'étais jeune et habituée à m'occuper de moi-même, je ne voulais pas de toutes ces femmes qui me tournaient autour en perma-

104

nence. C'était dur pour moi au début. Être servi n'est pas aussi facile que vous pourriez l'imaginer. »

Je pouvais imaginer à quel point ce devait être difficile. Cela m'aurait crispée d'avoir quelqu'un comme moi dans les pattes, qui serait entré sans crier gare et aurait pris en main les détails les plus intimes de ma vie. Je n'aurais pas voulu d'une étrangère chez moi toute la journée, qui aurait écouté toutes mes conversations, observé le moindre de mes gestes. Mais plus j'en savais sur Jackie, mieux je pouvais faire mon travail. Elle était obligée de m'accorder sa confiance, l'accès, libre de toute restriction, à ses dossiers, ses comptes bancaires, ses placards, son armoire à médecine et son carnet de téléphone. J'avais la permission d'imiter sa signature sur les chèques pour payer les factures. Elle m'avait donné un jeu de clés de son appartement afin que je puisse entrer et sortir autant que nécessaire lorsqu'elle quittait New York. J'avais la charge des lieux.

Inversement, moins elle savait de choses me concernant, mieux c'était pour nous deux. Je tâchais de ne rien révéler de ma vie hors de son appartement, de ne manifester que les qualités qu'elle avait besoin de projeter sur moi. À cette fin, je me calquais sur les secrétaires que j'avais vues au Masterpiece Theatre, des filles à lunettes qui se fondaient dans le paysage jusqu'à ce que leurs patronnes les appellent pour expédier une lettre ou leur réserver un wagon-lit dans l'Orient-Express. Chaque fois que Jackie me posait une question directe concernant ma vie — est-ce que j'avais un petit ami ? que faisaient mes père et mère ?

où prévoyais-je d'aller pendant mes deux semaines de congé —, je lui adressais un sourire éclatant, et déversais sur le ton de la conversation un flot déconcertant de non-informations, avant de réorienter le propos sur elle. Résultat : elle ne connaissait que mon numéro de téléphone, le nom de l'université où j'avais étudié, et il se peut qu'elle ait eu une vague idée de mon âge.

Deux ans auparavant environ, une fois attelée à l'écriture de ce qui allait devenir sans nul doute un best-seller, même mauvais, et signé de surcroît du nom de quelqu'un d'autre, j'avais commencé à considérer mes devoirs de secrétaire avec un ressentiment croissant, et je n'étais ni assez professionnelle ni assez sérieuse pour enrayer les conséquences de cet état d'esprit : une véritable débâcle dans ses comptes, dans ses dossiers, sa correspondance. Tout avait fonctionné tant que j'avais réussi à éviter les trop grosses conneries, mais égarer cette photo était peut-être la pire de toutes celles que j'avais jamais commises, et je ne pouvais plus rien faire d'autre qu'attendre qu'elle s'en aperçoive.

Elle est revenue à midi, requinquée et enjouée. « Il fait un froid polaire dehors ! » a-t-elle annoncé, en venant ôter son manteau sur le seuil de la salle à manger. Son visage avait pris des couleurs, ses yeux brillaient, ses cheveux était gonflés de frais. « Est-ce que vous avez appelé cet homme ?

— Quel homme ? »

J'ai eu droit à un regard acéré.

106

« *Là*, sur la liste que je vous ai laissée. Il attend ma réponse. Je lui ai promis de l'appeler sans faute ce matin. Faites-le immédiatement et dites-lui exactement ce que j'ai écrit. »

Une microseconde plus tard, je l'ai entendue dire quelque chose dans son sabir espagnol à Juanita, qui a ri ; j'ai ressenti une intense pointe de jalousie. Je me suis levée, énervée, pour aller boire un verre d'eau dans la cuisine. Mon système nerveux était à vif et grondait. Jackie est apparue dans l'encadrement de la porte. « Qu'a-t-il dit ?

— Jackie... (Je chevrotais.)... je suis un peu inquiète au sujet de quelque chose. Lorsque je suis arrivée ce matin, une des enveloppes pour Gil Reeve manquait. »

Nous nous sommes regardées un instant fixement.

« Laquelle ? »

L'hébétude devait se peindre sur mon visage.

« Celle des Marcos. (J'avais articulé clairement pour qu'elle ne me fasse pas répéter.)

— *Manquait ?* Que voulez-vous dire, exactement ?

— En partant, hier, j'ai posé les deux enveloppes, ensemble, sur mon étagère, et ce matin je n'en ai retrouvé qu'une. J'ai pensé que vous aviez peut-être pris l'autre pour la montrer à quelqu'un.

— Pourquoi aurais-je fait une chose pareille ? Bien sûr que non, je n'y ai pas touché ! (Il y a eu un silence de mauvais augure.) Bon, vous feriez mieux de la retrouver, a-t-elle repris. Je vous avais bien dit de ne pas la perdre. Je n'ai pas le négatif, et c'est mon seul et unique tirage.

— Je ne la retrouve pas, et j'ai regardé partout.

— *Quoi ?* (Un murmure. Nous y étions.) Claudia. Cette photo est ir-rem-pla-ça-ble. Le livre n'aura plus aucun intérêt sans elle.

— Je sais. »

Elle a lâché un sanglot de rage. La peau de son visage avait été tirée sur ses pommettes vers les oreilles, et cousue en un masque ajusté, brillant, trop fermement agrafé et maintenu en bonne place pour lui permettre d'exprimer une émotion autre qu'une tiède curiosité. Une couche épaisse de fond de teint, plus une autre de poudre, restreignait un peu plus encore la mobilité de ses traits ; l'un dans l'autre, pour signifier sa fureur, elle devait agripper ses tempes à deux mains et grimacer en ouvrant grande la bouche. Les tendons de son cou se sont roidis dangereusement sur leurs amarres. Sa bouche a fait son maximum pour expulser les mots qui étaient collés dans sa gorge comme des pépins de pomme. « C'est au-delà du supportable ! Des choses pareilles ne devraient pas exister. Vous réalisez dans quelle situation vous me mettez ? Je ne peux pas avoir pour secrétaire quelqu'un d'aussi peu soigneux et d'aussi désinvolte avec ce que j'ai de précieux. »

Elle a exécuté une volte-face et a foncé dans la buanderie sur ses chaussures ridiculement hautes et étroites. Vue de derrière, elle avait l'air trop lourde du haut, comme un chardon ou un têtard ; on aurait dit une créature primitive, inachevée. Le gros champignon en bronze qui lui tenait lieu de cheveux et la carrure ample de sa veste de tailleur se sont ratatinés en un truc compact et tire-bouchonné, posé sur un petit morceau de cul et des jambes maigres et légèrement arquées. Je lui ai collé au train, comme une pauvre malheureuse, tandis qu'elle se mettait à farfouiller dans les placards, dans les tiroirs, à trifouiller là-dedans à pleines mains, à la recherche de quoi, je ne savais pas trop. « Qu'est-ce que c'est que ça ? a-t-elle aboyé en brandissant une feuille de papier. Je pensais que vous aviez envoyé cette lettre depuis des lustres. Que fait-elle ici ?

— Oh, elle est là... Je pensais que vous l'aviez envoyée. »

Elle me l'a tendue sans un mot. Je l'ai réceptionnée d'une main moite. Cette lettre, ce n'était pas ma faute si elle était encore là, mais le pourquoi du comment était trop long et trop embrouillé pour se lancer ne serait-ce que dans le commencement d'une explication. Un instant après, elle a brandi autre chose : « Et ça ? Qu'est-ce que ça fait là ? C'est censé avoir été faxé à Gil Reeve la semaine dernière. Il n'y a pas de tampon dateur dessus.

— C'est la première fois que je vois ça, ai-je répliqué faiblement.

— Comment ça, c'est la première fois que vous le voyez ? Je vous l'ai donné à faxer la semaine dernière et vous m'aviez dit l'avoir fait !

— J'ai dû croire que vous parliez d'autre chose. »

Une fois de plus, techniquement, ce n'était pas ma faute, mais à ce moment précis tout le devenait. « Je suis désolée », ai-je ajouté.

De ses yeux aussi intelligents et vifs que ceux d'un oiseau dans la fragile coquille en plastique de son visage, elle m'a regardée d'un air sagace, pénétrant jusqu'aux déchets de matière grise sous mon crâne. « Je ne sais pas comment vous fonctionnez. Vous n'êtes pas normale, Claudia. Il est impossible pour moi de comprendre comment marche votre esprit. » Je ne bougeais pas, transformée en une masse muette de contrition. « Faxez-lui ça à la minute. Ensuite, appelez Imelda, et demandez-lui si elle pourra nous envoyer le négatif. Appelez à son numéro à New York, elle est en ville en ce moment. Dites-lui que c'était en 1977, lors de notre visite, elle s'en souviendra. Et soyez polie, ces Philippins-là sont très bien éduqués. »

La séance a repris un peu plus tard. Jackie semblait calmée, mais je savais que ce n'était qu'une illusion.

« Qu'a dit Imelda ?

— Son assistant va lui poser la question, au sujet du négatif. J'attends qu'il me rappelle.

— Vous avez faxé cette liste à Gil ?

— Oui, il y a dix minutes, et j'ai appelé pour m'assurer qu'il l'avait bien reçue.

— Dites-moi *précisément* ce que vous faisiez hier juste avant de partir.

— J'ai trié votre courrier et je vous l'ai laissé sur la table, puis j'ai rangé mes affaires, et je suis partie chez moi. »

Une ampoule s'est éclairée au-dessus de sa petite tête de fouine. « J'ai jeté les publicités, a-t-elle dit. Je n'avais pas le temps de les regarder. L'enveloppe pouvait très bien être sur cette pile-là. C'est exactement ça qui s'est passé, j'en suis sûre. Franchement, Claudia, vous êtes une gentille fille, très agréable, mais le problème, c'est que vous ne réfléchissez pas. » Sa voix tremblait d'une pitié condescendante. « C'est terrible pour moi d'avoir une secrétaire sur laquelle je ne peux pas compter. Si vous travailliez dans le vrai monde, si vous aviez un vrai travail, je me demande ce qui se passerait pour vous. »

J'ai décroché le téléphone et appelé le portier. Ralph a répondu, un sourire dans la voix : « La poubelle ? Louie l'a descendue ce matin, je ne sais pas trop à quelle heure, autour de neuf heures je pense, ou un petit peu plus tard. Tout doit être encore ici, au sous-sol. » Je l'ai remercié et j'ai raccroché. « Quand est-ce que Juanita a vidé la poubelle ? » ai-je demandé.

Jackie est partie conférer avec Juanita, puis elle est revenue, l'air content d'elle-même. « À huit heures ce matin. »

Les éboueurs passaient en général plus tôt ; c'était peut-être encore en bas. Sinon, j'étais bonne pour aller à Fresh Kills, la décharge sur Staten Island, et retourner une quantité à l'échelle de la ville de boîtes à chat et de maxi-tampons usagés jusqu'à ce que je retrouve la photo. Louie, l'homme à tout faire, m'a accompagnée au sous-sol par le monte-charge, et une fois en bas il m'a désigné treize ou quatorze gros sacs-poubelles alignés contre le mur du fond. « Bonne chance, Miss », a-t-il dit en faisant cliqueter son trousseau de clés. J'ai défait la ficelle du sac le plus proche, j'ai ôté mon cardigan, roulé les manches de mon chemisier, et plongé les mains dans le sac avant d'avoir le temps de réfléchir à ce que je faisais. L'odeur n'était pas insoutenable, la poubelle était récente. De fait, je suis

111

tombée sur un sandwich de pain de seigle au jambon ou à la dinde à moitié grignoté qui avait l'air plutôt bon. Je me suis souvenue que je n'avais rien mangé de la journée, et je me suis presque moquée de moi, agenouillée là, en train de renifler des ordures avec appétit.

J'ai palpé des écorces d'orange, des os de poulet, des Kleenex roulés en boule, des paquets de céréales, des épluchures gluantes, mais pas d'enveloppe en papier kraft. J'ai refermé le premier sac et regardé les autres avant de sélectionner le candidat suivant et de défaire sa ficelle ; croyant avoir entendu un bruissement à l'intérieur, je l'ai démantelé avec méfiance, pour le recomposer avec autant de précaution que s'il avait contenu un champ de mines, sans y avoir rien trouvé de vivant ni d'explosif, ni rien non plus de ce que je cherchais. Il y avait belle lurette que Juanita s'en était allée, vu qu'elle partait à une heure, me laissant seule avec Jackie, qui devait poireauter en haut, impatiente que j'émerge des enfers avec la photographie portée à bout de bras telle une Eurydice en Celluloïd. Jamais elle n'aurait dû confier à quelqu'un comme moi le soin d'un tel trésor, mais là n'était pas le problème. Je ne pouvais pas remonter les mains vides. Si elle disait que l'enveloppe se trouvait en bas avec les ordures, mieux valait qu'elle y soit. Rien que d'anticiper sur ses propos si j'échouais à localiser la photo dans ce merdier, je me sentais chavirer. J'ai écumé les autres sacs-poubelles avec l'impression que la démence gagnait du terrain ; trop de surcharge pesait sur les circuits nerveux qui raccommodent la connaissance intérieure avec la réalité externe. Qu'est-ce que j'étais en train de faire ? Pour qui, et pourquoi ? Combien étais-je payée pour gratter, tel un cochon, dans je ne sais combien de sacs d'ordures ? Quelle somme d'argent pourrait jamais suffire en contrepartie ?

J'étais en train de refermer le dixième ou le onzième sac lorsque j'ai entendu des bruits de pas derrière moi. J'ai regardé par-dessus mon épaule et vu le visage réjoui de Ralph. « Ralph, regardez à quoi on en arrive. »

Il a lâché un petit gloussement.

« Qu'est-ce qu'elle a perdu cette fois ?

— Une photo, ai-je grommelé, en tirant le dernier sac vers la lumière. Dans une enveloppe en kraft. Et ce n'est pas elle qui l'a perdue. C'est moi.

— Vous savez pas ce qu'elle a fait l'autre soir ? Elle a déboulé en bas dans tous ses états à propos de fleurs qu'on était supposés avoir et qu'elle devait emporter quelque part. Elle affirmait que vous les aviez commandées. "Ma secrétaire était chargée de tout arranger", qu'elle nous a dit.

— Je croyais que son hôtesse avait appelé pour dire qu'elle ne devait pas les apporter, finalement. »

Je sentais comme une grosse pierre me tomber au fond de l'estomac.

« Oui, je sais. C'est ce que je suis en train de vous dire. Elle était là en train de me hurler dessus quand tout d'un coup elle s'est souvenue d'un truc, sans doute ce que vous venez de dire, et elle est restée là,

113

la bouche ouverte. Et, après ça, elle a passé la porte comme si de rien n'était. Quelle toquée ! »

Je me suis accroupie et me suis essuyé les mains sur le sol, où elles ont laissé des traces noires et humides sur le béton propre.

« Bref, a repris Ralph, j'étais descendu vous dire qu'il y a un coursier qui attend dans le hall. Est-ce que je dois le faire monter chez elle ?

— Nooooon ! Non. Ne le faites surtout pas monter. Dites-lui de revenir à quatre heures, c'est l'heure à laquelle il était prévu qu'il vienne. Le colis n'est pas encore prêt. (Je suis partie d'un rire de cinglée.) Il est quelque part là-dedans.

— Je vous plains, a dit Ralph avec compassion.

— Merci. »

J'étais sur le point de lui souffler un baiser sur le bout de mes doigts mais je me suis rappelé à temps l'état de mes mains.

J'ai trouvé le courrier publicitaire dans l'avant-dernier sac. Je l'ai inspecté avec avidité : une offre d'abonnement à un magazine, deux catalogues, une pub pour un club du livre, un billet de sweepstake, une demande de don pour la protection de la nature, la pub d'un nouveau restaurant français qui s'ouvrait dans le coin. J'ai tout étalé devant moi sur le sol, comme s'il s'était agi de cartes de tarot. J'ai lu chaque mot de chaque prospectus sur le ton d'une supplique incantatoire, mais ils ont refusé de s'assembler en une enveloppe de papier brun. Au bout d'un moment, j'ai tout remis dans le sac et je l'ai fermé. Les larmes aux yeux, j'ai toisé la dernière des membranes renflées, d'un vert-noir brillant. Je savais que l'enveloppe n'y était pas, mais je savais aussi que Jackie aurait voulu que je vérifie tout de même, qu'elle serait restée debout derrière moi, insistante, à me regarder chercher quelque chose qui, nous le savions l'une et l'autre, ne pouvait pas se trouver là.

J'ai contemplé mes mains ouvertes. Puis je les ai retournées et j'ai examiné leur dos, puis de nouveau leurs paumes. Elles étaient rêches et sèches, les petites peaux autour des ongles étaient déchiquetées, trace de mes fréquents accès de terreur et de panique. Une matière visqueuse les recouvrait. Lentement, j'ai fait le plein d'air dans mes poumons et, tout aussi lentement, je les ai vidés. Quelque chose alors a craqué en moi. J'ai entendu dans ma tête un petit son de corde qu'on pince. Il n'y avait vraiment aucune raison de regarder dans le dernier sac. Ce n'était pas essentiel, ni possible, ni même désirable.

Je me suis redressée et j'ai essayé de me ressaisir. J'avais mal au dos et aux bras. L'accroc de mon chemisier s'était tellement élargi que la manche se détachait presque. Une large éclaboussure de jus de tomate qui avait giclé d'une boîte s'étalait sur tout le devant de ma jupe, et, à force de les avoir écartés de mon visage, mes cheveux étaient recouverts d'une pellicule gluante. J'ai renfilé mon cardigan, j'ai sonné pour appeler Louie et j'ai regagné avec lui le troisième en monte-charge.

J'ai ouvert la porte de service. En pénétrant dans l'office j'ai entendu le cliquetis d'une fourchette sur une assiette, dans la cuisine. J'ai hésité. Jackie ne m'avait pas entendue entrer ; j'ai eu la tentation de rassembler mes affaires et de filer en courant. Elle ne me reverrait plus jamais. Je filtrerais tous mes coups de fil pour le restant de mes jours.

Mais de quoi, au juste, avais-je peur ?

« Jackie, j'ai dit en entrant dans la cuisine, la photo n'était pas dans la poubelle. »

Assise à table, sous la flaque de lumière du lustre, elle mangeait le déjeuner que Juanita avait laissé pour elle. Elle a levé les yeux et elle m'a vue, couverte d'ordures, un nuage puant autour des cheveux et une étincelle dans les yeux.

« La photo n'était pas dans la poubelle, a-t-elle répété d'une voix prudente, pacificatrice. Bon, vous avez dû tout passer au peigne fin. Ça fait presque deux heures que vous êtes en bas.

— J'ai trouvé les trucs que vous avez jetés. L'enveloppe n'était pas avec. »

Le téléphone a sonné. Je suis allée répondre dans l'office.

« C'est Mrs Marcos, a annoncé une voix faible. Qui est à l'appareil ?

— Claudia Steiner. Vous avez eu mon message ?

— Je n'ai aucun négatif de cette visite.

— Je vous passe Jackie. »

Je me suis tenue dans l'embrasure de la porte pendant qu'elles évoquaient le merveilleux moment qu'elles avaient passé ensemble quelques mois auparavant, lorsqu'elles étaient allées danser avec Mr Blevins et Mr Metcalf. « C'était un tel plaisir quand vous vous êtes levée pour chanter avec l'orchestre, a dit Jackie.

Vous avez une telle voix, très chère. Je sais que je vous l'ai déjà dit, mais vous devriez vraiment... Oui, oui, je sais, on est toujours tout le temps débordées, j'en fais l'expérience, j'ai à peine le temps d'écrire mon livre. Bien, écoutez, très chère, je suis terriblement désolée de vous ennuyer avec une chose de si peu d'importance, mais ma secrétaire a égaré cette si jolie photographie où nous sommes tous les quatre dehors devant le... Oui, n'est-ce pas ? J'étais justement en train de dire à ma secrétaire à quel point ce séjour avait été merveilleux. Eh bien, si vous ne l'avez pas, je vais devoir utiliser une autre photo à la place, mais c'est vraiment dommage. Bon, eh bien merci, très chère. À très bientôt. Bien des choses à Bongo. »

Chacune affalée contre l'une des portes en vis-à-vis de l'office, nous nous sommes toisées avec la méfiance inquiète de deux adversaires trop fatigués pour continuer le combat, mais incapables de capituler. « Bon, a-t-elle fini par dire, c'est la goutte d'eau qui fait déborder le vase, Claudia. Je suis tellement épuisée que le reste de ma journée est tout simplement fichu. J'aurais voulu qu'on avance un peu sur le nouveau livre, mais je suppose que ça devra attendre jusqu'à demain.

— Il faut que je me lave les mains », j'ai dit.

J'ai pénétré dans les toilettes juste à côté de l'entrée et j'ai verrouillé la porte. J'ai plongé mes mains sous le jet d'eau chaude et les ai savonnées pendant plusieurs minutes avec une luxueuse savonnette au camélia ; j'ai tamponné ma jupe avec une serviette brodée humide et encore un peu de savon au camélia ; et avec

117

une autre petite serviette chaude et savonneuse j'ai essuyé mes aisselles. J'avais un peigne dans la poche de ma jupe, je l'ai mouillé et je me suis repeignée. Je me suis soigneusement lavé le visage, je l'ai séché avec encore un autre de ces bouts de tissu-éponge monogrammés, et j'ai laissé le tout en tas, détrempé, pour que Juanita s'en débrouille : ce n'était pas mon problème.

Jackie faisait les cent pas le long du couloir et devant la porte des toilettes lorsque j'en ai émergé. Sans un mot, elle m'a prise par le bras pour me conduire devant la console en marbre de l'entrée où le courrier en partance attendait que je descende le poster. Elle était tout excitée.

« Regardez ça ! a-t-elle dit avec insistance.

— Qu'est-ce que c'est ?

— Je ne sais pas. À votre avis ?

— C'est adressé à Doris Loewenstein, j'ai dit. Écrit de votre main.

— Regardez à l'intérieur. »

Avec un haussement d'épaules, j'ai ouvert l'enveloppe en kraft. Jackie regardait par-dessus mon épaule. Dans l'enveloppe, il y avait un mot de sa main pour sa comptable, agrafé à un épais formulaire fiscal. Sous le formulaire, il y avait une photo en noir et blanc, quatre personnes, deux petites et boulottes, deux grandes et élégantes. « La voilà, j'ai dit d'une voix blanche. Vous avez dû croire que l'enveloppe était vide.

— Oh ! quand je pense à tout ce trafic... (Elle a lâché un bref gloussement de conspiratrice.) J'ai écrit cette lettre juste avant d'aller au lit. Je dormais à moitié. Bien, enfin, le mystère est résolu. C'est une grande chance qu'on l'ait retrouvée, Claudia ; je craignais que les choses ne soient plus pareilles entre nous si vous l'aviez égarée. Dépêchons-nous maintenant, le coursier va arriver. »

Je me suis retenue de toutes mes forces pour ne pas la gifler. J'aurais dû la gifler.

À quatre heures trente, le coursier a emporté la chose maudite. À quatre heures trente-cinq, Jackie a ôté son tailleur, ses collants et ses sous-vêtements, et elle s'est immergée avec reconnaissance dans un bain fumant, afin d'éliminer toute trace des soucis de la journée.

Elle vouait un culte fanatique à sa baignoire. Juanita avait des instructions strictes : elle ne devait la nettoyer qu'avec une peau de chamois et un savon liquide ultra-doux importé d'Angleterre. Un réservoir d'eau stérile avait été installé à côté de la vasque ; un homme venait deux fois par semaine le remplir d'eau distillée, pures molécules d'hydrogène et d'oxygène garanties sans sels minéraux, produits chimiques ni biote. Sur l'insistance de Jackie, il changeait aussi le filtre placé dans la bouche du robinet, au cas où cette eau aurait rencontré quelque germe au cours de ses soixante centimètres de voyage le long du tuyau de cuivre immaculé qui sortait du réservoir. Le coût de l'affaire était énorme, mais ça valait toutes les fortunes du monde de ne pas avoir à se baigner « dans l'eau mortelle de la ville, absolument dégoûtante, infestée de je ne sais quelles maladies, ça me rend malade rien que d'y songer ! ». Elle disait cela animée d'une intransigeance évangélique, les narines relevées et délicatement enflées au-dessus de l'infâme cloaque de l'arrivée des eaux municipales. Je me demandais parfois à quoi elle pensait quand elle se prélassait dans son bain ; je me représentais la surface de son esprit, bouillant de constater ces décalages aigus et irritants entre ce qu'elle ressentait et ce qu'elle aurait voulu ressentir. Que ce devait être apaisant pour elle de savoir que l'eau dans laquelle elle était allongée ne contenait rien d'autre que ce qu'elle semblait contenir.

Juste avant cinq heures, tandis que je rangeais le bureau roulant dans l'office, Jackie m'a convoquée au pied de la baignoire. Elle gisait, immolée dans une eau aussi cristalline qu'un papier cellophane, enchâssée dans la porcelaine tel un sandwich dans son emballage. « Ma chère, a-t-elle dit en m'adressant un sourire aimable comme si ce terrible épisode n'avait jamais eu lieu, comme si une Claudia entièrement nouvelle débarquait à chaque changement d'humeur, telle une série de Vénus dépourvues de mémoire, ça vous embêterait de m'allumer la radio ? »

J'ai baissé vers elle des yeux étrécis. Elle portait un bonnet de bain renflé en plastique transparent. Son corps long et pâle ressemblait à un banc de sable, ses poils pubiens à une floraison d'algues. Cette terrible intimité me suffoquait. Personne n'aurait dû être à ce point lié à quelqu'un d'autre. Personne n'aurait dû avoir besoin de quelqu'un d'autre pour faire les choses qu'elle me demandait de faire.

Je suis allée exhumer sa radio. Je l'ai apportée dans

la salle de bains, je l'ai branchée et réglée sur une station grandes ondes où se produisaient ses vieux et très chers amis Sammy, Perry, Frank, Dean and Bing. « Posez-la à un endroit accessible, que je puisse régler le volume, a-t-elle dit. Il a le don de monter tout seul. S'il devient trop fort, j'aurai mal à la tête. »

J'ai posé un regard dur sur le serviteur de douche en plastique suspendu à la canule du pommeau de douche, un machin branlant qu'elle était trop radine pour remplacer. Il y avait des étagères de taille décroissante pour le savon et les bouteilles de shampoing, et des crochets en bas pour les gants de toilette et les brosses pour le dos. Le crochet du haut, qui seul permettait de suspendre l'ensemble, était fendu et sur le point de se rompre.

Avec une insouciance mauvaise, j'ai passé la poignée de la radio à l'un des crochets pour les gants de toilette, en prenant soin de la caler contre le carrelage ; normalement, elle ne devait pas bouger tant qu'on n'y touchait pas. Mais si on y touchait, le crochet de suspension pourrait alors céder, et tout le truc, transistor inclus, pourrait très bien dégringoler directement dans l'eau. Mais le fil pouvait aussi être trop court, Jackie pouvait rattraper la radio au vol, ou même manquer de force pour échouer à casser quoi que ce soit. Je n'avais aucune idée de ce qui pouvait se passer, et, quoi qu'il arrive, je m'en moquais.

J'ai enfilé mon manteau, enroulé mon écharpe, mais j'ai fourré le bonnet en laine dans ma poche : jamais plus je ne le porterais. Je n'ai pas dit au revoir à Jackie. En partant, résonnant contre le carrelage de la salle de

121

bains, j'ai entendu la voix veloutée, le phrasé impeccable de Frank Sinatra : « *Night and day, you are the one, only you, 'neath the moon or under the sun...* »

En traversant le hall de l'immeuble, j'ai gratifié Ralph d'un sourire radieux.

« Comment ça s'est fini ? a-t-il demandé.

— Bien, ai-je répondu en franchissant la porte qu'il m'ouvrait.

— Alors, vous n'aviez rien perdu, finalement ? a-t-il insisté dans mon dos.

— Non, rien », j'ai lancé par-dessus mon épaule, et j'ai pris le chemin de la maison.

5

Ce soir-là, j'étais assise devant ma télé en noir et blanc, en train de regarder une sitcom incompréhensiblement hystérique, et, juste quand mes nerfs à vif commençaient à ressentir les effets d'une ou deux généreuses rasades de vodka, le téléphone a sonné. Je l'ai fixé un moment, puis je me suis décidée à baisser le volume de la télé pour décrocher, après la troisième sonnerie. « Oui... ? j'ai bougonné.

— Claudia ?

— Oh, salut ! »

C'était Frieda Mackintosh. Je connaissais Frieda depuis notre première année de fac mais je n'avais plus la moindre idée de mes sentiments actuels envers elle. Les amis de la fac sont différents des autres, ils ressemblent davantage à des membres de la famille : on ne les a pas choisis, ils vous sont échus et demeurent à jamais.

« Ça va, Frieda ?

— Bof, je suis un peu déprimée, en fait.

— Qu'est-ce qui ne va pas ?

— Toujours la même chose, tu sais. Tu veux pas

aller voir ce groupe dont je t'ai parlé, The Flukes ? Ils jouent ce soir ; tu sais, c'est ceux avec le hautbois. Ils sont probablement nuls à chier, mais j'en ai tellement marre des groupes guitare-basse-batterie, c'est à mourir d'ennui.

— C'est où et à quelle heure ?

— À onze heures au Blue Bar.

— Ah, au *Blue Bar*...

— Je te paie l'entrée, Claudia. Et on n'est pas obligées de rester si c'est trop nul.

— D'accord, je te retrouve là-bas.

— Tu me retrouves *là-bas* ? »

Elle s'est tue, et je n'ai plus entendu que sa respiration suppliante. Je finissais toujours par céder, mais je mettais un point d'honneur à ne pas trop lui faciliter la tâche.

« Okay, je passe te chercher, j'ai fini par dire. Mais sois prête quand je sonne. Je ne veux pas monter. »

Naturellement, quand j'ai sonné en bas de son immeuble, Frieda a déclenché l'ouverture de la porte. J'ai attendu un peu, j'ai sonné de nouveau, et de nouveau elle a actionné l'ouverture. J'ai poussé la porte et, une fois au sixième, j'ai frappé à la porte de son appartement. De quelque part derrière le panneau, j'ai entendu Frieda annoncer, avec son accent canadien : « Je suis désolée. Je t'assure, Claudia, c'est juste que je ne sais pas quoi... Tout me fait paraître tellement... »

Je suis entrée. Elle était debout dans la cuisine, sous la lumière aveuglante du plafonnier. Ses cheveux noirs et courts se dressaient en épis çà et là, comme si elle sortait du lit. Elle avait une trace de peinture bleu foncé sur le dos d'une main, et elle portait une ample blouse grise sur un tee-shirt noir qui lui arrivait aux genoux ; même ainsi, elle était éblouissante.

« Tu t'entraînes pour le rôle de Cendrillon ?

— Claudia, a-t-elle dit d'un ton désespéré, je crois pas que je puisse sortir, en fait. Je me sens tellement... empruntée. Je sais pas ce qui tourne pas rond chez moi, mais je ne peux vraiment plus me supporter. »

Frieda mesurait un bon mètre quatre-vingts, et était anormalement belle. Elle avait un visage magnifique mais simple, avec des traits parfaits, une bouche grande et pulpeuse, des cheveux noirs et des yeux bleus, une peau lumineuse et crémeuse à la fois ; son corps était une orchestration de chair et d'os digne d'une icône, qui semblait appartenir non pas à elle-même mais à tous ceux qui la regardaient. Intérieurement, Frieda se moquait d'elle-même sans relâche ni pitié, se fustigeait. Elle tentait de se dissimuler dans des vêtements peu seyants, mais, quoi qu'elle fasse, partout où elle allait, tout le monde la fixait comme si elle était une girafe. Les raisons pour lesquelles elle était incapable d'outrepasser sa timidité et d'apprécier le fait d'être resplendissante me dépassaient, mais pour le salut de notre amitié je m'efforçais de la comprendre et de compatir.

« Assied-toi une minute », j'ai dit, avant de me faufiler à travers les piles de cartons pour atteindre le réfrigérateur. J'ai réussi à entrouvrir suffisamment sa porte pour en examiner le contenu : un citron ratatiné, un pot de moutarde, trois rouleaux de pellicule, et la quasi-intégralité du pack de six bières que j'avais apporté lors de ma dernière visite. J'en ai dégagé deux de l'emballage, j'ai trouvé le décapsuleur dans le tiroir, et j'ai tendu une bouteille à Frieda.

« Bois ça », j'ai fait, comme si c'était un médicament ; au demeurant, c'en était un.

Frieda s'est affalée sur un tas de cartons et a bu une gorgée. Depuis six ans qu'elle vivait dans cet appartement, elle ne s'était toujours pas décidée à déballer les cartons. Elle était constamment sur le point de le faire et, entre-temps, avait accumulé des montagnes de journaux et de magazines (chacun contenant un article ou une photo qu'elle était toujours sur le point de découper) et d'autres cartons, remplis de vêtements répudiés et de chaussures fichues qu'elle avait l'intention de jeter. Plus désespérant encore, ces derniers mois, elle s'était mise à ramasser des cochonneries dans la rue : des bobines de fil, des prospectus chinois en couleurs, des morceaux, intéressants à l'œil, de bois, de verre ou de métal. Elle conservait ces trouvailles dans d'autres cartons, qu'elle empilait au-dessus de ceux avec lesquels elle avait emménagé. Quand je lui demandais pourquoi elle collectionnait ces machins, elle me répondait qu'elle comptait les utiliser dans ses tableaux. Son atelier, une chambre qu'elle louait dans un autre appartement du quartier, était rangé et austère, vide, à l'exception d'une table couverte de pots, de pinceaux et de tubes de peinture, de plusieurs toiles vierges plaquées contre le mur, et de celles achevées, roulées ou sur châssis, regroupées dans un coin. Ses peintures étaient des variations, méticuleusement organisées, autour du thème général de la quiétude épargnée de la province de Manitoba, dans des tons de marron et bleu, où aucun coup de pinceau n'était sans rapport avec le sujet. Je ne voyais pas très bien comment sa collection de trucs de récup pouvait s'intégrer à son travail, et ça me sidérait qu'une personne si méticuleuse dans son espace professionnel puisse se supporter ainsi dans un appartement comme le sien.

« Frieda, j'ai dit, en partie pour la distraire de sa propre misère, hier soir, j'ai essayé d'embrasser William, et il m'a renvoyée à la maison en taxi.

— Comment t'y es-tu prise, exactement ? »

Je lui ai raconté.

« Bon, elle a fait, après mûre réflexion, soit un jour il se rend à la raison et il réalise que tu es faite pour lui, soit il sera flatté pendant un bout de temps, et puis il oubliera complètement.

— Ce n'est pas tout, j'ai continué. J'ai demandé de l'argent à ma mère, et elle a dit non. »

Frieda en a eu le souffle coupé. Je pouvais toujours compter sur elle pour prendre mon parti contre ma mère. « Comment peut-elle faire une chose pareille ? C'est ta mère !

— Et aujourd'hui, au boulot, j'ai vraiment perdu les pédales ; je pense finalement que je pourrais bien tuer Jackie un de ces jours.

— Elle le mérite.

— Personne ne mérite d'être tué, Frieda. Parfois, c'est le seul argument qui me retient. Je crois qu'il y a vraiment quelque chose qui ne tourne pas rond chez moi.

— Chez toi ? Qu'est-ce qu'on va dire de moi,

alors ? J'ai toutes les peines du monde à sortir de chez moi.

— Frieda, j'ai dit avec fermeté, il n'y a pas que toi qui te fasses mater à tout bout de champ, c'est pour tout le monde pareil. On est comme des chiens qui se reniflent le derrière, mis à part que nous, on le fait avec les yeux.

— C'est tellement dégoûtant ! »

Elle a bu une longue gorgée de bière.

Notre amitié était fondée sur ce rituel d'autolacération et de consolation mutuelle. Je me demandais ce qui se passerait si je disais à Frieda : « Pourquoi t'es aussi allumée ? », et si elle me disait : « Pourquoi est-ce que tu es toujours ivre ? », si je lui rétorquais : « Mais moi au moins je peux sortir seule comme une adulte normale ! », et si elle me répliquait : « Et moi, au moins, je peux passer une journée entière sans me conduire comme la reine des idiotes ! » Je n'avais pas la moindre idée de ce qui adviendrait si nous nous disions ces choses-là, et je n'étais pas sûre de vouloir le savoir. Je préférais rassembler l'énergie nécessaire pour la rassurer et compatir. Ma sympathie était sincère mais, ensuite, j'avais souvent l'impression de l'avoir roulée. Peut-être que je ne m'accordais aucun crédit et que c'était là le problème.

Il était déjà onze heures et demie lorsque nous sommes sorties de l'immeuble de Frieda sur Rivington Street. Au Blue Bar, tout démarrait toujours à l'heure dite, c'était un des trucs que je détestais dans cet endroit. Le temps que nous arrivions là-bas, le groupe avait commencé à jouer, et depuis un bon moment déjà, d'après le type à l'entrée qui a pris l'argent de Frieda et estampillé nos mains. Lorsque nous nous sommes frayé un chemin dans la foule, Frieda s'est retrouvée dans un maquis de regards appuyés mais, sans doute parce que je la poussais doucement dans les côtes, elle a courageusement poursuivi son cap dans cette jungle jusqu'à une petite clairière à proximité du bar. Trois mecs avec des lunettes à monture d'écaille, vêtus de tee-shirts lacérés, se pressaient l'un contre l'autre sur la scène minuscule, en prenant des poses et en grimaçant. On les aurait crus en train de faire semblant de jouer de la guitare tout en écoutant de la musique dans une cave en banlieue, sauf qu'en fait ils avaient de vrais instruments et se débrouillaient pour générer beaucoup de bruit. La chanteuse, une fille costaude avec une voix de crécelle, agrippait à deux mains le pied du micro, auquel elle adressait, quand elle ne chantait pas, d'étranges mimiques, mi-grimaces bigleuses, mi-baisers. Sur un des côtés de la scène se tenait le joueur de hautbois, un petit Black à lunettes, vêtu d'un costume qui avait l'air d'avoir été emprunté au vestiaire du Philharmonique. Le ronflement comique du hautbois apportait, selon moi, une touche sympa à l'ensemble, mais Frieda s'est tournée vers moi, en secouant la tête.

« Quelle idée incroyablement ridicule ! J'arrive pas à y croire ! Du hautbois rock. Tu veux qu'on se casse ?

— On vient juste d'arriver, j'ai protesté. Buvons un coup.

— Moi ça va, elle a fait. Je viens juste d'en boire un.

— Une bière, ça compte pas. »

Je me suis faufilée jusqu'au bar, j'ai commandé deux vodkas et gratifié le barman de un dollar de pourboire, ce qui me laissait une vingtaine de malheureux dollars en poche, et un tout petit peu moins de trente à la banque.

« C'est quoi ? a demandé Frieda quand je lui ai tendu son verre. Je croyais t'avoir dit que...

— À ta santé, j'ai dit en trinquant.

— Hé, il y a John Threadgill, a dit Frieda. (Ma bouche est devenue sèche.) Et aussi ce type, tu sais, comment il s'appelle...

— Gus Fleury », j'ai fait, d'une voix maussade, en essayant de me cacher derrière Frieda, ce qui était une mauvaise idée.

John m'a glissé une main derrière le cou et m'a embrassée sur la joue.

« Eh bien, Claudia. Enfin on se croise !

— Salut John. »

Je ne l'avais pas vu depuis des mois. Il avait toujours la même odeur, et sa joue piquait ; il m'a caressé la naissance du cou avec une fermeté et une habileté qui m'ont rappelé des choses qu'il avait faites à d'autres parties de mon corps. J'ai tenté de ne pas penser au fantasme qui m'avait occupée le matin, mais je sentais mon entrejambe tiédir, et s'entrouvrir avec la voracité d'un piège à mouches. Je n'avais jamais compris pourquoi cela se produisait chaque fois que John était à moins de un mètre de moi. C'était un poète à la carrure imposante, au teint rougeaud, au corps en forme de tonneau ; sa tête était couronnée de ce qui aurait pu passer pour la perruque rousse d'un épouvantail, mais qui n'était, en fait, que ses propres cheveux. Il en possédait autant que trois ou quatre personnes normales réunies. Son grand œuvre était un poème intitulé « Le Dilemme du maçon », long déjà de milliers de pages, sans la moindre fin en vue. D'après les morceaux choisis que je l'avais entendu lire et ce qu'il en disait, il écrivait en lorgnant d'un œil vers la postérité, de l'autre sur un potentiel contrat cinématographique. Il usait de tournures archaïques ; il invoquait la Muse ; il abritait le regard du pauvre maçon dans son humble poitrine et perdait courage à la vue des ténèbres ici-bas, mais il se retrouvait aussi mêlé à des poursuites en voiture, à de sombres combines et à des aventures avec des femmes *fatales* et traîtresses. Et le monstre prospérait toujours. L'absence de terme en perspective ne semblait pas l'affecter ; un réel succès lui aurait paru de mauvais goût : hypocritement, il s'identifiait à toutes les victimes d'injustices, aux souffrances des masses opprimées. Il pleurait devant les reportages sur les orphelins rwandais. Il disait aux sans-abri : « J'ai rien à te donner, frère, on est dans la même galère », d'un ton las des choses de ce monde, empreint d'une tristesse de vieux sage, qui était en grande partie sincère, mais qui s'entrelardait aussi d'une certaine dose de plaisir secret.

J'ai écarté sa main, en réprimant un désir urgent de lui rappeler que nous avions, certes, partagé des ébats des plus divertissants, mais que nous y avions renoncé pour plusieurs bonnes raisons. D'abord, il était marié, et ensuite, quoique plutôt gâté par la nature, il n'avait rien d'un prince. Or, c'était bien un prince qu'après toutes ces années j'attendais encore.

« Hé, mais c'est Miss Frieda que voilà ! était en train de dire Gus. Qu'elle est adorable ! »

Il a pincé le tissu de sa blouse. Frieda a eu un mouvement de recul et s'est adossée au mur en rivant sur la scène deux yeux brillants de colère. Gus s'est éclipsé vers le bar sans m'accorder un seul regard juste au moment où le groupe a attaqué une musique enlevée de numéro de cirque. L'ambiance là-dedans s'est tout d'un coup déchaînée et est devenue aussi festive que dans un camp de bohémiens.

À la fin du morceau, Frieda s'est tournée vers moi, un sourire extatique aux lèvres. « J'adore le hautbois, a-t-elle dit. (Son verre était presque vide ; pour elle, c'était vraiment picoler sec.) Il est tellement bon ! Qu'est-ce qu'il fait avec ce groupe de nuls ?

— Il s'appelle Cecil Sperduley, a dit John.

— Tu le connais ?

— On a été coursiers ensemble. On buvait des bières, tous les deux, dans l'escalier. Je parie qu'il adorerait faire ta connaissance.

— Je vais m'approcher pour mieux entendre. »

Elle a disparu en direction de la scène, nous laissant seuls, John et moi.

« Cette fille est une olive dans un verre en mal de martini, il a dit. Splendide, mais... (Il a remué la main. On aurait dit que c'était tout son corps, et non seulement son épaule, qui pesait contre le mien.)... mais rien », a-t-il conclu.

Je me suis détendue, ce qui, par inadvertance, m'a fait répondre à la pression de son épaule.

« Qu'est-ce que tu fais là ? j'ai demandé.

— Je suis tombé sur Gus, dans la rue, il y a quelques jours. Il m'a dit qu'il cherchait un lieu pour sa pièce, je lui ai parlé de l'immeuble de la mère de Cecil, et de fil en aiguille je me retrouve dans ce putain de Blue Bar. Heureusement que tu es là. »

Le Blue Bar était conçu pour attirer des gens friqués — des touristes européens et la faune des banquiers d'affaires de Wall Street qui voulaient traîner dans l'East Village sans pour autant se perdre dans ses recoins mal fréquentés — et tenir à distance ceux qui ne l'étaient pas, à savoir moi. Le bar était un long tube bleu éblouissant, avec, poussés comme des champignons, des tabourets dont les coussins bleu électrique s'épanouissaient sur des pédoncules noir opaque. En dessous du comptoir, dans des profondeurs cobalt, il y avait un immense aquarium, pavé de graviers bleu-vert phosphorescents, où évoluaient des poissons tropicaux ; leurs corps en forme d'éventail, attifés de rubans ou de costumes à pois, se faufilaient entre des coraux aussi lumineux que des néons. Le juke-box était rempli de vieux 45 tours d'époque, des raretés, œuvres de bluesmen morts depuis belle lurette, « Little » Willie truc et « Blind » Jimmy chose. Des tubes de néon couraient à la périphérie du petit *dance floor* et de la scène, et sur les murs au fond des box. Quelques affiches de film encadrées *(L'Ange Bleu, Betty Blue, Blue Velvet)* décoraient les murs. L'ensemble pouvait correspondre à l'idée que l'on se faisait d'un lieu branché dans lequel il se passe des choses, mais à moi il me donnait de furieuses démangeaisons, impossibles à soulager, juste sous la surface de la peau. J'ai fait un sort à ma vodka et j'ai posé le verre bruyamment sur une table voisine. Plusieurs types arborant bouc et queue-de-cheval ont levé les yeux, puis ils ont réalisé que personne n'avait tiré de coup de feu et ils ont repris leur conversation. L'un d'eux portait des lunettes noires. Des Allemands.

J'ai tendu à John un billet de cinq. « Une vodka glace, s'il te plaît, si c'est sur ta route. De la bonne. » La bonne vodka coûtait six dollars ; c'était ma façon de le taquiner : John vivait sur une corde raide et plutôt mince, mais cela résultait en grande partie d'un choix. Il gagnait sa vie en dégotant des révisions de texte en free-lance, qui étaient rares et espacées, les éditeurs préférant généralement les donner aux fonceurs pleins d'avenir qui sortaient de la fac. Comme moi, il devait compléter ses revenus par des prêts occasionnels de sa mère, ce qui l'emplissait de mépris envers lui-même, mais lui permettait de vivoter sans faire de dettes. Je suspectais sa mère de le renflouer bien plus souvent qu'il ne l'avouait ; cependant, il fallait prendre en compte cette tradition de la Nouvelle-Angleterre, dans laquelle il avait grandi, qui privilégie l'investissement bien mûri sur l'achat impulsif qui rend heureux. John dépensait son argent avec autant d'excentricité que de rigueur fanatique, ce qui lui permettait de vivre sur le bord du gouffre sans jamais y tomber. Il achetait trois chemises à col boutonné et deux pantalons par an. Quand il allait au restaurant, il commandait un bol de soupe et il dévorait la corbeille de pain ou de crackers, ou encore il débarquait au BBQ à l'heure dite pour profiter du menu Spécial Lève-Tôt à six dollars quatre-vingt-quinze, et il repartait avec les restes. Il avait escroqué un marché à son propriétaire — des petits travaux d'entretien en échange d'un loyer très modique —, qui s'était révélé être une source d'ennuis que ne compensait pas le bénéfice. Sa femme Rima et lui partageaient en deux parts égales toutes leurs dépenses communes comme des étudiants coloca-taires. Quand ses amis le taquinaient à propos de sa radinerie, il acquiesçait d'un air penaud qui faisait val-ser mon opinion à son égard du mépris à la compré-hension et à une sympathie amusée. Je voyais bien, en fin de compte, que s'il se comportait ainsi, ce n'était pas entièrement parce que c'était un grippe-sou de Yankee : il s'était également percé une voie dans ce monde à coup de paramètres serrés, dont il ne pouvait dépasser les frontières.

Pendant que John se frayait un chemin à coups d'épaule dans l'assistance et parlait au barman, j'ai essayé tant bien que mal de garder mon équilibre, paralysée par cette même langueur résignée qui s'était emparée de moi la veille, chez Georges. Et même si je couchais encore une fois avec John Threadgill ? Je n'étais, en essence, que la propriétaire d'un sac de chi-mies et de minéraux animés d'électricité. Mon corps allait se dessécher et finir tôt ou tard en poussière. Qu'importait ce que quelqu'un d'autre lui faisait, tant que ce n'était pas douloureux, tant que ça me procurait une sorte de plaisir ? Qui, à part moi, le saurait ou s'y intéresserait ?

De toute façon, je connaissais John, et les limites de ce qui pouvait se passer entre nous. Notre aventure avait suivi la même trajectoire que la plupart de mes autres relations amoureuses : drague badine dans un bar de nuit, sexe sous l'emprise de l'ivresse, suivi d'un échange empressé de numéros de téléphone sur un quai de métro, et d'autres nuits avec encore du badinage dans les bars, et encore du sexe sous l'emprise de l'alcool. Avant de rencontrer John, ces aventures s'étaient généralement poursuivies jusqu'à ce que le garçon reparte vers son ex-petite amie, ou arrête de tromper sa copine du moment. Ces dénouements n'avaient provoqué en moi aucune détresse excessive ; les bars downtown étaient remplis d'hommes de cette sorte, et quand l'un disparaissait, un autre apparaissait à sa place. Mais John, lui, était marié, et cela imprégnait nos escapades de pathétique et de profondeur. Il me disait que jamais il ne quitterait Rima, et, comme je n'avais aucune raison de mettre en doute ses paroles, la perspective de mes peines de cœur à venir faisait planer une atmosphère d'autoabnégation mélancolique sur nos accouplements dans les cages d'escalier et les ascenseurs.

Un beau matin de printemps, je me suis réveillée dans mon lit, seule, avec une douleur dans chacun de mes orifices, et un souvenir de la soirée de la veille : moi, courbée vers l'avant sur le quai de Christopher Street à quatre heures du mat, ma culotte sur les chevilles, pendant que John, derrière moi, me tenait par

136

les hanches. Je m'agrippais à un pilotis pour ne pas culbuter dans l'Hudson et, tout en regardant distraitement l'eau crasseuse, je me disais gaiement : Bon, voilà où j'en suis, voilà ce que je suis. Une cannette de bière bon marché ouverte et à moitié bue était posée à mes pieds : notre sempiternelle bouteille commune, dont le coût était, sans discussion, toujours partagé au penny près. Quand John avait donné un coup de reins plus vigoureux encore que les autres, la bouteille avait basculé dans le fleuve. Mieux vaut que ce soit toi que moi, lui avais-je dit à part moi, et je l'avais regardée couler.

Le lendemain matin, donc, allongée sur mon lit, submergée par chaque détail, j'avais décidé que les choses entre nous étaient allées aussi loin qu'elles étaient susceptibles d'aller. J'ai appelé John pour le lui dire, et c'est Rima qui a répondu.

John parlait toujours de Rima avec une mélancolie d'écolier romantique que je trouvais incongrue mais touchante, parce que leur mariage, au fond, était un marché qui avait terriblement mal tourné. Rima l'avait épousé sur les termes d'un commun accord : elle vivrait avec lui, coucherait avec lui et l'entretiendrait durant les trois années de mariage requises pour acquérir sa nationalité américaine, période à la fin de laquelle il lui permettrait de divorcer. Ils avaient chacun leur propre raison de conclure ce marché : elle gagnait dans les trois ou quatre cents dollars par nuit en faisant des strip-tease au Goldfingers et ne voulait pas repartir en Roumanie ; lui était amoureux d'elle et trop jeune pour ne pas être ignorant. Lorsqu'il l'avait épousée, dix ans auparavant, Rima possédait une beauté envoûtante à l'égal de Dietrich ou de Garbo, du moins selon John. Sa licence poétique se comprenait si l'on tenait compte du fait que, au moment où j'ai rencontré Rima, la génétique, les lois de la pesanteur et une jeunesse passée à fumer comme un pompier et à boire sec avaient sonné le glas de l'envoûtante beauté et, avec elle, celui de la part lucrative de sa carrière de strip-teaseuse. Rima en était réduite à se dégotter des contrats dans des boîtes de strip-tease sordides à l'Arsenal ou dans le nord du Queens, le genre d'endroit où les hommes la sifflaient et lui glissaient des billets de un dollar roulés dans la raie des fesses. Le boulot terminé, elle allait disséminer ses déceptions et son argent aux quatre vents, dans des clubs ouverts toute la nuit, puis, à l'aube, elle titubait pour rentrer chez elle et s'effondrait jusqu'à ce que sonne l'heure de se lever et de recommencer une fois de plus le même cirque.

J'étais quelquefois tombée sur elle, dans des fêtes. Elle m'effrayait un peu. Les rages qu'elle piquaient lorsqu'elle était ivre étaient légendaires et laissaient leurs marques ; lors de l'un de ces assauts nocturnes tardifs contre John, elle l'avait frappé, juste au-dessus de l'œil, avec le rebord de son alliance et lui avait ouvert l'arcade ; une autre fois, elle l'avait assommé et lui avait asséné un ou deux bons coups de pied qui lui avaient brisé trois côtes. John me racontait qu'il recevait des appels téléphoniques pour elle à des heures étranges : des voix éraillées, droguées, demandaient Della, ou Vera. Elle avait eu une période où elle se tapait tous les rapper-deejays l'un à la suite de l'autre, tous accros au crack, puis les avait remplacés par des jazzmen junkies entre deux âges. Tous lui avaient emprunté de l'argent qu'elle ne pouvait pas se permettre de leur prêter, avant de disparaître. John et elle partageaient toujours le même lit, mais John prétendait qu'ils n'avaient eu aucun rapport sexuel d'aucune sorte depuis plusieurs années, et n'étaient vraisemblablement pas près d'en avoir. Je n'avais aucune raison de mettre sa parole en doute. Cependant, il n'était plus du tout question de divorce. Elle était sa muse déchue, son urne grecque brisée en mille éclats. À l'inverse de tous les autres gens, Rima avait besoin de lui. Elle ne pouvait pas payer le loyer d'un appartement pour elle seule, et personne en pleine possession de sa raison n'aurait pris soin d'elle — à part peut-être sa famille, mais elle vivait à Bucarest, et Rima aurait préféré se tuer plutôt que d'y retourner.

« Est-ce que John est là ? j'avais demandé.

— De la part de qui ? » avait-elle répliqué de sa voix haut perchée.

Elle articulait mal et avait un accent bizarre.

« De Claudia, une amie.

— Écoute-moi, Clao-dia, je ne veux plus qu'il te voie.

— Okay, j'avais fait, ça me va.

— Au revoir », avait-elle dit, avant de raccrocher.

Cela avait eu lieu au mois de mai précédent. Depuis lors, je n'avais revu John qu'à une ou deux reprises, et, chaque fois que nous nous étions croisés par hasard, il m'avait suppliée de reconsidérer ma décision : nous avions pris tellement de bon temps ensemble. Et nous savions l'un et l'autre à quoi nous en tenir, non ? Alors, quel mal y avait-il à continuer ? Ces suppliques s'achevaient parfois dans les larmes — celles de John, s'entend ; il pouvait pleurer et s'apitoyer sur son propre marasme autant que sur celui de n'importe qui d'autre. Mais je demeurais implacable. La fin de mon aventure avec John avait marqué le commencement de mon désir pour William, qui était d'une nature entièrement différente, quoique pareillement sans espoir. J'en avais fini avec les hommes mariés, du moins pour l'instant. Non seulement ça, mais je semblais en avoir fini aussi avec toutes les aventures d'une nuit, toutes les romances inventées dans un bar passé minuit.

Pourtant, un filament de cette ère révolue revenait en douce et s'enroulait comme un serpent autour de ma cheville.

Quand John m'a tendu mon verre, il n'a rien dit du fait que je l'avais entubé de un ou deux dollars, pas même une petite blague pète-sec. J'en ai conclu qu'il était prêt à tout pour m'attirer au pieu, ou n'importe où ailleurs. Comme pour m'en donner la preuve, il est venu me murmurer droit dans l'oreille — tant et si bien que son souffle a humecté tous les duvets de mon canal auditif, et que mes genoux ont menacé de se voiler dans un mouvement involontaire de consentement instinctif à l'accouplement.

« Où étais-tu passée, ces derniers temps ?

— Oh... Pas loin, j'ai dit. On en a fini avec tout ça, John. Je ne me cache pas de toi. »

Il m'a contemplée avec une molle admiration, il a

posé une main sur mon visage, l'a fait pivoter vers lui et, sans ma permission, m'a embrassée. Je me suis reculée, pour le regarder dans les yeux. Il avait une jolie bouche grande et charnue, une lèvre supérieure cochée d'un trait en son milieu, une fossette profonde dans la joue.

« Comment va madame ? j'ai demandé.

— Allons au moins nous balader, il a répondu. Ton esprit me manque. Tu m'as toujours tellement inspiré, tu fais jaillir mes idées. Et j'aime à penser que je fais la même chose pour toi. Je voudrais tellement ne serait-ce que recommencer à discuter avec toi. »

Sans doute parce que tu ne comprends pas un traître mot de ce que dit ta femme, ai-je pensé tout bas, mais je me sentais à plat, seule, j'avais eu une journée terrible, aussi ai-je dit tout haut :

« Présenté comme ça, ça me paraîtrait grossier de refuser. »

Frieda s'était installée à une table du fond avec Cecil, descendu de scène le temps de quelques morceaux. Comme ils étaient assis, c'était plus dur d'évaluer leur différence de taille, mais ils allaient plutôt bien ensemble. Gus planait servilement au-dessus d'eux, les mains jointes en un geste de prière, patientant pour une ouverture. Brusquement, il s'est penché et a tendu sa main à Cecil, qui a détourné à regret les yeux de Frieda pour la serrer. Je suis allée taper sur l'épaule de Frieda et je lui ai glissé dans l'oreille : « Ça ira pour toi si je pars maintenant ? »

Elle a levé les yeux.

« Ne rentre pas avec lui, Claudia. »

Elle avait l'air radieuse, ivre.

« On va juste marcher un peu.

— Marche vite, alors », elle a dit en me donnant une légère tape sur la joue.

John et moi avons bataillé pour sortir du bar, puis il m'a escortée le long du trottoir. Il y avait un deli, un peu plus haut, au carrefour suivant ; son étal étagé de fruits et de fleurs, puissamment éclairé, contrastait face au lavis atone des immeubles et des voitures garées. « J'ai besoin d'une bière, j'ai dit. Et d'une de ces tartelettes Table Talk. »

Il est revenu avec deux bouteilles décapsulées et enveloppées chacune dans un sac en papier, et deux petites boîtes carrées. J'ai vérifié le parfum qu'il avait choisi pour moi : pomme. Ça m'a fait plaisir. J'ai ouvert la boîte en déchirant le carton, et j'ai planté les dents dans la friandise feuilletée et collante. John me regardait manger. J'ai brusquement senti le souffle me manquer.

« Je meurs de faim », a-t-il dit, et il a mordu dans ma tartelette, sa main posée sur la mienne. Je l'ai observé mâcher, puis avaler. Une miette est restée collée à sa lèvre supérieure. J'ai eu envie de la balayer d'un coup de langue, même si je n'avais plus faim.

« Hé ! Mange donc la tienne ! » j'ai rouspété. Nous avons échangé un regard brûlant, les paupières mi-closes, jusqu'à ce que je détourne les yeux, un immense sourire aux lèvres.

Il a caressé du pouce mes paupières, puis il a posé sa paume à plat sur mon visage et l'a pressée doucement contre mon nez. « Tu es tellement crispée ! Tu devrais détendre ton visage.

— Je devrais détendre un tas de choses.

— J'ai oublié de te dire, il a fait, la tête enfouie dans mes cheveux, Rima est allée voir sa famille à Bucarest. Elle ne rentre que demain soir. » Un petit grognement involontaire s'est échappé du fond de ma gorge. John a hélé un taxi et il a indiqué son adresse au chauffeur. On s'est assis côte à côte sur la large banquette défoncée, sans se parler, ni se toucher. Ma tête bourdonnait, remplie de parasites. John a payé la course, et nous sommes descendus du taxi.

John et Rima habitaient un deux pièces exigu sous des combles, au-dessus d'une ancienne échoppe de maréchal-ferrant, sur Pitt Street. On a franchi un portail, traversé une cour, puis on s'est engagés dans une cage d'escalier lambrissée, étroite, chichement éclairée, et on a grimpé jusqu'au dernier étage.

La baignoire était à côté de la porte, recouverte d'un panneau de bois articulé par des charnières qui tenait lieu de buffet tant personne n'avait besoin de prendre un bain. Partout, il y avait des bouquins, empilés sur la moindre surface, serrés et entassés sur les bibliothèques, répandus au sol. Le bureau de John était sous la mansarde du toit, encombré sans aucun souci d'ordre d'une ramette de papier blanc, de paquets de pages mi-dactylographiées, mi-manuscrites, d'un pot de stylos à bille, d'un dictionnaire et d'une machine à écrire mécanique. À un crochet, près de la porte, pendait une pièce de lingerie en dentelle rose, seul signe repérable de l'absente.

Dès que John m'a poussée dans l'appartement et en a verrouillé la porte, je suis devenue une poupée en caoutchouc, qu'on pouvait plier et tordre dans n'importe quelle position. Je me suis retrouvée le visage collé sur le couvercle de la baignoire, la joue contre une boîte de corn flakes, mes cuisses écartées dans ses mains, son menton entre mes omoplates, son souffle dans mon oreille. Un moment après, j'étais face à l'évier, les paumes appuyées bien à plat contre les portes des placards suspendus, un genou posé sur le rebord de la cuvette. J'ai glissé dans une euphorie hébétée et muette, je me suis compactée en une balle dure, si minuscule qu'elle n'existait presque plus, un trou noir d'antimatière situé dans mon nombril. Un instant plus tard, j'ai refait surface pour découvrir que j'étais devenue une sorte d'ottomane : j'étais par terre, sur le tapis, supportant le poids du corps de John sur mon dos, arc-boutée sur mes mains et mes genoux pour contrer l'attaque rythmique, tandis que les poils sur son torse et sur son estomac frottaient contre ma peau. Il m'a relevée, a enroulé mes bras et mes jambes autour de lui, et il s'est mis à cavaler comme un cheval de manège tout en se calant contre l'appui de la fenêtre. N'importe qui dehors, dans la cour en bas, aurait pu voir son postérieur nu écrasé contre la vitre, mon visage monter et descendre derrière l'envers de sa tête et, quelque temps plus tard, l'aurait entendu pousser un hurlement qui a ébranlé les cadres des fenêtres.

On est ensuite restés étendus sur le tapis marron râpé, nus, à boire du whisky ; à aucun moment on ne s'est approchés du lit, ce grand trampoline tout en désordre qu'il partageait avec Rima. En quoi c'était moins adultère de se vautrer sur les meubles et les installations sanitaires, je n'en savais rien, mais c'était ainsi. Je n'avais pas du tout sommeil ; j'oubliais presque que, d'ici peu, je devais aller travailler. John avait l'estomac confortablement installé en vis-à-vis de son torse, et ses gros membres mous s'étalaient sans s'excuser le moins du monde de leur absence de muscles. Il ressemblait à un alien dans un film de science-fiction, cérébral et inopérant, avec ses épaules poilues et tombantes, ses mains aussi informes et molles que des mitaines, ses yeux très écartés dans une tête au front lourd qui évoquait un dôme. Il a enveloppé mon corps du sien, il a tripoté mes cheveux comme si c'était un rouleau de tissu qu'il était en train d'acheter, il a enfoui son visage entre mes seins. Après nos ébats, mes chairs étaient toujours attendries et légèrement irritées, comme si on les avait mollement rouées de coups avec un maillet en caoutchouc.

« Sur quoi tu travailles en ce moment ? » il a demandé avec un intérêt sincère tout en me clouant contre le tapis. L'heure de notre petite conversation au sujet de mes écrits avait sonné.

Je me suis lancée, d'une voix de tête chevrotante : « Cet homme, cet étranger à la peau sombre, avait une arme, et il la dirigeait contre moi ! Mon cœur s'est alors mis à battre comme un tympanon ! »

Il a frotté sa joue contre mon ventre, sans trop appuyer l'oreille, pour pouvoir entendre le concert de gargouillis qui avait lieu là-dedans — ce qui, m'avait-il dit une fois, lui donnait l'impression de retourner dans le ventre de sa mère.

« Tu devais toujours commencer à écrire ton roman. C'en est où ?

— Je le ferai quand je le ferai, et si je ne le fais pas, ce ne sera une perte pour personne. »

J'ai senti une douleur derrière les oreilles, dans les articulations des jambes et une démangeaison sur la peau, autant de signes qui indiquaient que le jour n'allait pas tarder à se lever.

« Comment va le maçon ?

— Ah ! il a soupiré en remontant son menton sur mon sternum pour pouvoir me regarder. Pauvre homme. Pauvre mule. Chaque brique doit être parfaitement alignée avec chaque autre brique, sinon le mur tout entier va se déglinguer. Une fraction de centimètre de décalage, et le mur part de plus en plus de travers à chaque étape ultérieure. Comment est-ce qu'il persévère, brique après brique, jour après jour, sans perdre la tête ?

— Pourquoi il ne cherche pas tout simplement un meilleur boulot ?

— Parce que son travail, c'est la maçonnerie, a répondu John, d'un ton entendu. C'est dur, et fastidieux, et ça casse le dos, et c'est un travail solitaire, mais c'est le métier qu'il a choisi. » Je n'avais rien à répliquer à cela. J'ai attrapé la bouteille de whisky. « Claudia, a-t-il repris après un moment, je ne peux pas quitter Rima. Tu le sais, pas vrai ?

— Je sais. (Je me suis versé une larme de whisky

dans le gosier.) Je ne te demanderai jamais de le faire, ne t'inquiète pas.

— Mais c'est tellement dur pour moi. Tu me manques en permanence.

— Oh, n'exagère pas, John, personne ne manque à personne en permanence.

— Je suis sincère », a-t-il répliqué avec véhémence, puis il a fondu en larmes. Il a sangloté, le nez entre ses poings serrés. Son ventre se soulevait. « Je suis tout ce qu'elle a. Je ne peux plus le supporter. »

Je me suis accroupie et j'ai pris sa tête entre mes mains. Ses cheveux étaient aussi emmêlés et poussiéreux que la fourrure d'un animal domestique. La capote usagée, alourdie de sa minuscule cargaison, gisait, entortillée sur elle-même, au bord du tapis.

Aux alentours de six heures, juste avant le lever du soleil, nous sommes allés dans une cafétéria ukrainienne ouverte toute la nuit, manger des pancakes aux pommes de terre avec de la crème fermentée et de la compote de pommes. John a payé l'addition, puis m'a laissée à l'entrée du métro. « Claudia, c'était sublime dans le meilleur sens du terme, de te revoir », il a dit en prenant mes deux mains dans les siennes.

Je lui ai souri, j'ai récupéré mes mains et je suis descendue sur le quai. Il était presque sept heures ; j'avais tout juste le temps de passer chez moi me doucher et me changer, et de partir travailler.

Déjà, dans la douche, j'ai dû me retenir contre le mur carrelé ; en débouchant sur la Cinquième Avenue après la traversée de Central Park, la fatigue m'a frappée comme un vent violent, le vertige s'est emparé de moi. Il a fallu que je m'assoie sur un banc. J'étais à deux doigts de m'endormir, mais je me suis reprise à temps. Je me suis forcée à me lever, à continuer. On aurait dit que mon cerveau était enveloppé d'ouate. Mes yeux ne faisaient pas correctement la mise au point, et mes pensées cahotaient au hasard autour de mon crâne. Je n'arrivais pas vraiment à imaginer comment j'allais me débrouiller pour passer cette journée avec un semblant de cohérence ou d'ordre, mais je me suis souvenue que j'avais déjà fait ça auparavant : c'était juste assez rassurant pour me propulser jusque chez Jackie.

6

Quand j'ai franchi la porte qu'il me tenait ouverte, Ralph m'a saluée avec une retenue qui ne lui ressemblait guère.

« Salut Ralph, j'ai fait. Qu'est-ce qui va pas ? »

Il m'a regardée comme s'il ne me voyait pas vraiment, et il a dit, d'une voix perplexe, perdue, que je ne lui avais jamais entendue auparavant :

« La vieille dame est partie. »

D'abord, j'ai pensé qu'elle était partie en voyage et que ça m'était sorti de l'esprit, ce qui aurait pu facilement se produire, et je l'ai dévisagé, paniquée.

« Partie ? Mais partie où ?

— Partie partie il a répondu, hébété. J'arrive pas à le croire.

— Que voulez-vous dire, "partie partie" ?

— Elle s'en est allée... »

Là, je l'ai regardé fixement.

« Vous voulez dire qu'elle est morte ?

— Oui, c'est ça, il a repris, en esquissant un faible sourire. J'ai toujours cru qu'elle serait éternelle.

— Mon Dieu, j'ai chuchoté. Moi aussi. »

Et, d'un seul coup, je me suis souvenue de la radio, de mon départ jubilant et insouciant la veille au soir. J'ai ouvert de grands yeux, frappée d'une hébétude qui faisait écran à toute compréhension. Non. Était-ce possible ? Bien sûr que non. Mais Ralph venait de dire que... — la vision d'une prairie s'est insinuée dans ma tête, l'herbe penchée vers l'horizon, le vent frais, le ciel bleu.

« Qu'est-ce qui s'est passé ? j'ai demandé. Qui vous l'a dit ? »

« Ralph, a appelé Mrs Florscheim, qui habitait au sixième, en sortant de l'ascenseur, auriez-vous la gentillesse de m'appeler un taxi ? »

Ralph m'a adressé un regard sans rien ajouter, puis il est sorti sur le trottoir, en fouillant dans sa poche à la recherche du sifflet.

J'ai regardé dans la cour, à travers la porte-fenêtre du hall. À présent, si je voulais, je pouvais aller là dehors et m'asseoir sur un banc, près de la fontaine. À présent, les miroirs qui tapissaient les murs du hall d'entrée étaient neutres, je n'avais plus besoin d'eux pour m'aviser d'un ourlet décousu ou de mes cheveux décoiffés par le vent. Tout mon corps a tressailli en sentant l'attraction gravitationnelle soudain plus faible que l'immeuble exerçait sur lui. J'ai foncé vers l'ascenseur.

J'ai ouvert la porte de Jackie et suis restée un moment dans le vestibule, assommée par une joie sauvage, dépourvue de l'ombre d'un remords. La compréhension de ce que j'avais fait essayait de se forcer un chemin jusqu'à mon esprit avec autant de succès qu'un transatlantique devant l'embouchure d'une petite rivière. J'oscillais entre les deux réalités, Jackie, vivante hier, morte aujourd'hui ; un bourdonnement impatient d'adrénaline pétillait dans mes veines. J'ai murmuré pour moi seule le mot « meurtrière » ; il avait un son charnu, moelleux, radicalement étranger au bruit sec produit par le marteau du juge, ou au grésillement de la chaise électrique. Sur le dossier d'une chaise, il y avait un cheveu bronze, dans la corbeille, un Kleenex taché d'une trace de rouge à lèvres. Des effluves de son parfum circulaient dans les courants d'air, tourbillonnaient dans les embrasures de porte.

« Juanita ! » j'ai appelé, en m'avisant brusquement du vrombissement de l'aspirateur, quelque part dans l'appartement. Mais elle n'a pas répondu, elle ne pouvait pas m'entendre. Au-delà de la porte cintrée, le salon ressemblait à une caverne baroque baignée de miroitements et d'ombres. Les deux douzaines de roses que Jimmy Blevins avait envoyées la veille étaient disposées dans une urne en cuivre sur la table basse en acajou ; des pétales d'un grenat profond jonchait déjà le tapis. J'ai plongé au milieu des presse-papiers en plaqué or et des statues équestres en bronze disposés sur les consoles de marbre. Les surfaces, brillantes, se déformaient et vacillaient, comme sous le jeu de lumière de vagues ensoleillées très haut au-dessus d'elles. J'ai passé le doigt le long d'un coupe-papier en or en forme de dague, y déposant une trace grasse, puis je me suis penchée pour respirer le parfum des roses. Elles avaient l'air de petits mollusques sous-

151

marins, comme ceux qui s'accrochent aux rochers, tout en bouche.

Ensuite, j'ai suivi le couloir jusqu'à sa chambre, je l'ai traversée, je suis entrée dans sa salle de bains. Les carreaux blancs luisaient d'un éclat morne. La baignoire était vide. L'air semblait creux, comme s'il y avait eu un brouillard dense et froid, et qu'il se fût dissipé.

L'étagère de douche était dans la corbeille sous le lavabo, et le crochet était rompu.

La radio était sur le rebord de la baignoire, débranchée.

J'ai promené un doigt à l'intérieur de la vasque. Aucun résidu de produit nettoyant ni de calcaire ne s'y était déposé : la porcelaine des parois était nacrée, aussi étincelante que l'intérieur d'une coquille d'huître, et entièrement sèche.

Comme sur un écran de cinéma, j'ai vu la scène : le bras tendu pour régler le volume, la main impatiente sur le bouton, la radio suspendue, Jackie qui tentait désespérément de l'attraper. Et puis, l'eau se convulsait, telle une chose devenue vivante sous l'effet du courant électrique, elle bouillonnait sur son corps agité de spasmes — ses yeux, son regard vide qui fixait le plafond. Une petite touche plus vive (imaginée pour mon seul bénéfice) : montant par essaims de bulles de la radio immergée, la voix de Frank Sinatra, « *I've got you under my skin ; I've got you deep in the heart of me...* ».

Je suis sortie de la salle de bains, je me suis assise dans le boudoir sur l'une des chaises tapissées d'imprimé léopard, et j'ai décroché le téléphone. J'ai composé le numéro de la réception en bas. C'est Louie qui a répondu. « Louie, j'ai dit, c'est Claudia. Est-ce que Ralph est par là ?

— C'est l'heure de sa pause. Est-ce que je peux vous être utile ?

— Vous savez, pour Jackie ? »

Il a ri.

« Non. Qu'est-ce qu'elle a encore inventé ?

— Oh non, Louie ! C'est pas ça. Jackie est morte.

— Comment ça, morte ?

— Vous n'êtes pas au courant ? C'est Ralph qui me l'a appris tout à l'heure.

— Non, je ne suis au courant de rien.

— Pouvez-vous demander à Ralph de m'appeler dès qu'il revient ?

— Je vais monter réparer une fuite au troisième, mais essayez de le rappeler dans quelques minutes, il ne devrait pas tarder. Alors ? Comment est-ce qu'elle a... Euh... Qu'est-ce qui lui est arrivé ?

— Je ne sais pas. C'est pour ça que je voulais parler à Ralph, pour savoir.

— Je lui laisse un mot », a promis Louie.

J'ai raccroché. L'heure était grave. Il me fallait réfléchir. J'en étais incapable. Mes muscles se sont paralysés ; mon visage s'est figé. Une malle en teck était tapie près de moi ; sur un guéridon, juste au-dessus de ma tête, un chlorophytum en soie me menaçait, prêt à bondir. Des rideaux de velours bloquaient le passage du jour, auquel se substituait, inadéquatement, la lumière des lampes avec leurs abat-jour en soie ourlés de lourdes franges. Des ampoules de la taille d'un gland brillaient faiblement dans des appliques murales en face du miroir. Le papier peint à la main qui tapissait les murs représentait une fantaisie d'énormes fleurs pourpres, semblables à des organes génitaux, posées sur des sellettes feuillues. Un mur de miroirs multipliait par deux le déploiement prolifique de fausses fougères et de faux bambous disposés devant lui. Au milieu de tant de pompe théâtrale, tout semblait irréel, sorti d'un dessin animé. Je me suis entendue gémir dans la salle du tribunal : « Elle m'avait obligée à fouiller dans les poubelles, et pendant tout ce temps la photo était en haut dans une enveloppe où *elle* l'avait mise, en personne. »

Et le juge, impassible, me rétorquait : « Ça s'appelle faire son travail. Vous auriez pu protester, si vous pensiez qu'on vous maltraitait, ou démissionner. Je vous condamne à la réclusion criminelle à perpétuité sans remise de peine conditionnelle, en espérant que votre incarcération vous servira de leçon. »

Quand j'ai traversé la pièce pour ouvrir les rideaux, la lumière du soleil, aussi affilée qu'une lame de rasoir, a fendu l'air, atténuant toutes les couleurs profondes et vineuses en des ombres délavées, neutralisant les lumières électriques, étincelant dans les miroirs. Mon image était le seul élément vivant dans la pièce. Qui avait besoin de Jackie ? Elle n'avait été qu'une source d'ennuis, vraiment. Maintenant, tout cet innommable capharnaüm de pseudo-lady gantée de blanc allait pouvoir passer directement par la fenêtre. Le livre pourrait être spirituel, honnête, et peut-être même avoir une intrigue cohérente. Une fois que j'aurais convaincu Gil que j'étais capable d'écrire un vrai livre, je commencerais à publier sous mon propre nom. Je pourrais inviter William au Nobu, rembourser mes dettes, et déménager downtown. Je voyagerais, je donnerais des fêtes, je ferais la grasse matinée et tout ce dont j'aurais envie.

Mon esprit, si longtemps comprimé en un chignon serré, explosait comme un printemps enfin éclos. Je me suis relevée. J'ai rôdé dans son dressing, inspecté ses tiroirs, sa table de nuit. Dans la salle à manger, j'ai ouvert le meuble à alcools ; dans le salon, j'ai tripoté les différentes choses disposées sur l'imposant bureau. Et, ce faisant, je me suis retrouvée en train d'accumuler un certain nombre d'objets, qui semblaient tous tomber en ma possession de leur plein gré. Ils sautaient dans mes mains comme des animaux domestiques abandonnés en quête d'un nouveau maître : des escarpins en daim vert bouteille, un pull en cachemire gris, une montre en or, un stylo plume en écaille, un étui à cigarettes plaqué or et incrusté de pierres semi-précieuses, une bouteille intacte d'un whisky rare et cher. De mes mains, avec la même énergie, guidés par quelque mystérieuse attraction magnétique, ils trouvaient le chemin de mon cabas en toile.

Alors que je planquais mon butin dans l'office, j'ai entendu la voix de Jackie quelque part dans l'appartement. Je me suis pétrifiée, et terrifiée j'ai ouvert des yeux aussi grands que des soucoupes. Elle n'était finalement pas morte. Ralph s'était trompé... J'ai redressé la tête pour entendre ce qu'elle disait, et j'ai réalisé que c'était le répondeur qui interceptait un appel. Je n'avais pas entendu le téléphone sonner. Je me suis approchée du combiné, prête à décrocher si j'entendais la voix de Ralph, mais, après le bip, c'est Mr Blevins qui a parlé : « Eh bien, bonjour à vous, ma très chère. Je n'ai cessé de penser à vous de toute la matinée. Comment allez-vous aujourd'hui ? Si vous avez besoin de quoi que ce soit, je suis au bureau. »

Je me suis agrippée au comptoir, et j'ai fermé les yeux. Si seulement j'avais un peu dormi la nuit précédente ! Si seulement je n'avais pas bu autant ! Une brume épaisse d'irréalité enveloppait et ralentissait toutes mes perceptions. Je me sentais comme un bateau à la dérive.

Je me suis secouée, j'ai installé mon bureau dans la salle à manger et je m'y suis assise. Je commençais à souffrir d'un sérieux mal de tête. Le whisky ingurgité aux premières heures du jour s'était suffisamment métabolisé, si bien que mon corps flottait en suspension dans l'étroit goulet qui sépare l'intoxication de la gueule de bois. À tout prendre, je préférais repartir du côté de l'ivresse, surtout pour affronter ce qui m'attendait. Je me suis donc relevée pour aller vers le bar, où j'ai déniché une bouteille de whisky entamée et un verre adéquat, avec lesquels je suis retournée m'asseoir et que j'ai posés devant moi, sur la table. J'ai composé une nouvelle fois le numéro de Ralph.

« Ralph, c'est Claudia, j'ai fait quand il a décroché.

— Ah oui, Louie m'a laissé un mot... » Il avait l'air essoufflé. « Je vous rappelle dans deux minutes, d'accord. J'ai un truc urgent à régler.

— Rappelez aussi vite que possible », j'ai dit d'une voix pressante.

J'ai avalé une bonne rasade de whisky, j'ai rassemblé mes forces et j'ai composé le numéro de Jimmy Blevins. Pauvre vieux monsieur ! Sa vie allait être maintenant tellement triste, tellement grise !

Il a pleuré quand je lui ai annoncé la nouvelle, et à ma grande surprise j'ai pleuré avec lui. Puis il s'est lancé dans l'éloge vibrant de sa beauté, de sa grâce, de son charme, de son destin stimulant, qui l'avait portée depuis les cendres de son mari jusque sur les ailes de la carrière littéraire ; il a chanté ses vanités et ses manies si attendrissantes. En un sens, il disait vrai : Jackie avait été unique en son genre.

« Comment est-ce arrivé ? a-t-il voulu savoir.

— Je pense qu'elle est morte dans sa baignoire, j'ai expliqué, la voix tremblante d'une émotion pâteuse que j'ai tenté de moduler en condoléances. C'est là qu'elle était quand je suis partie à cinq heures. Elle avait eu une journée terriblement difficile. Elle était épuisée.

— Je lui disais toujours d'être prudente, de se ménager, de ne pas trop s'inquiéter. Mais elle ne m'écoutait pas. »

Un après-midi, peu avant ce jour-là, je leur avais souhaité le bonsoir, à Jackie et à lui, alors qu'ils étaient dans la salle à manger en train de tripatouiller le lecteur de CD, essayant de le faire marcher. Une fois dans la rue, j'avais déjà parcouru un demi-bloc lorsque je m'étais souvenue que j'avais laissé le courrier à poster sur la table de la salle à manger. J'étais remontée chez Jackie, j'étais entrée sans sonner et j'avais entendu une musique romantico-chic. J'avais déboulé dans la salle à manger en disant « C'est encore moi, j'ai oublié de... », et là, je les avais vus qui dansaient, Jackie et Mr Blevins. Je m'étais figée sur le seuil, tout aussi gênée que si je les avais surpris au lit. Il la tenait dans ses bras et la faisait tournoyer, l'inclinait, la ramenait contre lui, pivotant avec adresse, puis fléchissant le genou pour tourner encore. Elle adhérait à lui comme de la soie, les paupières closes. Deux flûtes de champagne pétillaient sur l'appui de la fenêtre. Jackie avait ouvert les yeux et avait dit avec un petit rire : « Entrez donc, Claudia, nous ne faisons que nous entraîner pour aller dans le beau monde, ce soir ! » J'avais pris le courrier et je m'étais esquivée ; dans l'ascenseur, j'avais repensé à Mr Blevins, qui n'avait pas manqué un seul pas en ma présence, qui n'avait même pas semblé me voir.

J'ai repris : « Je ne sais pas si elle vous l'a jamais dit, monsieur, mais votre amitié représentait tellement pour elle.

— Elle était si fragile, sous son apparence. Je savais combien c'était dur pour elle. Je m'efforçais de la protéger autant que je pouvais.

— Et elle vous en savait gré plus qu'elle n'aurait jamais pu vous le dire.

— Mon Dieu ! Elle est vraiment partie ? il a demandé d'un ton songeur.

— Je sais. Je sais que c'est difficile à croire.

— Oh, Jackie !

— Mr Blevins, s'il vous plaît, n'hésitez pas à me dire si je peux faire quoi que ce soit pour vous.

— Si seulement vous pouviez nous la ramener ! »

Juanita est arrivée dans le salon en traînant l'aspirateur et elle l'a passé en quatrième vitesse sur le tapis, aspirant les pétales de roses, cognant le nez en plastique rigide contre les pieds des chaises et des tables basses. J'ai observé sa silhouette massive se mouvoir avec énergie, emprisonnée dans l'uniforme rose, dans des collants épais et des tennis blanches. Qu'est-ce qu'elle allait faire, maintenant ? Comment allait-elle survivre ? Comment allais-je m'y prendre pour lui expliquer ce qui s'était passé ? Et pour l'expliquer à tout le monde ?

J'ai composé un autre numéro. Peu importait notre dernière soirée peu de temps avant, peu importait ce qu'il pensait de moi, il était toujours mon ami.

« William, j'ai dit quand il a décroché.

— Claudia ! (Mon cœur a bondi en entendant cette joie sincère qui résonnait dans sa voix.) Je voulais t'appeler hier. Est-ce que tu es bien rentrée, l'autre soir ?

— ... Oui, j'ai bégayé. William, j'ai une nouvelle superbizarre. Il n'est pas exclu que j'aie plein de problèmes, en fait.

— Comment ça ? Raconte !

— Elle est morte.

— Qui, *elle* ?

— Hier, elle m'a fait fouiller dans les poubelles parce qu'elle avait perdu une photo. Et, juste après ça, elle a été... terrassée. Après mon départ. C'est comme si les dieux l'avaient punie. Enfin, les dieux, ou quelqu'un.

— Tu parles de Jackie ? C'est Jackie qui est morte ?

— Je suis arrivée ici ce matin, et c'est Ralph qui me l'a dit, et maintenant...

— Qu'est-ce qui s'est passé ?

— Je ne sais pas encore exactement, mais...

— Ah, merde ! Attends deux secondes, Claudia, il faut que je prenne un autre appel. Ne quitte pas.

— J'attends », j'ai dit en pressant le combiné le plus fort possible contre mon oreille. C'était la seule chose qui me reliait au monde normal.

« Me revoilà, a dit William. Il faut que je reprenne ce gros tas de lard dans trois minutes mais je peux le faire poireauter un peu. Claudia, elle est vraiment morte ?

— Jure-moi de ne le dire à personne. Mets ça sous le sceau du secret professionnel.

— Qu'est-ce que tu as fait ? »

Je lui ai raconté, aussi brièvement que j'en étais capable. Il n'y avait pas grand-chose à dire. J'avais laissé la radio pendouiller au-dessus de la baignoire, accrochée à l'étagère de salle de bains à moitié cassée, et elle était morte.

Quand j'ai eu achevé mon histoire, il s'est tu pendant un instant, puis il s'est éclairci la voix. J'ai eu le sentiment fulgurant, terrible, qu'il se moquait de moi.

« Claudia, tu es sûre que c'est vraiment ce qui s'est passé ?

160

— William, l'étagère est cassée. Je l'ai vue. Elle est dans la poubelle.

— Mais qui t'a dit qu'elle s'était électrocutée ?

— Quand je suis arrivée ici, Ralph, le portier, m'a dit qu'elle était morte, et puis je suis montée, je suis allée voir dans la salle de bains, et l'étagère de douche était cassée, et quelqu'un, peut-être les gens du SAMU, avait débranché la radio.

— Écoute, Claudia, débrouille-toi pour savoir avec certitude ce qui s'est passé avant d'aller raconter quoi que ce soit à quiconque. (Il m'a semblé entendre un sourire dans sa voix.) Je pense que le fusible aurait sauté avant qu'il y ait eu assez de jus dans l'eau pour la tuer. Bon, il faut que je reprenne l'autre appel. Hé ! N'oublie pas de venir à ma fête. Et j'ai dit à Ian de t'appeler pour un entretien. »

Je suis restée assise, immobile, un long moment sur ma chaise à dos droit, à fixer, sans un seul clignement de paupières, chaque grain de sable d'un désert aride et sans équivoque. Le téléphone a fini par sonner, deux bourdonnements brefs : on appelait d'en bas.

« Ralph ! enfin !

— Désolé, Claudia. Quelle journée ! Pire que tout ! je suis toujours sous le choc, vous savez. Je pense que je vais rentrer tôt aujourd'hui. »

Sous le choc ! Mais il la traitait d'imbécile, de vieille bique, de pintade loufoque ! Il m'avait tant de fois offert sa compassion, et avec une telle sincérité ! Je me suis aperçue que mon verre était vide : je me suis resservie généreusement, et j'ai avalé cul sec.

« Je ne savais pas que vous étiez si proches, vous deux, j'ai répondu.

— On n'était pas proches-proches, mais on ne sait jamais comment on va réagir quand quelqu'un meurt. J'aurais dû l'écouter et l'aider davantage. J'espère qu'elle savait à quel point elle comptait pour moi. Je ne le lui ai jamais dit. Je me plaignais d'elle à longueur de temps. Et maintenant, c'est trop tard...

— Que s'est-il passé, exactement ?

— Renversée par une bagnole. Le type s'est tiré. »

Mon cœur s'est envolé de son cachot, est reparti planer dans les vastes cieux des émotions humaines ordinaires.

« Quand ça ? Hier soir ?

— Non, hier après-midi, vers trois heures, mais je n'ai rien su avant que je rentre du boulot. Sa voisine m'attendait devant ma...

— Quelle voisine ?

— Mrs Marengo. Elles étaient amies. Elle pleurait. "Ah ! mon pauvre Ralph", elle n'arrêtait pas de répéter, et je ne comprenais pas ce qu'il y avait, et puis je suis rentré, et là le téléphone a sonné, et c'était mon frère, qui m'a dit que...

— Ralph, attendez ? De qui on parle ?

— Mais... De ma grand-mère, Claudia ! » il a répliqué d'un ton offusqué.

Je n'ai pas répondu tout de suite, le temps que ma perception de la réalité se recompose, puis, avant que toutes les implications aient pu se faufiler jusqu'à mon cerveau, j'ai balbutié : « Votre grand-mère. Votre grand-mère est morte. Oh, mon Dieu. Oh, mon Dieu !

Mais c'est terrible. Oh, mon Dieu ! Mais c'est absolument épouvantable. Je n'arrive pas à y croire !

— Votre sympathie me touche, Claudia. Je vous assure que c'était une femme formidable. »

À cet instant précis, j'ai entendu la porte d'entrée s'ouvrir et se refermer, des talons ont martelé le sol de l'entrée, longé l'office, pénétré dans la cuisine.

« Ralph, faut que j'y aille, j'ai dit d'une voix précipitée.

— Merci d'avoir appelé, Claudia. »

Aussi vite que j'ai pu, j'ai composé dans la foulée le numéro de Mr Blevins. Dès qu'il a décroché, j'ai dit :

« Mr Blevins, j'ai commis une épouvantable erreur, je suis désolée.

— Qui est à l'appareil ?

— Claudia, Mr Blevins. Il y a eu un quiproquo avec le portier, Jackie est vivante et tout va bien, d'ailleurs elle vient juste de rentrer. Le portier me disait que sa grand-mère était morte, et j'ai mal compris et j'ai cru qu'il voulait dire que...

— Elle n'est pas vraiment morte ? m'a coupée Mr Blevins, de la voix pâteuse d'un homme arraché à la noyade.

— Non, elle est vivante ! Tout ça n'était qu'un stupide malentendu, et si vous n'y voyez pas d'inconvénient, je pense qu'il vaut mieux que vous ne...

— Jackie est vivante ? » il a répété, sans comprendre, et à ce moment-là, on a décroché sur un autre poste et commencé à composer un numéro. À chaque touche enfoncée, une tonalité puissante vrillait mon oreille.

« Quelqu'un essaie d'appeler d'un autre poste, j'ai dit. C'est elle. Il vaudrait mieux que nous raccrochions. Je suis vraiment désolée. Je ne sais pas quoi... »

Il y a eu un aboiement impatient sur la ligne : « Allô ! Allô ! Qui téléphone ? C'est vous, Claudia ?

— J'ai fini, je raccroche. Au revoir, monsieur. »

J'ai eu le temps d'entendre le sanglot étranglé de Jimmy Blevins :

« Jackie ! Jackie ! Je ne peux pas croire que c'est vraiment vous ! Je ne peux pas croire que vous êtes vraiment là ! Oh Jackie, vous êtes revenue ! »

Selon toute apparence, je n'étais pas la seule à m'être fait une veillée mortuaire privée arrosée au whisky.

« Qui voudriez-vous que ce soit d'autre, Jimmy ? C'est bon, Claudia, vous pouvez raccrocher, je vais discuter un peu avec Jimmy, même si je dois me préparer pour mon rendez-vous. »

Dans la demi-seconde qu'il m'a fallu pour raccrocher et me jeter dans une activité susceptible de brouiller les pistes, j'ai ressenti simultanément trois choses : une faim de loup, l'envie de céder à un rire hystérique, et une ferme détermination de me conduire, envers moi et envers tout le monde, comme si rien d'extraordinaire ne s'était produit. J'ai rangé le whisky et le verre dans le bar, j'ai allumé l'ordinateur et ouvert le fichier correspondant au chapitre sur lequel j'étais en train de travailler. J'ai fait défiler le texte, à vitesse grand V, en corrigeant des trucs par-ci par-là, ajoutant ou effaçant des mots, déplaçant des phrases d'un paragraphe à un autre. Quand je suis parvenue à la fin du texte, mes doigts ont bondi sur le clavier, tels des chevaux de course à l'ouverture du portillon. Dix minutes plus tard, lorsque Jackie a passé la tête dans la salle à manger, j'avais écrit une page entière. Je me suis interrompue et j'ai relevé le menton. J'ai réalisé alors d'un seul coup que j'étais sacrément à l'ouest à cause du whisky. Tout, autour de moi, brillait d'un éclat moelleux et flou, tout sauf Jackie, qui paraissait surnaturellement bien au point.

« Je n'arrive pas à trouver mon pull en cachemire, vous savez, le cardigan gris. Ni ma montre en or, celle que mon frère m'a offerte pour mon anniversaire. Vous ne les avez pas vus ? Ils étaient là où je les avais mis et maintenant ils n'y sont plus. C'est embêtant, je les voulais pour aller à mon rendez-vous avec Gil Reeve. (Elle a exhalé un soupir exaspéré.) Parfois, j'ai l'impression que cette fille me vole. Il me manque des choses, et ça ne me ressemble pas du tout, je suis très ordonnée. Au fait, que lui arrivait-il, à Jimmy ? Il n'avait pas l'air dans son assiette. Le pauvre homme était presque en larmes. Il a fallu que je le prie de cesser cette scène ridicule !

— Je vais voir si je trouve le pull et la montre, j'ai dit.

— Que racontiez-vous à Mr Blevins, tout à l'heure ? »

Elle s'est avancée dans la pièce et s'est plantée pile au-dessus de moi, son poste favori pour les séances d'inquisition. Elle a reniflé juste au moment où je laissais échapper un souffle chargé de whisky ; ses narines se sont gonflées comme deux petits sacs d'aspirateur qui auraient avalé les vapeurs montant de mes poumons.

« Je n'aime pas la façon dont vous l'avez mis en boule, a-t-elle poursuivi. Il semblait avoir eu, grâce à vous, l'idée que j'étais morte, et puis que je ne l'étais plus. Qu'est-ce que vous avez bien pu inventer ? »

J'ai lâché un aboiement censé sonner comme un rire détaché. Si je pouvais dégoiser suffisamment d'âneries sans intérêt pour faire un écran de fumée, elle pourrait peut-être se lasser et abandonner l'affaire. C'était ma technique de survie quand elle me confrontait de but en blanc avec ce que j'avais fait. Sa faible capacité d'attention la faisait en général renoncer avant que nous ayons atteint le cœur du sujet. Je savais, cependant, qu'elle avait classé cette dernière transgression dans le dossier avec les autres.

« Oh ça ! j'ai lancé d'un ton léger, par-dessus les charbons ardents qui se consumaient dans mon estomac. Ralph était complètement retourné ce matin quand je suis arrivée, une histoire au sujet de sa grand-mère... »

Nous nous sommes toisées. Que pouvais-je ajouter ? En fin de compte, j'ai détourné le regard, et, avant de repartir dans sa chambre, faire Dieu seul sait quoi, elle a conclu : « Regardez si vous pouvez retrouver mes affaires, voulez-vous ? »

Mon corps tout entier s'est glacé et s'est transformé en un amalgame congelé des diverses substances bio-

166

chimiques que j'avais été contrainte de produire depuis le matin, chaque nouvelle venue annulant la précédente : choc, euphorie, terreur, ruse, vénalité, larmoiement, choc encore. Pour l'instant, j'étais à sec, et je ne m'en plaignais pas. Je me suis levée. Comme un automate, je suis allée dans l'office, j'ai sorti de mon sac tous les trucs que j'avais volés et j'ai entrepris de tout remettre à la bonne place, le stylo plume et l'étui à cigarettes sur le bureau, le whisky dans le bar, les escarpins en daim — que le diable l'emporte, ceux-là, je les voulais vraiment — dans le placard à chaussures de l'entrée. J'ai rejoint Jackie dans sa chambre, et je lui ai tendu le pull et la montre en annonçant : « Je les ai retrouvés. »

Sans un mot, elle a enfilé le cardigan et attaché la montre à son poignet.

« Je voulais vous dire, Claudia, ma petite-nièce arrive d'Italie la semaine prochaine pour apprendre l'anglais et rencontrer quelques jeunes gens à New York. C'est une aristocrate célèbre en Italie, même si vous ne l'auriez jamais deviné en la voyant ; elle n'est absolument pas gâtée.

— Comment s'appelle-t-elle ?

— Gianbattista Santa Maria Lucia di Paolo del Castellano », a-t-elle débité d'une traite, dans son italien haut perché. Lorsqu'elle parlait italien, elle était différente, plus effrayante, plus légitime. « Lucia, elle s'appelle Lucia, et elle a à peine vingt ans. Je crains qu'elle n'ait pas assez à faire pendant son séjour. Je voudrais organiser un dîner, il faudra qu'on voie la liste des invités un peu plus tard. J'ai pris rendez-vous pour elle, lundi à deux heures, avec mon amie Frances Gray. Frances dirige une agence de mannequins. Vous avez tout enregistré ?

— Frances Gray. Lundi, à deux heures.

— Lucia a bien sûr beaucoup travaillé comme mannequin en Italie. Là-bas, tout le monde la reconnaît dans la rue. C'est une des raisons pour lesquelles elle veut vivre un an à New York. "Je veux fuir les paparazzi, tante Jackie", elle m'a dit. Ah, ils sont redoutables en Italie. Pire que des moustiques. Assurez-vous qu'elle n'oublie pas d'apporter son dossier. »

Sur quoi, une main sur la taille, une jambe légèrement tendue derrière elle dans une pose de pin-up des années cinquante, elle s'est admirée dans le mur de miroirs.

« Je prends du poids... Il me faut le perdre immédiatement. Plus de sauces à la crème pour moi... Claudia ? Qu'est-ce que vous avez raconté à Mr Blevins, exactement ? »

C'était là une de ses tactiques d'interrogatoire ; m'endormir à coup de sornettes, puis m'assommer avec une question directe. J'avais anticipé. Derrière son monologue, j'avais deviné le tic-tac de son cerveau : petit un, un Jimmy Blevins en larmes qui n'arrivait pas à croire qu'elle soit encore et vraiment vivante ; petit deux, les affaires manquant à l'appel, et si promptement replacées par la secrétaire à l'haleine empestant le whisky. Elle savait que l'un et l'autre signifiaient quelque chose, et qu'elle finirait par découvrir quoi.

Aucun mensonge plausible ne m'est venu à l'esprit.

« Il y a eu un malentendu avec Ralph, j'ai dit franchement sur un ton d'excuse, le cœur pris dans ma cage thoracique comme une caille dans un piège. Lorsque je suis arrivée, il avait l'air tout retourné, et quand je lui ai demandé ce qui n'allait pas, il m'a répondu : "Elle est morte. Elle s'en allée hier." Je suis montée, j'étais dans tous mes états. J'ai immédiatement appelé Mr Blevins pour le mettre au courant. Mais après, quand j'ai rappelé Ralph pour savoir ce qui s'était passé, il a dit qu'il s'agissait de sa grand-m...

— Qui d'autre avez-vous appelé ?

— Personne. (William ne comptait pas.)

— Je ne peux pas laisser ce bruit se répandre dans toute la ville ! C'est tout simplement grotesque. Jimmy m'a dit qu'il avait déjà prévenu quelques-uns de mes amis ! Ah ! Je lui ai passé un de ces savons ! "Vérifiez toujours tout ce que vous dit cette jeune fille, je lui ai dit. On ne peut rien prendre de ce qu'elle dit pour argent comptant, elle peut être très confuse, parfois." Je suis vraiment hors de moi, Claudia. Je ne sais pas exactement ce que... Oh ! Et vous sentez comme si vous aviez bu !

— J'ai bu un peu de whisky, Jackie. Je croyais que vous étiez morte, j'étais bouleversée. Il me fallait un petit remontant. »

C'est à ce moment-là que tout s'est mis en place dans sa tête. Je voyais l'horrible topo prendre forme et sens dans son esprit : la personne dont elle dépendait le plus n'était pas une seule minute digne de confiance. Sa foi illusoire en mon fonds intègre lui avait permis, un nombre incalculable de fois, de ne pas me virer. Mes fautes n'étaient que les étourderies d'une employée bien intentionnée et dévouée, quoique profondément défectueuse. J'ai vu lui parvenir la certitude que je n'étais pas bienveillante, puis j'ai vu les volets se refermer sur cette certitude. Si elle poussait le raisonnement jusqu'à son inévitable conclusion, qui allait finir ce livre et écrire le suivant ? Elle a cligné des yeux, plusieurs fois ; elle s'est ébrouée, comme pour s'éclaircir les idées, puis elle m'a regardée droit dans les yeux et a dit d'une voix ferme :

« Tout ceci est inacceptable.

— Je sais. »

Elle a opiné du chef comme si quelque chose venait d'être acquis, et elle s'est assise à sa coiffeuse pour inspecter les dégâts que notre conversation avait causés sur son visage. Quoi qu'elle ait vu dans le miroir, ça lui a rappelé quelque chose d'autre : « Ah oui, j'allais oublier. Vous avez cassé mon étagère de douche, hier, en y posant cette radio trop lourde. Ça m'est tombé droit sur la tête. Une chance que je n'ai pas fait une commotion cérébrale. Allez tout de suite m'en acheter une autre au drugstore, s'il vous plaît. Et, cette fois-ci, prenez-en une bien. L'autre était de tellement mauvaise qualité !

— J'y vais tout de suite. »

J'ai pris un billet de vingt dans le pot, dans la cuisine, où elle gardait sa monnaie et j'ai enfilé mon manteau. En sortant de l'ascenseur, j'ai vu Ralph effondré sur le banc près de la porte. Il a levé la tête et m'a regardée traverser le hall avec un sourire blafard.

« Vous devriez prendre ce qu'il reste de la journée,

j'ai dit, heureuse de cette opportunité pour me soucier, durant quelques instants, d'un autre que moi.

— Si seulement je le pouvais ! il a soupiré. Elle se plaignait tout le temps : de son arthrite, de sa Sécurité sociale qui n'arrivait pas, de ses ampoules qui grillaient, et j'essayais de l'écouter, mais des fois, vous savez...

— On ne peut pas toujours être un saint, Ralph.

— Ouais, c'est sûr, mais parfois je la remballais. "Tu ne devrais pas être aussi négative, je lui disais, visualise donc un peu ton potentiel." Quand je suis rentré dans ce truc, Lifespring, elle m'a dit de baisser d'un cran et de filer me confesser. Après ça, on ne s'est pas parlé pendant un bout de temps. Mais j'étais pas loin, je veillais.

— C'est tout ce qui compte. Bon, je ferais mieux de filer : Son Altesse a besoin d'une nouvelle étagère de douche.

— Je ne veux pas la faire attendre, alors. »

Il m'a ouvert la porte et m'a poussée sur le trottoir.

Je me suis précipitée sur un téléphone public et j'ai appelé au cabinet de William. « J'attends », j'ai dit à Elissa, sa petite garce puante de secrétaire, lorsqu'elle m'a informée que *Mr Snow* était en conférence téléphonique. Elle avait pris sur elle de me traiter comme la sœur hystérique et incontrôlable de William, et j'avais pris sur moi de passer outre. La machine m'avait déjà avalé quarante cents quand j'ai entendu la voix de William :

« Claudia ?

— William, tu vas penser que je suis la dernière

des idiotes, et c'est vrai. Non seulement je ne l'ai pas tuée, mais en plus elle n'est même pas morte. Tu n'en as parlé à personne, n'est-ce pas ?

— Pas morte...

— William, je ne peux pas te l'expliquer maintenant, mais c'est un quiproquo tout à fait compréhensible. Ce n'est pas comme si je faisais ce genre de trucs à tout bout de champ. Tu en as parlé à quelqu'un ?

— Euh... » Il a marqué un temps de pause. « En fait, je viens de le dire à Margot, il y a à peine quelques minutes. Tu veux peut-être l'appeler et éclaircir la situation. Je l'ai invitée à ma...

— Et merde ! Tu veux pas le faire, toi ? Je suis dans une cabine. »

Il a ri.

« Non, je ne peux pas, j'ai un rendez-vous dans deux minutes. De toute façon, elle va très certainement t'appeler dans un petit moment. T'inquiète pas, Claudia, on en fait tous, des conneries. On se voit demain soir.

— Non, attends ! »

Il avait déjà raccroché. Quel était le numéro de Margot ? J'ai appelé les Renseignements et me suis entendu répondre que le numéro était sur liste rouge ; ça ne m'a pas vraiment étonnée. Ce numéro, je l'avais noté sur mon petit carnet rouge, en haut — où Margot était probablement en train d'essayer de me joindre.

La situation avec Jackie ne pouvait guère empirer davantage. Je suis allée au drugstore sur Lexington, j'ai acheté une étagère solide, en métal, et j'ai rebroussé chemin. Ma conversation avec William m'avait donné des bouffées et des fourmillements de dégoût de moi-même. J'ai souhaité brusquement, et ce n'était pas la première fois, n'avoir aucun ami. L'amitié, c'était tellement risqué, tellement douloureux, provisoire. Comment pouvait-on jamais faire confiance à quelqu'un ? Les conversations n'étaient que des flottilles de bateaux en papier, fragiles, submersibles, lancés avec un optimisme déraisonnable vers un lointain rivage, trop lourdement chargés pour ne pas couler, ne pas patauger péniblement, ne pas filer maladroitement vers l'autre hémisphère. Ç'avait été une erreur d'appeler William. Ç'avait été une erreur, au cours des cinq années précédentes, de lui raconter chaque petit détail épouvantable me concernant. À la façon dont il avait ri, je me suis vue comme lui devait me voir, comme tout le monde devait me voir. Mais je ne pouvais pas me permettre de n'être à mes propres yeux qu'une immense plaisanterie parce que tout ce que je possédais, c'était le frêle espoir que je n'en étais pas une. Comment diable avais-je pu imaginer que Ralph disait que Jackie était morte ? Commettre une telle erreur semblait impossible. Peut-être que j'étais vraiment cinglée. Peut-être que mes perceptions, toutes sans exception, n'étaient que les semi-hallucinations d'un cerveau perpétuellement embrouillé.

J'ai retraversé Park Avenue et me suis dirigée vers la façade familière de l'immeuble de Jackie. Il était assis là comme un gros chien de garde, l'entourant de ses flancs costauds et respectables. Elle était toujours en vie, j'avais encore un job, rien n'avait changé.

J'ai apporté la nouvelle étagère dans la salle de bains,

je l'ai suspendue soigneusement au tuyau de la douche et j'ai installé ses flacons de shampooing, ses savons fantaisie à la lavande, sa brosse pour le dos. J'ai rangé le ticket de caisse dans le classeur réservé aux factures ménagères, j'ai mis au penny près la monnaie dans le pot à monnaie dans la cuisine, je me suis préparé une tasse de thé, et je suis allée m'asseoir à mon bureau.

J'avais écrit un paragraphe lorsque Jackie est entrée dans la salle à manger.

« Claudia, ça commence vraiment à bien faire. Savez-vous qui a appelé pendant que vous étiez sortie ?

— Margot ?

— Tout juste. D'abord, elle a cru que c'était à vous qu'elle parlait. "Non, j'ai dit, c'est Jackie." Et là, elle s'est exclamée : "Jackie ! Vous ne croiriez pas ce que je viens d'entendre à votre sujet !" Je ne le savais que trop, bien entendu. Et elle m'a raconté qu'elle avait entendu dire que j'étais morte ! Que quelqu'un, elle ne pouvait pas me dire qui, venait de le lui apprendre à l'instant. Claudia, il y a maintenant une rumeur qui circule, et je veux qu'elle cesse immédiatement, avant que quiconque de plus en ait vent. C'est vraiment la chose la plus dérangeante qui me soit jamais arrivée. Si dérangeante que je ne sais pas trop comment réagir. Margot, en train de me dire qu'elle croyait que j'étais morte ! »

Elle s'est mise à papillonner autour de moi, à faire les cent pas sur le tapis, en se caressant nerveusement les cheveux.

« Je l'appelle tout de suite, j'ai dit.

— Elle est vraiment charmante, cette Margot. Je

peux compter sur elle à tout moment. J'ai une confiance absolue en elle. Quoi qu'il arrive, je savais qu'elle était honnête et loyale. (Elle a soupiré, en me jetant des regards ulcérés.) Claudia, je ne comprends absolument pas comment cela s'est passé.

— Je sais.

— Franchement, Claudia, cette fois, je ne peux pas fermer les yeux ; cette histoire jette une lumière différente sur tout. Elle me donne le sentiment que je ne peux pas vous laisser seule chez moi, et cela me met tellement mal à l'aise, vous n'avez pas idée.

— Je comprends.

— Vraiment ? Bon, peut-être que vous comprenez... » Elle a inspiré profondément, et a enchaîné, sans me regarder : « Je songe à employer une secrétaire à plein temps et à vous faire travailler exclusivement sur le livre, peut-être chez vous. C'est Mr Blevins qui m'a suggéré l'idée, en fait, et je crois qu'il a raison. Qu'en pensez-vous ?

— C'est une excellente idée », j'ai répondu.

En un sens, je voyais là une promotion. Jackie m'a regardée, manifestement soulagée.

« Vous trouvez ? Il faut bien sûr que je voie si je peux payer deux salaires. Je pense que ce serait une solution idéale à tous les problèmes que nous avons, nous deux. Je vous apprécie beaucoup, Claudia, ne vous méprenez surtout pas, vous êtes une très gentille fille, mais vous devez comprendre que je ne peux pas laisser courir cette rumeur.

— Oh oui, je comprends parfaitement.

— Bien... Parfait ! Je suis ravie que nous soyons d'accord là-dessus. »

Elle m'a gratifiée d'un hochement de tête et elle a filé à son rendez-vous avec Gil Reeve.

J'ai appelé Margot et suis tombée sur son répondeur. « Vous êtes bien au domicile de Margot Spencer », a annoncé sa voix flûtée — évidemment, son petit quatre pièces sur West End Avenue était un *domicile*, à la différence de mon nid à cafards perché au-dessus d'un conduit d'aération, et, évidemment, la voix sur son message était flûtée quand celle de n'importe qui d'autre, la mienne par exemple, donnait l'impression que celui qui parlait était coincé au fond d'un puits —, « Je suis sortie, ou ne peux répondre à votre appel. Merci de laisser un très bref message après le signal sonore, et je vous rappellerai dès que possible ».

« Bonjour Margot », j'ai claironné d'une voix de peste dans une cour de récréation, puis j'ai vite baissé d'un ton pour avoir l'air un peu plus adulte, « c'est Claudia, j'appelle pour m'excuser à propos de la fausse nouvelle ; je ne savais pas que William allait t'en parler. Comme tu l'as découvert par toi-même tout à l'heure, Jackie est vivante et se porte bien. Elle est dans un drôle d'état à cause du malentendu, dont je suis seule responsable et que je suis sommée maintenant de dissiper. C'est pourquoi, si tu en as parlé à qui que ce soit, ce serait vraiment sympa de ta part de rappeler les gens et de leur dire que c'était une erreur. Merci beaucoup. Je pense qu'on se verra demain soir ; William m'a dit qu'il t'avait invitée à sa... ».

Le répondeur m'a interrompu avec un petit bip de réprimande.

Il me restait encore un coup de fil à passer.

« Allô ? a fait Mr Blevins.

— C'est Claudia, monsieur.

— Je n'ai absolument rien à vous dire ! Et je ne comprends pas pourquoi vous me rappelez. C'est un très méchant tour que vous m'avez joué ce matin, vous savez. Et si vous pensiez que c'était drôle, eh bien, c'est que vous avez un curieux sens de l'humour.

— Non monsieur, vous vous méprenez. J'ai mal compris ce que m'avait dit le portier, tout cela n'était qu'une gigantesque erreur, et maintenant j'ai de sérieux problèmes.

— Ce que je comprends, c'est que vous devriez aller vous faire examiner la tête. Je n'ai aucune indulgence pour vous, vous m'avez pris pour un idiot, et Dieu sait que je deviens idiot quand il s'agit de Jackie, mais ça, c'est une autre histoire.

— Je vous appelle d'abord pour vous dire à quel point je suis navrée, et ensuite pour vous demander si vous en avez parlé à quelqu'un. Jackie redoute que toute la ville ne se mette à croire qu'elle est morte.

— Eh bien, je l'ai dit à quelques personnes, oui, que j'ai déjà rappelées, et elles m'ont promis de rappeler toutes les personnes à qui elles en avaient parlé, mais je crois que vous avez déjà assez semé la panique comme cela, ce n'est plus le moment d'essayer de réparer les dégâts. Le mal est fait et se réparera de lui-même. Je suis heureux que vous ne travailliez pas pour moi, voilà la vérité. À présent, au revoir. »

J'ai passé l'après-midi à écrire comme une enragée, et il me semblait, au fur et à mesure que j'écrivais, que c'était là ce que j'avais jamais écrit de meilleur. J'ai conclu sur une scène dans laquelle Genevieve, sous le fallacieux prétexte de se faire masser, cuisinait, à la demande de Tony Roper, un beau kiné brésilien. Cela se passait dans une station thermale près de Monaco et s'ouvrait avec Genevieve allongée, le ventre contre la table de massage, nue, à l'exception d'une serviette drapée avec modestie autour de son postérieur. Pendant que Raoul la pétrissait, la malaxait, l'éminçait de petits coups administrés du tranchant des mains, Genevieve posait les questions qu'on lui avait demandé de poser, et obtenait quelques réponses vagues et intrigantes. Mais, à un moment donné, vers la fin de la scène, elle se mettait à flirter avec Raoul : elle lui disait que ses mains étaient les plus puissantes qu'elle eût jamais senties, que sa voix grondante était l'accompagnement rêvé du massage parce qu'elle lui donnait des frissons le long de la colonne vertébrale. La conversation donnait :

« Vous me flattez, dit Raoul d'une voix caressante.

— Jamais de ma vie je n'ai eu droit à un massage comme celui-là.

— Votre mari ne vous masse donc pas le dos ?

— Parfois il me masse la nuque, mais jamais de la sorte.

— Tous les hommes devraient masser leur femme, affirma Raoul.

— Je préférerais que ce soit vous. »

La dévergondée ! Était-elle restée aussi ignorante,

après toutes ces années passées loin du New Jersey ? Comment était-elle capable de me faire fouiller dans les poubelles ? Comment osait-elle être encore en vie après que j'avais dit à Mr Blevins qu'elle était morte, après que j'avais pleuré avec lui, que j'avais dit tout ce qu'il fallait dire dans ces circonstances ?

Avant que j'aie pu l'en empêcher, Genevieve a ajouté, dans un murmure lent, à peine audible :

« Je me demande parfois ce qui se passe au cours de tous ces voyages d'affaires qu'il fait à New York. Il s'installe toujours chez ma sœur, même si ce serait bien plus pratique pour lui d'aller à l'hôtel. »

Raoul demeurait silencieux un instant, puis disait, d'une voix teintée de délicatesse :

« Madame craint donc que...

— Oh, point du tout ! Je ne crains rien », l'interrompait vigoureusement Genevieve. Et d'un bond, elle se levait.

À cinq heures, Ralph avait déjà quitté son poste ; c'est l'autre portier, Gover, qui m'a tenu la porte, celui que je n'aimais pas parce que j'avais toujours l'impression qu'il m'espionnait, qu'il cherchait la petite bête qu'il pourrait utiliser contre moi pour se mettre bien avec Jackie. Je ne lui ai pas répondu quand il m'a souhaité un bon week-end ; je n'allais sûrement pas passer le week-end que j'aurais voulu passer. De toute façon, Jackie ne l'aimait pas non plus. Elle le trouvait hideux, ce qui était à ses yeux le pire des péchés ; il pouvait bien lui lécher les bottes autant qu'il voudrait, jamais ça ne compenserait sa laideur.

7

Dehors, l'air était zébré d'une lumière verdâtre, le crachin qui tombait me collait à la peau comme une toile d'araignée. Je n'avais rien mangé depuis ces pancakes aux pommes de terre avec John, au petit matin ; j'étais maintenant tellement affamée, on aurait dit que j'allais m'envoler à la prochaine rafale et me mettre à flotter. Du coup, je me suis acheté un hot dog au premier kiosque venu ; je l'ai dévoré en quatre bouchées, puis j'en ai acheté un second, et je l'ai fait descendre avec un Orangina, qui m'a donné des renvois mais décidément pas la force de marcher jusque chez moi. J'ai sauté dans un bus qui traversait Manhattan d'est en ouest et hoquetait en direction de Central Park.

Je me suis assise près d'une fenêtre, contre laquelle j'ai appuyé la tête. Lorsque le parc s'est esquissé devant moi dans un flou sombre, l'épuisement m'a fondu dessus d'un seul coup. Je me suis assoupie, ma tempe brûlante contre la vitre fraîche. Après un certain temps, je me suis réveillée dans un sursaut, paniquée et j'ai demandé l'arrêt. Je suis descendue du bus en titubant, certaine d'être allée trop loin, avant de m'apercevoir finalement que c'était le contraire. Le quartier paraissait petit et marron dans la lumière du couchant ; la pluie avait cessé, le ciel s'éclaircissait. J'ai marché, clignant des yeux, bâillant, au milieu d'un rassemblement soudain de gens qui, de leurs bras tendus, agitaient des tasses à café et quémandaient de la monnaie de leur habituel grognement hostile. Quand je suis arrivée dans ma rue, à peine m'a-t-elle semblé familière, comme dans une vision de rêve dans laquelle quatre rues différentes se seraient amalgamées. Les feux de circulation derrière moi sont passés au vert, et tout un parc automobile s'est mis à ferrailler et à pétarader. D'un geste machinal, j'ai filé un quarter au bonhomme installé devant mon immeuble avec une pancarte, et d'un hochement de tête tout aussi machinal il m'a remerciée.

Dans ma boîte aux lettres, il y avait un avis de coupure de la compagnie de téléphone et une lettre de menaces d'un cabinet de recouvrement concernant la plus délinquante de toutes mes cartes Visa. Je les ai fourrés dans ma poche et je suis montée chez moi. Sans même allumer la lumière, je me suis dépouillée de mon manteau et de mes chaussures, j'ai descendu le store, et je me suis effondrée sur le lit, où j'ai sombré dans le coma.

J'ai émergé le lendemain matin, morte de soif, complètement groggy, mais encore en vie. On est samedi, ai-je immédiatement pensé. Ô joie, deux jours de liberté ! Je pouvais aller prendre mon petit déjeuner au Skouros. Puis je me suis souvenue de tout ce qui s'était passé les quelques jours précédents. J'ai poussé un gémissement, je me suis mis l'oreiller sur la tête et je me suis rendormie. Quand je me suis réveillée la seconde fois, j'ai cru que l'après-midi était déjà bien avancé, mais d'après le réveil il n'était que onze heure du matin. J'avais dormi pendant dix-sept heures d'affilée. J'aurais bien continué, mais j'avais faim, et tellement soif que mes yeux étaient desséchés dans leur orbite, et que j'avais une tranche de bœuf racorni à la place de la langue. Je me suis levée. Immédiatement, j'ai dû me rasseoir, le temps que le sang afflue partout où il devait affluer pour me permettre de tenir debout. J'ai alors boitillé vers la salle de bains comme un petit vieux, j'ai approché mon visage du lavabo, ouvert l'eau froide, et j'ai bu jusqu'à ce que mon estomac crie grâce, jusqu'à ce que ses coutures menacent de céder. J'ai tâtonné ensuite dans les replis du rideau de douche, ouvert l'eau chaude, et attendu, la main sous le jet, tel un zombie, que l'eau ait atteint la bonne température. Et là, debout sous la douche, j'ai pensé : « Et voilà, encore un autre jour, oh Seigneur. » J'ai remarqué une griffure sur mon sein gauche. John Threadgill. J'avais de nouveau couché avec lui. Le duvet blond soyeux qui couvrait mes bras ondulait sous les ruisselets d'eau comme de minuscules algues. Mes bras n'étaient-ils pas en train de s'épaissir un peu ? Et là, sur le derrière de la cuisse, n'était-ce pas un début de cellulite ? Mon corps ne pourrait plus supporter bien longtemps ce genre de traitement. Je devais me reprendre en main. Qu'est-ce que j'attendais ? À ce rythme-là, j'allais devenir une vieille folle qui dormirait sur les bancs des stations de métro, puerait la pisse et s'apostropherait elle-même. Ma vie était une farce, mon corps capitalisait des dettes, des soucis et des éraflures, ma psyché était un train en partance. You-ou.

Je suis sortie de la douche et je me suis séchée. J'ai enfilé un jean, un sweat-shirt et un pull, puis j'ai ouvert le store et jeté un œil dans le puits de jour. J'en ai conclu qu'il allait de nouveau pleuvoir. J'ai mis mon imperméable, j'ai verrouillé la porte derrière moi et j'ai remonté Broadway, direction le Skouros Coffee Shop.

Un quart d'heure plus tard, je me suis dit que j'aurais mieux fait d'aller ailleurs. Tout d'abord, j'ai claqué trois de mes derniers dollars pour un pain aux raisins sec et cartonné, et partiellement chaud. Le type derrière le comptoir m'avait versé la lie d'une cafetière qui mijotait sur la plaque, et depuis il m'ignorait, absorbé par la métamorphose d'une rondelle de viande hachée en graisse fondue sur le gril. Une moustache disproportionnée lui barrait la lèvre supérieure et semblait, tel Don Quichotte sur son canasson perclus de tumeurs, poursuivre bravement son but obscur. Cette moustache, sur ce visage par ailleurs parfaitement banal, m'a renseignée sur une possibilité : le bonhomme pouvait avoir, en ce qui concernait le reste de sa vie, des projets de plus grande envergure que servir ses semblables. Ça me donnait envie de sympathiser avec lui, mais je n'y arrivais pas. Sa façon d'assener des coups de spatule sur le gril trahissait une arrogance cruelle, suggérait qu'il se serait battu contre les moulins à vent et les aurait déchiquetés en mille morceaux.

Le vieux bonhomme assis deux tabourets plus loin que le mien se penchait vers moi et fixait, bouche bée, mes mollets. Son regard ne m'a pas paru assez intentionnel pour être lascif : apparemment, il était tombé en transe, et mes mollets s'étaient trouvés sur son chemin aveugle. Nous étions les deux seuls clients. Derrière la vitrine, dehors, les gens et la circulation allaient et venaient sous la pluie comme des poissons dans un aquarium. Un coup de vent a légèrement entrouvert la porte ; des gaz d'échappement de bus, mouillés, sont venus se mêler aux vapeurs grasses qui montaient du gril.

À côté de moi sur le comptoir, il y avait un exemplaire du *Times*, plié en deux à la page des offres d'emploi, à la rubrique des aides ménagères. Ça ne m'a pas semblé une mauvaise idée de regarder ce qu'il pouvait y avoir, question boulot. Mais un survol des petites annonces m'a confirmé ce que je savais déjà : sans Jackie, j'étais perdue. Les jobs que j'étais susceptible de décrocher tombaient dans la catégorie des tâches domestiques suivantes : garde d'enfant — ça ne payait pas assez, et de toute façon les marmots, c'était un sérieux boulot et en plus ça me filait des boutons —, femme de ménage, serveuse, dactylo ou marchande de sexe, sous une forme ou une autre. Il y avait plusieurs annonces d'agences d'intérim qui cherchaient à recruter du sang neuf, mais je ne savais que trop ce qui m'attendait dans ce genre d'endroit : passer des heures entières, assise devant une de ces incontournables machines à écrire dinosauresques, écoutant l'horloge égrener chaque minute, les yeux rivés sur le non-sens que j'étais censée reproduire dans un anglais parfait, faisant trébucher mes doigts, devenus aussi gourds que des souches, n'importe comment sur les touches. Je n'ignorais pas non plus que mon je-m'enfoutisme à l'égard de l'élégance vestimentaire qui sied à un emploi de bureau faisait redouter à toutes les gentilles filles qui peuplaient ces agences de me recommander. Une autre annonce disait : « Cabinet d'architectes recherche polyvalente. » Que pouvait bien être une polyvalente ? N'était-ce pas un genre de bonne à tout faire, à la disposition de tous et de toutes, qui s'exécutait au pied levé, et avec un grand sourire ? J'ai mâchonné une petite peau autour d'un ongle.

Je n'ai même pas pris la peine de lire les annonces de la rubrique « Loisirs pour adultes ». Quelques années plus tôt, un beau jour de printemps, j'étais allée dans une « agence » de Broadway, dans le Flatiron : je m'étais déshabillée avec docilité, et j'avais gesticulé en sous-vêtements au rythme d'un machin disco complètement ringard que diffusait un ghetto-blaster, sur l'ordre d'une bonne femme entre deux âges qui fumait comme un pompier. Quand elle avait arrêté la musique, elle m'avait laissée me tortiller en silence durant une ou deux mesures supplémentaires, avant de déclarer : « Achetez-vous un cache-sexe, rasez-vous le pubis, et présentez-vous à cette adresse samedi soir à huit heures. Et soyez gentille avec les clients quand vous n'êtes pas sur scène, parce que c'est comme ça que vous allez gagner votre argent. » Elle m'avait tendu l'adresse d'un endroit appelé Chez Mama, quelque part dans un coin du Queens dont je n'avais

185

jamais entendu parler ; Rima devait probablement y bosser. L'étape suivante avait été une boutique de lingerie sur Delancey Street, où j'avais claqué vingt dollars pour un minuscule bout de Spandex, qu'à mon grand soulagement j'avais « accidentellement » oublié dans le métro une demi-heure plus tard. Et au moins, le samedi, il n'y avait personne envers qui je devais me montrer gentille en échange d'une somme d'argent, quelle qu'elle soit.

Quelques mois plus tard, j'avais répondu à une annonce qui disait : « Cherche voix off féminines — Aucune expérience exigée. » Il s'était avéré s'agir du commerce du sexe par téléphone, qui était en mal cruel de candidates.

Ça, j'en étais capable : il n'y avait aucun contact avec les « clients ». Tout ce que j'avais à faire, c'était aller m'asseoir deux fois par semaine sur un canapé maculé de traces de vaseline dans le studio de Channel J, lire devant un micro mes topos de deux minutes écrits à l'arraché et simuler, à la fin, un orgasme histrionique, pendant que Guillermo, le type du son, comptait les secondes : Trois, deux, un, c'est parti ! J'hyperventilais à chaque fois. La prestation me rapportait dix dollars, que je claquais immédiatement et intégralement en sortant, sur n'importe quoi.

Jusque-là, j'avais encerclé une seule annonce : « Gagnez des centaines de $$$ par semaine en remplissant chez vous des enveloppes. » Je savais que c'était une arnaque : une fois, j'avais envoyé les vingt dollars requis pour obtenir des renseignements supplémentaires, et reçu en retour une lettre me disant de passer une petite annonce comme celle à laquelle j'avais répondu, d'attendre que les chèques arrivent, et de retourner les enveloppes-réponses avec une photocopie de la lettre. Je n'avais donc encerclé cette annonce que pour la galerie, histoire de créer un semblant d'agitation, dans l'espoir de détacher de moi le regard fixe du vieil homme à ma gauche.

J'ai reposé le journal et j'ai mastiqué une boulette cotonneuse de pain aux raisins durant un petit moment, puis je l'ai fait descendre avec le reste de mon café. Sur la plaque chauffante de la machine à café, il y avait un plein pot de café fraîchement passé. Je l'ai regardé avec envie. Mais quand j'ai tendu ma tasse pour qu'il la remplisse, le type au comptoir a repris l'autre cafetière, il a fait tourbillonner les trois ou quatre centimètres de vieux café pour s'assurer qu'il ne s'était pas solidifié, et il en a versé une rasade mesquine dans ma tasse.

« Pourriez-vous réchauffer mon pain aux raisins quand vous aurez un moment ? » ai-je demandé du ton le plus inoffensif que j'ai pu — mais qui ne l'était guère.

Il m'a jeté un regard transparent avant de retourner devant le gril pulvériser quelques frites amoncelées sur les bords.

« Excusez-moi...

— Chop chop chop, a répondu la spatule.

— Okay, j'ai fait. Je pense que je sais me servir d'un micro-ondes. »

Je me suis levée, j'ai contourné le comptoir avec mon assiette et je l'ai placée dans le four. J'appuyais sur le bouton, toute à ma petite affaire, lorsque le type a fait semblant de me remarquer pour la première fois.

« Mais qu'est-ce que vous faites là ? a-t-il lancé d'un ton indigné. Les clients ne sont pas admis derrière le comptoir.

— En ce cas, apportez-moi mon pain aux raisins quand la petite sonnerie retentit », ai-je répliqué.

J'ai regagné mon tabouret sous les clameurs d'un public de studio imaginaire : cliente, un ; serveur, zéro.

Il a déposé l'assiette devant moi deux minutes plus tard avec fracas, le regard fuyant. J'ai planté la fourchette dans le pain aux raisins et je l'ai goûté. Il avait ramolli et il était parfaitement à point. Le truc chimique et sucré qui le nappait avait fondu en une savoureuse substance crémeuse, collante à souhait. Je me suis penchée par-dessus le comptoir, j'ai vidé ma tasse dans l'évier, j'ai enroulé trois doigts autour de la poignée du pot de café tout frais, et je m'en suis servi une pleine tasse.

« C'est comme vous voulez, mais je vais être obligé de vous compter un café en plus, a lâché mon ennemi, sans me regarder.

— Il ne manquerait plus que ça », ai-rétorqué.

J'ai bu une gorgée. La mince marge de supériorité sur l'autre breuvage suffisait à justifier toute l'entreprise.

À la périphérie de mon champ de vision, j'ai aperçu le vieil homme. Il peinait à présent sur un dictionnaire de mots croisés exhumé de je ne sais où. En respirant fort, il a tracé avec force, de son crayon, un petit ovale qui a sans doute laissé des sillons sur les cinq pages suivantes ; on aurait dit qu'il se livrait à une redoutable imitation de ma lecture, aussi attentive que futile, des petites annonces. Je l'ai observé à la dérobée en me livrant à un petit jeu : si, ainsi que je le suspectais, sa langue sortait entre les dents, je marquerais un point de plus. Avant que j'aie pu détourner les yeux, il m'a harponnée sur son vieux regard véhément. La peau de son visage s'affaissait comme si elle était en train de fondre. Sous des sourcils broussailleux, ses yeux avaient la grosseur d'œufs durs enchâssés dans leurs orbites d'un blanc neigeux. Il s'est penché vers moi, en remuant dangereusement la tête, jusqu'à ce qu'il parvienne à une halte tremblante, à l'extrême limite de son point de résistance. Il a levé un index. Il semblait sur le point de dire quelque chose.

Moi, j'ai levé mon journal, pour ne plus voir de lui que ses genoux osseux dans le pantalon vert brillant. Il les a gardés tournés vers moi, pas vraiment dans une attitude suppliante, mais plutôt avec un air de propriété offensé. Il ne pouvait pas le savoir, mais il incarnait l'issue perdante d'une bataille que je livrais intérieurement. Quelques minutes plus tard, à la faveur d'une soudaine invasion de clients affamés, j'ai filé du Skouros sans payer un seul cent. Une rafale froide m'a giflée et un plein sac de gouttes s'est éventré au-dessus de moi. J'avais oublié mon parapluie sous le comptoir, mais tant pis, je venais de couper les ponts avec le Skouros.

Bus et taxis sillonnaient Broadway dans l'un et l'autre sens. Assis sur un banc, sur l'îlot au milieu de l'avenue, il y avait un personnage, de sexe et d'âge indéfinis, entortillé et encapuchonné dans une couverture, et chaussé de baskets sans lacets. Il ou elle me criait quelque chose, tout en gesticulant avec les extrémités de sa couverture. Que pouvait-il bien avoir à me dire ? Qu'est-ce qui lui laissait croire que j'avais envie de l'entendre ? Pourquoi était-ce toujours moi qu'on alpaguait ? J'ai commencé à descendre Broadway sans flâner, comme si, à l'instar de n'importe qui, je devais me rendre d'urgence quelque part.

La pluie s'est un peu calmée, avant de cesser complètement. Le vent s'est mis à souffler de l'Hudson, frais, froid. Je me suis arrêtée pour acheter une orange dans un magasin, je l'ai glissée dans ma poche et j'ai marché vers Riverside Park. Sur West End Avenue, je me suis retrouvée devant chez Margot, au pied de sa pièce montée d'immeuble datant de l'avant-guerre ; il n'était qu'à huit blocs du mien, mais il aurait tout aussi bien pu se trouver dans une autre ville. J'ai levé les yeux vers ses fenêtres au cinquième ; elles m'ont rendu mon coup d'œil. Elle n'est pas là, me disaient-elles d'un air de commisération, elle est occupée.

Dans le parc, je me suis assise sur un banc mouillé. La rivière coulait, plate et morne, ses eaux d'un vert-de-gris dilué, sombre et minéral. Les rives du New Jersey, battues par les intempéries, étaient impressionnantes de massivité ; le ciel était plus clair que l'eau de plusieurs tons, mais tout aussi dense. Une sonnette de bicyclette, sur la piste derrière moi, et des voix d'enfants qui jouaient dans l'allée pavée voisine perçaient le grondement de mastodonte des camions qui circulaient sur la West Side Highway. J'ai senti la langueur vague des débuts d'après-midi ankyloser mes membres ; la gueule de bois battait la mesure dans mon crâne.

J'ai sorti l'orange de ma poche, je l'ai pelée, j'ai détaché un quartier que j'ai partagé en deux, et j'ai examiné les poches longues et ligneuses gorgées de fluides, serrées comme des tendons dans la membrane épaisse et translucide. Qu'avais-je mangé au cours de la semaine passée ? Des hot dogs, du *chow mein*, un pain aux raisins, un paquet de Chee-Tos ; je passais ma vie en intérieur sous des lumières artificielles, dans les rues à respirer des gaz de monoxyde de carbone, ou dans des bars à inhaler de la fumée de cigarettes et à boire de l'alcool, qui, techniquement, était du poison, même s'il semblait être tout le contraire. Excepté mes trajets à pied entre chez moi et chez Jackie, je ne faisais jamais de sport. Je ne dormais pas assez et je ne buvais d'eau que sous forme de glace fondue dans mes verres d'alcool. J'étais comme une minuscule version réduite de la ville : tous mes systèmes n'étaient qu'un fatras de déliquescence et de négligence.

Une petite souris avait gratté toute la journée sous le plancher de mes soucis les plus immédiats, et tout d'un coup ça m'est venu, dans un choc intense d'horreur : la scène que j'avais écrite la veille, embrumée par le whisky, en proie à une folie furieuse de soulagement et d'hystérie ! Jackie était peut-être en train de la lire à l'instant même. Oh, merde. Oh, *merde*. Pendant un moment, je me suis tordue de douleur sur le banc, incapable de croire que j'avais vraiment pu laisser sur la table de sa cuisine une scène aussi potentiellement dangereuse, dans toute sa gloire nue et subversive.

Une fois, et rien qu'une fois, tout au début de ma tenure auprès de Jackie, Margot m'avait raconté — après m'avoir solennellement fait jurer le secret absolu — que Jackie avait mis fin à son mariage le jour où elle avait, par mégarde, surpris son mari adoré depuis quarante ans et plus, au lit avec sa jeune sœur Isabelle. Margot n'avait pas précisé dans quel lit Jackie les avait pris sur le fait, mais, pour quelque raison, j'imaginais que c'était dans le sien. Histoire d'aggraver un peu plus la situation, Giancarlo et Isabelle avaient avoué avoir une liaison depuis presque vingt ans. Jackie avait apparemment réclamé aussi sec le divorce et renié à jamais sa sœur. Je n'avais pas demandé à Margot comment elle savait ça. Margot avait été bien plus proche de Jackie que je ne l'étais moi-même, et donc Jackie lui avait confié des choses qu'elle ne me dirait jamais. Et comme personne d'autre n'avait jamais fait référence, même de façon détournée, à Isabelle, j'en avais tiré des conclusions : soit tout le monde savait et cherchait à protéger Jackie en feignant de croire, comme elle, que sa sœur n'avait jamais existé ; soit personne n'était au courant, et c'était là son secret le plus sombre et le plus jalousement gardé. Quelle que soit la bonne hypothèse, rien de bon ne pouvait m'arriver si elle lisait ce passage.

Avant même que le divorce ait été prononcé, Jackie

était revenue aux États-Unis, vivre dans leur pied-à-terre de Park Avenue, qui faisait partie de sa généreuse pension compensatoire. Quoique petit selon ses standards à elle, l'appartement était largement assez grand pour une femme seule, et possédait l'attrait supplémentaire d'abriter quelques souvenirs de son mariage. Peu après ces événements, alors qu'il était au lit avec la petite amie de son fils Gianni, Giancarlo, âgé de soixante-seize ans, avait été terrassé par une crise cardiaque. C'est vers cette époque que Jackie avait engagé Margot, plus comme dame de compagnie que comme secrétaire, vu qu'à ce moment-là elle n'était pas encore lancée dans le tourbillon de mondanités de l'Upper East Side.

« Elle se sentait perdue », m'avait dit Margot au cours d'une de nos conversations téléphoniques. (Souvent, Jackie me demandait d'appeler Margot afin de savoir où elle avait laissé tel ou tel dossier, et nous discutions de Jackie à voix basse, sur le ton de la confidence, pendant une demi-heure ou plus.) « Elle ignorait totalement comment s'adapter au monde new-yorkais. Elle avait quitté les États-Unis depuis plus de quarante ans. Elle me suivait d'une pièce à l'autre comme un petit chien abandonné. Mon Dieu, c'était pathétique. Tu ne l'aurais pas reconnue. J'ai créé un monstre. »

Margot voulait dire par là qu'un beau jour, dans l'espoir d'alléger les soucis et d'adoucir la dépression de sa nouvelle patronne, elle avait suggéré à Jackie d'écrire ses Mémoires.

« Eh bien... Ma vie ne manque certes pas d'intérêt,

avait répondu Jackie, en reprenant un peu du poil de la bête. Je vais essayer. »

Elle avait débuté son récit à voix haute ; Margot prenait des notes, lui posait des questions pour la guider, et lui prodiguait des encouragements lorsque Jackie protestait, alléguant que c'était trop douloureux de se souvenir combien tout avait été merveilleux.

« Ça fait du bien de se rappeler, lui affirmait Margot d'une voix apaisante. C'est comme ça que vous pourrez commencer à oublier. »

Au cours d'une de nos conversations, Margot m'avait confié : « J'ignore d'où sortait la moitié des trucs qu'elle me racontait. On aurait dit le plus idiot de ces bouquins de conseils pour améliorer sa vie. Mais je suppose que ça a marché. » Quand, chemin faisant, Jackie avait mentionné qu'elle avait fait un peu de renseignement pour Roper and Blythe, un célèbre cabinet de détectives, Margot avait deviné là un fil intéressant et s'était emparée de l'information. Apparemment, Tony Roper avait recruté son amie Jackie pour poser quelques questions tendancieuses à l'une ou l'autre de ses connaissances au cours d'un dîner, pour écouter indiscrètement des conversations à un bal de charité ou autres missions du même genre. Tout cela avait beau être assez insipide, ces anecdotes étaient néanmoins devenues la pierre angulaire sur laquelle Margot et Jackie, au cours des deux années suivantes, avaient bâti L'Espionne sophistiquée.

À l'inverse de la plupart des romans policiers, celui-là n'avait pas d'intrigue, pas même tirée par les cheveux ; tout au long des pages, il baladait le lecteur avec une énergie tout aussi dépourvue de but qu'une promenade en pédalo dans un parc d'attractions. Rien de sérieux ne s'y jouait ; aucune action n'avait de véritables conséquences. Un indice apparu à la page vingt-sept avait toutes les chances de n'être plus pertinent à la page quatre-vingt-dix-huit. En dépit des angoisses récurrentes de la narratrice, convaincue d'encourir de terribles dangers, le crime que Genevieve était censée résoudre n'avait aucune espèce d'urgence ; comme dans un rêve, tout était subsumé par le monde, étanche, de l'extrême richesse. À la fin du premier livre, après plus de trois cents pages de ragots sur la haute société et d'aventures invraisemblables, Genevieve, en allant se poudrer le nez au cours d'une soirée, tombait sur Johnny Abbott, l'affreux socialiste de fils de sa très chère amie Bitsy Abbott, qui sortait de la chambre de leur hôtesse, avec, dans les mains, un collier en rubis qu'il venait de voler. L'affaire était élucidée, et du même coup la niche de Genevieve dans le panthéon des héroïnes de polar creusée : la « privée mondaine » qui assistait à des bals et à des fêtes, voyageait avec un aréopage de ses semblables du Caire à Monaco en passant par les Philippines, skiait avec des comtesses, partait en croisière avec des sénateurs — et consacrait de longues digressions à sa dévotion envers Giancarlo, et Gianni et Federico, leurs deux fils chéris pourris gâtés —, avait finalement trébuché sur le criminel juste dans les temps pour la fin du livre.

L'agent de Jackie avait placé *L'Espionne sophistiquée* chez Wilder and Sons, sous la houlette de Gil

Reeve. Devenue la plus rentable des poules aux œufs d'or du poulailler Wilder, Jackie s'était délectée de l'attention et du respect qu'on lui avait manifestés. Gil l'emmenait déjeuner de temps à autre, sans nul autre motif que celui de lui faire plaisir ; de leurs discussions relatives au progrès de ses livres, elle émergeait rayonnante d'une légitimité d'auteur. L'assistante de Gil, Janine, la flattait servilement et descendait lui chercher son café là où il fallait parce que la lavasse du bureau n'était pas assez bonne pour elle ; je pense qu'elle lui donnait peut-être même du « Signora ».

Quand Jackie m'avait embauchée, son deuxième livre, *La Privée en talons hauts*, n'était encore qu'une esquisse de la première moitié, imaginée par Jackie, Margot et Gil Reeve dans le mois qui avait précédé le départ de Margot. Au cours des trois premiers mois où j'ai travaillé pour elle, Jackie s'est donné la peine de s'installer chaque matin devant son propre ordinateur, dans son bureau. J'avais craint alors que Margot ne se soit trompée, que Jackie ne projette d'écrire par elle-même son nouveau livre, et que rien ne vienne soulager l'ennui de mes tâches de secrétariat. Mais, un jour où je m'escrimais sur sa comptabilité, Jackie a débarqué dans la salle à manger, toutes fossettes et tous charmes dehors : « Claudia, je ne voudrais pas vous déranger, mais pensez-vous pouvoir prendre une minute pour voir ce que vous pourriez faire avec ceci ? J'ai simplement besoin d'un point de vue nouveau. Ça aide parfois tellement de voir l'histoire écrite avec les mots de quelqu'un d'autre. »

Soulagée, j'ai abandonné la tâche insipide qui

consistait à faire des listes de ses dépenses déductibles des impôts, et j'ai écouté Jackie me raconter le synopsis de la première partie du livre. Elle y mettait une telle conviction que j'étais toute déconcertée quand, son récit achevé, elle m'a considérée avec un regard plein d'attente.

Devinant que son autobiographie était ouverte aux suggestions, je me suis lancée : « Peut-être qu'un homme louche avec une balafre sur le visage pourrait vous suivre du bal du Museum jusque chez vous, et se faire tuer juste devant votre porte par quelqu'un qui s'enfuit dans la nuit.

— C'est très bien ça, Margot ! C'est terrifiant.

— C'est Claudia, en fait.

— Oui, je sais bien, Claudia, c'est ce que j'ai dit.

— Qui est le meurtrier, de toute façon ? »

Elle a frappé dans ses mains.

« C'est ce que nous allons devoir déterminer très vite. En réalité, le meurtre de Martha von Jetze n'a jamais été vraiment élucidé, mais nous devons changer les faits pour le livre. Les lecteurs aiment savoir, à la fin, n'oubliez jamais ça.

— Je n'oublierai pas », ai-je promis, le visage impassible.

Jackie a hoché la tête.

« Vous verrez qu'en travaillant avec moi vous allez apprendre un certain nombre de choses inestimables sur l'art d'écrire des best-sellers. C'est une opportunité extraordinaire pour un écrivain qui débute. J'aurais aimé que l'on m'enseigne tout cela, mais moi, j'ai dû tout apprendre par moi-même. Voilà pourquoi je ne connais pas toutes ces belles techniques d'écriture, tous ces mots compliqués et toutes ces autres choses que vous, les jeunes filles, vous apprenez à l'université.

— Je peux en glisser quelques-unes », ai-je proposé d'un ton qui s'efforçait de n'être pas trop condescendant.

Je n'avais pourtant pas lieu de m'inquiéter : mes atouts étaient les siens.

« Formidable ! s'est-elle écriée avec enthousiasme. Commençons donc tout de suite. »

Une demi-heure plus tard, j'avais noté tous les détails relatifs au bal du Museum dont elle se souvenait et Jackie a dit :

« Laissez votre imagination se déchaîner ! Vous avez lu le premier livre, vous savez comment je raconte une histoire. Glissez un élément de suspense à chaque page, laissez planer des doutes sur chaque personnage. Et n'oubliez pas, du glamour, toujours beaucoup de glamour. Décrivez les robes du soir, les bijoux, mentionnez le nom des gens célèbres que je connais. Pour cela, vous n'avez qu'à consulter mon calepin téléphonique. Et pour les descriptions de vêtements ou autres, si vous êtes en panne, demandez-moi. »

Sur quoi elle a boutonné sa veste et filé acheter une tonne de choses que j'ai dû rapporter le lendemain.

J'ai inséré dans l'ordinateur la disquette qu'elle venait de me donner, et j'ai ouvert le dossier. Avant de partir, Margot avait écrit quelques pages du premier chapitre. Elle avait judicieusement abandonné Genevieve au bal, dans les bras d'un cavalier, le fils demeuré de l'une des plus vieilles familles zurichoises. Plusieurs autres pages suivaient cette scène, listes de notes sans queue ni tête sur d'éventuels personnages et péripéties, ébauches de dialogues inintelligibles dans une prose hystérique. Ces dernières pages, à n'en pas douter, étaient le produit des matinées que Jackie avait passées devant l'ordinateur.

J'ai tout effacé, pour reprendre là où Margot s'était arrêtée : Geneviève échappait à l'étreinte humide et pataude de Rolf et retournait à sa table. « Vous êtes ravissante à croquer dans cette robe, Geneviève », lui glissait Gregory Peck par-dessus une assiette de mousse de lapin. « Comment osez-vous ? » lui rétorquait Geneviève en minaudant. Et cependant qu'elle lapait du sorbet au champagne et grignotait un peu de caviar, elle ne quittait pas de l'œil quelques types louches, au teint basané et en chéchia, embusqués près du mur du fond. La salle de bal bruissait de regards furtifs, d'apartés vachards, de tensions inexplicables, et des langues fourchaient, toujours dans l'immédiat entourage de notre héroïne. J'ai concocté quelques jolies phrases bien alambiquées que j'ai plaquées sur les crevasses de l'histoire, j'ai versé quelques gouttes de Balenciaga par-ci, posé une tiare par-là, introduit un comte autrichien ou une star de cinéma sur le retour ici ou là, et ce sans jamais me départir de la voix fébrile et mondaine de Geneviève del Castellano. Cette voix — que j'avais déjà appris à imiter pour répondre au courrier de ses fans, ou au téléphone lorsque je me faisais passer pour elle — était non pas celle de Jackie, mais celle de la femme qu'elle aspirait à être.

Finalement, Genevieve partait tourbillonner sur la piste de danse dans les bras de Gregory et, tout en échangeant quelques insinuations supplémentaires, elle continuait de darder son regard sur les chéchias. J'ai casé à cet endroit-là une allusion sournoise à propos de l'orchestre, qui « capturait les danseurs dans son tournoiement comme un charmeur de serpents ensorcelle un panier de cobras », en espérant que Jackie, trop éblouie par ma prose, ne remarquerait pas que je les comparais, elle et ses amis, à un banc de reptiles venimeux.

À cinq heures, j'ai imprimé les pages que je venais d'écrire, je les ai posées sur la table de la cuisine, puis j'ai éteint l'ordinateur avant de filer vers l'East Village pour une nuit de beuverie méthodique. En rentrant chez moi à trois heures du matin, il y avait un message sur le répondeur. Je l'ai mis en route et, tandis que j'écoutais la voix de Jackie, je tanguais un peu, m'efforçant de me tenir bien droite, comme si elle était vraiment dans la pièce avec moi. « Claudia, c'est tout simplement formidable ! Ça va marcher merveilleusement bien. Je suis absolument enchantée. Bon, on pourrait chicaner sur un ou deux détails, vous ne pouviez pas savoir, mais ça n'aurait servi à rien, je vous donnerai un exemplaire du menu demain. Et je pense qu'on devrait remplacer Gregory Peck par Cary Grant, parce qu'il est mort et qu'on peut lui faire dire ce qu'on veut. Peut-être qu'il pourrait laisser échapper un indice au sujet de cet homme daaaans... (Sa voix a traîné un moment, elle devait être distraite par quelque chose, un fil tiré sur son chemisier, un petit truc qui la démangeait.) Enfin, je suis certaine que vous trouverez quelque chose. À demain. »

Les élans de reconnaissance que Jackie manifestait envers son nègre égalaient, en fréquence et en intensité, les attaques dont elle accablait sa secrétaire. Elle accueillait chaque nouveau chapitre avec des cris d'excitation, et souvent elle m'en lisait des passages à haute voix, les joues rosies, avec autant de brio que s'ils étaient de sa propre plume. Une fois le livre mis en route, elle s'est contentée, pour toute implication, de corriger mes représentations « erronées » de sa vie. Sur ce chapitre, elle demeurait une experte inégalée : « Vous ne connaissez pas ce monde-là ; jamais nous ne crions de la sorte après nos domestiques. » Elle me faisait remarquer encore : « Je ne peux pas dire de telles choses à des hommes que je ne connais pas ; vous me faites passer pour une harengère ! » Sans une protestation, j'effaçais le passage offensant et le réécrivais à sa convenance. Je m'appliquais à toujours garder à l'esprit qu'elle était l'auteur même si j'étais l'écrivain, et que son alter ego Genevieve était un modèle de raffinement et d'élégance, même si elle ne l'était pas. Je m'étais préparée à l'idée d'abandonner chaque mot du livre dès qu'il serait imprimé. Margot m'avait avertie : une fois le livre publié, Jackie « oublierait » mes liens réels avec l'intrigue générale du livre. « C'est comme un lavage de cerveau. Elle va te miner jusqu'à ce que tu le croies toi aussi. »

Naturellement, ma position me mettait dans une

situation qui ne manquait pas de piquant à l'égard de Gil et de Janine. Tandis que le manuscrit progressait, l'un ou l'autre appelait de temps en temps. Puisque je réceptionnais les appels de Jackie, c'était moi aussi qui, en général, leur parlais. Je devais me mordre l'intérieur de la joue pour m'empêcher de dire : « Mais le duc *doit* boire plus que de raison à cette soirée, parce que plus tard il ne se souvient plus que Genevieve lui a fait jurer le secret, et c'est comme ça qu'il vend la mèche sur le yacht de Klaus Van Hasselhoff, et c'est ainsi que Felicia comprend que Genevieve est au courant pour son mari ! » Au lieu de cela, je disais poliment que j'allais vérifier avec Jackie, je raccrochais, j'attendais, et vingt minutes plus tard je rappelais. Je n'aurais pas su dire si Gil se doutait de ce que Jackie et moi trafiquions ; il adoptait toujours un ton un peu narquois et amusé, mais peut-être en usait-il de même avec tout le monde. Et j'étais persuadée qu'il se moquait pas mal de qui écrivait les livres. Que lui importait, tant qu'il gagnait de l'argent ? Mais pour que la fierté de Jackie dorme sur ses deux oreilles, je m'appliquais à sauver les apparences, comme il en était de mon devoir, avec tout le monde, même avec Jackie.

Quand j'avais commencé à travailler sur le livre, elle m'avait persuadée de signer un accord, que Margot avait rédigé pour elle-même et signé, par lequel je renonçais dans l'avenir à toute procédure légale pour obtenir de la reconnaissance, davantage d'argent, ou des droits sur mon travail. William — déjà familier de cet arrangement parce que Margot lui en avait parlé —

m'avait dit sans détour que je me prostituais. « Tu ne retireras de tout ça que du ressentiment, avait-il asséné d'un ton véhément et sérieux. Ça ne vaut pas le coup. J'avais dit la même chose à Margot. » Je m'étais moquée de lui. Je me prostituais ? On voyait bien qu'il n'avait jamais fait de ménages pour gagner sa vie ; qu'il n'avait jamais été serveur. Il n'avait pas idée. Dix-huit dollars de l'heure m'avait semblé être une fortune quand nous nous étions entendues sur les termes de mon emploi, en ce temps où j'étais reconnaissante d'avoir, pour le moins, ce job.

Cependant, il avait raison. Après un mois ou à peu près passé à écrire le livre, j'avais réalisé que je gagnais exactement la même somme de l'heure, que j'écrive ou que je joue la demoiselle pour cœurs abandonnés au téléphone avec Mr Blevins, lorsque Jackie n'était pas d'humeur à lui parler. Jackie avait reçu une avance de six cent mille dollars pour trois livres, sur lesquels elle me rémunérerait un treizième pour écrire le deuxième. Elle n'avait pas besoin d'argent ; Giancarlo avait acheté son silence avec un magot si gros qu'on ne pouvait plus vraiment parler de magot, mais plutôt de fardeau. C'est ainsi que, cela fermement présent à l'esprit, je m'étais un jour fait violence et j'avais demandé une augmentation. « Je pense que je la mérite, avais-je dit effrontément, maintenant que je dois écrire en plus de mon travail de secrétariat. »

Jackie m'avait considérée avec attention ; j'avais vu des chiffres défiler dans ses yeux comme sur un compteur, pour finalement s'arrêter sur zéro. À l'instar de beaucoup de gens absurdement riches, Jackie vivait dans une véritable terreur de dépenser plus d'argent que ce qui était absolument nécessaire. N'était-ce pas de la sorte que les fortunes s'évanouissaient ? Il était de surcroît imprudent de trop payer les gens, car alors ils se faisaient des idées ; or, c'était en empêchant les gens de se faire des idées que le monde pouvait continuer de tourner rond. Jackie s'était enlisée dans des explications : « Vous savez, Claudia, mon avance ne représente pas grand-chose, et quand vous songez à ce que ça coûte de vivre à New York. À Paris, je n'avais jamais besoin de penser à l'argent ; Giancarlo s'occupait de tout. Maintenant, je m'inquiète, je ne cesse de me demander si oui ou non j'en aurai assez. Vous ne pouvez pas imaginer, Claudia, j'avais l'habitude d'acheter tout ce que je voulais ! » Elle a secoué la tête.

Et ça s'était arrêté là. En clair, un nègre n'était rien de plus qu'une secrétaire glorifiée, qui, elle-même, était à peine plus qu'une bonne. Jackie n'avait pas besoin de lessiver ses sols ou de taper son courrier, pourquoi aurait-elle dû écrire ses livres ? Et pourquoi aurait-elle dû pour cela payer plus que des gages de secrétaire ? Ses lecteurs n'achetaient pas ses livres parce qu'ils étaient bien écrits — et, en majeure partie, ils ne l'étaient pas — mais parce qu'ils tenaient pour vrai ce qu'ils racontaient. Le nom de Jackie était une denrée précieuse, et les livres eux-mêmes n'étaient, ni plus ni moins, que les vaisseaux qui emporteraient le lecteur voguer sur leur souffle céleste et immortel.

De toute façon, Jackie accomplissait sa part d'ouvrage. Genevieve participait à des talk-shows, donnait des interviews, partait en tournée, était invitée à des déjeuners ; elle charmait spectateurs et journalistes par son chic, son cran et les révélations franches, parfois scandaleuses, qu'elle faisait sur des gens célèbres — dont la plupart étaient dans l'incapacité de démentir quoi que ce soit puisqu'ils étaient morts. Elle narrait certains passages des livres comme s'ils avaient vraiment eu lieu ; elle laissait entendre à celui ou à celle qui l'interviewait qu'ils seraient complètement soufflés si elle dévoilait la véritable identité de ses personnages, et qu'elle aurait bien aimé le faire, mais sa loyauté envers ses amis le lui interdisait. En regardant Jackie lors de ses shows, j'étais sidérée de voir à quel point elle pouvait se montrer convaincante. Si je n'avais pas eu la preuve absolue du contraire, j'aurais trouvé impossible de ne pas la croire. Des gens qu'elle connaissait depuis des années, des amis qui l'avaient assidûment fréquentée au cours de cette période de ses prétendues « affaires » pour Roper and Blythe, commençaient à se rappeler certains incidents relatés dans les livres, et ils les corroboraient. « En 1978, à moins que ce ne soit en 79, avait confié à un reporter l'une de ses amies mondaines parmi les moins célèbres, Jackie n'arrêtait pas de poser des questions des plus incongrues. En toute franchise, j'étais flattée. Je me disais : "En quoi mon voyage à Cannes peut-il intéresser quelqu'un comme Genevieve del Castellano ?" Bien sûr, tout le monde sait maintenant qu'elle était en mission secrète, mais à cette époque-là je ne m'étais absolument doutée de rien ! C'est dire à quel point elle était excellente ! »

Tant que les journalistes et les chroniqueurs mondains renvoyaient de Jackie l'image qu'elle voulait donner d'elle-même, elle se sentait en sécurité, sereine, et tout allait pour le mieux à Jackieland. Mais elle n'avait aucun recours contre la presse détractrice. Quand un rédacteur d'un petit hebdomadaire l'a présentée comme une « lycéenne qui laisse tomber l'école, fille d'un racketteur de troisième ordre du New Jersey en chasse d'un mari riche » — ce qui, techniquement, était vrai —, Jackie a explosé, s'est lancée dans une autodéfense frénétique et désespérée : « Ce fichu petit rien du tout de pacotille ! Comment ose-t-il dire ça ? Ah ! J'aimerais pouvoir le tailler en pièces comme un chou ! Une lycéenne qui laisse tomber l'école ! » Le souffle lui a manqué temporairement, mais après une inspiration nerveuse elle est revenue à la charge. « Qu'il appelle donc sainte Agathe ! Dieu du ciel ! Ces écrivaillons tout juste bons à faire des commérages n'ont donc rien de mieux à faire que d'inventer des mensonges et des rumeurs pour nuire aux honnêtes gens ? »

Après quoi, elle s'est dégonflée comme une outre. Elle a traînaillé en peignoir, dévorant un sac de bonbons gélatineux, convaincue — à tort — que son abattement était dû à l'hypoglycémie. « Je suis tellement énergique, d'habitude », m'a-elle crié depuis l'entrée où elle se rassurait devant le miroir, et s'assurait que physiquement, au moins, elle existait encore. « J'ai accompli plus de choses que n'importe quelle autre femme que je connais. » Au cas où elle aurait passé la tête pour vérifier ma réaction, j'avais dû laisser mes mains sur le clavier de l'ordinateur, et pencher la mienne pour l'entendre, tous les muscles du visage figés en un masque éclatant et fasciné. « Je ne suis pas une Dorcas Robles, ni une Lucille Patterson, je ne suis pas fourrée toutes mes journées chez le coiffeur ou à des déjeuners. C'est pour cela que les hommes m'aiment, parce que j'ai du piment, je parle de choses qui les intéressent. Dorcas est même incapable de voyager sans cette espèce de petit chien ; c'est son *petit ami*, si vous voulez que je vous dise. » Dorcas Robles était une Espagnole riquiqui et maussade, qui passait la moitié du temps pendue au téléphone à susurrer son désespoir d'une voix rauque, et l'autre à nourrir à la main son toutou portatif, Pepe, un fragment de fourrure jappeur qu'elle avait teint pour l'assortir à sa coupe au carré platine. Je me demandais bien en quoi Jackie pouvait la considérer un tant soit peu comme une rivale, mais, dès lors, tout le monde semblait être sa rivale, sauf moi peut-être. Quand j'ai entendu le cliquettement des bonbons contre ses dents sur le seuil de la salle à manger derrière moi, j'ai tourné la tête pour lui offrir un sourire d'encouragement, geste immédiatement récompensé par une douleur dans le cou. « J'ai eu une vie tellement fascinante ! Peu de gens en ont eu une pareille. J'ai voyagé partout, j'ai connu tout le monde, les stars les plus célèbres, les hommes politiques les plus influents. C'est pour cela que le public achète mes livres, parce qu'il meurt d'envie de savoir comment c'est de vivre cette vie-là. »

Elle est repartie dans sa chambre s'abîmer dans la contemplation de quelques photos où elle posait aux côtés d'amis célèbres et titrés ; sa voix s'est éteinte avec la distance. Je suis restée sur ma chaise, tout aussi inerte et inquiète que si tout ça était ma faute. Quand le téléphone a sonné quelques instants plus tard, Jackie a rappliqué sur le seuil de la salle à manger et a rivé sur moi un regard désespéré, plein d'attente.

« C'est Lisa Morris, du magazine *People*. » J'en bégayais presque, tant j'étais soulagée.

Sa main s'est tendue comme celle d'un drogué devant une seringue d'héroïne. En agrippant le combiné, elle m'a égratigné le dos de la main.

« Genevieve del Castellano », a-t-elle annoncé d'une voix régalienne.

En écoutant celle de Lisa Morris couler dans son oreille, Jackie s'est dilatée d'aise et s'est redressée telle une plante assoiffée qui se gorge d'eau.

« Oui, disait-elle du haut de toute son assurance reconquise, je serais assez intéressée. Laissez-moi voir avec ma secrétaire. »

Elle a couvert le combiné d'une main et sifflé entre ses dents : « Le 7 mars à seize heures ? »

J'ai jeté un coup d'œil au calendrier et hoché la tête.

« Je pense que c'est tout à fait envisageable, très chère, a repris Jackie. Viendrez-vous avec un photographe ? Ou bien les photos sont-elles programmées un autre jour ? » Quand elle a eu raccroché, son visage avait regagné des couleurs, grâce à cette nourrissante tétée au sein de l'attention publique.

Les lettres de fans arrivaient au goutte à goutte, au rythme de une ou deux par jour. J'aurais plutôt supposé que ses fans étaient essentiellement des ménagères républicaines de Virginie ou de Californie du Sud. Or, les lettres émanaient de dignitaires étrangers, d'ingénieurs retraités, de femmes diplômées qui rêvaient elles aussi de devenir un privé en jupon et quêtaient un conseil, de gays qui lui vouaient une véritable adoration et lui assuraient qu'elle était la femme la plus courageuse, la plus fabuleuse du monde. Tous prenaient ses livres au mot et au sérieux. J'avais noué avec quelques-uns de ses admirateurs des amitiés épistolaires sincères. Ceux qui disaient attendre impatiemment de rencontrer Jackie à la faveur d'une de ses tournées me rendaient nerveuse : j'espérais qu'ils ne seraient pas trop déçus quand ils s'apercevraient que la Jackie en chair et en os s'intéressait bien moins à eux que Genevieve, dans ses lettres prodigues d'effusions et d'encouragements. Je muselais ces craintes en me disant que je ne serais pas là pour assister à la scène, puisque je serais là où j'étais toujours, dans la salle à manger de Jackie.

Et, pendant les premières années, tout cela me convenait très bien. Je me sentais en sécurité, connectée au monde par procuration, sans être obligée de l'affronter par moi-même. Ce n'est que lorsque *Le Privé en talons hauts* a fait l'objet d'une critique condescendante, malicieuse et mièvre mais non dépourvue de compliments, dans une édition dominicale du *Times* (et ce, de manière assez appropriée, sous la plume d'une apprentie mondaine devenue membre de la rédaction de *Glamour*, fille d'une vieille amie de Jackie), que mon invisibilité a commencé à m'irriter. Reproduit dans un encadré en vis-à-vis de la critique, un extrait du livre semblait étonnamment littéraire coupé de son contexte ; c'est là que l'évidence m'a frappée entre les deux yeux : les gens allaient vraiment croire que Jackie était l'auteur du livre. Tant que cela n'avait été qu'une éventualité abstraite, peu m'importait. Mais là, je percevais les signes annonciateurs d'une soif de reconnaissance personnelle.

Un jour dans le métro, peu de temps après la sortie de « mon » livre, je regardais celui qui était ouvert sur les genoux de la femme à côté de moi, et tout d'un coup j'ai vu mes propres mots, imprimés ! J'ai lu avec elle. Nous étions l'une et l'autre tellement absorbées que c'est à peine si nous nous sommes aperçues que nous avions atteint notre destination commune. Juste avant que les portes ne se referment, nous avons repris nos esprits, nous sommes levées d'un bond et heurtées en passant la porte. « Oups », a murmuré distraitement la femme. Je me suis excusée à mon tour, en la dévisageant avec attention : j'avais devant moi le Lecteur. La lectrice, en l'occurrence. Elle portait de grandes lunettes à verres mauves, un pull en laine couleur rouille, et des cheveux frisottés à la mode. Elle avait un air respectable et pas inintelligent.

Au moment où nous franchissions côte à côte les tourniquets, je n'ai pas pu résister. « Excusez-moi », j'ai fait.

Elle m'a jeté un coup d'œil nerveux, pour s'assurer que je n'allais pas lui demander d'argent, et j'ai souri, pour bien montrer que j'étais inoffensive.

« J'ai remarqué le livre que vous lisez.

— Quoi ? Ça ? (Elle m'a montré la couverture.) C'est nul, mais impeccable pour le métro.

— Je suis ravie que ça vous plaise, j'ai dit avec enthousiasme. C'est moi qui l'ai écrit. »

Elle s'est immobilisée pour me regarder, puis elle a retourné le livre pour me montrer la photo d'une Jackie superbement coiffée, qui ressemblait exactement à ce que doit ressembler l'auteur d'un tel livre.

« C'est vous, ça ? (Elle m'avait eue, là. J'ai secoué la tête.) Je ne pense pas, en effet », a-t-elle conclu, perplexe, avant de s'engager dans les escaliers qui conduisaient à la sortie.

Je lui ai emboîté le pas, en souriant intérieurement avec détermination. Je savais qui j'étais, même si personne d'autre ne le savait.

Ces livres — celui que j'avais écrit et celui que j'avais presque fini d'écrire — étaient miens. Ils étaient prétentieux, farcis de clichés et d'inconsistance, mais je les avais bel et bien écrits et ils m'appartenaient plus que n'importe quoi d'autre ne m'avait jamais appartenu. Ils étaient tout ce que je possédais.

Je me suis enfuie du parc pour regagner ma maison. Sur l'îlot au milieu de Broadway, la personne qui m'avait apostrophée un peu plus tôt était toujours là. Dépouillée de la couverture à présent, elle se révélait être un homme, un Black, avec une tête grisonnante et un visage large, ridé, couleur de prune. Il exécutait une sorte de danse, battant des bras et fonçant sur les pigeons qui voletaient autour de lui. Chaque fois qu'il les chargeait de la sorte, ils s'envolaient pour se reposer nerveusement quelques dizaines de centimètres plus loin, mais sans trop s'éloigner toutefois, attendant le prochain mouvement comme si l'ensemble obéissait à une chorégraphie. Et puis j'ai vu que l'homme avait les mains remplies de miettes, et compris que les pigeons n'enduraient sa danse terrifiante que parce qu'il les nourrissait.

8

Quand je suis rentrée, une ligne quasi ininterrompue de signaux rouges clignotait sur le répondeur. Le temps que la bande se rembobine, j'ai secoué les couvertures du lit, les soulevant comme pour faire des signaux de fumée, puis je les ai laissées retomber en place.

Le premier message, c'était John. Il me demandait si je voulais l'accompagner voir le spectacle de Gus le vendredi. « Il a réussi à avoir l'immeuble de la mère de Cecil. Ta copine Frieda doit y être pour quelque chose. À ce soir j'espère, chez William. » Un bip. « Euh... Claudia », a dit Jackie, et là, j'ai cru que mon cœur allait exploser. « Voilà, c'est réglé, j'ai trouvé une fille qui viendra lundi matin. Elle s'appelle Goldie. Goldie je ne sais plus comment, un nom qui ressemble à celui d'un cheval de course ou d'une *actrice*, mais bon, l'agence m'a assurée qu'elle était très fiable. Merci pour les pages que vous m'avez laissées... (Je me suis effondrée dans le fauteuil, subitement métamorphosée en invertébré.) Je ne les ai pas encore lues, je le ferai demain à la première heure. Nous devons discuter du dénouement. Si vous pouviez venir lundi matin pour aider cette fille à s'installer, ce serait d'un grand secours, et peut-être que vous et moi pourrions alors envisager la manière dont nous allons travailler ensemble sur le prochain livre. »

J'ai agrippé le téléphone, impatiente de composer le numéro de Jackie dès que les messages auraient fini de défiler.

« Claudia, a dit ensuite Frieda d'une voix précipitée. Où es-tu passée ? Rappelle-moi dès l'instant où tu rentres. Je suis dans une panique noire. »

La voix suivante, féminine, m'était, à sa façon, tout aussi familière que les autres : « Nous avons un message très important à l'intention de Miss Claudia Steiner. Rappelez s'il vous plaît de toute urgence au numéro suivant, à l'heure qui vous conviendra. »

Ensuite, ç'a été la voix de mon propriétaire, qui demandait avec une politesse de mafieux, quand il pouvait espérer recevoir le loyer de ce mois-ci, ainsi que les loyers des deux mois précédents. Il s'appelait Miller et je ne lui connaissais aucun prénom. Il avait une grosse tête bien solide et des yeux de lézard. Ses cheveux, fins comme du duvet, étaient sinistrement et impeccablement gominés. Il portait une chaîne en or autour du cou ; il habitait à Saddle River, dans le New Jersey. « Bonjour, beauté. J'déteste vous tarabuster à propos du loyer, j'veux pas laisser un petit détail ruiner une si belle amitié, mais qu'esse que j'peux dire ? On a tous besoin de gagner notre croûte. » Sous cette affabilité onctueuse, je devinais un potentiel de violence physique aussi déplacé et peu crédible que son vernis d'amoureux transi. « Rappelez-moi, mon cœur, ou laissez-moi un message, on trouvera bien quelque chose. J'aimerais bien entendre le son de votre voix, n'importe quand, jour ou nuit. »

Le sixième et dernier message, c'était William, qui parlait d'une voix sérieuse et assourdie : « Salut Claudia, j'espère que je ne te réveille pas. Non, je plaisante. Pourrais-tu venir un peu tôt, ce soir ? Vers neuf heures, ce serait impec. Rappelle-moi. Merci. »

Quand Jackie a répondu, j'ai sacrifié aux nécessaires amabilités préliminaires avant de lui demander, d'une voix mal assurée, si elle avait lu ces nouvelles pages.

« Non, pas encore.

— Jackie, je crois que ce serait mieux si vous ne les lisiez pas. J'ai pensé à quelques petits changements, et ça économiserait votre temps de ne lire que le second jet.

— Euh... Évidemment, je meurs toujours d'envie de lire chaque mot que vous écrivez. J'avais l'intention de m'y consacrer hier soir, mais j'ai été tellement débordée, trouver cette Goldie, et tout préparer pour Lucia...

— Jackie ! (Un cri de désespoir.) Je vous en prie, ne lisez pas cette scène. C'est tellement mauvais, ce serait perdre votre temps. Vous êtes un écrivain, vous savez comment c'est avec les brouillons, on veut parfois les brûler avant que quelqu'un puisse les lire. »

Elle a émis quelques sons peu concluants, et j'ai pensé qu'il serait plus avisé de lâcher le sujet pour éviter de chatouiller sa suspicion, qui l'inciterait à aller lire tout le truc sur-le-champ. Je lui ai assuré que je la verrais le lundi matin, je lui ai dit au revoir, l'estomac encore un peu chaviré.

J'ai appelé Frieda. Elle m'a raconté qu'elle était allée au restaurant, puis au cinéma, avec Cecil et qu'ils avaient fini chez elle, où ils avaient couché ensemble. Frieda en était sens dessus dessous, du moins d'après ce qu'elle disait.

« Je ne suis pas du bois dont on fait les petites amies. Je suis perpétuellement en crise. Oh, mon Dieu ! il me plaît tellement, Claudia. Il est si gentil avec moi, d'une façon que je respecte vraiment. »

Je me la représentais : assise, les épaules voûtées au-dessus de son téléphone — une sorte de monstre préhistorique doté d'un cadran rond, lent et poussif, aussi noir et lourd qu'une machine à écrire Underwood, éclaboussé de peinture —, repoussant de ses pieds guillerets tout ce qui pouvait se trouver à leur portée. Sous son anxiété perçaient des notes tendres et heureuses, comme si elle ne voulait pas vraiment qu'on la rassure. Je me suis acharnée à la réconforter, elle s'est entêtée à faire dévier mon obstination, et finalement je lui ai dit au revoir et j'ai raccroché. Elle ne m'avait pas demandé ce qui s'était passé avec John l'autre soir, et j'aurais bien voulu lui confier mon dernier fiasco avec Jackie, mais elle n'avait pas manifesté le plus petit signe d'intérêt pour ma vie.

« Je ne peux pas aller voir le spectacle de Gus avec toi, ai-je annoncé à John d'un ton hargneux, lorsqu'il a répondu. Je n'arrive pas à croire que tu as eu le culot de me le demander !

« — Mais pourquoi ?

— Écoute, John, l'autre soir, c'était une erreur monumentale.

— Je pensais au contraire que nous avions pris du bon temps. » Il semblait plus amusé qu'offensé, comme si tout ça n'était qu'un petit jeu auquel je me livrais et qu'il prenait avec bonne humeur en attendant que je m'en lasse et que je redevienne sincère. « Je n'ai rien fait que te demander de venir voir un mauvais spectacle avec moi. Tu n'es pas obligée d'accepter si tu n'en as pas envie, mais aller voir un spectacle, ce n'est pas comme...

— SI ! C'est pareil. »

Il y a eu un blanc, pendant lequel j'ai lutté très fort contre mon envie de lui dire ses quatre vérités : il n'en avait strictement rien à foutre de moi, je le savais très bien, quoi qu'il puisse prétendre ; il était d'une condescendance suffocante, et il n'était, en aucune façon, ni le génial écrivain ni l'amant exceptionnel qu'il s'imaginait être. Mais j'ai réussi à garder mon bec fermé en me souvenant qu'il ne m'avait rien fait que je ne l'aie laissé faire.

Quand il a fini par répondre, son ton sec et arrogant a tétanisé tous les muscles de mon visage en une crise d'hystérie muette : « Si c'est comme ça que tu vois les choses, Claudia, je suppose que je n'ai rien à répondre.

— Tu supposes parfaitement bien », j'ai dit, et j'ai raccroché, furax.

Je n'ai rappelé ni Miller ni la dame de l'agence de recouvrement au sujet de mes cartes de crédit. Rien dans ma situation ne me permettait de leur tenir les propos qu'ils voulaient entendre, et j'ignorais comment passer aux aveux sans m'emberlificoter dans un tas de mensonges et d'excuses, que je n'avais, de toute façon, aucune envie de mettre au point.

William n'était pas chez lui. J'ai été soulagée de tomber sur son répondeur. « C'est moi, j'ai dit, en m'efforçant de paraître assurée et désinvolte. Je serai chez toi aussi tôt que je pourrai, vers neuf heures, ou même avant si tu décides que ça t'arrange. Si tu as besoin que j'apporte autre chose qu'un pack de bières, dis-le-moi. Bye. » Pfff. Quel message véreux, pathétique. On aurait dit que j'étais prête à braquer un marchand d'alcool pour lui, ou à me couper un bras. J'ai attendu pour voir si la voix de Ruth Koswicki allait me rappeler avec passion qu'il était bon de laisser les gens savoir ce qu'on éprouvait pour eux, mais rien n'est venu troubler le silence.

J'ai fait la sieste, d'un sommeil léger, jusqu'aux premières heures de la soirée. En me réveillant, je me suis frotté les yeux et je suis restée un moment dans le brouillard, devant la porte du placard, jusqu'à ce que je trouve la bouteille de gin, toute tiède, que j'avais planquée là. Deux traits d'eye-liner et une minirobe noire plus tard, je me suis sentie dans la peau d'une femme au foyer jouant le rôle d'une serveuse dans un routier, dans une production théâtrale de quartier, en banlieue. Ç'avait un petit côté femme facile engageant. J'ai hésité à remettre un jean et à passer la soirée à la maison, mais, pendant que j'appliquais du rouge à lèvres, le gin m'est monté au cerveau, les feux de la rampe se sont éteints et mon costume a épousé mon corps. J'ai quitté l'appartement comme une fusée, j'ai dévalé les escaliers, déboulé sur le trottoir, et atterri directement des escaliers du métro dans le wagon d'un train à l'arrêt.

À Times Square, j'ai pris la correspondance pour Grand Central, avant d'emprunter une ligne qui desservait toutes les stations uptown. Quand le train a ralenti en entrant dans celle en bas de chez Jackie, j'ai regardé l'encadré « 68TH STREET » se répéter en lettres majuscules sur le carrelage et défiler le long des murs. La station étincelait, illuminée comme des toilettes publiques. À la pensée de ces pages sur la table de sa cuisine j'ai fermé les yeux et chuchoté une prière à qui voudrait l'entendre.

J'ai émergé du sous-sol deux stations après celle de Jackie, pour retrouver le silence huppé, familier, de l'Upper East Side. Je me suis arrêtée dans un magasin acheter un pack de bières, avant d'attaquer à pied les longs blocs jusqu'à l'immeuble de William, un grand truc en métal et en verre qui ressemblait à un immeuble de bureaux, sauf qu'il était situé dans un quartier tellement calme que je pouvais entendre le frottement d'une feuille morte qui voletait le long du trottoir derrière moi. Dans le hall rutilant tout en miroirs et marbre, trois portiers se roulaient assidûment les pouces derrière un large comptoir. Plusieurs moniteurs vidéo étaient disposés en bande horizontale, carrés gris et bleus, flous, qui montraient les rectangles incurvés des couloirs vides et sans lumière. Un des portiers a parlé dans un téléphone sans qu'un son sorte de sa bouche, remuant à peine les lèvres, puis, d'un geste, m'a indiqué les ascenseurs.

William avait laissé sa porte déverrouillée. Je suis entrée dans le minuscule hall. « William ! Coucou ! » Pas de réponse. Je me suis dirigée vers le salon faiblement éclairé et j'ai été immédiatement engloutie dans l'immense panorama, les silhouettes des ponts soulignées de lumières, la masse diffuse des lumières industrielles du Queens, et l'East River en contrebas, strié de reflets frémissants. La pièce — plancher blond brillant, table basse en métal et en verre, canapé rupin en cuir noir, éléments de chaîne stéréo mystérieusement sophistiqués et empilés sur une étagère métallique — inspirait un puissant sentiment de vacuité, comme si personne ne vivait là pour de vrai, comme si c'était un magasin de meubles, ou un décor de cinéma. J'ai appelé de nouveau, et là j'ai entendu l'eau couler dans la salle de bains. J'ai contourné le comptoir qui séparait le salon du coin repas pour aller dans sa cuisine intégrée mettre la bière au frais dans un réfrigérateur déjà bien encombré.

William a émergé de la salle de bains quelques instants plus tard.

« Salut. C'est sympa d'être venue si tôt.

— Mon Dieu, j'avais oublié à quel point ça fait cabinet d'avocat chez toi. »

J'ai ouvert une bière que je lui ai tendue, puis en ai ouvert une autre pour moi.

Il venait juste de se raser. Son visage paraissait pâle, vulnérable, et dégageait un parfum épicé, excitant, un mélange d'odeurs chimiques et de plantes écrasées. Il s'est frotté une joue du doigt.

« Tu as faim ? J'ai acheté quatre sortes de fromage et un kilo et demi de jambon en tranches.

— Tu as des cornichons ? »

Pendant qu'on se composait des versions chaleureuses de nos vraies personnalités histoire de donner le change, la tension montait entre nous comme un enfant ignoré. William s'activait, sortant cornichons, tranches de jambon et fromages, pot de moutarde et bloc, format cocktail, de pain de seigle. Il a posé le tout sur le comptoir. Je me suis jetée sur la nourriture, j'ai garni une assiette et je suis allée m'asseoir à la table noire et étincelante du coin repas. William a glissé un sous-verre sous ma bouteille de bière. J'ai mangé. Son visage était indéchiffrable. N'était-il pas frappant qu'un visage puisse à ce point dissimuler et ne révéler que très peu des tempêtes qui se déchaînaient derrière lui ?

« Alors ? j'ai fini par demander la bouche pleine. Pourquoi tu m'as demandé de venir plus tôt ? Tu as besoin de moi pour faire circuler les canapés et m'occuper du vestiaire ?

— Soutien psychologique, a-t-il répondu d'une voix tendue. Qu'est-ce qui m'a fait croire que je voulais faire une fête ? Pourquoi est-ce que les gens font des fêtes ?

— Ce n'est jamais qu'une bande d'amis qui vont se soûler dans ton appartement, et utiliser tes toilettes.

— Oh, ça va bien se passer, a-t-il dit, en éludant tout d'un geste de la main.

— Évidemment que ça va bien se passer.

— À propos, je voulais te demander, qu'est-ce qui s'est passé avec Jackie ? »

J'ai dégluti.

« Elle n'était pas très contente...

— J'imagine.

— Et Margot ? Elle a eu mon message ?

— Elle m'a semblé un peu contrariée par tout ça, en fait.

— Contrariée ? *Margot ?* »

Quand les invités ont commencé à arriver, je me sentais merveilleusement à l'écart de tout et de tous. Je n'accordais plus aucune importance à ce que je pouvais dire ou faire. Du jazz inoffensif et invisible soufflait des enceintes comme de l'air frais. Les gens tournaient en rond, un gobelet en plastique à la main. Une fille avec des cheveux noirs bouclés est partie d'un éclat de rire, en regardant à travers ses cils dans la direction de William : Devorah, l'ensorceleuse à la peau mate. J'ai plissé les yeux pour mieux l'observer. Son cavalier était un type châtain insignifiant qui ressemblait à un garde champêtre. Devorah arborait une petite robe au décolleté plongeant, dans lequel la marchandise était arrangée comme sur un étal de fruits. Du coup, ça ne me gênait pas le moins du monde de mater. Elle était furieusement comestible. Je voyais bien pourquoi William perdait tout intérêt pour les lois d'entreprises ou pour n'importe quoi d'autre quand elle était dans les parages, et pourquoi son cavalier laissait pendre une main de garde forestier à proximité de son dos.

Rima est venue me rejoindre là où je m'étais perchée, sur le radiateur, devant la baie vitrée. Elle a traversé la pièce de sa démarche de guingois, la tête inclinée, les yeux rivés sur moi. Elle portait un pantalon en cuir et elle avait laissé flottants les pans de sa chemise d'homme en oxford ; son corps paraissait lourd et curieusement informe, pas gros, mais puissant, difficile à manœuvrer. Ses cheveux coupés au carré semblaient différents, plus blonds, moins gris. Elle les avait teints. Elle avait bonne mine.

« Salut Rima, j'ai dit calmement. » J'avais la conscience tranquille, en dépit de ce que son mari et moi avions fait sous son toit deux nuits auparavant. J'avais tiré un trait sur tout ça au téléphone un peu plus tôt dans la journée. « T'as l'air en forme.

— Ça va. »

Elle s'est passé une main dans les cheveux pour les regonfler, en penchant la tête vers ses pieds. De la fumée est parvenue sur son visage. Elle l'a dissipée d'un geste de la main et a ôté la cigarette de sa bouche.

« Jepeuxpassupportercettefillelà-bas, elle a fait, avec un mouvement de menton. Qui c'est ? »

J'ai réassemblé mentalement ce magma de syllabes inaccentuées, jusqu'à ce qu'il se métamorphose en mots et qu'il prenne sens. Mon regard a suivi la direction de son menton.

« C'est Jane Herman, j'ai répondu en articulant exagérément. Pourquoi tu ne l'aimes pas ? »

Elle a exhalé un jet de fumée avec un rictus. Elle avait du mal à se tenir droite ; je connaissais bien cette sensation.

« Ah, Jane ! Non ! J'aime bien Jane. Je pensais que c'était quelqu'un d'autre. »

Elle a pris appui contre le radiateur, et pendant un petit moment on est restées là toutes les deux, à regarder les uns et les autres. J'ai croisé le regard de John, qu'il a détourné, très certainement embêté de nous voir, sa femme et moi, assises côte à côte en toute amitié.

« Tu pourrais m'offrir une cigarette ? » j'ai demandé.

Je n'avais pas fumé depuis des années, mais là, j'en avais vraiment envie d'une. Sans un mot, elle a secoué son paquet et me l'a tendu. J'ai pris une cigarette et j'ai laissé Rima me donner du feu. Ç'avait un goût affreux mais génial, et ça me desséchait les poumons, comme s'ils avaient eu besoin de ça pour fonctionner correctement. La flamme du briquet a éclairé la main de Rima, une main carrée, forte, avec des ongles propres et écaillés.

L'instant d'après, j'ai aperçu Frieda et Cecil, vêtus de leurs manteaux. Ils arrivaient à peine. Frieda avait un air godiche, timide. Sa grosse tête pendait en avant de son cou gracile et musclé, et ses cheveux en épis semblaient vulnérables, en pleine croissance, on aurait dit le duvet d'un oiseau adolescent. Cecil se tenait à ses côtés ; le sommet de sa tête atteignait l'épaule de Frieda, et sa peau était aussi noire et tannée que celle de Frieda était pâle. On aurait dit un petit coq effronté qui serait venu se poser à côté d'une coquette idiote. Il a pris leurs manteaux et s'est dirigé vers la chambre, au fond du couloir. J'ai fait un signe de la main à Frieda, et elle s'est précipitée vers moi.

« Qu'est-ce qui va pas ? » j'ai demandé.

Elle avait l'air au bord des larmes, mais, chose plus horrible encore, elle a éclaté d'un rire hystérique en posant la tête sur mon épaule.

« Frieda ? Ça va ?

— Je ne sais pas ! (Sa voix vibrait d'intensité dans mon oreille.) Il s'est pointé tout de suite après ton coup de fil, et on a passé tout l'après-midi au lit. Oh, mon Dieu, Claudia ! Que tout ce putain de stoïcisme canadien aille se faire foutre ! Que le Canada aille se faire foutre ! C'est la première fois que je me sens moi-même de toute mon idiote de vie.

— Super, j'ai fait, dubitative.

— Ma mère a appelé aujourd'hui, et tu sais quoi ? Je n'ai même pas décroché. Elle se plaignait parce que mon père ne s'intéresse absolument pas à ses putains d'ornements de jardin, et tout ce que j'étais capable de faire, c'était de rester là, affalée, à me moquer d'elle. C'est pas génial, ça ? »

Elle a lancé ses bras autour de moi, bousculant accidentellement Rima au passage, qui lui a jeté un regard oblique, lourd d'une expression indéchiffrable, avant de s'échapper vers la table de la salle à manger où étaient les bouteilles. « Claudia, je crois que je suis amoureuse, m'a glissé Frieda à l'oreille dans un souffle tiède.

— C'est super pour toi, j'ai dit, en me détestant de m'entendre si sèche et si tendue. C'est tellement excitant. Tiens, le voilà. »

Frieda a contemplé Cecil dans un ravissement total, sans la moindre réserve ni le moindre subterfuge. À voir l'expression délibérément impassible de Cecil, j'ai craint un instant que l'ardeur sans retenue de Frieda ne soit dissuasive. Mais quand il l'a aperçue, son visage s'est à son tour transformé en une balise lumineuse rutilante qui faisait parfaitement écho à celui de Frieda. Je les ai laissés fusionner, et je me suis sentie d'humeur vacharde, contre qui ou quoi, je l'ignorais. L'ambiance de la fête était celle d'un métro aux heures de pointe, comme cela se produit toujours quand tous les invités sont arrivés mais que la soirée n'a pas encore réellement commencé, et que tout le monde attend, tendu, de se souder en une tribu éphémère, avec ses mœurs, ses coutumes, ses chamailleries. On en était encore au stade où l'on jette les fondations de cette histoire commune. Les gens lançaient des vannes, mal à l'aise, tout en frottant leurs tentacules et leurs antennes contre ceux des autres.

Je suis partie examiner les bouteilles mises à disposition sur la table, mais rien ne m'inspirait. Je suis donc allée extraire du freezer une bouteille de vodka excessivement chère, un accessoire de yuppie, que William gardait toujours là, et je me suis servi une généreuse rasade.

« Qu'est-ce que tu fabriques, Cla-o-dya ? a sifflé une voix par-dessus mon épaule. Donne-moi un peu de ce bon truc. »

Elle avait allongé le « o » de « bon » et expédié le « truc » comme un crachat, mais j'avais parfaitement compris. J'ai versé une rasade tout aussi conséquente dans le verre de Rima ; nous avons trinqué et bu à longs traits. Puis, en battant des cils, Rima s'est éloignée d'une démarche chaloupée, et elle a disparu dans le couloir, en direction de la chambre.

Deux secondes après, une autre voix, guindée celle-là, du genre aristo, a dit derrière moi : « Tu sais comment c'est, quand on est quelque part au centre de Manhattan et qu'on marche en cherchant Broadway ? Est-ce qu'on est à l'ouest de la Septième Avenue ? À l'est de la Sixième ? Où est Broadway, bordel de merde ? Tu en chiffonnes ton plan, ce qui ne fait que compliquer l'affaire, mais la rend, de loin, bien plus intéressante. Eh bien voilà, je suis la Broadway de cette soirée. »

Je voulais une autre cigarette.

« Ta femme est ivre morte, si ça t'intéresse, j'ai dit.

— Viens avec moi. C'est quoi cette musique ? C'est pas un des frère Marsalis ? William est tellement ringard ! On croirait qu'il a quarante balais ou plus. Il a toujours été comme ça ?

— Non », j'ai rétorqué, pendant que John me poussait vers la chaîne stéréo.

Quelques minutes plus tard, la musique a changé pour un vieux morceau funky, les graves ont grondé, la lumière s'est tamisée, et John et moi nous sommes lancés dans une sorte de danse, qui tenait pour moitié de la rumba, et pour l'autre moitié de la danse des canards. Les gens nous avaient fait de la place sans même sembler y faire attention ; ils s'étaient juste resserrés mollement les uns contre les autres, nous laissant assez d'espace pour danser. La soirée venait de fusionner au cours des toutes dernières minutes, et maintenant, telles des abeilles dans une ruche, nous pensions collectivement avec nos corps. William n'était nulle part en vue. Le morceau suivant est arrivé, plus lent, et John a passé la vitesse supérieure. Il tenait sa main droite fermement appuyée contre mon dos, et ses genoux ne frôlaient les miens qu'imperceptiblement ; je commençais à croire que je n'étais pas une si mauvaise danseuse. Il a baissé les yeux vers moi. J'ai étudié sa bouche appétissante, ses yeux étincelants sous les paupières paresseuses. Son ventre était collé contre le mien. La ligne de basse brûlante et alerte, et les grognements et soupirs du chanteur suggéraient que rien d'autre n'était important que le sexe, alors pourquoi s'encombrer de détours ?

« Fais gaffe, ai-je dit. Je pensais vraiment ce que je t'ai dit au téléphone.

— Je suppose », a-t-il répondu du tac au tac sans se démonter. La semi-langueur amoureuse entre nous s'est aussitôt dissipée, et nous sommes devenus deux animaux copain-copain sur une piste de danse.

« Je peux te demander un service ?

— Tout ce que tu veux.

— J'aurais bien besoin d'une autre vodka. Mais celle qui est dans le freezer, pas le truc dégueu sur la table. Attrape-la quand William ne regarde pas.

— Bouge pas, il a fait, en me posant ses mains sur les épaules.

— Oh, bonsoir Margot, a dit une fille avec des lunettes en œil de chat que je connaissais vaguement pour l'avoir croisée dans beaucoup d'autres soirées.

— Oh, bonsoir Margot », j'ai fait avec un sourire de folle à moitié beurrée.

Elle était là. Elle s'est appliquée à ne pas me retourner mon sourire. Les pointes dégradées de sa chevelure brune balayaient les épaules de sa veste en velours noir. Ses yeux bleus brillaient comme des éclats de marbre derrière les verres de ses lunettes ; son nez était aussi petit et parfait que celui d'un enfant.

« Tu as eu mon message ? lui ai-je demandé.

— Jackie était tellement bouleversée ! Je n'arrivais pas à croire que tu aies pu faire une chose pareille.

— Elle m'a virée. Pratiquement.

— Vraiment ? »

Le ton indiquait qu'elle le savait déjà, de la bouche même de Jackie, et qu'elle était entièrement dans son camp. « Excuse-moi, je vais me servir une eau gazeuse. »

John a bondi vers moi en me tendant un verre. J'ai goûté.

« Ça, c'est la vodka de merde, John.

— Tu peux faire la différence ? Mais comment ? J'étais prêt à jurer que tu n'y verrais que du feu. William est dans la cuisine ; impossible d'accéder au freezer. »

Margot inspectait les bouteilles sur la table, un pli hautain creusé entre les sourcils. Je pouvais l'imaginer petite fille, en train de tripoter avec consternation ses huîtres Rockefeller, les cheveux retenus dans un gros nœud.

« John, j'ai dit, ma vie est foutue.

— Raconte à tonton Threadgill », il a répondu gentiment.

Ah non ! ça suffisait.

« Peut-être que j'ai juste besoin de prendre l'air.

— Va respirer, mon petit. Va respirer. »

Il m'a laissée partir.

La chambre de William était minuscule, et plongée dans l'obscurité ; j'ai commencé à fouiller sur le lit à la recherche de mon manteau, déterminée à faire une longue promenade solitaire jusqu'à Times Square, pour mater les pervers qui titubaient sous les feux des néons en sortant des cinémas porno, pour sentir l'haleine chargée des entrailles de la ville me balayer le visage. Quelque chose a remué sous mes mains, quelque chose de tiède et de doux, qui a laissé échapper un petit cri étranglé. « Désolée », j'ai fait. J'ai abandonné l'idée de retrouver mon manteau : cette longue promenade ne me disait plus rien. Je me suis laissée tomber à côté de Rima sur le tas de manteaux et j'ai fixé le plafond. Ma tête bourdonnait.

« T'es cinglée, ma fille, a murmuré Rima d'une voix pâteuse.

— Tu peux parler. Qu'est-ce que tu fiches là ?

— Je suis à une soirée. »

On est restées là allongées pendant un petit moment. Rima a allumé une cigarette. À intervalles réguliers, le bout incandescent de sa cigarette brillait et grésillait, puis un nuage de fumée s'élevait de son côté du lit ; mais, à part ça, on aurait tout aussi bien pu être endormies. Je gardais les yeux rivés au plafond, mais mon champ de vision allait en se rétrécissant, jusqu'à n'exister presque plus, puis il s'élargissait de nouveau, comme si je zoomais à répétition à travers un entonnoir, pour me retrouver une fois de plus sur le lit de William. Jamais encore je ne m'étais allongée sur son lit ; jamais je n'avais passé beaucoup de temps dans sa chambre. Même à travers l'épaisseur des manteaux, je me rendais compte à quel point son lit était confortable, combien son matelas était ferme. La solidité du plancher et le plafond bas donnaient à la pièce une espèce de chaleureuse neutralité. De la lumière filtrait à travers la fenêtre, les lueurs artificielles de la ville et, au-dessus d'elles, celles, plus faibles, surnaturelles, de la lune et des étoiles. J'ai pris une profonde inspiration. L'odeur de William était partout, venant de ses chaussures, de ses draps et de ses oreillers ou du linge sale planqué dans le placard.

Une silhouette massive, la tête éclairée d'un balo rouge, est apparue dans l'encadrement de la porte. John.

« Rima ?

— Qu'est-ce que tu veux, toi ?

— Tu veux que je te raccompagne à la maison ?

— Je n'ai besoin d'aller nulle part.

— Allons, viens, on rentre. »

Elle a exhalé un soupir élaboré et bataillé pour se redresser au-dessus du tas de manteaux.

« Arrête de toujours me dire ce que je dois faire », elle a grommelé.

John s'est avancé, l'a aidée à se relever, il a trouvé les manteaux, et a essayé d'aider Rima à enfiler le sien. Elle l'a repoussé sans ménagement et s'est débrouillée seule. Je suis restée allongée, invisible, à les observer.

« Rima ? Tu as tes clés ? Ne les perds pas de nouveau. »

Elle a farfouillé dans sa poche, puis lui a flanqué une baffe en pleine figure avec sa chaîne de clé. John a porté la main à sa joue.

« Oui monsieur, j'ai mes clés ! Mes putains de clés à la con. »

Ils sont partis, Rima chancelante contre John. Elle le fait exprès, j'ai pensé.

Je me suis relevée pour aller m'asperger le visage d'eau fraîche dans la salle de bains.

Quelqu'un a tourné la poignée de la porte et, comme elle n'était pas fermée à clé, est entré.

« Oups ! s'est exclamée Jane Herman. Je suis désolée, Claudia. » Et avec un geste d'excuse elle a voulu battre en retraite.

« C'est bon, Jane, entre. »

J'étais contente de la voir. Elle s'est perchée sur le comptoir pendant que je me séchais le visage.

« Tu t'amuses ?

— Pas vraiment. »

Il y a eu un blanc, bref, bizarre.

« Ça fait un petit moment que j'attends de te poser cette question et là je pense que je suis assez beurrée pour le faire. Est-ce qu'il y a un truc entre William et toi ? a-t-elle demandé.

— Un truc ?

— Ben, tu sais... Vous sortez ensemble ? »

Ce bon vieux serpent à deux têtes de l'espoir et de la douleur s'est agité dans son repaire.

« William et moi ?

— Il me parle souvent d'un bar ou d'un autre dans lequel vous êtes allés tous les deux, ou bien il me répète un truc que tu as dit. Vous êtes ensemble, non ? »

Nous regardions toutes les deux dans le miroir. Jane était trop maigre, elle avait un nez crochu et un front bas, mais elle se comportait avec une assurance insouciante et glamour. Ce soir-là, elle portait une robe rouge moulante, décolletée assez bas pour révéler une clavicule racée, ses cheveux caramel étaient relevés en un nœud souple sur le sommet du crâne. Imperceptiblement déhanchée, les mains derrière la tête, elle a réajusté sa coiffure. À côté d'elle, j'avais l'air pâle et insignifiante, mais j'étais au-delà de toute jalousie ce soir-là, ou du moins je n'en avais pas conscience.

« C'est pas que j'aimerais pas, j'ai répondu sincèrement.

— Ouais... on aimerait bien, toutes. » Sa bouche s'est infléchie en un sourire amusé ; ses dents étaient petites et joliment décolorées. « Qui est-ce qu'il voit, en ce moment, si ce n'est pas toi ?

— Personne que je connais. » J'ai réfléchi deux secondes. « Personne, en fait. »

Jane s'est passé un doigt sur le rouge-noir de sa lèvre inférieure. « Tu sais, c'est le garçon le plus séduisant que j'aie jamais rencontré, et pendant toutes ces années je ne suis arrivée à rien avec lui.

— Tout ce que je peux te dire, c'est que Margot

pourrait faire ce qu'elle veut de lui, mais qu'elle s'en fiche comme d'une guigne.

— C'est peut-être là la clé. Bon... Qu'est-ce que je pourrais faire ? Moi avoir faim, moi manger. »

Nous nous sommes souri, puis elle s'est tournée vers moi, elle m'a passé les mains de chaque côté de la tête, et elle a serré mes cheveux près du crâne.

« Coupe tes cheveux. Court. C'est l'autre truc que je voulais te dire depuis un moment. Tu les coupes court sur les côtés, un peu plus long sur le haut, comme les petits garçons français, et tu vas t'acheter quelques beaux vêtements bien coupés, pour mettre en valeur ton petit corps sexy mignon tout plein et ton joli visage. Là, tu ressembles à une étudiante en première année montée en graine, comme si tu n'avais pas revu ton look depuis la fac.

— Je ne savais même pas que j'avais un look », j'ai dit, plutôt ravie.

J'aimais le contact de ses mains sur ma tête et le fait que ce soit Jane, entre toutes, qui me dise que j'étais sexy.

« Évidemment que tu en as un. Tu as juste besoin de le réviser. »

Elle a rassemblé mes cheveux en queue-de-cheval et a tiré dessus pour me faire passer la porte.

« J'ai la vessie prête à éclater. Allez, file. »

Je me suis retrouvée dans le couloir, tandis que Jane verrouillait la porte de la salle de bains. Je sentais mon crâne rougeoyer de fierté. J'étais éblouie. Je voulais traîner devant la porte de la salle de bains jusqu'à ce que Jane en sorte, mais ce que je voulais avant tout, c'était un autre verre.

J'ai regagné le salon et aperçu William et Margot. Ils étaient assis à la table de la salle à manger, sous la mare de lumière du spot encastré juste au-dessus d'eux. Ils avaient tous les deux les bras croisés sur la table, exactement de la même façon ; ils étaient absorbés dans une discussion, leurs têtes brunes proches l'une de l'autre. Margot dessinait du doigt un motif sur la table. William la regardait attentivement, et, de là où j'étais, je devinais à quel point il désirait qu'elle lui rende son regard. Il avait l'air dégingandé, maigre, comme au temps du lycée. Alors que je fixais Margot, une seconde Margot s'est détachée de la première et s'est mise à flotter au-dessus d'elle. J'ai plissé les yeux, en essayant de comprendre, jusqu'à ce que les deux Margots n'en fassent plus qu'une de nouveau. Là, j'ai réalisé que j'avais atteint le point où je ne pouvais plus discerner la réalité des hallucinations données par l'alcool. J'ai bifurqué vers la cuisine, j'ai fait signe aux trois personnes qui étaient là de baisser leur tête pour que je puisse ouvrir un placard, j'ai pris un gobelet en verre taillé que j'ai rempli avec la bouteille du freezer, qui était à présent à moitié vide. J'ai bu une gorgée. Elle est descendue au fond de ma gorge comme de l'éther distillé, glacé, toxique, divin. Je suis repartie vers William et Margot, et je me suis arrêtée à quelques pas d'eux. Sans l'avoir voulu, je me suis retrouvée en train d'espionner leur conversation. Je pensais qu'ils remarqueraient ma présence et que je me joindrais à eux, mais aucun des deux n'a pris garde

235

à moi. Bientôt, j'ai eu assez d'éléments pour piger qu'ils discutaient d'un article que Margot écrivait pour un magazine.

« Un arbre, un seul, disait Margot. Apparemment, c'est tout ce qu'il leur faut pour prendre conscience que la vie est sacrée. C'est pourquoi ces programmes de centres aérés sont à ce point essentiels. »

À son crédit, William parut sceptique.

« Tu es en train de me dire qu'il suffit à ces petits accros au crack de jeter un coup d'œil sur un arbre pour être guéris ?

— Les études montrent qu'il sera significativement moins tenté de perpétuer le cycle de violence s'il comprend qu'il appartient à un monde plus vaste.

— Un arbre, tu appelles ça le vaste monde ?

— Non, ce n'est pas aussi réducteur que ça, mais la nature semble être une source de moralité, a répliqué Margot en lui adressant un regard lourd de sens. Si tu ne sais pas que tu appartiens à un ordre plus vaste, tu n'as aucune bonne raison de ne pas te prendre pour Dieu, et de ne pas flinguer toute personne que tu trouves bizarre.

— Ça me paraît un peu simpliste, comme raisonnement.

— Ou alors, j'ai dit (et là, ils ont levé les yeux, surpris), si tu t'entoures de fausses fougères et de fleurs coupées, si tu prends des bains d'eau distillée, il peut te sembler que le monde n'existe que pour ton seul plaisir. »

J'ai pu voir une fine veine verte apparaître sur la tempe laiteuse de Margot.

« Je parle de gamins de douze ans dans les cités qui ont des armes automatiques, elle a répliqué.

— Si tu tends une kalachnikov à Jackie en lui disant que tu as expédié une lettre à la mauvaise adresse, dis-moi si elle ne va pas te régler ton compte. »

William a ri, avant d'ajouter :

« N'est-ce pas un de mes verres tout neufs en cristal que je vois là ?

— Du cristal ? (J'ai donné une chiquenaude sur le bord du verre et n'ai obtenu qu'un tintement terne.) On dirait plutôt du verre, mais pour ce que j'en sais... »

Bien évidemment, le verre m'a échappé. Il est tombé sur mon pied avant de rouler, sans se briser. Ma chaussure était mouillée. Je me suis baissée pour récupérer le verre, en veillant à ce que ma jupe plutôt courte ne remonte pas trop haut.

« Et merde », j'ai fait.

La cuisine, pour une raison que j'ignorais, était à présent déserte. Je me suis adossée au comptoir et j'ai pressé le verre contre mes yeux, en inspirant plusieurs fois, profondément. Jane est arrivée, l'air tout à la fois rêveur et déterminé.

« Coucou, Jane.

— Hello hello », elle a fait d'une voix rauque. Elle avait lâché ses cheveux et les avait ébouriffés en une crinière de prédatrice. Elle plissait à moitié les yeux. « Tu n'aurais pas vu William, par hasard ? »

D'un geste, j'ai désigné le coin repas.

« Il est assis là-bas, il discute avec Margot.

— Merci », a-t-elle répondu en m'effleurant la joue d'une main.

Je l'ai suivie, à distance. Elle s'est avancée vers William, la démarche nonchalante, et lui a tendu la main, le regard assuré, direct, un poil menaçant.

« William ? Tu te souviens qu'on a dansé sur ce morceau dans la maison au bord de la plage ? »

C'était une ballade rock décadente et plutôt lente, chantée par un British androgyne, d'une petite voix de tête fébrile. Une maison sur la plage ? Laquelle ? J'ai pioché une tranche épaisse de salami et quelques olives vertes dans une assiette sur la table, que j'ai mâchées, fascinée.

William l'a repoussée d'un mouvement de main.

« Va-t'en, Jane, on discute de morale.

— Non, viens danser. Je ne connais rien à la morale ni toi non plus. »

J'ai vu William hésiter : la jeune femme bien élevée ou la tigresse ? Finalement, il s'est levé, il a pris la main de Jane et s'est laissé entraîner un peu plus loin, dans une clairière sur la piste de danse, près du baffle. Jane a glissé les bras autour de son cou, elle a avancé ses hanches. Il a posé les mains sur sa taille, et ils ont commencé à décrire lentement des cercles. Elle a appuyé son front contre le sien, et elle lui a souri, collée à lui. Je savais ce qu'on voyait de cet angle-là : ses yeux s'allongeaient en un seul œil. Elle lui a dit quelque chose, rapidement et d'un air entendu. William a ri, sa tête baissée sur l'épaule de Jane, et a répondu : « Jane, tu es infernale. » Tout en continuant à bavarder, Jane faisait osciller son corps contre le sien, la tête rejetée en arrière, ses cheveux retombant en une cascade brillante qui capturait la lumière comme de l'eau. L'arche de sa gorge faisait pendant à la courbe de son petit ventre ferme, qui pointait de manière sexy entre ses hanches. Elle était éblouissante, souple. Comment William résistait-il à l'envie de laisser ses mains courir sur ce corps ?

« Regarde ça », j'ai dit.

À ce moment-là, Margot a levé les yeux vers moi et j'ai été sidérée par la froideur de son expression. J'ai réalisé alors que je me tenais tout près d'elle. Elle a prolongé son regard une seconde de plus que nécessaire, puis elle s'est levée. Je me suis effacée pour lui permettre de passer, je me suis glissée sur la chaise libre, glacée. J'ai regardé mes mains, repliées sur le plateau de la table.

Une forme brillante, sur ma droite, s'est soulevée d'une chaise voisine et m'a tendu une carte postale. Je l'ai prise pour l'examiner. L'image au recto montrait un travesti à la mâchoire carrée, avec un turban décoré de strass et des chaussures à plate-forme étincelantes, qui tenait un jeu de tarots ouvert en éventail devant l'œil du spectateur. « *Those are pearls that were his eyes...* », disait la légende. J'ai retourné la carte et vu apparaître un magma d'informations, horaires, lieu et tout ce qui s'ensuit. « Parlant de noyade[1], a dit Gus, j'ai ouï dire que Jackie était miraculeusement ressuscitée.

---

1. Allusion au titre de la quatrième section de *La Terre vaine*, « Death by water », T.S. Eliot, *op. cit. (N.d.T.)*.

— Qui te l'a dit ?

— Oh, un petit oiseau... Un petit oiseau doré. »

Quelque chose m'est tout d'un coup revenu à l'esprit : un souvenir qui comportait le mot « lèche ».

« Tu as répété à Margot ce que j'ai dit sur elle », j'ai dit sans y croire.

Il a pris un air rusé.

« Toi ? Qu'as-tu dit sur Margot ?

— Je l'ai dit dans un certain contexte, Gus, j'ai répliqué dans un spasme de colère impuissante. Tu sais bien que je ne l'entendais pas dans ce sens-là.

— En ce cas, tu n'aurais pas dû le dire du tout. Peu importe le contexte si tu penses ce que tu dis, et si tu penses vraiment ce que tu dis, ça doit te faire ni chaud ni froid que les gens le répètent. Et si tu ne penses pas ce que tu dis, eh bien, tu dois être prête à en assumer les conséquences. »

Ses yeux étaient deux fentes étincelantes, son visage aussi inexpressif qu'un masque. Il avait un air mauvais, louche, un air de petit gangster de pacotille.

« C'est comme ça que je fonctionne, il a ajouté.

— Eh bien pas moi », ai-je rétorqué en me levant.

Quand je suis entrée dans la chambre, Margot boutonnait son manteau dans le noir, les yeux plissés pour tenter de distinguer les boutons. Elle a dû deviner que c'était moi qui entrais car elle n'a pas relevé la tête.

« Margot, j'ai commencé d'un ton insistant en direction de sa tête penchée.

— Quoi ? »

Sa voix était inexpressive. Qu'y avait-il à dire ?

« Bonne nuit.

— Bonne nuit. »

Elle est passée devant moi et a quitté la chambre. Je me suis allongée une fois de plus sur le tas de manteaux. Juste pour un instant, me suis-je dit, mais en fait je me suis certainement assoupie. Tout d'un coup, il y a eu du monde plein la chambre, j'ai reconnu Frieda et Cecil, et chacun fouillait dans la pile de vêtements en riant. Je me suis retrouvée avec mon manteau dans les mains, canalisée avec tous les autres vers la sortie, en train de gesticuler un au revoir de la main vers le fond du salon, où j'ai aperçu dans le flou William, qui dansait toujours avec Jane, ou qui la tenait dans ses bras, je n'ai pas vraiment vu.

Les parois de l'ascenseur étaient tapissées de miroirs ; on aurait dit qu'il y avait là une foule invraisemblable, même si en réalité nous n'étions pas plus de cinq ou six. Une fois dehors, j'ai emboîté le pas à Cecil et Frieda jusqu'à une espèce de paquebot garé le long du trottoir. Nous sommes montés tous les trois sur la banquette avant. Peut-être m'avaient-ils proposé de me raccompagner, mais peut-être aussi m'étais-je ni plus ni moins imposée. Quoi qu'il en soit, j'ai regardé les rues défiler, la tête appuyée contre l'épaule de Frieda. J'ai remarqué, plutôt admirative, que Cecil conduisait avec une courtoisie élaborée, presque exagérée. Au lieu de klaxonner comme un malade à l'intention des passants qui s'interposaient sur son chemin, au lieu d'emballer le moteur et d'essayer de les frôler, il ralentissait et attendait qu'ils traversent. Il a calmement pris l'embardée qu'a faite un taxi devant lui au moment où un feu passait à l'orange, lui coupant son élan et le laissant en rade au feu rouge. L'attitude de Cecil ne devait rien à la soumission : on aurait dit qu'il avait appris quelque art martial de la conduite, où l'on retournait la violence des autres contre eux.

« Toi, t'es pas de New York, pas vrai ? j'ai dit.

— Comment tu peux savoir ?

— Tu ne conduis pas comme si tu étais d'ici. »

Pour une raison qui m'a échappé, il a pris la mouche, et m'a répondu d'une voix légèrement cinglante :

« Je suis tout simplement convaincu qu'il faut éviter les ennuis. Je ne pense pas que ce soit là une conséquence de l'endroit d'où je viens ; je préfère penser que ma façon de conduire découle de ma personnalité.

— C'était un compliment. Les New-Yorkais sont tellement agressifs au volant.

— Ne crois pas que je ne sors pas la tête quand on m'apostrophe. Je suis simplement convaincu que tout le monde a droit à un minimum de politesse. Tu sais bien ce que dit le vieil homme : Ne fais pas aux autres...

— Exact, j'ai dit sottement. C'est un comportement très courtois.

— Claudia, a dit Frieda.

— Eh bien oui, quoi...

— Ne l'écoute pas, a repris Frieda à l'intention de Cecil. »

J'ai essayé de réfléchir. Est-ce que je devais me vexer ? Mais c'était trop compliqué ; j'ai préféré laisser tomber, et avant même d'atteindre Central Park je dormais.

C'est le bruit de langue humide et râpeuse de Dalila qui faisait sa toilette sous le lit qui m'a réveillée à l'aube. J'avais encore mon manteau sur le dos. Dans la poche, il y avait un verre en cristal et une carte postale. J'ai espéré que Frieda n'avait pas eu besoin de m'accompagner jusqu'à mon lit, mais il me semblait me souvenir de l'avoir entendue dire : « Je ne savais pas que tu avais un chat aussi adorable. » J'avais soulevé ma tête de l'oreiller, où elle était automatiquement tombée dès l'instant où j'avais passé la porte, et j'avais vu Dalila ronronner comme un moteur, la traîtresse, dans les bras de Frieda. J'ai espéré pour le moins que Cecil n'avait pas considéré de son devoir d'escorter Frieda jusqu'à mon appartement, mais, aussitôt, j'ai eu une douloureuse vision corollaire : celle d'une main très sombre sur le pelage de Dalila, une main très noire qui caressait celle très blanche de Frieda, tous les trois unis par un amour interracial.

« Dalila », j'ai dit d'une voix triste, et les bruits de langue ont immédiatement cessé.

9

Ce jour-là, j'ai lu tellement de poésie qu'à la tombée de la nuit mes pensées marchaient au pas réglé de la métrique. Je n'ai pas touché au reste de gin, même si une larme ou deux en guise de petit remontant par un dimanche blafard et solitaire étaient exactement le genre de rituel auquel j'accordais un grand prix. Je n'ai pas regardé la télé, et de toute la journée j'ai essayé de ne pas penser à William. Je ne l'ai pas appelé, comme je l'aurais normalement fait, pour échanger nos impressions de la soirée ; lui non plus ne m'a pas appelée, et je refusais de penser à ce que cela pouvait signifier. Personne n'a appelé. J'ai passé la journée seule, avec mon chat invisible. J'aurais dû boire, me replonger dans l'ivresse, jusqu'à tomber comme une masse vers trois heures du matin. Au lieu de quoi, je me suis mise au lit de bonne heure, j'ai dormi profondément pendant une heure ou deux, puis je me suis réveillée en sursaut. Ensuite, impossible de me rendormir. À la faveur de la clarté pure de la plus sombre partie de la nuit, j'ai vu que tout ce que j'avais dit ou fait durant ma vie entière avait été complètement inutile, que tout ce qui m'était arrivé avait participé d'une seule énorme et tragique plaisanterie à mes dépens.

À huit heures le lendemain matin, j'ai rampé hors du lit, j'ai bu une tasse de café, assise à ma table. Il était temps de partir affronter Jackie. Qu'elle ne m'ait pas appelée pour me faire part de son incrédulité choquée n'était pas forcément bon signe. Longtemps après l'heure à laquelle j'aurais dû avoir quitté mon appartement, j'étais encore en train de traîner, d'ouvrir avec le couteau à beurre toutes les enveloppes accumulées là comme un tas de poissons glissants. Et, tout en les vidant, je repensais à l'argent que j'avais laissé au chauffeur de taxi. Un geste stupide, dépité, hors de propos et vide que j'avais imaginé être un geste d'orgueil agacé. N'était-il pas ironique, pensais-je sans le moindre amusement, que l'amour révèle mes instincts les plus bas, là où l'indifférence me rendait noble ? Encore que... Avais-je jamais été noble ? Certes, j'avais mis un point final à mon histoire avec John, par exemple, ce dont j'aurais été incapable s'il ne m'avait pas été indifférent. Et, à l'évidence, je ne lui étais pas le moins du monde indifférente, mais renoncer à une relation adultère ne pouvait pas vraiment être considéré du point de vue de la noblesse, parce que cette décision ne faisait que redresser un déséquilibre. Mon Dieu, je me lassais moi-même à force d'ergotages, de justifications et de regrets. Mon terrain moral était un marécage impropre à la navigation.

Bon, je me suis dit, finissons-en avec ça. Mes pensées sombres et moi avons traversé le parc d'un pas martial, les yeux rivés sur mes chaussures, sans prendre garde au chant des oiseaux, à l'air doux et inondé de soleil. Lorsque je suis arrivée chez Jackie, il était dix heures moins le quart.

Je l'ai trouvée dans l'entrée, comme si elle n'en avait pas bougé en m'attendant.

« Claudia ! Que je suis contente de vous voir. J'avais peur que vous ne m'ayez mal comprise et que vous ne veniez pas.

— Je suis désolée d'être en retard, mais j'ai pensé que peut-être vous vouliez...

— Entrez, je vais vous présenter Goldie. » Elle a pris mon bras pour me conduire dans la salle à manger, comme si c'était la première fois que je venais. « Goldie, voici Claudia. Elle vous renseignera sur tout ce que vous avez besoin de savoir. Cette jeune fille sait tout, elle est d'une aide inestimable. »

Elle n'a donc pas lu un seul mot, ai-je pensé, avec un soulagement aussi capiteux qu'une gorgée de cognac.

Goldie s'est avancée et m'a gratifiée d'une robuste poignée de main. Elle ressemblait à une pomme. Elle dépassait à peine le mètre cinquante et portait un tailleur rouge vif, avec des souliers assortis. Son buste, sous le chemisier impeccable et la veste, formait un cylindre trapu d'un seul bloc, sa poitrine et son estomac atteignant la même circonférence. Les muscles de ses mollets, enveloppés d'un collant beige, étaient larges et dodus. Ses cheveux étaient dégradés et teints au henné. Elle avait installé le bureau dans un coin différent de celui où je l'avais toujours mis. Je pouvais sentir son parfum flotter autour de nous.

« Salut Goldie, j'ai fait avec un sourire étincelant. Ça va ?

— Bien, vous vous arrangez toutes les deux, hein ? a fait Jackie. Si vous avez besoin de moi, je suis dans ma chambre. »

Elle s'est esquivée de la pièce, aussi bizarrement qu'elle le faisait toujours.

L'appartement tout entier semblait différent aujourd'hui, à la fois plus clair et plus décrépit. La présence de Goldie générait une ambiance de dure réalité, une gaieté éclatante, pleine de sens commun, au contact de laquelle le papier peint à la main avait l'air monotone, les chaises avec leurs dorures écaillées grêles et impraticables. La hardiesse de son parfum racoleur rendait l'atmosphère des lieux soporifique, très « vieille dame ».

« Tu as trouvé tout ce dont tu as besoin ? je lui ai demandé.

— Ça n'a pas exactement à voir avec la technologie des fusées, tu sais, elle a répliqué en écartant le sujet d'un bref mouvement de la main. Jackie m'a dit qu'elle voulait de nouveaux coussins pour les chaises. J'ai appelé à droite à gauche, et je lui en ai commandé quelques-uns. Elle voulait que je mette de l'ordre dans les réserves, je l'ai fait. Elle ne m'aime pas, et je ne l'aime pas plus, ne me lance pas sur le sujet, mais tant que le boulot marche, c'est fastoche.

— Super. Je suis contente que tu voies les choses comme ça.

— Elle est complètement timbrée, n'est-ce pas ? Je sais que je ne t'apprends rien. Moi aussi je m'en suis tapé, des boulots vraiment loufoques. Je peux t'en raconter ! »

J'ai ri.

« Voyons, a-t-elle repris. J'ai juste jeté un œil sur ses comptes ; ils sont tous falsifiés, non ? C'est toi qui les as maquillés ? Il faut que je rencontre son comptable. Je trouverai son numéro dans le petit carnet rouge là ?

— C'est une femme. Doris Loewenstein.

— Tu plaisantes ! Doris Loewenstein de Canarsie ?

— Je crois qu'elle vit à Westchester.

— Peu importe où elle habite maintenant, si c'est la Doris à laquelle je pense, elle est bien de Canarsie. À peu près de mon âge, dans les quarante-cinq ans, et un nez en bec d'aspirateur.

— Ça pourrait être elle.

— Je l'appelle immédiatement. Merci de ton aide, Claudia, et ravie d'avoir fait ta connaissance. »

Quelle aide ? Goldie n'avait certainement pas besoin d'aide. En moins de quarante-cinq minutes, elle était arrivée, elle avait mesuré l'envergure du problème nommé « Jackie », et pris le pouvoir. La naïveté crétine dont j'avais fait montre lors de mon premier jour chez Jackie s'imposait maintenant à moi comme la preuve d'une insupportable faiblesse.

J'ai longé le couloir jusqu'à la porte de la chambre de Jackie, pris une profonde inspiration, redressé mes épaules et je suis entrée. Elle était assise à sa coiffeuse ; ses mains se sont immobilisées en l'air, un petit pot en porcelaine dans l'une, une minuscule brosse dans l'autre. Son visage était pétrifié tel celui d'un mime, amusé et vif, prudent.

« Alors, Claudia, a-t-elle dit en rencontrant mon regard dans le miroir, comment cette fille se débrouille-t-elle ?

— Très bien. »

Je me suis assise, sur la même chaise que celle d'où, le vendredi précédent, j'avais contemplé les consé-quences éventuelles de mon crime. Me souvenir de ça à ce moment-là m'a fait une impression bizarre, parce que je me sentais une personne entièrement différente de celle qui lui avait volé sa montre et son pull, et qui avait siphonné son whisky. Jackie s'est reculée pour étudier attentivement son visage sous toutes les cou-tures. Elle s'est frotté les lèvres l'une contre l'autre, puis elle a ouvert grande la bouche et, de la pointe de son ongle verni rose, elle a retiré un petit grumeau à la commissure.

« On a traversé une période un peu difficile, toutes les deux, ces derniers temps, n'est-ce pas ?

— Tout a fait. » À la perspective des enjeux de cette conversation à venir, j'étais déjà épuisée jusqu'à la moelle. J'ai cligné des yeux, plusieurs fois, comme un tic. « Je ne sais pas comment tout ça est arrivé, vendredi, Jackie.

— Peut-être, mais c'était terriblement dérangeant.

— Je sais.

— Ça ne doit jamais plus se reproduire.

— Je vous promets que ça ne se reproduira pas.

— Bien, elle a tranché. À propos de cette scène sur laquelle nous travaillons...

— Vous l'avez lue ?

— Vous savez, Claudia, je n'ai pas eu une seule minute de libre de tout le week-end, j'ai dû tout préparer pour l'arrivée de cette fille, et tout organiser...

— Mais c'est bien. Très très bien ! Où sont les pages ? Je vais tout reprendre immédiatement. »

La réponse de Jackie a pris la forme d'un flot d'italien enthousiaste et gesticulant. J'ai hoché la tête, j'ai souri poliment, jusqu'à ce que quelqu'un derrière moi lui réponde d'une voix claire de petite fille. Je me suis retournée et j'ai vu une minuscule jeune femme, vêtue en tout et pour tout d'un tee-shirt et d'un caleçon blanc. Elle n'était pas coiffée, elle n'était pas plus maquillée que moi, mais elle avait la beauté d'une princesse dans un tableau de la Renaissance. Ses cheveux, sa peau et ses yeux avaient la même nuance de brun clair, son front était haut, bombé, ses cheveux ondulaient jusqu'à sa taille en vagues éclaboussées d'or. Elle était proportionnée à la perfection, quoique en miniature : elle ne devait pas dépasser de beaucoup le mètre cinquante. Ses tibias et ses avant-bras étaient aussi fins et délicats que ceux d'une enfant.

« Claudia, je vous présente Lucia, ma petite nièce », a dit Jackie dans son américain atone, puis, sans transition, elle m'a présentée à Lucia en italien.

Lucia m'a répondu avec un sourire poli.

« Salut Claudia. » Elle s'exprimait d'une voix épaisse, les mots avaient une sonorité inconfortable dans sa bouche. « Mon anglais est très mauvais, pardonne-moi. Ravie de faire ta connaissance.

— Elle va prendre des cours d'anglais, a dit Jackie. Elle aimerait aller à NYU, mais je ne veux pas qu'elle aille si loin, ni qu'elle gaspille tout son temps avec ces étudiants de races différentes.

— Peut-être que Goldie pourrait voir ça », j'ai suggéré allégrement.

Je gloussais presque. Oh ! Ce fatras d'angoisses dans lequel j'avais macéré tout le week-end ! Toute cette indigestion de poésie ! Cette longue nuit de l'esprit !

« Je ne suis pas certaine, a repris Jackie en se faisant de nouveau face dans le miroir, que Goldie saura. Elle n'a pas votre sophistication, Claudia ; elle n'est pas éduquée comme vous. »

Intéressant, de voir à quel point le vent avait tourné.

« Oui, mais elle est intelligente, j'ai dit d'un ton guindé, comme si je craignais que Goldie ne soit en train d'écouter derrière la porte.

— Elle est impossible, a rétorqué Jackie en baissant la voix. (Partageait-elle mes craintes ?) Tout simplement impossible. Elle ne comprend pas une seule seconde ce que ça signifie d'être une femme dans ma position, avec les responsabilités que j'ai. Ce n'est pas comme vous, Claudia. (Elle se faisait déjà un roman à mon sujet, et j'y prenais plus de plaisir que je ne l'aurais dû.) Et ce parfum ! Avez-vous senti son parfum ? Je lui ai dit que si elle n'allait pas s'en débarrasser immédiatement, j'allais être malade. On se croirait dans un saloon, ici ! »

251

Lucia a regardé Jackie débiter sa diatribe avec une expression neutre et polie, en équilibre sur une jambe comme une cigogne, et en se frictionnant un bras. Dès que Jackie s'est tue, elle a posé une question, brève, qui contenait le mot « caffè ». Jackie lui a répondu par l'affirmative, et Lucia s'est aussitôt éclipsée.

Jackie a commencé à se poudrer le visage par petits tapotements lents et précis.

« Que vais-je en faire ? Son père ne me pardonnera jamais s'il lui arrive quoi que ce soit. C'était le neveu préféré de Giancarlo.

— Vous aviez parlé de faire un dîner.

— Oui, mais qui inviter ? Je ne connais personne de son âge. Bitsy a bien une petite fille à peine plus âgée que Lucia, qui pourrait peut-être amener quelques amis. Pouvez-vous l'appeler et lui demander si... ?

— C'est plutôt Goldie qui devrait le faire. (Amusant à quel point c'était facile d'être directif une fois qu'on en a pris l'habitude.) Gil Reeve attend les derniers chapitres pour le mois prochain. J'ai pensé à quelque chose ; qu'est devenue l'inconnue dans la limousine ? On n'en a plus entendu parler depuis environ quatre-vingts pages, depuis qu'Ali a été tué, vous vous souvenez ?

— Ali...

— Le Marocain, le mari de Fatima. On lui a tiré dans le dos et il est tombé du toit du château.

— Ah ! Ali ! Bien sûr. Mais qui était cette femme dans la limousine ? Je ne sais pas...

— Elle pourrait être argentine, ce pourrait être la fille d'un nazi. » Les nazis étaient les méchants préférés de Jackie, avec les communistes, les Arabes et les trafiquants de drogue. « Son père se serait enfui à Buenos Aires en 1945, il aurait changé de nom et serait devenu le señor Martinez, mais, en secret, il aurait élevé sa fille dans l'idéologie nazie, à laquelle il n'aurait jamais renoncé.

— C'est très bon, ça. »

Évidemment que c'était bon.

« Et la femme d'Ali, Fatima, était leur domestique à Buenos Aires. Elle avait trouvé des documents secrets qui trahissaient sa véritable identité et le liaient à des crimes de guerre.

— Oui, c'est ça. Et Ali et Fatima la font chanter. Du coup, elle est obligée de supprimer Ali, et peut-être qu'on pourrait aussi lui faire supprimer Fatima. Écrivez tout ça immédiatement pour qu'on n'oublie pas. »

Je suis allée chercher un bloc-notes et un stylo, et bientôt nous avions élaboré le chapitre suivant et conclu un accord : j'écrirais chez moi, et elle me paierait au chapitre plutôt qu'à l'heure. Nous étions sur le point d'emballer la négociation quand le téléphone a sonné. C'était Mr Blevins, qui venait faire son bavardage quotidien. Il a dit quelque chose qui a arraché un rire de gorge à Jackie. J'en ai conclu que je ne lui avais causé aucun dommage irréversible. J'ai lancé un coup d'œil à Jackie, frappée par certaines résonances grivoises dans ce rire, et pour la première fois je me suis demandé si elle avait déjà couché avec Jimmy Blevins. Elle faisait preuve avec moi d'une grande discrétion sur ce sujet. Jamais elle n'évoquait jusqu'où allaient ses relations avec ces hommes qui la courti-saient. N'avait-elle pas toujours dédaigneusement jugé Mr Blevins bien trop inférieur à elle pour lui accorder une attention sérieuse ? Malgré tout, pour la première fois, l'idée s'est imposée à moi : Jackie et lui pou-vaient très bien être amants. Je me suis souvenue de cet après-midi où ils dansaient un fox-trot en buvant du champagne à cinq heures de l'après-midi, avec quelle maîtrise il tenait son corps contre le sien, comment elle m'avait dit gaiement et innocemment qu'ils ne faisaient que s'entraîner. Il m'est alors venu à l'esprit que je l'avais presque à coup sûr mésestimée. Tout comme je l'avais fait pour le pauvre Jimmy.

Jackie a raccroché et gratifié le combiné d'un petit tapotement satisfait.

« Eh bien... Ce Mr Blevins veut que j'aille passer une semaine avec lui à Southampton. Imaginez ! À mon âge. »

Elle avait pendant un certain temps fréquenté un financier connu, un de ces vieux lions chenus de Wall Street dont je n'avais jamais entendu parler, un magouilleur à la blanche crinière, à la voix huilée, aux grosses ratiches en toc bien étincelantes. Jackie m'avait dit une fois, avec une lascivité de petite fille, qu'il n'arrivait plus à « entrer en érection » et qu'il devait utiliser une pompe. Je m'étais tout bêtement dit qu'elle tenait ça du bouche-à-oreille. Mais tout d'un coup, j'ai compris que j'avais été naïve, comme d'ha-bitude. Elle avait couché avec lui ! Elle avait couché avec tous les autres aussi ! Et elle avait plus de soixante-dix ans ! Mais bon, après tout, pourquoi pas ?

« Ça a l'air de vous amuser », j'ai dit en souriant.
Elle a ri.

« Oh, non, ça n'a rien de drôle. La perspective d'être coincée dans cette grande maison au milieu de nulle part avec Mr Blevins est au contraire très ennuyeuse. Je ne comprends pas pourquoi les Américains sont à ce point férus de Long Island ; ce n'est rien comparé à Marbella ou à la Riviera. Et pourquoi Jimmy se sent-il obligé d'être toujours béat d'admiration devant moi ? J'aimerais qu'il discute de sujets intéressants. Tout ce qu'il sait dire, c'est que je suis *merveilleuse* et qu'il m'*adore*, comme si ça avait un quelconque intérêt. Ça n'en a aucun. Bien (sa voix est redevenue sévère), j'espère que vous n'avez pas oublié le rendez-vous de Lucia à l'agence de mannequins de Frances Gray, aujourd'hui à deux heures. Frances place la ponctualité au-dessus de tout. Elle est terriblement anglaise.

— Nous serons à l'heure », j'ai promis, en balayant la pièce d'un regard circulaire, rapide mais pénétrant. Ces maudites pages n'étaient nulle part en vue.

J'ai examiné rapidement mais de façon exhaustive tout le reste de l'appartement. Elle avait dû les ranger dans quelque recoin puisque je ne les voyais pas traîner ! Tant pis. À quoi bon me mettre martel en tête à ce stade-là ? Si les feuillets ne lui tombaient pas sous les yeux, elle oublierait leur existence, ou alors je ne la connaissais pas. Elle avait son cours d'aérobic à deux heures, et à quatre heures elle devait retrouver Lucia chez Mortimer pour prendre le thé en compagnie de quelques vieilles biques de sa connaissance.

Une fois Lucia et elle parties, j'aurais largement le temps de chercher ces satanés feuillets, de les détruire et de faire le ménage dans l'ordinateur. Pour le moment, tout semblait en sécurité. En passant devant la porte de la salle à manger, j'ai entendu Goldie rire, en disant quelque chose qui concernait une certaine Susie Lefkowitz et la soirée de la promotion.

Je suis partie en quête de Lucia. Elle était dans la chambre d'amis, en train de se brosser les cheveux. Elle s'était mise sur son trente et un : un jean d'une propreté éclatante avec un pli soigneusement marqué au fer le long de chaque jambe, et un tee-shirt de plusieurs tailles de moins que celui avec lequel elle avait dormi. Elle n'était pas maquillée. Elle avait l'air d'une petite fille de dix ans, très propre et très mignonne.

« Juste une minute, Claudia », a-t-elle fait en grimaçant, tandis que la brosse tirait sur une mèche.

Sa décontraction me déconcertait. À sa place, venant de débarquer à New York et sur le point d'aller à un rendez-vous dans une agence de mannequins, j'aurais été dans un état d'esprit complètement différent et je ne me serais sûrement pas habillée comme ça. J'aurais même pensé à mettre un peu de rouge à lèvres. Certes, être la fille d'un marquis ou d'un Dieu sait quoi italien aidait, mais je n'avais jamais rencontré personne d'aussi purement et indubitablement sûr de soi. Son attitude à mon égard, polie, familière même, ne trahissait pas le plus petit sentiment de véritable égalité, et cela me mettait curieusement à l'aise. À l'évidence, elle portait gravée jusque dans ses os la connaissance des gradations précises de la conduite à adopter envers la secrétaire américaine fraîchement remplacée d'une parente née aux États-Unis. Elle avait beau avoir neuf ans de moins que moi, arriver pour la première fois de sa vie dans la ville où je vivais depuis des années, Lucia avait la situation bien en main. Ce qu'elle voulait, sans qu'il soit besoin de le formuler, seulement à travers un léger réaménagement des molécules de l'air, c'est que je ne sois déférente que lorsque c'était nécessaire, que je la traite, dans tous les autres cas, avec une courtoisie neutre mais décontractée, que je rie à ses blagues quand elle aurait envie d'en faire, que je lui apporte mon aide chaque fois qu'elle me le demanderait. Après trois années passées sous la dictature irrationnelle de sa grand-tante, cela m'était incroyablement rafraîchissant. Je respirais facilement tout en attendant qu'elle ait achevé ses derniers préparatifs. Elle n'avait pas l'air ennuyée qu'on la regarde ; on aurait dit qu'elle habitait un monde éthéré, à des années-lumière du sentiment de gêne.

Elle a remonté la fermeture éclair de son blouson en soie rouge, fin prête pour ses entretiens. Nous sommes descendues et Ralph nous a arrêté un taxi. J'ai donné l'adresse de l'agence. Elle était à moins de quinze blocs de chez Jackie ; on y aurait été plus vite à pied, mais bon. Finalement nous avions même trois minutes d'avance. Quand le chauffeur a arrêté le compteur, j'ai hésité. Était-ce à moi, l'employée — ou quel que soit mon titre — de sa grand-tante, à payer ? Lucia a résolu le dilemme à ma place en sortant son portefeuille.

« C'est bon », elle a fait.

L'ascenseur nous a conduites au vingtième étage,

dans une petite salle d'attente généreusement éclairée et remplie de magazines de mode. Sans échanger un seul mot, nous avons pris place dans des petits fauteuils rouges, jusqu'à ce qu'entre une fille brune dotée d'une généreuse poitrine. Une boucle en forme de cuticule était plaquée sur son front au-dessus du sourcil gauche ; la veste de son tailleur moutarde avait une encolure très échancrée, qui laissait apercevoir sa poitrine, mais pas l'ombre d'un chemisier. Elle s'est présentée :

« Andrea, a-t-elle dit, la main tendue.

— Claudia. Et voici Lucia.

— Je m'en serais doutée », a-t-elle répliqué, avec ce qui devait être un sourire.

Lançant à la dérobée un coup d'œil à mon reflet dans le miroir, j'ai retrouvé ce vieux sentiment qui me collait à la peau pendant les heures de travail ; j'appartenais à Jackie, même là, et ça se voyait, et si maintenant mes jours de corvées étaient pour l'essentiel derrière moi, cela n'y changeait rien. Je portais une jupe noire et un chemisier blanc, des collants noirs et une paire de mocassins bon marché et de mauvaise qualité que j'avais dégottés dans un stock sur Canal Street. J'avais l'air d'une ouvreuse de cinéma dans une petite ville de province. Je me tenais rentrée en moi-même, mon visage était figé dans une expression de timidité terne, comme si j'agissais de la part de quelqu'un d'autre, ce qui était le cas.

Andrea s'est assise à côté de Lucia, qui a tendu son book sans un mot. On aurait dit qu'elle avait déjà fait ça des milliers de fois auparavant. Andrea a tourné les pages, et toutes les deux ont commencé à murmurer en italien, genou contre genou. J'ai regardé quelques photos. Sur l'une d'elles, une pub pour un parfum, Lucia posait devant la porte d'une grange ; un flot de soleil capturait les grains de poussière dans l'air et illuminait ses cheveux. Que faisait-elle en robe du soir noire dans une grange ? ça suggérait un *rendez-vous* illicite avec un commis de ferme ou avec quelque beau mâle puissant. La photo suivante était aussi une pub pour un parfum, mais cette fois Lucia, vêtue d'une robe blanche, était assise sur une balançoire, les genoux joliment découverts, la jupe remontée juste ce qu'il fallait pour dévoiler un morceau de culotte blanche. Comment pouvait-on sentir un tel parfum ? Dans la suivante encore, quelque part sur une plage, une Lucia en Bikini étriqué pointait sa petite croupe dans une posture entièrement dépourvue de naturel ; elle avait l'air incroyablement idiote. Qui se tenait comme ça ? Une voiture de sport rouge garée à l'arrière-plan, la porte du conducteur laissée grande ouverte, suggérait l'idée que Lucia avait conduit la voiture jusque sur la plage, qu'elle avait bondi à terre, marché trois mètres et que, grisée par tant de sensations, elle s'était arrêtée pour balancer sa hanche de côté et gratifier l'océan d'un sourire provocant. L'image n'avait aucun sens, à moins de prendre en compte la présence du photographe, ce qui détruisait alors entièrement l'illusion.

Andrea s'est attardée sur cette dernière photo, caressant de son index manucuré l'image glacée de Lucia. L'ongle était rouge sang, aussi long et effilé qu'une dague, et elle le maniait avec adresse et ostentation. J'étais certaine qu'elle adorait ses ongles, qu'elle les admirait ; quand personne ne la regardait, elle devait les poser sur différents fonds, elle devait les dorloter pendant ses heures de loisirs. Ils étaient ses chiens, ses chats, ses canaris. Ses amants même, peut-être.

J'ai volé au miroir un autre de ces regards qui m'a fait réfléchir à deux fois, et j'ai immédiatement effacé de mon visage cette expression dédaigneuse. À quoi bon prétendre que j'étais au-dessus de tout ça ? Lucia et Andrea parlaient dans un langage, autre que l'italien, que je ne comprenais pas, une espèce de code essentiel, universel qui n'avait rien à voir avec les mots réels.

Au bout d'un moment, une femme plus âgée, avec un chignon argenté entouré d'un foulard Chanel, s'est matérialisée, sortant de quelque sanctuaire intérieur ; elle est venue se percher sur le bord d'une chaise à côté d'Andrea : Frances Gray était manifestement trop débordée pour s'asseoir complètement. La même scène s'est répétée en anglais, les murmures échangés au-dessus des photographies, au-dessus de la présentation pleine de grâce et blasée de Lucia. Frances a tendu une main (ses ongles étaient inégalement taillés et sans couleur : elle avait assez de pouvoir pour passer outre au polissage), elle a soulevé le tee-shirt de Lucia et jeté un œil sur son buste à travers des lunettes en écaille très stylées. Lucia s'est prêtée à l'examen avec son détachement coutumier, comme si elle comprenait qu'il n'y avait là rien de personnel, qu'elles n'étaient toutes là que pour un seul et même but : trouver que faire d'elle, comment l'exploiter au mieux pour lui faire vendre des choses.

« Son visage est d'une perfection absolue, m'a annoncé Frances. » On aurait dit Julie Andrews dans le rôle de Mary Poppins, même bouche trapézoïdale, mêmes voyelles planantes. « Elle est tout simplement splendide. Mais tellement petite.

— Je sais, me suis-je entendue répondre sur un ton de légère contrition, comme si j'avais été trop présomptueuse de la conduire là.

— Les filles du sud de l'Europe sont beaucoup plus petites que les Américaines, bien sûr, a continué Frances, ce qui ne signifie pas que nous ne les utilisons jamais. Mais celle-ci est vraiment trop minuscule. Franchement, je pense qu'elle ne sera pas adaptée à grand-chose, ici.

— On pourrait l'envoyer chez Rafe, a suggéré Andrea.

— Rafe ! Oui, c'est une idée », a approuvé Frances.

J'ai souri à Lucia, sans trop savoir ce qu'elle comprenait de cette conversation. J'aurais voulu pouvoir la sauver des griffes de ce Rafe, qui, je le savais d'instinct, serait un Casanova court sur pattes et à moitié gay, qui aurait du champagne dans un seau de glace dans son studio photo, où du jazz spécial brunch coulerait depuis les enceintes fixées au plafond. Frances a sorti une carte professionnelle, elle a griffonné quelques mots avec un stylo plume, elle me l'a tendue, elle nous a serré la main, à Lucia et à moi, et elle a disparu d'un pas vif dans ses ballerines à bride.

Dans le taxi, Lucia a dit :

« Tu sais, je me moque pas mal de tout ça. Je le fais pour faire plaisir à Jackie.

— En ce cas pourquoi... ?

— Elle veut que je m'occupe. Je m'en fiche, a-t-elle ajouté avec une moue et en secouant la main avec dédain. Je n'aime pas trop poser, de toute façon.

— Alors, ne le fais pas. Jackie croyait que tu en avais envie.

— Non. Ce que je veux... » Elle a fouillé dans son sac, en a extrait un plan de New York qu'elle a déplié. Elle a pointé le sud de Manhattan. « Tu connais des endroits bien ?

— Des boîtes ?

— Oui, des boîtes, des bars, des endroits pour sortir, la nuit. »

Tout d'un coup, New York m'a semblé n'être qu'une gigantesque pissotière. Où quelqu'un comme Lucia pouvait-il désirer passer une soirée ? J'ai désigné un endroit sur le plan.

« Cette partie de la ville s'appelle l'East Village. C'est là que les gens sortent. »

Avec un sourire, Lucia m'a tendu un carnet et un stylo ; docilement, mais non sans appréhension, j'ai noté les noms et les adresses approximatives de quelques bars et boîtes, Blue Bar inclus, puisque tous les Européens allaient d'instinct traîner dans cet endroit ; si elle n'aimait pas, elle pourrait toujours aller voir ailleurs.

J'ai regardé ma montre ; il était presque trois heures et demie. Le timing était parfait. Lucia aurait le temps de se changer pour le thé ; Jackie voulait l'exhiber devant Bitsy Abbott et la comtesse Robles — autrement connue sous le nom de Dorcas — qui trimballerait très certainement son chien Pepe, tel un mouchoir de fourrure, dans son sac Chanel pas plus grand qu'un livre de poche. Je n'enviais pas le moins du monde Lucia. Pendant qu'elle serait chez Mortimer, prisonnière dans son fauteuil entre une Dorcas émaciée à la peau d'alligator et une terrifiante Bitsy aux caroncules et à la voix tremblantes, je serais libre et peinarde, en train de rentrer chez moi et de siffloter en traversant le parc, tout en concoctant les prochaines péripéties des aventures de Geneviève.

Quand le taxi a freiné devant l'immeuble de Jackie, Lucia a regardé dans son portefeuille et s'est exclamée : « Oh ! Je n'ai plus d'argent américain. Est-ce que tu peux m'en prêter ? »

Évidemment, je n'avais pas grand-chose moi-même, mais j'ai payé le chauffeur comme si ça n'avait pas grande importance. Quand nous avons traversé le hall, Ralph nous a gratifiées du sourire formel qu'il servait à toutes les dames de l'immeuble, et il a fait monter l'ascenseur sans un mot. J'ai deviné une perturbation nuageuse entre nous, une brèche dans nos rapports usuels. Louie avait dû lui rapporter que j'avais dit qu'il m'avait dit que Jackie était morte. Ralph avait probablement pensé que c'était une plaisanterie de mauvais goût, irrespectueuse à l'égard de sa grand-mère. En partant, j'allais tout lui expliquer, et m'excuser. Mais pas devant Lucia.

Jackie hantait le couloir lorsque nous sommes entrées, nous attendant, mais, cette fois, elle n'avait pas le moins du monde l'air soulagée de me voir, elle avait l'air... affolée.

« Ah, Claudia... Vous voilà... », a-t-elle bégayé. Elle avait ce regard déboussolé de pur-sang apeuré, et semblait sur le point de se mettre à baver d'une seconde à l'autre. « Lucia, ma chérie, je meurs d'envie de savoir tout ce qu'on t'a dit, mais il faut d'abord que je... »

Elle s'est reprise, et a tout répété en italien.

« Okay, Jackie », a lancé Lucia par-dessus son épaule en filant vers la chambre d'amis.

J'ai parfaitement perçu le moment précis où l'attention de Jackie est revenue se poser sur l'impair terrible, quel qu'il soit, que j'avais pu commettre ; l'air s'est raréfié autour de nous, nous condamnant l'accès au monde, nous condamnant l'accès à tout, sauf à l'affaire dont il était question. Goldie avait peut-être trouvé une erreur dans la déclaration de revenus de l'année précédente ; peut-être avais-je oublié de donner suite à un avoir dans un magasin — je me sentais comme doit se sentir un parachutiste devant la porte de la carlingue, qui regarde la terre, en bas.

« Qu'est-ce qui ne va pas, Jackie ? »

Elle a pris une inspiration tremblotante, l'air hagarde, tragique.

« Bon, Claudia, a-t-elle commencé d'une voix rauque, caverneuse, vous feriez mieux de me suivre. »

Elle a fait volte-face avec sa brusquerie coutumière et m'a précédée au fond du couloir, jusque dans la pièce qu'elle appelait son bureau mais qui lui servait principalement de dressing annexe. En passant devant la porte close de la chambre d'amis, j'ai entendu le martèlement d'une musique de hip-hop sur la radio de Lucia, discret mais aussi régulier que le chant d'un criquet dans un sous-bois. Je suis entrée dans le « bureau », et Jackie a fermé la porte.

« J'ai lu vos dernières pages pendant que vous étiez à cette agence », m'a-t-elle annoncé, en effleurant de ses paumes la carapace laquée de sa mise en plis et sans vraiment me regarder. Ou plutôt, les yeux rivés sur mon encolure, elle évitait les miens, que je braquais sur son visage, deux têtes d'épingle brûlantes de panique et de stupéfaction, et, depuis peu, de lucidité.

La journée s'est assombrie d'un coup. Mon cœur a commencé à gronder lentement, et une moiteur froide, aussi épaisse que de la colle, est sortie de chacun de mes pores et m'a enveloppée.

« Vous n'êtes pas allée à votre cours d'aérobic ?

— Mon cours d'aérobic ? Au nom du ciel ! Qu'est-ce que mon cours d'aérobic a à voir avec tout ça ? »

Je haïssais l'état dans lequel elle était, je le haïssais tellement que j'aurais bien voulu tordre son cou d'oie entre mes mains, en essorer toute trace de vie, et l'abandonner par terre comme une poupée de chiffon en laissant à Juanita le soin de la découvrir.

« Claudia, je ne comprends pas du tout ce qui a pu vous conduire à écrire de telles choses... Je trouve complètement incompréhensible que vous... Comment avez-vous pu penser que... Je ne sais pas trop ce qui vous est passé par l'esprit, franchement, et je n'aime pas ce que ça montre de votre loyauté, de votre personnalité... Que se serait-il passé si je n'avais pas lu ces pages ? Si elles étaient parties chez Gil Reeve ? Si

265

elles avaient été publiées ? Vous imaginez ? Je suis horrifiée, Claudia ! Ça me glace le sang. »

Elle s'est tue. C'était mon tour. Qu'étais-je censée dire ? Que pouvais-je répondre ? J'avais écrit la scène criminelle, je l'avais déjà admis, et j'avais déjà reconnu que je savais, ce faisant, que ça la mettrait dans tous ses états. Il était donc difficile de prétendre avoir agi par accident.

« Je suppose que vendredi ce n'était pas mon jour. »

J'ai essayé de rire, mais n'ai réussi qu'à émettre un son qu'aucun gosier humain n'avait jamais produit auparavant.

« Il est entendu qu'on a tous nos mauvais jours. Oui, tous. »

Je pouvais voir crépiter le tir nourri de neurones dans son cerveau, comme les petites lumières dans un jeu électronique. Quand elle réfléchissait, elle était, je le savais, particulièrement vulnérable et sensible aux suggestions.

« Je peux effacer toute cette scène », ai-je proposé d'un ton qui feignait d'être directif. « Nous avons plein de bonnes idées pour le chapitre. La mystérieuse femme dans la limousine, la fille du nazi argentin...

— Mr Blevins m'a convaincue qu'il serait mieux pour tout le monde que nous cessions de travailler ensemble sur ce livre. (Elle m'a regardée droit dans les yeux.) Et je suis d'accord avec lui, Claudia. Entièrement d'accord. Ce n'est pas tellement à cause de ces pages-là, quoiqu'elles dépassent les bornes. Mais depuis quelque temps, j'ai envie de faire moi-même le travail. J'ai parfois éprouvé un réel malaise de vous

266

avoir fait écrire autant de pages de mes livres. Ça m'a tenue éveillée la nuit, sincèrement. Mes lecteurs croient que c'est moi qui les ai écrits, et ce n'est pas bien de leur donner moins que ce qu'ils attendent. »

Peu importait l'insulte faite à mes aptitudes littéraires, si toutefois j'en avais. Peu importait que Jackie ait entièrement le droit d'écrire ses livres, et toutes les raisons de me flanquer à la porte à coups de pied. Mais si elle le faisait, où irais-je ? Qu'allais-je devenir ?

« Je pourrais encore vous aider à relire et à réviser le texte, j'ai dit, pleine d'espoir. C'est vous qui l'écrirez pour de bon. Comme ça, ce sera entièrement vos propres mots. »

Elle a soupiré et secoué la tête.

« C'est le travail de Gil Reeve. Je ne voudrais pas empiéter sur ses plates-bandes. Et Jimmy m'a proposé de jeter un œil chaque fois que j'aurais un doute. Non, je pense que le mieux, c'est que nous nous séparions de manière claire et nette. Ce qui ne veut pas dire que je n'apprécie pas à sa juste valeur tout le travail que vous avez fait pour moi... (L'excitation qu'elle ressentait à la perspective d'être débarrassée de moi était presque palpable.) C'est juste que je n'ai plus le sentiment de pouvoir vous faire confiance, et si je ne peux pas vous faire confiance, c'est tout simplement impossible que nous puissions travailler ensemble. Tout simplement impossible, Claudia. Je suis navrée. »

Si elle ajoutait encore un mot, j'étais prête à éclater en sanglots terribles, désespérés, à m'accrocher à ses chevilles. J'ai posé la main sur la poignée de la porte.

« Oh ! Claudia ! — elle a levé une main pour interrompre mon geste —, soyez gentille de rédiger un chèque pour ce que je vous dois.

— Nous sommes à jour, sauf pour aujourd'hui. »

J'avais ouvert la porte et m'apprêtais à sortir quand elle m'a rappelée : « Vous savez, je pourrais vous faire venir le matin, pour aider Goldie au cas où...

— Elle n'a besoin d'aucune aide. » Je me suis tue, prise de ce que j'ai cru d'abord être une nausée, avant d'identifier plus précisément le problème : des mots étaient coincés dans ma gorge. « Je suis contente qu'on en soit arrivées là, j'ai dit, en les expulsant, parce que franchement, Jackie, c'est plus que je ne peux en supporter. Avez-vous la moindre idée de combien vous pouvez être insupportable ? La moindre idée ? Il faudrait être une *sainte* pour vous supporter. Margot l'était peut-être, mais pas moi. C'est *vous* qui avez perdu la photo, pas moi. C'est *vous* qui vous prétendez écrivain et qui pouvez à peine lire un journal, pas moi. Vous me poussez dans mes derniers retranchements, et j'espère qu'aussi longtemps que je vivrai jamais plus je ne devrais travailler pour quelqu'un comme vous. Au revoir. »

Je suis sortie sans lui laisser la moindre chance de répliquer. Dans le couloir, j'ai fermé les yeux quelques instants et je me suis retenue d'une main contre le mur. Derrière lui, je pouvais sentir la présence de Jackie, qui m'envoyait mentalement sur les roses, qui se rassérénait en se disant qu'elle serait ô combien mieux une fois débarrassée de moi.

Tout d'un coup, un plan a germé dans mon esprit. J'ai rassemblé mon énergie.

« Hé, Claudia, a fait Goldie quand je suis entrée dans la salle à manger. Tu sais quoi ? C'était bien la même Doris. J'y croyais pas ! Après toutes ces années !

— C'est marrant, j'ai dit, avec une horrible grimace qui, je l'espérais, ressemblait à un sourire. Écoute, je vais rentrer chez moi, mais j'ai oublié de finir un petit truc sur l'ordinateur. J'en ai pour une seconde.

— Vas-y. Il faut que j'aille rendre quelques comptes à la vieille cinglée, comme ça, je ne resterai pas dans tes pattes. »

Je me suis installée devant l'ordinateur, et en moins d'une minute j'avais effacé tous les dossiers qui contenaient le nouveau livre presque achevé. J'ai pris mon manteau dans le placard et je l'ai enfilé. Sur le chemin de la sortie, j'ai empoché, comme en état de transe, un des chéquiers neufs de Jackie, la seule disquette de sauvegarde existante du nouveau livre et l'accord, signé de ma main, par lequel je promettais de ne jamais tenter de tirer un quelconque crédit de mon travail, ni plus d'argent, et qui, selon William, n'était pas légal.

La seule chose dont je me souvienne ensuite, c'est d'avoir adressé un geste de main hystérique, de sympathie bidon à Ralph en sortant. Il a touché sa casquette, avec froideur, m'a-t-il semblé, mais ce n'était plus la peine de défendre mon cas, puisque je ne le reverrais probablement jamais.

10

J'ai passé les quelques jours suivants à déambuler dans la ville, l'esprit embrumé, et à dépenser de l'argent que je n'avais pas sur diverses petites babioles réjouissantes — deux tubes de rouge à lèvres baptisés « Péché vital » et « Chant de sirène » ; un savon parfumé à la lavande qui m'évoquait un jardin anglais en fleurs et m'apaisait l'âme par ce qu'il suggérait de Wordsworth ; des sandales en plastique rose à semelles compensées que je pourrais porter dans une autre vie mais vraisemblablement pas dans celle-ci. Ces achats me remontaient momentanément le moral, comme des petites lignes de cocaïne, mais, tout de suite après, il retombait.

La nuit, je dormais d'une traite et d'un sommeil de plomb, huit, dix, douze, quatorze heures. Je me réveillais paniquée, dans le même état que si j'avais été abondamment droguée, que si j'avais frôlé un coma proche de la mort, et n'avais que de justesse réussi à faire marche arrière, en me traînant, à deux doigts de l'annihilation. Avant de me lever, je devais m'asseoir et saisir ma tête lancinante la prendre entre mes mains pendant plusieurs minutes, jusqu'à avoir recouvré suffisamment le sens de l'orientation pour pouvoir commencer ma journée. Ensuite, je buvais tasse sur tasse de café fort tandis que le store de la fenêtre s'assombrissait. J'ai fini par connaître intimement mon vieux mastodonte de fauteuil (un truc que j'avais sauvé d'un trottoir plusieurs années auparavant), son tissu grossier et irrégulier usé jusqu'à la corde, son odeur de moisi, son assise affaissée mais spacieuse. En permanence, en première ligne de mon cerveau embrumé, il y avait le plan que j'avais fomenté à l'instant où j'étais partie de chez Jackie, mais j'étais incapable de m'y atteler. J'attrapais la disquette et la retournais entre mes doigts comme si elle était capable de me donner la réponse : elle était noire et dure telle une punaise, elle brillait du même éclat sinistre. Jamais auparavant je n'avais fait quelque chose d'aussi purement intéressé, d'aussi ouvertement machiavélique. Il me fallait prendre un virage, et j'hésitais encore.

La situation devait empirer avant que je puisse agir, et c'est ce qu'elle a fait.

Aux alentours de minuit, le jeudi, je me suis retrouvée dans un restau en sous-sol de l'Avenue A, où jouait un groupe excessivement bruyant. Je me suis tournée vers le type qui me payait des verres en échange de Dieu seul sait quelles divagations éthyliques que je lui criais dans l'oreille. Son visage n'était qu'un flou brillant sous l'éclairage diffracté des lumières de la scène. J'ai lancé une autre phrase ; le garçon a crié quelque chose en retour ; nous avons ri. De loin, d'aussi loin et profond que les égouts, j'ai entendu le clapotis visqueux de tout ce à quoi je ne voulais pas penser.

J'ai fini mon verre et je l'ai posé sur le bord du bar. Le type a glissé sa main derrière mon cou, et nous avons tourné lentement sur nous-mêmes au rythme de la musique, nos bouches connectées par les buées tièdes et jumelles de nos souffles. Ce qui m'a semblé être quelques minutes plus tard à peine, je l'ai suivi quelque part, sur plusieurs volées de marches d'escalier, jusqu'à son appartement, où j'ai certainement dû m'évanouir sans attendre. Quand je me suis réveillée, c'était l'aube. J'étais assoiffée, complètement dans les vapes, et allongée tout habillée sur un canapé, recouverte d'un manteau qui n'était pas le mien. Je n'avais aucun souvenir de la nuit précédente. Je n'ai pas reconnu le mec tout maigre qui a émergé avec circonspection d'une autre pièce et qui m'a regardée, aussi sidéré que moi. Poliment, il m'a remise sur mon chemin, et poliment je m'en suis allée.

En descendant les escaliers du métro, j'ai croisé le regard d'un homme qui arrivait vers moi. Il était légèrement plus petit, et plus jeune aussi, que moi. Ses cheveux noirs clairsemés et peignés vers l'arrière révélaient un front large en surplomb de traits concis, d'un nez aigu, et d'un soupçon de double menton. Ses yeux avaient la couleur d'un jean délavé ; je savais, sans même avoir besoin de le regarder, qu'il avait les épaules fuyantes et de bonnes hanches.

« Ça alors ! a-t-il dit, un sourire aux lèvres. Claudia ! Tu te souviens de moi ? Ned Keller. »

272

Ned Keller ? Il avait bien un air familier, qui m'a rappelé une nuit de l'été précédent... Oh non ! Pas lui !

« Salut, j'ai dit, en écarquillant les yeux. Qu'est-ce que tu fais dans le coin ? »

Mon malaise évident lui a arraché un mauvais sourire.

« Je vais travailler. Et toi ? »

Un soir du mois d'août, l'année précédente, je m'étais retrouvée en train d'assister à une représentation en plein air de *Madame Butterfly* à Central Park. J'avais cherché une échappatoire à la touffeur de mon appartement transformé en fournaise, et elle s'était incarnée en Ned Keller, un mordu d'opéra. Ned m'avait distraite pendant le premier acte d'un flot ininterrompu de dérision : la soprano était un coucou strident et, qui plus est, sur le retour, les violons n'étaient pas accordés aux instruments à vent. Il n'avait pas eu grand mal à me persuader de l'accompagner dans un bar climatisé. Un verre avait conduit au suivant, qui avait, à son tour, conduit à mon lit, où la nuit s'était plutôt mal terminée pour nous deux : je lui avais vomi dessus. Avec une courtoisie de gentleman, il s'était extirpé de ce mauvais pas en faisant un minimum d'histoires ; il s'était douché, habillé, et avait filé. Je ne l'avais jamais revu depuis ; j'avais espéré ne devoir jamais plus poser mes yeux sur lui.

« Je rentre chez moi, j'ai dit.

— La nuit a été longue ?

— En quelque sorte... (Et merde ! Pourquoi me croyais-je tenue de m'expliquer devant lui ?) Peu importe, j'ai dit avec un petit geste de main horriblement étrange. À la prochaine. C'était sympa de te revoir. »

Il a hoché la tête, il s'est retourné et a grimpé les marches jusqu'à la rue.

Sur le quai, je me suis penchée au dessus des rails pour voir si le train approchait et j'ai aperçu ses phares qui fonçaient vers moi. Une chair de poule familière a hérissé le bas de ma nuque. Comme cela m'arrivait souvent, j'ai cru deviner une présence derrière moi, une paire de mains, deux yeux de fouine qui transperçaient mon crâne. Ce serait tellement simple : une légère poussée, pile au bon moment.

Ma présence dans ma propre vie était devenue si ténue, si peu enthousiaste, que j'étais tout simplement passée au travers d'un accroc dans son tissu trop peu résistant ; j'avais glissé dans un univers de repli, un univers parallèle où moi seule existais ou bien, inversement, où tout le monde existait sauf moi. Et ça m'était égal. Je sentais un courant sous-marin m'aspirer, me tirer vers le bas : j'avais échoué à m'engrener, j'avais échoué à me connecter ; j'avais échoué, tout court.

Pire que ça, je me suis tout d'un coup souvenue que, la veille au matin, je m'étais trouvée à court de papier hygiénique, de shampoing, de dentifrice et de café, et à la place j'avais été obligée d'utiliser, respectivement, une chaussette sale, un copeau de savon racorni et gris, du bicarbonate de soude hors d'âge qui traînait dans le réfrigérateur, et un sachet de thé si vieux qu'il ne contenait pratiquement que de la poussière et aussi peu de caféine qu'un bâtonnet de réglisse. Tout cela me démoralisait, mais l'idée de remplacer chaque chose me déprimait encore plus. Que tout semblait lassant et vain ! Qu'avais-je créé d'autre, sinon des désastres, sous une forme ou une autre, le livre de Jackie étant le plus fameux d'entre tous ? Ma vie se mesurait en rouleaux de P.Q.

Je me suis penchée un peu plus au-dessus des rails. S'il vous plaît, j'ai pensé, et j'ai attendu le train. Je voulais vraiment que ça ait lieu, je suppliais en silence quelqu'un, n'importe qui, de me délivrer de tout ça.

Et puis, j'ai réalisé que je pouvais sauter. L'idée était toute bête, mais elle ne m'était pas venue jusque-là. Je n'avais pas à dépendre de ces mains invisibles dans mon dos : je pouvais sauter, sans le secours de personne.

Un désir violent, aigu, m'a déchirée. J'ai fermé les yeux et j'ai oscillé dans le grondement du courant d'air. Tandis que le train émergeait à toute allure de la bouche du tunnel, j'ai senti que je me laissais aller. Mon esprit était prêt, il avait consenti à la douleur nécessaire des os broyés avant la délivrance finale. Ahhhh, j'ai pensé, enfin... J'ai plongé mon regard dans l'œil jaune qui arrivait vers moi, et j'ai écarté les bras pour l'étreindre.

Mais un réflexe totalement involontaire m'a fait reculer et retrouver mon équilibre. On aurait dit que le train m'avait lui-même repoussée de sa route. J'ai emboîté le pas aux autres passagers, je suis montée dans le wagon, tremblante. Jamais auparavant je n'avais souhaité mon propre anéantissement avec autant d'intensité.

Sur le chemin de la maison, j'ai acheté du café et du papier toilette, du dentifrice, du lait et du shampoing ; ça m'a un peu rassérénée. En entrant dans l'appartement, j'ai allumé le plafonnier et attendu que les cafards se glissent dans leurs fentes, et puis j'ai sursauté, réellement interdite. Je venais de surprendre Dalila dans son bac, le dos arqué au-dessus de la litière, l'épine dorsale infléchie en pente raide, sa crotte quotidienne à mi-chemin de sa destination. Elle m'a regardée, je l'ai regardée, et quelque chose dans ce regard m'a rappelé celui, impérieux, de Jackie, quand j'entrais dans la salle de bains et qu'elle était assise, nue, sur le siège des toilettes. J'ai détourné les yeux, le temps qu'elle finisse ses petites affaires et file se planquer sous le lit, aussi gênée que si j'étais celle qui s'était laissé surprendre dans une position aussi peu avantageuse. Alors seulement j'ai osé traverser la pièce pour prendre le téléphone.

Je n'ai rien voulu ou rien pu préciser d'autre à Janine que : « Il faut que je parle à Gil en personne le plus rapidement possible. » Au début, elle ne voulait même pas déranger Gil avec une requête aussi vague, mais j'ai laminé sa résistance à la force de nos trois années de collaboration. Elle avait un accent du Sud. Je ne l'avais jamais rencontrée, mais me l'étais toujours représentée avec une bouche de Cupidon boudeur et une charmante cascade de boucles dorées. Janine m'a mise en attente quelques minutes, puis elle a repris la communication pour m'annoncer, assez poliment, mais avec son habituel ton de fâcherie sous-entendue, qu'« il » avait un trou le lundi suivant à cinq heures et qu'il pourrait m'accorder quinze minutes. J'étais habitué à ce ton, je n'y ai vu aucune attaque personnelle. Je savais comment ça marchait ; Gil était probablement en train de lui tourner autour avec une pile de manuscrits à lire, une réservation à faire pour le déjeuner du lendemain, des dossiers à classer, des messages à transmettre. Janine avait dû apprendre que j'étais sortie pour de bon de la vie de Jackie, et sans doute se demandait-elle pourquoi diable je voulais voir Gil maintenant, mais elle s'est contentée de dire : « On fait comme ça, alors, Claudia. À lundi. »

Quand j'ai raccroché, j'étais essoufflée, aussi haletante que si je venais de piquer un sprint sur le trottoir pour échapper à un agresseur.

Je suis ressortie de chez moi pour entrer dans le premier salon de coiffure que j'ai trouvé. Je me suis laissée tomber dans un fauteuil et j'ai expliqué à la coiffeuse ce qu'il fallait faire. Une demi-heure plus tard, j'étais de retour dans la rue, en proie à un curieux sentiment de vertige. La coiffeuse avait suivi à la lettre les indications que je lui avais données sur la recommandation de Jane. Une frange épaisse et longue me frôlait la pointe des cils ; sur les côtés et à l'arrière, les cheveux retombaient en duvet jusqu'à ma nuque dégagée. Tout au long du trajet jusque chez moi, j'ai inspecté dans les vitrines mon reflet devenu si peu familier. J'étais incapable de décider si oui ou non ça me plaisait, mais c'était, incontestablement, un vrai changement, et à ce moment-là tout changement ne pouvait s'opérer que pour le mieux.

À cinq heures et demie, il faisait presque noir

derrière le store, et la soirée se dessinait, tel un puits de mine où je devrais descendre sans lumière. Je pouvais me faire un ciné ou filer downtown et boire avec la première personne qui se matérialiserait sur le tabouret voisin ; je pouvais descendre Broadway en me baladant ; je pouvais appeler Frieda et la convaincre de me retrouver pour manger un sandwich quelque part. Il y avait toujours des centaines de choses à faire pour tuer le temps, mais j'en avais marre de tuer le temps.

En farfouillant dans le tas d'enveloppes ouvertes sur la table, j'ai aperçu le flyer de *La Terre vaine* que Gus m'avait donné. Je l'ai d'abord considéré d'un œil désœuvré, avant de réaliser que la première représentation avait lieu ce soir-là, à huit heures. Pour la première fois depuis plusieurs jours, j'ai ressenti quelque chose qui ressemblait à de l'anticipation. Un délire disco, un affreux truc de folle, plus ridicule que tout ce que j'avais jamais fait ou pensé faire : exactement ce dont j'avais besoin. J'étais sauvée. J'ai composé le numéro de William au cabinet et j'ai dit à Elissa de ma voix la plus officielle que j'appelais de la Maison-Blanche et que j'avais une information classée top secret à transmettre à Mr Snow. Elle ne s'est pas laissé berner, du moins je ne crois pas, mais j'ai eu William en ligne immédiatement. « Claudia. Mais où étais-tu passée ? Pourquoi tu n'as pas répondu à mes messages ?

— "Que vais-je faire à présent ? Mais que faire ? Je m'en vais courir dehors, courir comme je suis, dans la rue, les cheveux tout défaits."

— Tu es déjà beurrée ? Claudia, il n'est même pas six heures.

— William ! Je suis vraiment une si mauvaise fille ?

— Pire que ça ! Je n'en reviens pas que tu ne m'aies pas rappelé. Tu as de la chance que j'accepte de te prendre en ligne. Tu appelles pour le spectacle de Gus ? Où pourrait-on se retrouver ? »

J'ai décidé de m'habiller comme si William et moi avions un vrai rendez-vous d'amoureux. J'ai mis une robe que j'avais achetée des années auparavant sur un caprice et que je n'avais jamais portée, une robe démodée, coupée dans un tissu soyeux, gris avec un motif de minuscules fleurs bleues, soulignée sur le devant d'une rangée de boutons de nacre ; la jupe sagement plissée m'arrivait presque aux genoux. J'avais l'impression d'être une bibliothécaire sexy prête à défaire son chignon et à partir emballer le monde. J'ai mis un peu d'un de mes nouveaux rouges à lèvres, celui baptisé Péché vital, qui, je trouvais, tombait pile poil. J'ai réussi à appliquer mon mascara sans m'en mettre sur les joues. Après avoir passé un bras par la fenêtre pour tester la température et les risques de précipitations, j'ai enfilé un cardigan en laine gris foncé. Des profondeurs de mon tiroir à chaussettes, j'ai exhumé une paire de collants irisés champagne, et du bouge sombre qui me tenait lieu de placard, une paire encore potable d'escarpins à bride, qui m'obligeaient à marcher avec autant de délicatesse que sur une poutre en porte-à-faux. Et puis j'ai filé, direction Brooklyn.

Je suis sortie du métro à Bedford Avenue. William

m'attendait dans le restau thaï exigu et bruyant, de l'autre côté de la rue.

« Qu'est-ce que tu es chic, a-t-il dit en souriant quand je suis entrée.

— N'est-ce pas ?

— Et j'aime tes cheveux », a-t-il ajouté après un moment, d'une voix sincère, teintée cependant de surprise et de perplexité, comme s'il prenait de manière personnelle le fait que je les aie coupés.

J'ai eu un sourire énigmatique et je l'ai laissé se débrouiller avec ça. Je n'avais jamais vraiment compris pourquoi les hommes réagissaient si bizarrement aux coupes de cheveux des femmes.

Installés côte à côte sur les tabourets au comptoir, nous avons mangé un curry huileux au goût d'ambroisie et bu de la bière thaïe fraîche, en observant les cuisiniers taciturnes verser de pleines poignées de poudre rouge diabolique dans leurs woks fumants. Je n'ai pas dit à William que j'avais perdu mon boulot ; je ne lui ai rien raconté, je me suis contentée d'entretenir un bavardage léger et ininterrompu pour éviter tous les sujets insalubres, indésirables : ma rupture avec Jackie, sa danse avec Jane, tout ce qui avait trait à Margot, ma récente beuverie avec John Threadgill. William s'est calqué sur mon humeur en y allant d'un badinage parallèle et complémentaire.

Après dîner, on a marché vers l'ouest, en direction de la rivière, puis vers le nord, en longeant Kent Avenue. La soirée était tiède, venteuse ; le ciel, bas et rose, crachait une petite pluie tiède, mais sans la moindre animosité. Nous avons dépassé de vieux entrepôts et des bâtiments d'usine dont les fenêtres, cassées et éclaboussées de perles de pluie, reflétaient la couleur du ciel. J'ai respiré à pleins poumons l'air saturé et vivifiant en provenance de la rivière, me mouvant avec facilité à travers lui. Il me semblait que ma tête était nue et duveteuse, telle celle d'une convalescente. Je me sentais faible, mais redevenue vivante depuis peu, comme si je recouvrais une santé normale au sortir d'une maladie grave et débilitante. Ma jupe se collait contre mes jambes ; William, beau et élancé dans son costume, marchait paisiblement à côté de moi, si près que j'aurais pu prendre son bras si je l'avais osé. Nous parlions à peine, mais notre silence était amical, affectueux même, ou du moins c'est ce qu'il m'a semblé.

Le « Site de La Terre Vaine », ainsi que Gus l'avait pompeusement désigné sur les flyers, s'est révélé être un bâtiment d'usine trapu sur une zone de décharge le long des berges de la rivière. Sous la pluie, elle avait l'air menaçante, hostile, gonflée de contre-courants, luisante d'infiltrations industrielles. Pas mal de monde était déjà rassemblé devant le bâtiment. Sans regarder quiconque en particulier, j'ai eu l'impression de connaître plusieurs personnes. William et moi avons foncé dans le tas jusqu'à ce qu'on tombe, à une table près de la porte d'entrée, sur le vendeur de tickets qui n'était autre, j'ai réalisé, que la Madame Sosostris — visage en lame de couteau enturbanné — qui figurait sur le flyer. Ce soir-là, il portait une robe de soirée profondément décolletée et des faux cils, mais il était impossible de ne pas reconnaître son menton, aussi long et lourd qu'un chenet.

Les entrées coûtaient dix dollars chacune. J'ai voulu payer pour nous deux, avec de l'argent qui n'était pas à moi et avec ma carte de crédit à paiement différé ; je ne pouvais plus supporter les élans de charité de William à mon égard.

« Oh, j'ai oublié de te dire, s'est exclamé William. Excuse-nous, Hector, a-t-il continué à l'adresse du type qui vendait les tickets, je crois que je suis sur la liste. (Pour une fois que j'essayais de l'inviter...) Laisse tomber, Claudia, c'est pour moi.

— Non, arrête ! Je voulais que ce soit mon tour.

— Pourquoi ne te contentes-tu pas de dire merci et de la boucler ? »

J'ai péniblement articulé un « Merci », et je l'ai bouclée.

Nous sommes entrés dans une salle toute en longueur et basse de plafond ; le sol était en béton et maculé de taches d'huile. Un rideau, un grand tissu noir sur lequel brillaient des diadèmes, dissimulait le fond de la salle ; une centaine de chaises métalliques pliantes avaient été disposées devant la scène. La plupart encore inoccupées, puisque, apparemment, tous les spectateurs flânaient à l'extérieur. William et moi avons pris place sur un des côtés à l'avant-dernier rang. Il m'a tendu un des deux programmes que lui avait donnés Hector, et nous l'avons lu chacun pour nous, en attendant que le reste du public arrive peu à peu. Nos épaules se touchaient. Je pouvais sentir la chaleur de son corps même à travers plusieurs épaisseurs de vêtements.

« J'ai du mal à le croire ! ai-je dit tout d'un coup en

pointant du doigt une phrase au dos du programme. Écoute un peu : "Le compositeur souhaite remercier le librettiste de sa clairvoyance et de sa compassion, le remercier d'avoir été à ce point en avance sur son temps, d'avoir donné forme et voix à la douleur d'une génération et d'une culture." Excuse-moi William, mais... Il est sérieux ? Je crois que je vais avoir des haut-le-cœur.

— Eh bien, essaie de te contrôler, a répliqué rapidement William. Gus est séropositif. »

J'ai lâché un « Oh ! », choquée.

« Ça s'explique, alors », j'ai dit, immédiatement penaude.

Je n'étais pas certaine de savoir ce que je voulais dire par là, et William n'a pas davantage cherché à le savoir. Tous les spectateurs sont entrés en même temps. Les lumières se sont tamisées. La boule monumentale suspendue au-dessus de nos têtes, avec ses milliers de facettes en miroir, a commencé à tourner sur elle-même et à projeter des perles de lumière à travers la salle. Un accord de synthétiseur qui ressemblait à un trémolo est monté lentement, puis s'est transformé en un autre accord, et la boîte à rythme s'est mise à marteler avec une régularité de piston. Le public a accueilli avec des cris le chœur d'hommes en costumes de marin moulants qui s'est avancé sur scène en exécutant des ciseaux, et en chantant, dans un unisson aigu, sur un air ridicule et niais : « Avril est le plus cruel des mois, il engendre des lilas qui jaillissent de la terre morte, il mêle souvenance et désir[1]. » Tout

1. T.S. Eliot, *op. cit.*

le mépris qui m'est monté à la gorge a bien été obligé de refluer aussi sec. J'aurais préféré que William ne m'ait rien dit. En quoi le fait qu'un virus mortel avait élu résidence dans le système immunitaire de Gus devait-il modifier mon expérience de cette pièce, et l'opinion que j'en avais ? Gus n'en restait pas moins un sale con vicieux, narquois et égocentrique ; c'était injuste de devoir à présent faire montre de sympathie et d'ouverture d'esprit à l'égard de ce spectacle minable. Et le chœur chantait : « Il réveille par ses pluies de printemps les racines inertes[1] » ; les pommes d'Adam montaient et descendaient, les hanches se balançaient convulsivement, les biceps se gonflaient tandis que les bras montaient et redescendaient en mesure au-dessus des têtes.

Une jouvencelle agile, perruquée, vêtue d'une robe du soir avec un bustier rouge, gantée de noir jusqu'au-dessus des coudes, est arrivée de la gauche de la scène dans un mouvement ondulant, un panier de fleurs au bras. Le chœur s'est agenouillé et s'est mis à fredonner. Les projecteurs ont cueilli la nouvelle venue dans leur faisceau, reléguant le chœur dans une semi-obscurité où ne brillaient plus que des dents et des pantalons blancs. « Elle » a pris une pose, une main sur sa hanche saillante, et, alors que la partition attaquait sur un mode plus vif : « L'hiver nous tint au chaud de sa neige oublieuse couvrant la terre, entretenant de tubercules secs une petite vie[2] », elle a adressé une moue

1. T.S. Eliot, *op. cit.*
2. T.S. Eliot, *op. cit.*

au public avec humeur, comme si elle trouvait toute l'affaire vraiment trop ennuyeuse pour se donner la peine d'articuler quelques mots. Puis elle a dodeliné de la tête, en roulant des yeux ; le public a ri, dans un murmure embarrassé. La boîte à rythme a grondé ; les voix du chœur se sont élevées en glissando jusqu'à l'altitude d'une plainte aiguë, pendant que la Fille aux Hyacinthes se pâmait, moqueuse, et entonnait, avec autant de mollesse et de lassitude banlieusarde que si elle racontait son dernier voyage professionnel à Miami : « Je lis, presque toute la nuit » — roulement de tambour — et l'hiver je gagne le Sud[1]. C'en était fini pour elle, Dieu merci. Sous les applaudissements de la salle, elle a trottiné jusqu'à la gauche de la scène et a disparu, ses soupirants marins dans son sillage.

Les lumières de la scène se sont éteintes. La boule disco s'est éteinte. Le « groupe » s'est tu.

« J'aime ce passage », j'ai murmuré à William, et il a doucement cogné sa tête contre la mienne, pour me signifier qu'il me pardonnait d'être à ce point irrévérencieuse ; j'ai failli tomber aussitôt en syncope, les paupières papillotantes. Quand je les ai rouvertes, une apparition s'avançait, nue et les yeux bandés, depuis le fond de la scène, sous la lumière crue d'un spot. Elle se déplaçait à grands pas, avec la nonchalance distante et l'aplomb d'un mannequin sur un podium, sur ses jambes aux genoux bien dessinés aussi guillerettes que des pattes d'araignée, le visage empreint de calme et de repli sur soi, comme s'il n'y avait rien du

1. T.S. Eliot, *op. cit.*

tout à regarder. Un murmure a couru dans le public. Puis, silence.

Un flot de larmes irrépressibles est monté dans ma gorge, et mon cœur s'est mis à battre un petit peu plus vite. On avait là la perfection faite corps : fort et jeune, souple, bien roulé et musclé, avec de jolis seins ronds et hauts, et un pénis mou mais bien dessiné qui se balançait doucement quand elle marchait ; en dépit de ce résidu de masculinité, elle était quelque part essentiellement femme. Une grande coquille d'huître en papier mâché s'est ouverte devant les rampes lumineuses ; l'apparition s'est dirigée vers elle avec une assurance grandiose, y est entrée et a pris une pose. Elle l'a gardée un moment, pendant que les accords de la musique s'écrasaient les uns après les autres comme des vaguelettes. Puis, tandis que le tempo s'accélérait et qu'une petite mélodie arrivait en pluie de fléchettes, elle est sortie de la coquille pour gagner la tour de guet, un siège de maître nageur sauveteur drapé d'un tissu noir, qui se dressait dans la pénombre sur la gauche de la scène. Elle a grimpé les barreaux de l'échelle, s'est installée dans le siège, et a baissé son visage aux yeux bandés vers le sol, en direction de la scène, comme si elle pouvait voir tout ce qui s'y passait et était en mesure de frapper le mal de ses foudres si elle le voyait attaquer. Puis les lumières se sont rallumées et le spectacle s'est poursuivi dans une débauche de lamé or, de chaussures à plate-forme scintillantes, d'airs débiles et de numéros de danse plus débiles encore, mais je ne parvenais pas à détacher mes yeux de Tirésias, assise immobile sur son trône. J'étais complètement subjuguée. Même le jeu de tarots dansant ne pouvait m'en distraire. À quoi devait bien ressembler son existence ? Comment diable gagnait-elle sa vie ? Quel effet cela faisait-il d'habiter un tel corps ?

À l'entracte, William et moi avons attendu à nos places que presque tous les spectateurs soient sortis fumer une cigarette et y aller de leurs petits commentaires.

« Tu veux qu'on aille faire un tour par-derrière ? ai-je proposé à William.

— Si tu veux. »

Nous nous sommes esquivés par une porte latérale et nous avons contourné le bâtiment. La pluie avait cessé. L'épais brouillard rouge qui flottait au-dessus de la ville laissait entrevoir, haut au-dessus de nos têtes, des pans de ciel dégagé et la lueur de la lune presque pleine. Vers l'arrière du terrain, nous sommes tombés sur un petit jardin, jonché de fioles de crack vides et de verres brisés. Nous avons essuyé l'eau qui stagnait sur des chaises en fer forgé, nous les avons tirées vers une table basse, et nous sommes installés, les pieds calés sur la table. Les lumières d'un bateau filant vers le Bronx rasaient la surface de l'eau. Manhattan était juste en face, sur l'autre rive.

« Ça m'a fait un choc, au sujet de Gus, ai-je dit.

— Il prend un de ces cocktails de pilules, toutes les quatre heures, jour et nuit. C'est comme devoir nourrir un nouveau-né.

— Depuis combien de temps il le sait ?

— Huit mois.

— Pourquoi tu ne me l'as pas dit avant ?

— Je n'étais pas censé le dire à qui que ce soit. Ça m'a échappé, tout à l'heure.

— Il fait ce mélodrame entièrement centré sur le sida et il ne veut pas qu'on sache qu'il est séropo ?

— Il pense que s'ils étaient au courant, les gens auraient pitié de lui et il ne veut pas que ça influe sur leur appréciation de son travail.

— Beurk, ai-je laissé échapper, mais si bas que William ne pouvait l'entendre.

— Je me souviens quand Stella était encore Steve, il a continué. C'est une vieille copine de Gus, je pense qu'ils étaient ensemble au lycée ou quelque chose dans ce goût-là. Gus m'a dit qu'elle était un véritable athlète en ce temps-là.

— Tirésias est censée être vieille.

— Oui, mais peut-être que Gus n'a pas réussi à trouver un vieux transsexuel non opéré. »

Il s'est reculé contre le dossier de la chaise et il a levé les yeux vers le ciel.

« Claudia, tu te souviens de cette fois où ta mère en est venue aux mains avec ce psy en visite ?

— Grand Dieu ! Mais qu'est-ce qui te fait penser à ça ? »

Une nuit, après avoir bu trop de verres de schnaps ou de Dieu sait quoi d'autre, ma mère avait boxé une espèce de nounours rougeaud qui traînait les pieds, simplement parce qu'il avait eu la témérité de lui demander si elle aimerait boire un dernier verre avec lui, dans sa chambre de motel.

« Tu me trouves aussi odieuse qu'elle ?

— Odieuse ? a-t-il répété, visiblement surpris, comme s'il n'avait pas envisagé une seule seconde cette repartie.

— Elle a attrapé un virus qui lui fait détester les mecs.

— Oui, mais d'après ce que j'ai entendu dire à propos de ton père, elle a de bonnes raisons. Charles Kirby. Kirby, c'est bien le nom d'un concombre miniature, non ?

— Qu'est-ce que tu as contre mon père ?

— Rien, il a fait. Qu'est-ce que je devrais dire, moi !

— Tu penses sincèrement que je ressemble à ma mère ? S'il te plaît, dis non.

— Non, vraiment. En fait... (Il s'est éclairci la voix, a marqué une pause pendant laquelle j'ai cru agoniser, puis a repris :)... elle est plutôt aigrie, n'est-ce pas, et toi, tu es...

— Vas-y, dis-le.

— J'ai toujours pensé à toi comme à quelqu'un de fondamentalement intact. Même si tu as couché à droite à gauche trois ou quatre fois...

— William !

— ... tu n'as rien perdu de cette qualité que tu as toujours eue depuis que je te connais.

— Quelle qualité ?

— Je ne sais pas comment l'exprimer.

— Essaie, j'ai dit d'une voix pressante.

— Rien encore ne t'a laissé de cicatrice. D'une certaine façon, tu n'es pas marquée. Tu es encore saine. »

Il ne se payait pas ma tête. Il n'essayait pas davantage de me faire sortir de mes gonds. Il avait dit ça avec réticence mais avec précision, comme si ces conclusions s'étaient imposées à lui après observation et mûre réflexion.

« Saine ? j'ai répété d'un ton cinglant. » J'ai grimacé. « Je ne suis pas saine. Je crois que c'est juste parce que tu me connais depuis que j'ai cinq ans, et que tu ne sais pas voir ces désordres que la vie a coulés en moi, moi qui jamais plus ne ris ni ne chante. »

William était la seule personne devant qui je citais des vers ; je suppose que j'espérais l'impressionner, mais la plupart du temps il me traitait comme une fanatique qui aurait épousé une cause perdue.

« Quel est le poète victorien de seconde zone qui a écrit ça ?

— Edna Millay était édouardienne, si on peut dire des Américains qu'ils sont édouardiens. Tu penses que je suis saine comme le sont les vieilles filles, les nonnes et les écolières ?

— Comment en est-on arrivés à ce sujet ? Tout ce que je voulais dire, c'est que j'ai toujours aimé cette histoire de ta mère qui boxe ce bonhomme, et j'y ai pensé, là à l'instant, pour une raison qui n'a sans doute rien à voir avec toi.

— Peu importe, j'ai dit d'une voix irritée et froide. Je suis désolée pour Gus.

— Moi aussi. »

Nous sommes restés silencieux pendant quelques minutes. J'entendais des rires, des éclats de voix, le clapotement discret, silencieux presque, de la rivière à nos pieds. Le reflet des lumières de Manhattan pendait au-dessous de l'île telles des racines ou des stalactites, gribouillis scintillants que la marée repoussait vers nous. La ville reflétée était plus séduisante que la vraie, qui, en comparaison, semblait triste, banale. La lune projetait sa lumière blanche, diffuse et brouillée comme une nappe d'huile dans les remous au ras de la berge. Je ne voulais pas devoir supporter ce fardeau rugueux et accablant de sentiments blessés. Je voulais les gratter, les écailler et les jeter loin de moi.

« William, c'est impossible que tu trouves ce spectacle bien ! Tu dis ça pour être gentil. »

Il a ri.

« Si tu le prenais avec plus de décontraction, tu pourrais peut-être y prendre plaisir toi aussi.

— Allons-y », ai-je soupiré.

La seconde moitié du spectacle s'est ouverte sur un solo de Tirésias. Elle avait une voix cassée et quelconque, qui déraillait de temps en temps, mais elle chantait sans affectation, presque comme si elle parlait, de sorte que les mots se distinguaient clairement et que la mélodie semblait réduite au rôle d'incidence : « Moi, Tirésias, vieillard aux mamelles pendantes, battant entre deux vies, bien qu'aveugle, je vois à l'heure violette, à l'heure tardive qui s'efforce au logis et ramène le matelot du large... » Les lumières se sont déplacées sur la dactylo solitaire, qui attendait la venue de son « jeune gandin carbonculaire » : « Moi, Tirésias, vieil homme aux mamelles ridées, de percevoir la scène et de prédire le reste, attendant, moi aussi, le visiteur prévu. »

Je me suis effondrée sur ma chaise, pénétrée d'une

insistante sensation de froid tandis que le spectacle m'infligeait ses divers prétendus clous : le Pendu, qui chantait son couplet en se balançant la tête en bas, attaché par les pieds à un échafaudage ; le Marin phénicien noyé, qui émergeait d'un réservoir d'eau, visage blême et figé, pour entonner sa psalmodie d'une voix caverneuse, aqueuse et préenregistrée ; le Tonnerre, qui est descendu en piqué du plafond le long de câbles, lançant des éclairs, sa voix réverbérée au moyen d'effets spéciaux.

À la fin, un vieil homme assis pêchait sur les berges d'une rivière, vêtu d'une couche à la Gandhi, et chantait : « Le Pont de Londres s'écroule », d'un débit monotone et plaintif. J'ai reconnu le Roi Pêcheur du *Parzival* de Wolfram von Eschenbach — j'avais fait une dissertation sur lui à la fac —, dont l'entrejambe, pour quelque obscure raison médiévale, avait été transpercé par une lance. Ce plouc ignorant de Parzival finissait par lui demander : « Père, mais de quoi souffrez-vous ? », et héritait du royaume, le message étant que la compassion importait plus que tout. J'avais obtenu un « A », même si je n'avais pas complètement compris — je n'avais que dix-neuf ans à cette époque-là. Et, en y réfléchissant bien, je ne comprenais pas davantage maintenant.

Pour le final, toute la troupe s'est réunie en arc de cercle sur la scène, les mains jointes en un geste de prière, et a psalmodié : « Shantih Shantih Shantih », enveloppée par les lumières dansantes de la boule disco. Alors que la musique et le chant décroissaient en volume, Tirésias s'est soulevée de sa chaise de maître nageur sauveteur, elle a ôté son bandeau, levé les bras et fixé le faisceau du spot. À ce stade-là, les lumières se sont éteintes.

« Tu m'accompagnes en coulisse féliciter Gus ? m'a demandé William quand la salle s'est rallumée.

— Non, il faut que j'y aille. À un de ces jours.

— Tu es en colère. (Il y avait de la surprise dans sa voix.) Tout ça parce que je t'ai dit que tu étais saine ?

— Je m'en vais.

— Non, laisse-moi t'offrir un verre, je veux juste dire à Gus...

— Non. On verra une autre fois », ai-je tranché.

J'ai retraversé la foule comme je l'avais fait à l'aller, tête baissée, en évitant de rencontrer le regard des gens. J'ai longé des rues peu éclairées en direction de Bedford Avenue, et tout en marchant je marmonnais dans ma barbe au rythme laborieux de mes pas : « Ici point d'eau rien que le roc, poin-int d'eau le roc et la rou-oute poudreuse. » Il me tardait d'observer des gens et de me laisser aller à mes pensées solitaires dans le train qui me ramènerait chez moi. Mais, sur le quai du métro, je suis tombée sur Jane Herman.

« Tu as suivi mon conseil, je vois, a-t-elle dit en m'embrassant sur les deux joues. Ta coupe est formidable. Ça te fait un look incroyable. »

Je l'ai remerciée. Le train est arrivé à grand bruit. Jane s'est penchée vers moi et m'a dit dans l'oreille : « Je voulais te raconter, à propos de l'autre soir. »

J'ai supposé qu'elle entendait par là ce qui s'était passé entre William et elle. Quoi qu'il se soit passé, je

293

ne voulais rien en savoir, mais je l'ai suivie dans le wagon et me suis adossée contre une porte à côté d'elle.

« En tout cas, a repris Jane en se tournant vers moi, les épaules affaissées et rentrées de sorte qu'on avait à peu près la même taille, j'étais désolée que tu partes si tôt.

— Tu semblais être en de bonnes mains lorsque je suis partie. »

Quand elle riait, sa bouche évoquait quelque chose d'un renard, une gourmandise calculée, aux grandes dents ; pourquoi n'avais-je jamais remarqué ça avant ? Et il y avait quelque chose de déterminé, de contrôlé, dans la façon dont elle me manœuvrait et me clouait contre cette porte, me forçait à écouter cette histoire que je ne voulais pas le moins du monde entendre ou, plus exactement, que je ne voulais entendre que par masochisme et haine de moi.

« Où est William ce soir ? Il m'avait dit qu'il serait là.

— J'étais avec lui. Il est allé en coulisse après. »

Elle a lâché un « Oh ! » de brève perplexité avant de reprendre : « Bon, peu importe. Donc, l'autre soir, on a fini sur le canapé ; les choses ont commencé à chauffer, quelques vêtements ont volé, il a été question du préservatif, et il se trouvait, par chance, que j'en avais un. »

Je me suis sentie faible, tout à coup. Jane n'a pas paru s'en apercevoir.

« Et puis, au beau milieu de tout ça, il s'est relevé, il s'est mis à marcher de long en large et il s'est lancé dans une tirade : il ne pouvait pas faire ça, ce n'était pas bon pour lui. Faire quoi ? j'ai dit. Baiser ? Il a continué : je ne savais rien de lui, et c'était probablement mieux pour nous deux si on en restait là. Du coup, je me suis rhabillée et je suis rentrée chez moi. »

Mes genoux se sont gauchis, de joie. Ainsi, il s'était extirpé de son étreinte de pieuvre, et il l'avait congédiée avec armes et bagages.

« Bizarre », j'ai dit.

Elle a approché son visage tout près du mien.

« Claudia, que voulait-il dire ?

— Je n'en ai pas la moindre idée.

— Allons ! Même pas une petite ?

— Parole de scout.

— Il est peut-être gay. Peut-être qu'il n'aime même pas les filles.

— Si, Jane, il aime les filles. Il est intarissable à leur sujet. »

Un peu de ce que je ressentais a filtré dans mon ton de voix. Jane et moi avons échangé un regard de franche rivalité. Les portes se sont ouvertes ; nous étions arrivées à la station Première Avenue.

« Je descends ici, a dit Jane. Bonne nuit. À un de ces quatre. »

Elle a pris mon visage entre ses mains, sans prévenir, et m'a planté un baiser en plein sur les lèvres.

« Il est tout à toi, ma belle, elle a dit d'une voix chaleureuse, et elle m'a souri. Bonne chance. »

Je l'ai regardée, un peu éberluée, sans rien répondre, vaguement reconnaissante. (Vraiment, il était tout à moi ?) Je suis descendue sur le quai à mon tour, j'ai

295

fixé le train qui s'ébranlait et roulait jusqu'à ce qu'il ne soit plus qu'un point rouge évanescent. Je me suis assise sur un banc. La station était jonchée de papiers et puait la pisse ; j'ai observé les rats, leurs dos arqués recouverts de fourrure. Ils détalaient le long des rails et fourrageaient à la recherche de leur souper. J'ai réalisé que je chantonnais dans ma tête ; la musique avait continué à me trotter dans l'esprit, à son propre rythme : « Ici point d'eau rien que le roc point d'eau et la route pou-oudreuse. »

Quand la rame suivante est apparue, je l'ai vue approcher sans le plus petit désir de me jeter sous ses roues. Je suis montée dans une voiture, je me suis assise et me suis absorbée dans la contemplation des pubs pour une marque de whisky qui couraient d'un bout à l'autre des parois du wagon. C'étaient des photos sur papier glacé qui montraient des jeunes gens d'une vingtaine d'années, engagés dans leur vie professionnelle, installés dans leur premier vrai appartement, avec leur première vraie petite amie ou leur premier vrai petit ami. Ils se demandaient quelle boisson s'accordait le mieux avec leur nouveau style de vie adulte. Heureusement pour moi, je n'avais jamais eu aucun problème avec cette équation-là, mais peu importait. J'ai regardé avec curiosité, fascinée, tous ces nouveaux diplômés pleins d'avenir boire leurs très chics whiskies sodas. Ils étaient nourris d'espoir, pimpants, courageux, aussi industrieux et lucides que des petits Suisses. Toute la journée, ils portaient des costumes, restaient assis devant des terminaux informatiques aussi artificiellement indépendants que des

stations spatiales, dans un univers de surfaces plasti-
fiées beiges, de moquette à poils ras, de cubes fluores-
cents encastrés dans des kilomètres de dalles de
plafond en fibre de verre. Tout ficus en pot qui perdait
ou répandait ses feuilles était remplacé par un autre,
plus apte. Le code vestimentaire était aussi asexué,
absurde et sans aucun rapport avec l'activité naturelle
que les uniformes des personnages dans *Star Trek*.
Comment William faisait-il ? Comment les gens fai-
saient-ils ? Jamais je n'aurais été capable de prendre
rien de tout ça au sérieux, les appels conférences, les
prises de décision, les accords ultra-secrets, les
packages promotionnels, les sorties en presse, les entêtes de la société, le bureau planétaire, les audits, les
réunions de directeurs, les contrôles d'indemnités. Ça
semblait, d'une certaine façon, inconvenant, profane
même, là, en cette fin véreuse, pourrie, de millénaire,
d'évincer une telle ferveur brute de décoffrage à
l'égard du progrès, de croire de façon aussi éhontée
qu'on allait pouvoir continuer le saccage. N'étions-
nous donc pas mieux avisés, à présent ?

Je suis descendue du train à la station Sixième Avenue, j'ai parcouru le long tunnel puissamment éclairé
qui va jusqu'à la Septième Avenue et j'ai grimpé dans
la rame de la ligne 9 qui freinait juste à ce moment-là,
et qui dessert toutes les stations uptown. Mon nouveau
wagon était vieux et placardé, celui-là, de pubs
diverses et variées : ses cadres d'espaces publicitaires
étaient peuplés de maris cogneurs, de lobes d'oreille
déchirés, de grossesses non désirées, d'oignons. J'ai
regardé les autres passagers avec une affection imper-

sonnelle. « Seule je suis venue, seule je repars », ai-je pensé, en croisant par inadvertance le regard d'une femme âgée. Elle m'a souri et n'a pas détourné les yeux. Elle aurait très bien pu être une vieille lesbienne excitée en quête d'une partie de jambes en l'air, mais je m'en moquais. J'ai fait semblant de croire pendant quelques minutes qu'elle était ma grand-mère, et puis on est arrivés à ma station, je suis descendue et j'ai laissé la femme poursuivre sans moi.

11

Je me suis réveillée le lendemain matin en réfléchissant aux répercussions possibles et aux implications morales de ce que je m'apprêtais à faire. Mais lorsque le téléphone a sonné et qu'un nouveau message de Miller, à propos des loyers que je lui devais, s'est enregistré sur le répondeur, l'inéluctable pression de la nécessité a expulsé ces hésitations hors du champ de la réalité. J'étais, de toute façon, condamnée, alors, un petit peu plus ou un petit peu moins... Il n'y avait qu'à voir comment j'avais volé sa montre en or à Jackie, ses chaussures et son pull quelques secondes à peine après avoir découvert que je l'avais peut-être assassinée. Qu'est-ce que cela disait de mon caractère ?

D'un geste leste et sans sourciller, j'ai exhumé le chéquier que je lui avais volé et j'ai rédigé un chèque à mon ordre. Je l'ai antidaté de un mois, en espérant que Goldie penserait qu'il s'agissait d'un ancien salaire que je venais juste d'encaisser, et que Jackie n'en saurait jamais rien. J'ai signé en griffonnant l'autographe tarabiscoté de Jackie — que je faisais mieux qu'elle, mais il n'y avait pas là de quoi se vanter.

J'ai filé à la banque avant d'avoir pu changer d'avis. En déposant le chèque au guichet automatique, j'ai regardé par-dessus mon épaule pour m'assurer qu'aucun flic en civil n'était planqué derrière moi. La machine m'a vomi un reçu, indiquant que mon solde s'élevait maintenant à six cent trente dollars sur mon compte-chèques, dont cent étaient immédiatement disponibles. Malheureusement, j'avais aussi un découvert de mille dollars sur mon compte d'épargne, mais ça, le ticket ne le mentionnait pas, et je me suis bien gardée de chercher à en savoir plus.

J'ai retiré un billet de vingt dollars frauduleusement acquis, puis j'ai traversé Broadway et j'ai jeté un œil à travers la vitrine du Skouros. J'ai reconnu le type qui travaillait derrière le comptoir, Russell, un garçon boutonneux et inoffensif. Il n'y avait pas le moindre signe de mon ennemi, avec son incroyable moustache, sa spatule cruelle et ses yeux en boutons de bottine. Du coup, je suis entrée et j'ai respiré avec plaisir les odeurs familières et réconfortantes de graisse, de bacon et d'eau de Javel. Je me suis installée au comptoir, tout de même un peu inquiète. Et si le personnel dans son ensemble avait reçu la consigne de saquer toute blonde aux yeux fuyants qui entrerait ? Mais Russell s'est contenté d'un vague sourire en me demandant ce qu'il pouvait m'apporter. Quelques minutes plus tard, j'avais devant moi une assiette fumante d'œufs brouillés et de frites maison, une tasse de café frais et un verre de jus d'orange. Les choses s'amélioraient, incontestablement.

J'ai tout englouti jusqu'à la dernière bouchée, j'ai

réglé l'addition, et laissé un bon pourboire, qui ne compensait pas complètement la note que j'avais esquivée la fois précédente, mais qui, au moins, m'épargnait un autre mauvais point. J'ai descendu Broadway, en flânant derrière un plein bus de touristes fraîchement débarqués, des Allemands, j'ai supposé, ou des gens du Midwest. Ils avançaient aussi lentement qu'un troupeau de gros ruminants, et tous avaient ces énormes postérieurs, ce teint brouillé, ces visages marbrés et palpitants des carnivores avides. Ils ont commencé à me fasciner étrangement. Je les ai suivis jusqu'à la 72e Rue et, ce faisant, j'ai appris qu'en fait ils étaient allemands, qu'ils allaient par paires, en couples plus ou moins mariés, qu'ils étaient affamés mais que, n'arrivant pas à trouver un restaurant à leur convenance, ils étaient condamnés à marcher, telle une diaspora mourant de faim et avançant en canard.

Ça m'a consternée de découvrir à quel point je comprenais bien l'allemand. Toute ma vie, j'avais évité de l'apprendre ou, du moins, c'est ce que je m'étais toujours dit, mais le moindre mot que ces gens prononçaient était aussi clair pour moi que s'ils avaient parlé anglais. Je les ai observés examiner les menus placardés sur la vitrine d'une cafétéria. Ils ont discutaillé entre eux, pointant du doigt certains plats sur la carte, pesant les mérites de la cuisine américaine contre ceux de leurs bons petits plats allemands, pour lesquels ils étaient clairement partants. En fin de compte, un homme grand, au visage rond et à l'air franchement psychotique, qui semblait s'être élu chef du groupe, a hoché la tête en signe d'assentiment, et tous se sont mis à se bousculer pour entrer. Quand la totalité du troupeau de Boches a disparu dans les profondeurs embuées de vapeur, je suis rentrée chez moi.

L'appartement avait l'odeur d'un lieu confiné et inoccupé. Je me suis battue contre la fenêtre avant qu'elle ne consente à s'ouvrir et à laisser entrer une petite brise graisseuse. Puis l'après-midi a coulé, inexorablement, comme le font les après-midi. J'en ai passé le plus clair, assise à ma table, à regarder le bloc-notes ouvert à une feuille vierge devant moi. Je n'ai pas écrit « Chapitre un » en haut de la page ; je ne parvenais pas à être ce point présomptueuse. J'étais méchamment constipée ce jour-là et, vu mon état d'esprit, j'ai interprété cela comme le message d'une quelconque muse de bas étage qui m'avait été attribuée, plutôt que comme le résultat de mon régime alimentaire. Je me suis représenté toute cette matière dense et argileuse adhérant fermement à mes chairs roses et tendres, qui se tordaient en inutiles efforts péristaltiques, tout comme j'étais, moi, là, à ma table, confrontée à l'étendue vierge des années que j'avais passées à ne pas écrire. Elles se dressaient devant moi, ces années, gaspillées, putréfiées et elles projetaient leurs grimaces ridées et jaunies sur la feuille jaune lignée, en me fixant, pareilles à des masques mortuaires. L'habitude trop bien incrustée de cette voix à la Geneviève, fébrile et inepte, collait à moi telle une odeur écœurante.

La fois où je m'étais fait prendre en train de tricher à un devoir de maths, en sixième, je m'étais assise à la table du dîner dans un état de panique muette, attendant que le téléphone sonne. Mon professeur m'avait promis qu'il appellerait ma mère, ce soir-là, pour la mettre au courant de mon crime et lui demander de veiller à ce que je ne récidive pas. Je jouais à dessiner des sillons dans le riz avec ma fourchette, j'essayais de faire tenir à la verticale sur l'assiette mes haricots verts, comme un rang de dents ou de piquets de clôture ; impossible d'avaler. Quand le téléphone avait fini par sonner, j'avais relevé la tête, livide, et j'avais dit : « J'y vais, m'man. »

Mais elle avait déjà répondu. J'avais observé son visage pendant qu'elle parlait avec Mrs Cleghorn, je m'étais tenue parfaitement tranquille sur ma chaise jusqu'à ce qu'elle ait raccroché, et qu'elle croise mon regard écarquillé, terrifié.

« Ach, Claudia.

— Je ne copierai jamais plus », avais-je dit.

Elle avait soupiré.

« Ce n'est pas le fait de copier, c'est que ton surmoi devrait être plus développé, à ton âge ! »

Je l'avais de temps en temps entendue parler un anglais presque sans accent, en général quand elle était très fatiguée.

« Mon quoi ?

— Tu as copié parce que ton surmoi est trop immature. Je ne sais pas pourquoi c'est ainsi ; à ton âge, j'avais déjà le sens très développé du bien et du mal.

— Mais m'man, je n'avais pas fait le devoir hier soir. Je ne savais pas le faire.

— Et alors ?

« — Alors, peut-être que je suis juste paresseuse.

— C'est à cause de ton surmoi, avait-elle répété.

— Comment le sais-tu ? Tu le vois ? »

C'était la première fois que je la défiais. Elle s'était dressée de toute sa hauteur.

« Claudia, c'est invisible. Tu ne peux pas le voir, mais c'est là.

— Mais comment le sais-tu ?

— Ach ! Assez de questions. J'ai trop à faire ce soir.

— Mais dis-moi ! avais-je gémi.

— Je te l'ai dit, c'est invisible ! » avait-elle grondé.

J'étais montée dans ma chambre morte de trouille, en me jurant que mes propres enfants seraient autorisés à poser des questions sur l'existence de tout, même de leur mère. Je m'étais assise dans l'embrasure de la fenêtre ouverte de ma chambre, et je m'étais bercée d'histoires de mon invention, des histoires tristes d'orphelins et d'enfants fugueurs — tristes, parce que je n'étais pas des leurs.

Le crissement d'une cigale était monté en rafale du bassin, à l'arrière de la maison. J'avais senti le vent déposer un film granuleux sur ma peau, des parcelles minérales dans le creux de mes pores. Je pouvais presque humer leur odeur, une odeur de poudre, forte, piquante, âcre, et j'avais imaginé que si je touchais mon visage, mes doigts se couvriraient de paillettes. J'avais entendu ma mère heurter des choses à droite à gauche, en bas, agitée comme une femelle dont le chiot ingrat aurait mordu les tétines gorgées de lait.

Assise vingt ans plus tard dans cette petite chambre

minable, en train de fixer la page jaune et vierge devant moi, j'ai réfléchi à la flambée d'audace qui m'avait poussée à prendre ce rendez-vous avec Gil Reeve le lundi suivant. Je n'avais pas de surmoi du tout ; ma mère s'était trompée. Je ne pouvais pas croire que j'avais emporté cette disquette et effacé la totalité du livre sur le disque dur. Et je ne pouvais pas davantage croire que j'allais réellement me présenter à son bureau et demander une sorte de rançon pour le livre. Peut-être plusieurs personnes différentes habitaient-elles dans mon corps, comme lorsqu'on souffre d'un trouble de la personnalité. Mais plutôt que de servir à refouler quelque terrible souvenir de l'enfance, ma pathologie personnelle semblait fonder son origine dans les efforts que fournissait une personnalité hélas inefficace pour tenter de déterrer, de quelque trou, une autre personnalité, tout aussi inefficace, qui avait atterri là.

À cinq heures et demie, il était temps de partir attendre ma mère sur les marches de la Piermont House. J'ai retrouvé la brochure qu'elle m'avait envoyée. Ce geste n'était-il pas une vaine tentative pour m'intéresser à son travail ? Elle était, en ce moment même, assise au milieu d'un « panel de personnalités importantes », dissertant sur « Les messages du ça : les messages préverbaux dans l'analyse ». Elle aurait probablement été contente, ravie même, si je lui avais dit que je souhaitais arriver plus tôt pour entendre son intervention. Pourquoi n'y avais-je pas pensé ?

Le téléphone a laissé échappé un cliquetis abrupt

qui a mis mes nerfs à vif. J'ai agrippé le combiné.
« Allô ? » j'ai fait, prudente. C'était probablement une
de ces sournoises des agences de recouvrement.

« Claudia ? Qu'est-ce qui t'arrive ? a demandé William. Tu réponds au téléphone, maintenant ? »

Mon cœur s'est lancé dans son trapèze habituel. Je
lui pardonnais, complètement, quoi qu'il ait pu me dire
la veille. « Ça fait un bruit horrible, ai-je répondu.

— Tu fais quoi, là ?

— J'allais partir rejoindre ma mère pour dîner. Tu
veux venir ?

— Non, je suis trop perturbé. Tu peux passer plus
tard ?

— Pourquoi es-tu perturbé ?

— Apporte du champagne.

— Quel genre de champagne ?

— Le genre dont tu fais sauter le bouchon, a-t-il
répondu avec impatience. Viens dès que tu en as fini
avec Gerda. Ne lambine pas.

— Je ne lambinerai pas, William. »

J'entendais ma voix qui pétillait ; j'étais en pleine
ébullition ; c'était plus fort que moi.

Comment étais-je habillée ? Un jean, adapté à toutes
les circonstances, ma plus belle paire, celle qui moulait
là où elle devait mouler, et pendait là où elle devait
pendre, du moins selon *Cosmopolitan*, que je consul-
tais pour toute question de cette importance. Malheureusement, je portais aussi un chemisier à fleurs en
tissu synthétique brillant, et ce par calcul, pour faire
plaisir à ma mère qui me l'avait offert ; j'espérais que

la vue du chemisier l'aiderait à dépasser tout profond désappointement que j'étais susceptible de lui causer.

Le prospectus dans une main, un jeton de métro dans l'autre, j'ai dévalé les escaliers du métro et manqué de justesse d'entrer en collision avec Margot Spencer, qui les montait. « Salut », j'ai dit, en m'arrêtant à contrecœur.

Elle s'est arrêtée aussi, encore plus à contrecœur que moi.

« Oh, bonjour Claudia. » Elle n'aurait pas prononcé mon nom avec plus de réticence s'il avait été celui d'une maladie vénérienne. Elle ne m'a pas souri. Elle avait l'air singulièrement mal à l'aise, et ses yeux saillaient un peu, signe qu'elle faisait un effort sur elle-même pour se conduire poliment, parce que c'était la chose à faire, mais qu'elle trouvait la tâche difficile. Nous nous sommes toisées, interminablement.

« Bon, j'ai fini par dire, je ferais mieux de filer. Au revoir, Margot. »

Sans un mot, elle a pivoté sur ses talons et disparu. Je suis descendue jusqu'au quai, pas vraiment dans mon assiette. Une lumière avançait péniblement le long d'un rail, entre les autres, éclairant tour à tour les piliers, puis les plongeant de nouveau dans l'obscurité après son passage. Puis, un express est apparu et est passé comme un éclair, ses fenêtres peuplées de têtes aux airs suffisants. Mes intestins s'étaient relâchés sous le choc polaire du regard exorbité de Margot et ils demandaient maintenant à être soulagés de toute urgence, mais, à moins de gaspiller mon jeton de métro et de retourner chez moi, il n'y avait rien d'autre à faire qu'à contracter les muscles et à penser à mon rendez-vous avec William. Chez lui. À sa demande. Avec du champagne. Je suis montée dans le train qui s'est pointé poussivement sur les talons de son double plus rapide ; un moment plus tard, j'ai émergé dans une fin d'après-midi dorée, sans vent, et j'ai filé au pas de l'oie vers la Piermont House, un majestueux bâtiment de grès brun sur la 57e Rue Ouest.

Même si j'avais la ferme intention d'attendre sur les marches du perron, il fallait que j'entre pour aller aux toilettes. En sortant de celles-ci, j'ai remarqué, au bout du vestibule chichement éclairé et transformé en vestiaire, les panneaux en miroir d'une porte à double battant, à l'ancienne mode. Comme c'était sur ma route, je l'ai doucement entrouverte et j'ai passé la tête. La pièce avait dû être un petit salon, à l'époque où une famille occupait la maison. Au-delà des têtes dégarnies et marbrées de bleu de l'assistance, j'ai aperçu ma mère, assise derrière une longue table avec les autres intervenants. Je m'étais imaginé des visages alertes, professionnels, étagés sur les gradins d'un grand auditorium moderne ; il n'y avait là pas plus de quarante et quelques personnes, intervenants et moi inclus. Quelques cannes étaient appuyées contre les chaises, j'ai entendu des respirations bruyantes et les éclats, aigus, d'un appareil auditif. Au milieu d'une telle assistance, ma mère semblait déborder de jeunesse.

Elle était en train de parler, d'une voix puissante, retentissante. Je me suis glissée sur une chaise libre au dernier rang. Ma mère s'est penchée en avant, l'index en l'air, un reflet lumineux sur les verres de ses lunettes ; sa voix a gagné en hauteur et en volume comme elle le faisait toujours lorsqu'elle était captivée par ses propres idées. Et, comme toujours dans ces cas-là, j'ai senti mon esprit se transformer automatiquement en une cave humide, entre les murs de laquelle ses paroles rebondissaient et résonnaient, dépourvues de sens.

Un jour, en seconde, j'avais raté le bus du ramassage scolaire pour rentrer à la maison. Comme il n'était qu'à une dizaine de minutes à pied du lycée de Candlewick, j'avais marché jusqu'à l'institut pour attendre, dehors sur la pelouse, le début de la soirée : quand les cours de ma mère s'achèveraient, je pourrais rentrer avec elle en voiture. Je m'étais assise sous un arbre avec mon cartable. Le système d'arrosage était éteint, le campus était calme, il flottait un parfum d'herbe qu'on vient de couper. Au-delà des jardins, je pouvais distinguer, suspendu à un câble au-dessus de la voie rapide, au croisement entre l'institut et le lycée, le seul feu de circulation de Candlewick, le toit orange et pointu de l'A & W, un nuage de poussière que soulevait sur son passage une camionnette qui fonçait le long d'un chemin de terre ; dans l'enceinte de l'institut, tout était paisible et civilisé. J'ai passé l'après midi à lire une biographie d'Edna St. Vincent Millay. Jeune poétesse, elle avait vécu à Greenwich Village ; elle était petite et souple, avec un casque de boucles, et elle allait et venait inlassablement sur le ferry de Staten Island, en compagnie d'un « Tu » non identifié, que je me représentais comme un homme en béret :

« Nous étions épuisés, nous étions très joyeux — Toute la nuit nous étions allés et venus sur le ferry. » Je ne pouvais rien imaginer de plus purement romantique que regarder le soleil « détrempé, un plein seau d'or », se lever sur le port de New York, debout derrière le bastingage du bateau. C'était le projet que je formais pour ma vie future.

Quelque chose avait remué à la périphérie de mon champ de vision. J'avais levé les yeux, et vu ma mère, escortée de plusieurs étudiants, remonter d'un bon pas l'allée qui reliait le bâtiment administratif, où se trouvait son bureau, à celui, vaste et peint dans un ton de rose, qui abritait les salles de classe. Cette transition rapide, inattendue, entre mes rêves d'avenir et la vue, bien réelle, de ma mère, m'avait permis de la voir brièvement de la même façon que, peut-être, les autres la voyaient. Les étudiants s'étaient dispersés sur le parking, mais ma mère avait poursuivi sa route, seule, en direction de salles de cours : j'avais vu une personne courageuse, rebelle, d'allure masculine, vêtue d'un pantalon informe et d'un chemisier démodé en polyester imprimé et orné d'un nœud affaissé. Elle marchait, droite comme un piquet, le regard rivé sur quelque point à l'horizon. Était-elle vraiment aussi petite ? J'avais toujours pensé à elle comme à quelqu'un d'immense. Mon cœur s'était serré à la vue de ses épaules résolument en équerre, qui m'étaient apparues, tout d'un coup, étonnamment étroites et fragiles.

Je m'étais levée, et j'avais crié « Maman, attends-moi ! », avant de traverser la pelouse tête baissée.

Elle s'était retournée, m'avait vue et avait attendu

que je la rejoigne. En approchant, j'avais remarqué une tache sur son chemisier. Probablement s'en était-elle aperçue tout de suite, à l'instant même où elle avait renversé sa tasse de café, et sans doute aussi avait-elle dit « Ach, pouah ! » avant de décider que cette tache ne lui appartenait en aucune façon. Ce qui lui avait permis de porter le chemisier sans la moindre gêne, avec fierté même, pour le restant de la journée. Dans son esprit, la tache de café était devenue le badge qui proclamait son désaveu de toutes les taches, internes autant qu'externes. J'avais senti que je n'étais pas à la hauteur, que j'étais maladroite, que j'étais une autre de ses taches.

« J'ai loupé le bus, avais-je dit avec raideur.

— J'en aurai fini dans une heure. Tu veux attendre dans mon bureau ? »

Son bureau était dominé par un portrait encadré de Sigmund Freud, dont le regard fixe, d'une pénétration troublante, semblait débusquer chacune de mes envies secrètes.

« C'est bon, je préfère rester dehors. » J'étais retournée m'asseoir sur mon petit coin sympa de pelouse et j'avais repris mon bouquin ; mais les mots maintenant m'agaçaient : mon avenir n'arriverait pas assez vite. J'avais reposé le livre ; j'avais arraché d'un geste revêche des petits brins d'herbe, gratté une piqûre de moustique sur ma jambe nue, je m'étais renfrognée, le regard perdu dans le lointain. Et alors était apparu Ed Snow. Il marchait d'un pas lourd dans l'allée, en transpirant dans sa chemisette blanche ; son pantalon, tendu sur ses grosses cuisses, faisait des plis à l'entrejambe. Il représentait tout ce que je haïssais dans la Ventana Valley : il respirait bruyamment, il était poussif, il marchait aussi vite que le lui permettaient son embonpoint et la chaleur. Croyant que personne ne le voyait, il a délogé d'un coup sec son pantalon du pli entre ses fesses, en se grattant un bon coup au passage : c'était là le même homme que celui qui avait fouetté plus d'une fois Billy avec la ceinture blanche qu'il mettait pour aller à l'église. « Salut Ed ! » j'avais crié. Il s'était retourné et avait compris que je l'observais. Je m'étais sentie malicieusement triomphante, comme si je l'avais remis à sa place, de la part de Billy autant que de la mienne.

Le discours de ma mère est descendu en zigzag jusqu'à sa conclusion. Le président a résumé son contenu, avant de quitter le podium. Il a eu quelques applaudissements, auxquels j'ai contribué, et puis ma mère s'est frayé un passage jusqu'à moi, à travers une foule compacte d'admirateurs nés avant le Déluge.

« Eh bien ! » elle a fait, avec un sourire rayonnant, son visage rond enflammé, les yeux brillants. Elle arborait un tailleur d'un bleu électrique plein de verve qu'elle avait dû acheter pour la circonstance ; trois énormes boutons fermaient la veste, courte ; la jupe lui descendait à mi-mollet, en ligne droite depuis ses hanches larges ; sous la veste, elle portait un chemisier à imprimé floral qui était presque le jumeau de celui que je portais, même coupe, et des couleurs qui, quoique différentes, étaient tout aussi vives.

« Quelle merveilleuse surprise, de te voir assise là !

Che parie que tu ne t'attendais pas à être la vedette de ma communication ! »

J'avais été la vedette ? « Salut maman », j'ai fait avec un demi-sourire, mal à l'aise.

Pendant que nous descendions les marches du perron, j'ai laissé son bonheur de me voir fouler aux pieds mon propre désarroi de la voir, elle, et j'ai presque réussi à faire apparaître par procuration un peu d'impatience et de joie à la perspective du dîner que nous allions partager. Elle s'est avancée avec détermination jusque sur le bord du pavé, et elle a brandi son bras court en direction du ciel. J'ai immédiatement pensé qu'elle adressait au taxi un salut selon la mode allemande plus qu'elle ne le hélait[1], mais sur le moment, comme toujours, j'ai résisté à la tentation, plutôt faible, de le lui dire. Elle avait tendance à traiter mes plaisanteries, celles notamment que je pouvais faire à ses dépens, comme une invitation à discuter des théories de Freud sur le jeu de mots, ce qui, naturellement, impliquait une investigation dans l'hostilité refoulée de mon inconscient.

Un taxi s'est arrêté. Ma mère s'est propulsée sur la banquette arrière ; je me suis glissée à côté d'elle et j'ai indiqué notre destination au chauffeur. Ma mère s'est tournée vers moi, son sourire toujours intact, puisque je n'avais encore rien fait pour le dissiper.

« Alors ? a-t-elle commencé. Qu'as-tu dit de cette petite histoire à ton sujet ?

---

1. Jeu de mot sur « heil » et « to hail », qui signifie héler en anglais *(N.d.T.)*.

— En fait, m'man, je suis arrivée trop tard pour entendre le début. C'était quoi, l'histoire ?

— Tu te souviens, quand tu étais petite et que c'était l'heure d'aller au lit, tu venais dans mon bureau et tu essayais de me distraire de mon travail. »

Elle a souri avec tendresse.

« Oui, je m'en souviens. »

Et j'étais bien contente de n'avoir pas eu à l'entendre mettre ces demandes infructueuses d'affection quotidiennes sur le compte de quelque théorie tordue. Elle aurait pu simplement me demander pourquoi je l'avais fait. Un poids s'est installé sur mon estomac, comme une boule de pâte impossible à digérer. Brusquement, toutes mes appréhensions concernant le dîner à venir m'ont semblé attribuables au fait que j'allais devoir manger de la cuisine ukrainienne, qui m'apparaissait à présent comme la plus morne, la plus bourrative, la plus déprimante des cuisines de la terre.

« Écoute, m'man, on devrait peut-être aller ailleurs, pour changer. Que dirais-tu d'un restaurant chinois ?

— Dieu seul sait de quel animal vient la viande qu'ils servent », a-t-elle répondu, obtuse.

J'ai soupiré.

« D'ac-o-d'ac, j'ai fait avec une simili-bonne humeur.

— Qu'est-ce que tu as dit ? Cette expression, là.

— D'ac-o-d'ac, j'ai répété consciencieusement, toute à mon rôle de la fille née dans le pays qui aide sa mère immigrante à apprendre la langue. Ça veut dire "d'accord", "okay"...

— Ton père disait ça. Que c'est très étranche ! Che

ne pense pas que le fait d'utiliser une expression particulière soit chénétique. Mais quand tu as dit ça, on aurait dit lui.

— Oui, c'est étrange », j'ai dit platement.

Le taxi s'est immobilisé au croisement après Union Square. J'ai abaissé ma vitre et j'ai passé la tête à l'extérieur. Le ciel était traversé d'un éclat lumineux, effervescent et doré comme du champagne. Quand le feu est passé au vert, j'ai inhalé à pleins poumons des vapeurs d'essence ; le taxi a bondi, viré, et avec un hoquet s'est immiscé dans le trafic est-ouest. Lorsqu'un camion nous a fait une queue de poisson, le bras de ma mère a jailli par réflexe et s'est transformé en une barre d'acier venue se plaquer devant ma poitrine. En baissant les yeux vers ce bras protecteur, surprise, j'ai remarqué que la peau sur le dos de sa main était mince et parcheminée, mouchetée de taches brunes et tissée d'un réseau de veines épaisses, bleu-vert. Une lame d'angoisse et de tristesse m'a fauchée. C'était ma génitrice, assise là, la préfiguration de ma future forme humaine, et tout ce que je voulais faire, c'était lui extorquer un dîner gratuit et l'expédier au lit. Honteuse, je me suis tournée vers elle, et j'ai dit en faisant un effort : « Franchement, il avait pas l'air super, mon père.

— Che ne t'en ai jamais beaucoup parlé. Peut-être parce que che me demandais pourquoi tu t'intéresserais à cet imbécile.

— Tu vois ? j'ai dit, partagée entre l'irritation et une attitude sur la défensive. C'était un imbécile. Que pourrais-je bien vouloir connaître de plus à son sujet ?

— Non, *nein*, ce n'est pas ce que che voulais dire. On devrait laisser tomber le sujet. »

Le chauffeur avait inséré son vieux taxi, intact de toute trace de choc, dans l'espace d'une bouche d'incendie, en face du restaurant ; il patientait, sans se retourner, mais quelque chose dans l'immobilité impassible de sa tête m'a fait réaliser qu'il attendait qu'on se décide à descendre.

« Maman, on est arrivées. »

Elle a ouvert son sac à main, un grand machin en cuir, ancien, avec un gros fermoir de cuivre, et une gueule sinistrement béante dont on aurait dit qu'elle allait mordre la main de quiconque, en dehors de sa propriétaire, aurait la témérité de l'y plonger. Elle en a sorti un portefeuille en plastique rose, d'où elle a extrait un billet de dix dollars soigneusement plié en quatre. La vue d'un tel billet, sortant d'un tel portefeuille, a fait ressurgir mon angoisse et ma tristesse ; c'était le billet de dix dollars de quelqu'un qui n'avait personne pour le distraire de tâches aussi inutiles et tatillonnes que plier ses billets en rectangles nets pour passer le temps, personne pour lui dire que son portefeuille était ringard et criait à la face du monde la tristesse et la désolation de sa vie. Je suis descendue attendre sur le trottoir, incapable que j'étais de la regarder calculer le pourboire au nickel près et le tendre au chauffeur pièce à pièce, en les pêchant méticuleusement l'une après l'autre dans le compartiment en plastique rose prévu pour elles. Je me suis penchée et je lui ai offert mon bras, mais quand j'ai vu qu'elle l'ignorait du tout au tout et qu'elle sautait d'un mouvement leste sur le trottoir, la terrible douleur qui m'étreignait la gorge s'est dissoute.

Le taxi est reparti foncer dans le flot de voitures sur l'avenue ; nous sommes entrées dans le restaurant, le même, en fait, que celui où j'avais pris un petit déjeuner avec John quelques jours auparavant. C'était une grande salle, aussi impersonnelle et miteuse que la salle à manger d'un vieil hôtel, décorée de lambris sombres, de photos jaunies qui témoignaient de l'animation sur la Seconde Avenue dans les années trente, et de portraits signés, vieux de dizaines d'années, d'acteurs inconnus. Des ventilateurs ronronnaient comme d'énormes insectes. Une pyramide de tasses coquille d'œuf trônait sur un buffet à côté de la machine à café ; près de la caisse, des gâteaux tournaient lentement sur eux-mêmes dans une cage en verre éclairée, comme des voitures dans un hall d'exposition. Les rangées de tables, drapées de linceuls blancs, étaient impeccablement alignées et dressées avec des couverts et des serviettes, mais nous étions les deux seules clientes. C'était encore trop tôt pour tous les autres. Des sons dignes d'une salle de torture s'échappaient de la cuisine, des hurlements, des bruits de métal qu'on cogne.

J'ai décidé de commander sans attendre un verre de vin, de le siroter avec détachement et politesse, comme si, de toute façon, il ne m'intéressait guère, et puis, avec tout autant de détachement et de politesse, d'en commander un second. Cependant, tandis qu'un serveur (qui à l'évidence ne se rappelait que trop bien ma mère) nous installait sans un sourire, je me suis souvenue qu'ils ne servaient pas d'alcool. Pas une seule goutte : je pouvais boire de l'eau, du thé, ou encore le jus de chaussette clairet et amer qu'ils baptisaient café, mais impossible de commander la moindre bière, pas même la plus légère et la plus inoffensive de toutes. Cette seule pensée m'a presque détruite. J'ai ouvert le menu gigantesque et je l'ai posé en éventail sur la table devant moi pour m'abriter du regard toujours sur le qui-vive de ma mère.

« Que vas-tu prendre ? a-t-elle demandé avec enthousiasme. Che vais commander les croquettes de pommes de terre avec de la crème fermentée et de la compote de pommes, et ces oignons frits qui sont si délicieux.

— Ça s'appelle des *pierogi*, je lui ai fait remarquer, d'un ton brusque. » Toutes les cellules de ma langue étaient desséchées et réclamaient désespérément un verre de vin rouge. « Je vais commander un hamburger. »

Elle a fait claquer sa langue contre le haut de son palais ; du coup, mes doigts se sont aussitôt recroquevillés comme des feuilles mortes.

« Tu peux aller chez McDonald's pour ça, Claudia. Pourquoi ne prends-tu pas ce pain de viande qui est si bon ? Avec un ou deux pancakes aux pommes de terre, peut-être, et une salade pour accompagner ?

— Non, un hamburger, ça me va. »

Je me suis dit que peut-être, juste pour une fois, si je ne réagissais pas, si je restais gentille et calme, elle me ficherait la paix.

« Mais un pain de viande, c'est presque la même

318

chose, en bien plus intéressant. Et ils font très bien les salades de betterave. Avec du raifort, tu te rappelles ?

« Okay », j'ai fait, victime d'une soudaine attaque de tétanos. J'ai voulu rabattre sèchement le menu sur la table, mais il a glissé avec la lenteur d'une pierre tombale qui bascule. « Tu as raison, pourquoi ne pas continuer sur ta lancée et commander pour moi ? »

Elle a blêmi à mon ton de voix.

« Claudia ! C'était seulement une suggestion. Che veux que tu choisisses ce dont tu as envie, c'est évident.

— Je *veux* un hamburger, j'ai craché, en m'agrippant des deux mains au rebord de la table, comme si elle allait se mettre à léviter si je ne la retenais pas.

— Très bien, c'est ce que tu auras, elle a répliqué, de cette voix pincée qu'elle adoptait chaque fois qu'elle perdait pied avec moi. Et moi, che prends les pierogi. Voilà. Nous y sommes. »

Elle a refermé son menu d'un geste ample, giflant l'air au passage, et l'a posé sur le mien en le tapotant. Puis je n'ai plus vu de ses yeux que le blanc tandis qu'elle lançait des regards désespérés alentour, à la recherche du serveur, qui, à cet instant, devait lui apparaître comme l'allié le plus sûr. Mais il avait disparu dans les profondeurs cabalistiques, et métalliques, de la cuisine. Elle a baissé les yeux sur la nappe et elle a arrangé avec soin ses couverts.

« Maman, j'ai presque trente ans.

— Oui, che sais. (Il y avait une pointe d'anxiété dans sa voix.) C'est un bon âge, trente ans, un âge pivot, et c'est important de...

— Je gagne ma vie, je vis seule, ici, depuis bientôt dix ans.

— Dix ans, déjà ? C'est presque...

— Alors peut-être qu'en chemin j'ai appris à commander dans un restaurant.

— Oh, Claudia ! Tout ce que che voulais, c'est te choisir quelque chose de bon, pour que tu n'aies pas à le faire.

— Le fait que tes patients prennent tout ce que tu dis pour la parole divine ne signifie pas que moi, je pense que tu es Dieu, et ne signifie pas, non plus, que tu l'es. »

Elle m'a dévisagée, les lèvres exsangues, le visage impassible. Nous sommes restées muettes jusqu'à ce que le serveur se matérialise sur le seuil entre la cuisine et la salle. Nous avons commandé et rendu les menus, et sitôt qu'il eut disparu ma mère a dit, d'une voix basse et accablée de tristesse :

« Tu es une jeune fille tellement agressive, *liebchen*. Che me demande pourquoi tu es devenue comme ça.

— Je suppose que ce ne sont pas les raisons d'être agressive qui manquent.

— Mais tu étais une petite fille tellement adorable !

— Peut-être que je faisais seulement semblant d'être une petite fille adorable. »

Elle a posé sur moi un regard appuyé, saturé de l'intensité d'un sentiment particulier que je n'ai pas su deviner. Si je l'avais pu, j'aurais rentré la tête et les bras à l'intérieur de mon chemisier, comme une tortue, et je me serais cachée jusqu'à son départ.

« Che ne sais pas comment, avec mon entraînement

et mon expérience, ch'ai pu échouer à te laisser t'épanouir.

— Qui a dit que tu avais échoué ? Qui dit que je ne suis pas épanouie ? »

Nous nous sommes tues, et pendant un petit moment nous avons regardé dans la salle autour de nous en feignant de prendre un vif intérêt aux portraits, nous avons siroté de l'eau glacée, nous nous sommes éclairci la gorge. Enfin, les plats sont arrivés, en équilibre sur les bras du serveur. Il les a déposés devant nous avec un empressement aigre, comme s'il s'agissait d'une paire de bébés aux couches souillées dont il lui tardait de se décharger sur quelqu'un d'autre. Ma mère a laissé échapper un petit cri ravi à la vue de ses pierogi. Elle s'est empressée d'ajouter dans son assiette un peu de crème fermentée et de compote de pommes, puis elle a glissé un coin de sa serviette dans le col de son chemisier et elle a attaqué. Elle a mâché la première bouchée avec une grande attention, elle l'a avalée, elle a soulevé un coin de la serviette pour se tamponner les lèvres et elle a dit :

« Il y a un peu trop de pâte, mais la compote de pommes est très bien. Tu ne manches pas ? »

J'ai baissé les yeux sur mon hamburger, une rondelle mince et grise de viande hachée sur un petit pain ouvert qui semblait avoir été passé au fil du sabre, agrémenté d'une feuille de laitue mal en point et d'une tranche de tomate anémique.

« Je crois que non, j'ai dit. J'ai moins faim que ce que je croyais.

— Ça n'a rien d'étonnant. Tu ne me ferais pas

mancher cette chose-là pour rien au monde. Renvoie-le, *liebchen*, fais-moi plaisir, prends un pain de viande. »

J'ai répondu, du tac au tac et d'un ton menaçant :

« Maman, tu te souviens, quand j'étais petite, un jour j'avais voulu savoir ce qu'était le surmoi et tu t'étais énervée contre moi. »

Elle a adressé un signe au serveur tout en secouant la tête en réponse à ma question.

« Écoutez, lui a-t-elle dit quand il s'est trouvé à portée de voix, ma fille s'est trompée, elle voulait commander un pain de viande. Pourrions-nous en avoir un à la place du hamburger, avec de la salade de betteraves et un pancake aux pommes de terre ? »

Sans un mot, le serveur a pris mon assiette et l'a emportée avec raideur en cuisine. J'ai regardé le hamburger repartir d'où il était venu.

« Tu m'avais expédiée dans ma chambre, j'ai poursuivi. » Elle a mastiqué en silence durant quelques minutes ; j'ai senti que j'étais sur le point de perdre patience. « Je n'arrive pas à croire que tu ne t'en souviennes pas ! C'est la fois où j'avais triché à un devoir de maths. Mon prof t'avait appelée à la maison, le soir. »

Elle s'est reculée contre son dossier avec un hochement de tête énergique.

« Ah oui, ça me revient, maintenant. Che t'avais dit que le surmoi était invisible, mais que l'esprit pouvait voir les choses invisibles. Mais tu n'avais pas voulu écouter. Tu voulais le voir.

— Tu étais furieuse contre moi. Ton visage était devenu tout rouge, et tu tremblais.

— Chamais che ne me serais mise en colère pour un truc pareil.

— C'est pourtant ce que tu as fait.

— Non, che n'étais pas en colère. »

Nous nous sommes regardées. J'essayais de reconstruire l'incident dans ses moindres détails, afin de dresser un acte d'accusation exhaustif et de la forcer à admettre qu'elle s'était montrée une mère terrible et cruelle. Mais j'ai compris que son déni avait obscurci toute l'affaire.

« Enfin, moi, il m'avait semblé que tu étais en colère, j'ai dit après un moment.

— Ça me fait penser que che dois te parler de quelque chose. C'est au sujet des figurines. Tu penses que tu aurais une place pour elles un de ces jours ? Tu sais, toutes ces vieilles figurines de famille qui viennent d'Allemagne.

— Oui, je sais. Non, je n'en veux absolument pas. Tu peux les donner à l'Armée du Salut.

— C'est de famille, *liebchen*. C'est ton héritage. Elles ont appartenu à ton arrière-grand-mère, et elles sont supposées aller à ta fille quand tu en auras une. Tu es certaine que tu ne peux pas leur trouver une petite place ? »

Les plus sombres, les plus sinistres craintes se sont immiscées dans mon esprit. Toute ma colère s'est évaporée ou, plutôt, s'est transformée, par quelque alchimie, en son contraire.

« Qu'est-ce que c'est, maman ?

— Comment ça, qu'est-ce que c'est ?

— Pourquoi est-ce que tu me les donnes maintenant ?

— Che croyais que tu les voulais, che croyais que tu penserais que c'était un honneur, un privilège, mais si tu ne les aimes pas...

— Tu es malade ? »

J'ai pensé le mot « cancer ». Cancer du sein. Ou des ovaires, ou n'importe lequel de ceux qui assassinent les mères. Elle avait soixante-six ans. Que pourrais-je faire sans elle ?

« Malade ?

— Comment te portes-tu ?

— Mais... Bien, elle a répondu, perplexe. Ch'ai un peu d'arthrose, mais...

— Mais tu vas bien ?

— Oui, très bien, a-t-elle dit d'un ton vague, en pensant à autre chose. Bon, Claudia, si tu ne les veux pas, alors, il y a ta cousine Charlotte à Fribourg. Tu ne vois pas d'inconvénient à ce que che les lui envoie ?

— Aucun, mais pourquoi est-ce que tu ne les gardes pas jusqu'à... Je veux dire, pourquoi ne pas les garder ?

— Parce que che déménage dans un appartement minuscule le mois prochain, où il n'y aura pas de place pour elles, alors, du coup, ch'ai pensé que che pourrais te les léguer. Mais si elles ne te plaisent pas, il n'y a aucune raison pour que tu les prennes. Ch'ignorais complètement que tu ne les voulais pas.

— Tu déménages ? Pourquoi ?

— Ch'ai trouvé un petit appartement avec un four

à micro-ondes et un balcon presque aussi grand qu'une jardinière, et ch'ai vendu ma maison à une grande famille. Ils ont trois enfants.

— Pourquoi tu ne m'as pas dit que tu la vendais ?

— Ça m'est sorti de la tête. On a toujours tellement d'autres choses à se dire.

— Qu'est-ce que tu allais me raconter sur mon père, tout à l'heure, quand on est sorties du taxi ? j'ai demandé, dans un élan de courage.

— Ach, lui...

— William m'a dit quelque chose à son sujet. Que c'était un pauvre type, en gros. Comment est-ce que William sait ça ? C'est vrai ?

— William Snow était un petit garçon très perturbé. (Elle a secoué la tête.) Son père était vraiment un cornichon de première. Tu savais qu'il trichait au poker ?

— William est avocat, maintenant, tu t'en souviens ? Il a réussi, il est heureux, parfaitement bien adapté, et dans très peu de temps il sera riche. Qu'est-ce qu'il a voulu dire, au sujet de mon père ?

— Bah ! Il y avait toujours plein de ragots, là-bas. Des gens avec un pois chiche dans la tête qui n'avaient rien de mieux à penser qu'à mes petites histoires. Ça me désole pour eux. Ah, ja, ton père. »

Elle a mastiqué et avalé. Dans la seconde qui a précédé sa réponse, j'ai imaginé tout un tas de possibilités. Il m'avait laissé un héritage ; il avait eu d'autres enfants ; il était, en fait, toujours en vie.

« Que veux-tu savoir à son sujet ?

— Il a eu d'autres enfants ?

— Non, rien que toi.

325

— Qu'est-ce qu'il s'est passé entre vous ?

— Passé ? Entre nous ? (Un éclair d'appréhension a traversé son regard.) Il devait rentrer en Angleterre.

— Il t'aurait épousée, s'il n'était pas mort ?

— Che ne l'aurais épousé pour rien au monde, et de toute façon il était déjà marié avec quelqu'un d'autre.

— J'imagine que c'était une part du problème ?

— Il n'y avait pas de problème. »

Elle a enfourné un pierogi entier dans sa bouche, et l'a mâché, les cils papillotant de plaisir.

« Mais il devait bien avoir quelque chose de spécial, sinon tu n'aurais pas... Enfin, tu vois. Couché avec lui.

— Bien sûr, il était pas mal, physiquement. Mais il était tellement bête, tellement stupide, vraiment, Claudia. Tellement vain, tellement égoïste et si peu aimable. Qu'est-ce qu'il faisait avec moi ? Il avait une femme. Et s'il m'a choisie, moi, c'est uniquement parce qu'il voulait une recommandation de ma part. Au début, che n'avais pas compris. Ch'étais très naïve, il a bien dû se moquer de moi.

— Une recommandation ?

— Pour un poste.

— Mon Dieu ! Quel enfoiré ! »

Elle a éclaté de rire avec une sincérité déconcertante.

« Oui, quel enfoiré, tu l'as dit. »

À la vue de son visage et de ses yeux qui s'éclairaient, j'ai eu un aperçu d'une Gerda plus jeune, plus heureuse, une Gerda qui n'avait probablement existé qu'avant ma naissance, qui envoyait des coups de bec par machine à écrire interposée, dans une ville étrangère, pauvre et seule, mais déterminée à réussir.

« Maman, Jackie m'a renvoyée. »

Elle a eu un mouvement de recul, comme si on avait tiré un coup de feu en l'air.

« Elle t'a renvoyée !

— Je l'ai bien cherché », j'ai dit, mais quelque part son incrédulité me faisait plaisir.

Elle a tendu la main et a tapoté mon bras.

« C'est une femme paranoïaque et hystérique. Elle réagit à des choses qui n'existent que dans sa tête.

— Là, pas vraiment. Elle avait une bonne raison. Je ne fais que des conneries ; et l'autre jour j'ai un peu dépassé les bornes. Elle n'avait pas d'autre choix. (Ma mère a eu une moue dubitative.) Non, vraiment, je t'assure, ravie malgré moi qu'elle soit si difficile à convaincre.

— Tu fais quoi, alors, maintenant, comme travail ? »

J'ai haussé les épaules, prête à lui débiter des perspectives d'avenir brillantes, pleines d'espoir et entièrement imaginaires, mais je me suis entendue lui répondre : « Je ne fais rien. Je réfléchis encore à tout ça. »

Avec une bouffée d'espoir et de mépris pour moi-même, j'ai pensé à mon rendez-vous avec Gil, le lundi suivant.

« Ach... » J'ai cru deviner les mots « troisième cycle », « mauvaise passe », « prendre une décision » se former sur sa langue, puis finalement se dissiper, tels des nuages qui s'amassent, menacent, et que le vent chasse. « Tu as besoin d'archent, alors.

— Oui, mais je ne peux plus continuer à t'en emprunter, maman. Tu as raison.

— Qui te parle d'emprunter ? Che te le donne. Che viens de vendre ma maison. C'est juste que che ne savais pas que les choses allaient si mal pour toi, quand tu m'en as demandé l'autre jour.

— Oh, maman ! j'ai fait, soudain assaillie d'une angoisse. Non, ça me met trop mal à l'aise d'accepter... » Qu'est-ce qui me prenait ? Je ne pouvais pas accepter cet argent que ma mère me proposait de bon cœur, quand, sans sourciller, je volais celui de Jackie ? « Et, un jour, je te rembourserai celui que tu m'as prêté.

— Laisse tomber. Oublie ces questions d'archent, ce n'est pas important. » J'ai bien vu qu'elle était aussi déconcertée que moi par sa réponse. Elle devait elle aussi se demander ce qui lui arrivait, en s'entendant dire l'exact contraire de ce qu'elle avait eu l'intention de dire. « Tu as bien mieux à penser.

— Je sais bien, mais c'est moi qui me suis mise dans cette situation.

— Bah ! Balivernes ! »

Sur ce, comme en réponse à un signal, la version améliorée de mon dîner est descendue des mains du serveur jusqu'à la table devant moi. Je me suis penchée au-dessus de l'assiette et, le visage baigné par la vapeur qui montait du pain de viande, j'ai humé le savoureux fumet.

12

J'ai sonné à la porte de William juste avant dix heures, avec deux bouteilles de bon champagne. La nervosité me donnait envie de rire tout haut. J'avais bu vite fait quelques bières sur le trajet du métro à chez lui pour me préparer. Ce soir était le soir, avais-je décidé, où je lui dirais enfin tout ce que j'avais à lui dire. Sans mettre de gants et aussi explicitement que possible. Qu'avais-je à y perdre ?

Mais, brusquement, je n'étais plus certaine qu'il m'ait vraiment signifié de venir — peut-être ce n'avait été qu'une lubie passagère, peut-être avait-il appelé quelqu'un d'autre lorsque je lui avais dit que je ne pouvais pas venir tout de suite, et à l'heure qu'il était *elle* était pelotonnée sur le canapé, les pieds repliés sous ses fesses, et riait, la tête rejetée en arrière.

Quand William est venu ouvrir la porte, j'ai vu que le canapé était vide.

« Enfin ! a-t-il lancé. Mais qu'avez-vous bien pu vous raconter, pendant tout ce temps ? »

Il a pris les bouteilles, il les a touchées pour voir si elles étaient fraîches et, voyant que c'était le cas, il m'a donné une accolade d'ours, d'un seul bras, en me serrant fort contre son torse. Mon nez serait allé se nicher dans son cou si j'avais eu la présence d'esprit de l'y laisser aller, mais pour une raison quelconque — par exemple le chapelet de petits renvois de bière qui n'a rien trouvé de mieux que de se frayer un chemin vers la sortie juste à ce moment-là — je me suis raidie et tenue à distance de lui.

Je l'ai suivi dans sa kitchenette en flottant sur un petit nuage et en l'écoutant d'une oreille distraite pendant qu'il jacassait et mettait une bouteille au frais, ôtait l'enveloppe en aluminium de l'autre, la penchait en direction de l'évier, et expulsait doucement le bouchon de son col. Il semblait invraisemblablement agité.

« Je n'avais aucune idée de ce à quoi je devais m'attendre. » Il s'est interrompu pour aspirer la mousse blanche et dense qui est montée en bouillonnant, accompagnée d'un murmure de fumée froide. « Depuis quatre ans que je suis chez Cromwell, Wharton et Dunne, jamais un associé ne m'avait proposé de déjeuner avec lui. En fait, c'était un genre de pique-nique dans son bureau, deux assiettes en carton de chaque côté de la table, et une conversation à bâtons rompus, à propos de tel ou tel dossier. Et puis, il a dit : "Alors, avez-vous jamais réfléchi à votre avenir dans ce cabinet ?" J'ai répondu que oui, j'y avais pensé et que j'espérais énormément que ce serait une carrière longue et fructueuse, tu vois, ce genre de conneries...

— Ils t'ont coopté ? » j'ai demandé, avec une morsure d'envie.

Il a ri.

« Non, malheureusement, ils ne t'annoncent pas ça en passant, au-dessus d'un calzone. C'est un processus formel. » Il m'a tendu un verre. « Mais je pense qu'il a décidé de me prendre sous son aile. Et jamais un associé ne fait ça s'il ne te considère pas avec sérieux. Je sens que je suis intégré pour de bon. Je peux me tromper, mais j'ai eu un bon feeling, dans l'ensemble.

— C'est ça qu'on fête ?

— Non. On va y venir dans une minute. Comment va ta mère ?

— Elle déménage dans une maison plus petite. Elle voulait me donner ses horribles figurines, mais je lui ai dit de les envoyer à ma cousine en Allemagne. Elle l'a pris étonnamment bien.

— Pourquoi tu les veux pas ? »

Je lui ai décoché un regard.

« Au fait, j'y pense, à propos de babioles qui se cassent, j'ai toujours ton gobelet en cristal. Il a insisté pour rentrer avec moi après ta soirée.

— Eh bien, rapporte-le.

— Oui, la prochaine fois que je viens.

— S'il y a une prochaine fois. Je vais dresser un inventaire complet après ton départ. »

Je me suis assise à une extrémité du grand canapé en cuir et j'ai replié les jambes sous moi avec un petit mouvement souple que je souhaitais séduisant, à l'image de la fille que j'avais imaginée assise là à ma place.

« Alors, quoi de neuf ? a dit William.

— Je me suis fait virer.

— Non ?

— Il lui a fallu du temps. Je le méritais.

— Tu veux dire, parce que tu étais la pire secrétaire de toute l'histoire de la profession ?

— Un truc du genre.

— Bon, c'est une bonne chose pour toi, j'imagine.

— J'ai emporté le livre avec moi, William. La seule copie sur disquette. Et j'ai effacé l'original du disque dur. J'ai aussi emporté cet agrément bidon que j'avais signé. J'ai rendez-vous avec son éditeur lundi après-midi. »

Il a haussé les sourcils, l'air surpris.

« Ah bon ? »

J'ai hoché la tête.

« Tu vas lui demander de l'argent ?

— Est-ce que c'est vraiment aussi tordu que je pense que ça l'est ? »

Il a secoué la tête, d'admiration j'ai espéré.

« Eh bien ! Tu ne te laisses pas faire.

— Oui, mais bon, ils vont peut-être me rire au nez, là-bas. Ou me jeter à la porte.

— Il y a toujours Ian, m'a-t-il rappelé. Tu serais ma revanche personnelle contre lui pour être un tel... Enfin, bref, quoi qu'il soit.

— J'ai une meilleure idée. Pourquoi tu ne lui donnes pas Elissa ? Tu ferais d'une pierre deux coups.

— Qu'est-ce que tu as contre Elissa ?

— C'est à cause de la façon dont elle me traite. Comme si j'étais cinglée, comme si j'étais ta croix.

— Tu es tellement paranoïaque.

— Je te paierais pour la virer. Et je suis sérieuse quand je dis que je te ferais ta lessive et ton repassage durant un an. Ça en vaudrait la peine, ce serait le prix de sa chute.

— En général, je laisse mon linge chez le blanchisseur du coin. » Il a souri. « Et je le récupère tout beau et bien plié. Mais je vais réfléchir à ta proposition. »

Je lui ai souri à mon tour. Ce n'était que William, je me suis dit. Je le connaissais depuis toujours. Le petit voisin, en quelque sorte.

« J'ai une autre confession à faire », j'ai dit d'un débit rapide. Voilà. Impossible de revenir en arrière. Il me fallait continuer, il fallait que ça sorte maintenant, sinon on allait rester assis en silence jusqu'à ce qu'Old Scrach arrive avec son traîneau pour nous expédier en enfer.

« Un péché pire que de voler mon verre ?

— Je pense, oui. » J'ai fait une pause, avant de bafouiller : « J'ai laissé toute la monnaie au chauffeur du taxi.

— Quelle monnaie ?

— Celle des cent dollars.

— Quels cent dollars ? »

On s'est regardés.

« Ceux que tu m'as donnés le soir où je... Le soir où on était chez Georges, avec Gus. »

William s'est amusé à aspirer l'intérieur de sa joue pendant quelques secondes.

« Mmm, il a fini par dire, tu l'as peut-être rêvé.

— Non. Je n'ai rien rêvé de ce qui s'est passé ce soir-là. J'aimerais bien.

— Que veux-tu dire ?

— Tu ne te souviens pas ? Je t'ai sauté dessus, et tu m'as renvoyée chez moi en taxi. »

Il a appuyé sa tête en arrière contre le mur, et il m'a fait un sourire de côté. Je me suis prélassée dans la chaleur de son regard. J'avais du mal à respirer. J'éprouvais du plaisir et de la douleur, je ressentais l'envie pressante de fondre, comme sous l'effet d'une drogue.

« William, j'ai balbutié, comment as-tu pu me traiter de personne saine ? »

Il a ri.

« Pourquoi est-ce que ça te bouleverse à ce point ? Est-ce mal, d'être sain ?

— Je ne le suis pas. William, laisse-moi t'expliquer quelque chose. Je ne veux pas que tu penses que je suis pour toi un genre de sœur. Je ne suis pas ta sœur.

— Je n'ai jamais dit que tu l'étais.

— Bon, très bien. »

J'étais vraiment en train de faire ça. Je lui disais toutes ces choses. Je sentais que je perdais un peu les pédales, mais ça me soulageait. Je sentais aussi que je n'étais qu'à la moitié du chemin que je m'étais tracé.

« Et tant que j'y suis, je peux aussi te dire que j'ai encore couché avec John Threadgill l'autre soir, ce qui était une totale erreur, et qui n'a fait que confirmer ce que je savais depuis plus d'un an.

— À savoir qu'il est toujours marié. »

J'ai ignoré l'intervention.

« Je ne veux plus de ces histoires commodes. Je veux quelque chose de vrai, ou alors rien du tout.

— Moi aussi, il a dit. C'est exactement ce que je...

— Non, ce n'est pas pareil. Parce que moi je...

— C'est ce que je voulais te...

— La ferme ! »

J'ai posé mon verre sur un dessous-de-verre sur la table basse et je me suis rapprochée de lui pour poser les mains sur ses coudes. Il y a eu un silence dans la pièce. Ses yeux n'ont pas flanché sous le regard des miens ; son visage était sans expression.

« Je suis juste là assise à attendre que tu comprennes, j'ai fini par dire.

— Comprendre quoi ?

— Tu le sais très bien, William. C'est totalement évident, et tu n'es pas idiot, du moins pas en général.

— Oui, mais là, je le suis. Je ne sais pas, Claudia, il va falloir que tu m'éclaires.

— Je t'aime », j'ai dit.

Comme ça. Sur le ton de la conversation, un rien perplexe ; mais chaque cellule de mon corps se consumait, pour un peu je me serais crue dans un de ces rêves chauds et excitants que je tentais toujours de toutes mes forces de retrouver en me réveillant, sans y parvenir.

« Tu m'aimes, il a répété, en proie à ce qui m'est apparu être de la confusion. Aimer... Tu veux dire aimer-aimer ?

— Oui.

— Tu es sûre ?

335

— Oui, j'ai grogné, partagée entre le soulagement et la crainte de ce qu'il allait répondre.

— Non. » Mon cœur a failli s'arrêter. « Non. Tu ne m'aimes pas.

— Je te jure que si.

— Crois-moi, c'est non. » Son ton était si froid, si calme, que je me suis mise à pleurer. « Arrête, Claudia.

— Je peux pas, ai-je hoqueté. Je me sens tellement cloche. »

Il a glissé un bras autour de moi et il a appuyé ses lèvres sur le haut de mon front. Tandis qu'il parlait, son souffle a réchauffé mon crâne, puis cette chaleur est descendue et s'est répandue dans tout mon corps.

« Non, non, non, il a dit. C'est moi qui suis idiot.

— Ne cherche pas à me faire plaisir, j'ai riposté d'un ton farouche.

— Je ne cherche pas à te faire plaisir. Demande-moi plutôt ce que nous fêtons.

— Que fête-t-on ?

– J'ai eu mes résultats aujourd'hui. J'ai fait un test de dépistage. »

En un éclair, mes veines se sont glacées. Je l'ai repoussé pour le dévisager.

« Et alors ?

— Je suis séronégatif. Je vais bien. » J'ai amorcé le geste de me jeter à son cou, mais il m'a interrompue, les mains levées. « Attends, je n'ai pas terminé. J'avais toutes les raisons de penser que le test serait positif. J'avais accepté l'idée, mais en avoir la certitude me terrorisait. Et puis, récemment, Gus m'a convaincu de le faire. Et je vais bien. Je n'arrive pas vraiment à y croire. »

Gus. Évidemment. D'une certaine façon, je l'avais toujours su. « Sers-moi un autre verre », j'ai dit.

On a bu un autre verre, on les a re-remplis, et on les a re-descendus presque entièrement. J'étais déjà dans un état terriblement second après seulement deux bières et trois petites flûtes de champagne.

Nous étions de nouveau assis bien droits, face à face chacun à une extrémité du canapé, la bouteille posée entre nous sur la table basse. Il avait oublié de placer un dessous-de-verre sous le pied mouillé de sa coupe. Il était réellement perturbé.

« Bon... Je suis prête à t'écouter en ce qui concerne Gus.

— Hein ? Oh, Gus, il a dit, distrait. Eh bien, j'ai couché avec lui il y a des années de ça, une fois ou deux, juste après la fac, mais ce n'est pas ça que j'ai à te dire.

— William ! Mais comment as-tu pu ? Il est tellement dégoûtant. »

Il s'est éclairci la gorge, il a commencé à dire quelque chose, puis il s'est humecté les lèvres, il a fait une nouvelle tentative pour parler, et il s'est passé la main sur la bouche.

« Merde ! J'peux pas. »

Il s'est levé et s'est dirigé vers la cuisine d'un pas mal assuré. Je l'ai entendu ouvrir et refermer la porte du réfrigérateur, plusieurs fois de suite.

« Qu'est-ce que tu fais ? j'ai crié au bout d'une minute.

— Je gagne du temps. »

Il est revenu avec une bouteille d'eau minérale.

« Tu as soif ?

— Je ne bois pas d'eau. Allons, William, regarde un peu ce que je viens de t'avouer ; si je peux survivre à ça, tu peux dire n'importe quoi. Lance-toi, c'est ton tour. »

Il était debout au milieu du salon, la bouteille d'eau appuyée en équerre contre son sternum, le pouce posé sur le bouchon. Il est resté comme ça une ou deux minutes, en me regardant, en retournant les mots sur sa langue, en les préparant à sortir. Je lui ai décoché un regard impatient. Il a répondu d'un geste de karatéka dans les airs.

« De quoi s'agit-il ? »

Il est revenu s'asseoir à côté de moi et il s'est caché le visage dans les mains.

« Je ne peux pas te raconter et te regarder en même temps. Il faut que tu regardes par la fenêtre jusqu'à ce que j'aie fini. »

J'ai incliné la tête, et n'ai plus rien vu d'autre que le reflet pâle et déformé de la pièce sur la baie vitrée.

« Je suis un pervers », a-t-il lâché peu après.

Il y a eu un long silence. Je me suis redressée sur le canapé, lentement, et je l'ai regardé. J'attendais. Il a collé ses mains paume contre paume et les a glissées entre ses genoux.

« Depuis tellement d'années... (À ce discours légèrement décousu je me suis dit qu'il était extrêmement nerveux et qu'il le cachait bien.)... Je suis une sorte de Dr Jekyll et Mr Hyde, un avocat propre sur lui le jour, et un cinglé dégénéré la nuit — mis à part que c'est complètement volontaire ; ce n'est pas que je deviens fou par moments ni rien, je suis juste tordu. »

Je n'ai pas pu me retenir de rire.

« William, tu n'es pas tordu, tu es...

— Attends une seconde. »

Il a soupiré comme s'il avait longtemps retenu sa respiration et la relâchait finalement. Il a bu une longue gorgée d'eau. Je l'ai regardé avaler, s'essuyer la bouche d'un revers de main. Puis il m'a fixée d'un regard sombre et creux.

« Quoi ? j'ai dit, paniquée pour de bon cette fois.

— Je fais des trucs sexuels bizarres, il a repris d'une voix rauque. Je veux dire, je faisais.

— C'est quoi, exactement, "des trucs sexuels bizarres" ?

— Euh... Eh bien, avec des prostituées... » Il gardait les yeux braqués sur mon visage, à l'affût de la plus petite torsion, du moindre tressaillement. Ne voyant rien de tout ça — parce que je mettais en œuvre chaque once de ma volonté pour m'empêcher de montrer mon horreur — il a poursuivi. « Et avec des gens dans des clubs SM, dans des cachots. Diverses personnes que je rencontre par petites annonces, pas mal de femmes plus âgées, des couples qui cherchent un troisième partenaire...

— Des prostituées, j'ai dit, d'un ton pensif. Des cachots. Tu veux dire que tu... Qu'est-ce que tu y fais, exactement ?

— Je... » Il a regardé le tapis. « Tout le monde est vraiment poli et charmant, en fait... Je ne sais pas,

339

Claudia, est-ce que je suis vraiment obligé de te faire une description ? »

Je l'ai fixé d'un regard impérieux.

« Raconte.

— D'accord... Bon, quand quelqu'un me demandait de faire quelque chose, je le faisais. Est-ce que ça te suffit, comme détail ?

— Non. Je veux savoir quel genre de trucs bizarres tu fais. Faisais. En particulier.

— Je laissais les gens m'attacher...

— Les gens, c'est des femmes ? Ou...

— Et des hommes », il a balbutié.

Tout d'un coup, je n'avais plus envie d'en entendre davantage. « Et des prostituées ?

— Ce sont des étrangères. Des professionnelles. C'est impersonnel. Comme les infirmières ; j'ai toujours aimé les infirmières.

— Et les petites annonces ? Qui tu rencontrais ? Comment c'est de coucher avec un couple ? Je n'ai jamais fait ça.

— Claudia ! Arrête de m'interroger. C'est bizarre de coucher avec un couple, non ? Tu ne penses pas ?

— Tu as déjà couché avec deux hommes en même temps ?

— Non. » Il m'a lancé un regard. « Je me sens plus mal à propos de tout ça maintenant qu'avant.

— Tu pensais que je ne serais pas curieuse ?

— Dernière question, il a dit. Finissons-en avec ce sujet.

— D'accord. Est-ce que tu es déjà tombé amoureux de ces gens ? »

340

Il a eu un petit rire sec, que j'ai trouvé curieusement touchant.

« Non. C'était au fond tout le truc. Écoute, Claudia, la dernière fois que j'ai fait des machins comme ça, c'était il y a plus de trois mois. J'ai presque — tu sais, l'autre soir, quand on est sortis de chez Georges —, j'ai commencé à partir en direction de Mott Street pour rencontrer un...

— Ce soir-là ? Le soir où je t'ai sauté dessus ? Qui devais-tu rencontrer ?

— Un couple de Chinois. Mais j'ai changé d'avis. Et le lendemain, j'ai pris rendez-vous pour faire un test. »

J'ai fixé son visage. C'était toujours le même visage, le même regard attentif, à demi souriant, direct, à vous briser le cœur.

« Mon Dieu, William, tu as couché avec Gus.

— Oui.

— Et avec tous ces étrangers. Pourquoi ?

— Je me sentais utile. J'avais l'impression de leur être utile. »

Il y a eu un long silence. Je pouvais entendre l'électricité fredonner à travers les murs. Une ampoule a grésillé, en se dilatant dans sa propre chaleur.

« Et moi qui pensais que tu étais absolument parfait. »

Ma bouche était complètement desséchée.

« Pourquoi pensais-tu ça ? »

D'une voix insistante, comme si mes mots pouvaient ramener William à l'image que je me faisais de lui, j'ai dit : « Regarde cet appartement. Ta façon

341

d'être. Il ne te manque jamais un bouton. Et au lycée, tu étais tellement... Je ne sais pas, tu étais un tel drôle d'oiseau, tellement asocial et...

— J'en avais ras le bol. Tout ce que je voulais, c'était qu'on me fiche la paix. Et ça marchait.

— Tu étais mon modèle, j'ai dit, désespérée.

— Eh bien, ça t'apprendra à avoir un modèle, il a rétorqué, mais d'un ton gentil.

— Ah ! » De découragement, j'ai vidé mon verre. « Je n'arrive pas à y croire ! Tout ce que tu as pu me raconter à propos de Devorah et de Margot et de ces gentilles filles...

— Ça, c'était vrai, Claudia. Je veux dire que ce n'était pas...

— Et toutes les fois où tu m'as invitée à ceci ou cela. Tu achetais mon silence. Tu apaisais ta conscience. Tu me permettais de petits fantasmes.

— Non ! Ce n'est pas du tout de ça qu'il s'agissait.

— Fiche-moi la paix un moment. J'ai besoin de réfléchir. »

Je me suis levée, je suis allée dans la salle de bains et j'ai verrouillé la porte. Je me suis regardée dans le miroir. Mes yeux semblaient aussi immenses et hébétés que ceux d'une chouette. William avait une vie qu'il m'avait cachée ; il avait laissé des sales types et des pervers de tous âges, sexes et confessions faire de lui ce qu'ils voulaient. Gus inclus... Et là je me suis dit : Bon, d'accord, prétendons que tout ça ne vaut pas la peine de faire tant d'histoires ; je ne suis pas choquée ; je n'ai pas le cœur brisé ; je n'avais jamais rien imaginé entre nous excepté de l'amitié. J'étais son amie, et je continuerais de l'être, quoi qu'il arrive. Voilà, j'allais lui dire ça, et rentrer à la maison.

Je suis retournée dans le salon. Le ficus en pot projetait l'ombre de son feuillage sur le tapis. William était toujours sur le canapé. Jambes croisées, un pied posé sur un genou, il avait l'air totalement absorbé dans la contemplation de sa coupe de champagne. Son visage était trop faiblement éclairé pour que je puisse distinguer son expression, mais, à l'angle que formaient ses jambes et à la décontraction de ses épaules lorsqu'il a basculé en arrière contre les coussins, j'ai eu l'impression qu'il était perdu dans ses pensées, dont aucune n'avait grand-chose à voir avec moi. En réalisant cela, j'ai été tellement accablée que, pendant un instant, je suis restée figée sur le seuil, à le fixer.

« Hé, il a fait quand il a remarqué ma présence, tu es revenue. Ça va ?

— Est-ce que ça va ? » j'ai répété.

Il a froncé les sourcils, à la façon d'un avocat, en pesant les mots qu'il allait dire comme si c'étaient des pièces qu'il plaçait une par une en équilibre sur une échelle.

« Claudia, je suis désolé de t'avoir bouleversée. Ce n'était pas du tout mon intention. Je voulais juste en finir une bonne fois pour toutes. Je ne pouvais plus supporter de te mentir.

— Vraiment ? »

Le calme de ma voix, quand tout mon corps tremblait, m'a surprise.

« Viens t'asseoir. »

Il a tapoté le canapé à côté de lui.

« Non merci, j'ai répondu poliment. Je préfère être debout. »

Et je n'ai pas bougé d'où j'étais, à serrer et desserrer les mains, à me mordiller les lèvres, en ruminant entre mes dents, sans le quitter des yeux.

« Arrête, il a dit après un moment, avec un petit rire. Tu me rends nerveux.

— Vraiment ? Je suis désolée.

— Viens t'asseoir. Et bois encore un peu de champagne. Il est bon, au fait. Combien je te dois ?

— Rien. Tu m'as demandé de l'apporter, je l'ai fait, c'est tout.

— Ouais, mais tu viens juste de te...

— Merde, William ! C'est ma tournée. Tu vois, c'est ça que je veux dire. Peu importe ce que tu fais durant tes heures de loisirs. Tu as une secrétaire, tu es propriétaire de ton appart, et tu vas devenir associé dans ton cabinet, ce n'est qu'une question de temps. Et pendant ce temps, je suis pour toi un genre de parente pauvre que tu aides à avancer, que tu essaies de caser dans un emploi subalterne dans ta boîte, à qui tu glisses des aumônes en douce. Si on avait la même taille et si j'étais un homme, tu me donnerais tes vieux costumes. Je n'en peux plus ! C'est insupportable. »

Je suis allée dans la cuisine, j'ai pris la seconde bouteille de champagne, et je l'ai ouverte au-dessus de l'évier.

« Qu'est-ce que tu fabriques ? » a crié William d'une voix inquiète.

Il craignait quoi ? Que je m'ouvre les poignets avec le couteau à beurre ?

« Je m'ouvre les poignets avec le couteau à beurre », j'ai crié à mon tour.

Quand la mousse est montée, je l'ai lapée, je me suis essuyé la bouche d'un revers de main, j'ai bu une bonne goulée, puis une autre, en toussant un peu à cause des bulles qui me chatouillaient le nez. Puis je suis repartie dans le salon, je me suis plantée au beau milieu du tapis, le col humide de la bouteille dans une main, et je me suis lancée : « Bon, y a pas de quoi fouetter un chat. Je suis heureuse que tu m'aies dit la vérité. Je suis heureuse que ton test soit négatif. »

Il s'est penché en avant, les coudes appuyés sur les genoux, les deux pieds bien à plat par terre, et il a levé les yeux vers moi, son verre vide coincé en équilibre entre les jambes.

« Est-ce que je peux dire quelque chose ?

— Tu es chez toi.

— Parfait. Primo, j'ignorais totalement que ça te mettait dans un tel état que je t'invite. Pourquoi ne pas me l'avoir dit ? Pourquoi m'as-tu laissé continuer, si je t'ennuyais ? J'essayais juste d'agir en gentleman.

— Mais je n'ai pas dit que je n'appréciais pas. » Je me sentais tout d'un coup absurdement dramatique. « Et deusio ?

— C'est toi qui m'as mis sur un piédestal. Pas moi. »

Je me suis approchée pour remplir son verre, jusqu'à ce que la mousse monte en colonne, déborde, glisse sur les côtés du verre et ruisselle sur ses mains.

« Bien sûr que tu y es pour quelque chose. Tu te mettais dans le rôle du mec parfait et tu me laissais croire que tu l'étais. Si j'avais su, tout ce temps, que tu étais un...

— Pervers. Viens t'asseoir. »

J'ai cédé.

« Un pervers, j'aurais pu... Je ne sais pas, j'aurais simplement pu savoir.

— Quelle différence ça aurait fait ? a-t-il demandé, avec une vraie curiosité.

— Je ne sais pas si j'aurais été aussi gaga devant toi, si j'avais su.

— Bon. Et maintenant que tu sais ? »

Il y a eu un silence, pas spécialement inconfortable, pendant lequel on est juste restés là, à se regarder. On a lâché un soupir tous les deux en même temps, et ça nous a fait rire. Puis il a tendu la main, il a couvert ma joue de sa paume, et il a passé le pouce sur l'arête de mon nez.

« Tu es tellement belle, Claudia. Je suis sûr que tu le sais.

— Vraiment ? »

J'ai laissé aller mon visage contre sa main et j'ai fermé les yeux ; ma tête s'est frayé un chemin le long de son bras jusqu'à son épaule, ma bouche a trouvé son cou ; je n'ai plus bougé. J'aurais pu me noyer heureuse dans l'odeur de sa peau.

« J'aime ce chemisier, il a murmuré dans mon oreille, en promenant sa main sur mon dos, sur mon épaule, sur ma poitrine. Il est tout glissant. »

J'étais là, sur son canapé, avec lui, dans ses bras, au bord de quelque chose. Mais toute la dynamique de l'affaire était fausse, ou du moins elle ne ressemblait en rien à celle que j'avais imaginée. J'ai senti de nouveau cette qualité dans son corps — celle-là même que j'avais soupçonnée le soir de mon fiasco en sortant de chez Georges —, une élasticité coopérative, indifférente mais animée du désir de deviner et de satisfaire la moindre de mes envies.

Je me suis écartée.

« Qu'est-ce qu'il y a ?

— C'est juste que... Mon Dieu, qu'est-ce que je peux être crédule.

— Reviens là », il a dit, d'une voix plutôt pressante.

Il bandait. Je pouvais voir son érection se dessiner à travers son jean. Comme c'est étrange ! j'ai pensé avec détachement et étonnement. J'ai fait bander William.

« C'est juste la même histoire, non ? j'ai demandé.

— Quelle même histoire ?

— As-tu jamais résisté à la tentation de donner à quelqu'un ce qu'il voulait ?

— Ce n'est pas de ça qu'...

— Y as-tu jamais résisté ? (Il m'a regardée, très attentivement, sans répondre.) As-tu la moindre idée de ce que ça fait de se sentir le bénéficiaire de ta générosité sexuelle ? Je vais te le dire : c'est comme se faire renvoyer à la maison en taxi.

— Mais... Écoute... »

Il a marqué une pause.

« Ton père trichait au poker, j'ai repris. Ma mère vient juste de me le dire.

— S'il te plaît, arrête de prendre ça personnellement, il a dit d'une voix précipitée, chaleureuse. Je te disais que c'était douloureux et difficile. Je n'avais pas l'intention de... te blesser, Claudia. Je ne savais pas. Que veux-tu que je te dise ? Que je suis désolé de t'avoir fait une chose aussi affreuse ? Mais je ne t'ai rien fait. Tout ce que j'ai fait, c'est à moi que je l'ai fait. »

En l'écoutant, j'ai eu l'horrible sensation au creux de l'estomac d'être réprimandée. Il avait raison. Il avait raison, et pourtant je ne lui pardonnais pas encore.

« Je veux que tu me dises sans détour ce que tu ressens exactement pour moi. Quoi que ce soit. Je peux l'entendre.

— Je n'en suis pas si certain que toi.

— Crois-moi. (La panique montait en moi.) Après trois ans avec Jackie, je suis habituée à la critique.

— Je n'ai pas la moindre critique à te faire ! il a dit, sans ménagement. Et c'est ça que, je pense, tu ne peux pas entendre.

— Mais tu as dit que j'étais saine.

— C'est un compliment, idiote. Tu me racontes sans arrêt comment tu bousilles ta vie, mais as-tu jamais fait quelque chose dont tu ne puisses t'échapper, qu'il te soit impossible de défaire, d'une manière ou d'une autre ?

— Oui, j'ai fait avec amertume. Je suis tombée amoureuse de toi.

— Oh là là ! » Il a secoué la tête. « Je retire ce que j'ai dit, tu es pire que moi. »

348

J'ai laissé cette phrase faire son chemin. Puis je me suis levée et je me suis dirigée vers la porte.

« Très bien, je m'en vais, bonne nuit, merci pour m'avoir dit la vérité. Je t'appelle bientôt. »

Je n'ai pas jeté un seul regard en arrière. J'avais passé la porte et traversé le palier presque jusqu'à l'ascenseur quand il m'a rattrapée. Il a saisi mon bras et m'a fait tourner sur moi-même.

On s'est dévisagés en silence. Il était livide et avait l'air malheureux. Je devais moi aussi avoir triste mine.

« Lâche-moi, j'ai dit d'un ton tendu, en assenant un coup sur le bouton d'appel de l'ascenseur.

— Ne t'en vas pas, Claudia.

— J'ai servi à ce à quoi je devais servir ici.

— Servi ?

— Tu penses que tu es tout à la fois un type à la mode, un sale type et un vicieux, n'est-ce pas ? Tu fais des trucs en douce, tu te prétends quelqu'un, quand, en fait, tu es une personne complètement différente. Qu'attendais-tu que je te dise, au juste ? Tu penses que ça me plaît, de jouer le rôle de la mère et du confesseur ? Eh bien, non. Ça ne me plaît pas. J'ai le sentiment que je ne peux plus te faire confiance. Tu étais la seule personne, la seule, et maintenant...

— Attends, ne...

— Tu avais besoin que je te croie parfait. C'est pour ça que tu ne m'as rien dit avant. Eh bien, j'espère que tu ne regrettes pas d'avoir grillé ta couverture ; j'espère que ça valait le coup. »

L'ascenseur est arrivé avec un « ding » discret. Les portes se sont ouvertes et je suis entrée.

« Ce n'est pas contre toi que je suis folle de rage, William, c'est contre moi.

— Menteuse », il a dit en reculant au moment où les portes se sont refermées.

En me laissant aspirer vers le rez-de-chaussée, je me suis sentie ivre de soulagement. J'étais libre ! Une fois sur le trottoir en bas de l'immeuble, j'ai levé les yeux sur les rangées et les rangées de fenêtres, éteintes ou éclairées, qui s'étageaient sur la façade, jusqu'à ce que mon regard se pose sur l'étage de William. Ses fenêtres étaient trop hautes, je ne pouvais pas les apercevoir. Au moins, mes faiblesses et mes vices avaient toujours été affichés ; ceux de William avaient suppuré, dissimulés durant toutes ces années derrière cette horrible façade cossue. Le savoir tout seul là-haut avec ses problèmes et ses regrets était comme un hématome noir sur mon front. Que le diable l'emporte. Il s'était vautré dans la débauche, de tout son corps, de tous ses sentiments, et tout ce temps j'avais été là et jamais il n'avait essayé de me toucher. Pourquoi ? Pourquoi eux et pas moi ? Je me suis aperçue, surprise et contrariée à la fois, que je recommençais à pleurer. J'ai essuyé mes larmes et j'ai tracé en direction du métro.

Je n'avais pas atteint l'angle du bloc que j'ai été projetée au sol par-derrière, et clouée sur le trottoir à quatre pattes, fermement, mais sans menace. J'ai tout de suite compris qu'il ne s'agissait ni d'un voleur ni d'un violeur. Je me suis débattue, le souffle court. William avait glissé un bras en travers de ma poitrine, un autre autour de la taille. « Dis-moi juste un truc avant de filer, m'a-t-il chuchoté dans l'oreille. Tu aurais préféré que je te séduise sans rien te dire de tout ça ? »

Être à quatre pattes sur le trottoir n'avait rien d'excessivement douloureux, mais rien non plus de très confortable ; en outre, son avant-bras me broyait un sein.

« Laisse-moi me redresser ! » j'ai dit avec véhémence.

Il m'a immédiatement relâchée, et nous nous sommes redressés tous les deux. J'ai foncé sur lui. Je l'ai poussé si fort qu'il a reculé de quelques pas.

« Est-ce que tu vas arrêter de coucher avec des cinglés ?

— J'ai déjà arrêté. »

Je l'ai poussé encore une fois.

« Comment as-tu pu coucher avec une ordure comme Gus ?

— Gus n'est pas une ordure. Et c'était il y a dix ans ! »

Je me suis penchée et j'ai écrasé ma tête contre ses côtes. Il m'a tenue contre lui pendant que je lui bourrais le thorax de petits coups de poing. Puis il a pris mon visage entre ses mains, il l'a appuyé contre le sien, nos nez se sont écrasés l'un contre l'autre, et il m'a embrassée, si longtemps et si passionnément que j'ai failli m'évanouir. J'ai mordu sa lèvre, jusqu'à ce que je sente le goût du sang. Ce n'était pas grave, puisqu'il n'était pas malade.

Il s'est écarté pour me regarder.

« Un des anciens de mon cabinet habite à un bloc

d'ici. Tu imagines sa réaction s'il passe par là juste en ce moment ? »

Je l'ai encore frappé, puis je l'ai repoussé contre le mur de l'immeuble. J'ai fait glisser mes mains le long de ses bras, que j'ai levés et écartés en croix, et nous nous sommes tortillés l'un contre l'autre, frétillant, chacun s'efforçant de frotter le maximum de surface de soi-même sur le corps de l'autre.

« Est-ce que tu essaierais par hasard de me causer des ennuis ? a-t-il demandé en souriant.

— Est-ce que tu essaierais par hasard de m'inviter à remonter chez toi ?

— Oh que oui. »

Dans l'ascenseur, nous nous sommes agrippés l'un à l'autre, et heureusement la cabine est montée directement à son étage, sans s'arrêter pour charger d'autres passagers. William est sorti le premier et s'est dirigé vers sa porte. J'ai volé jusqu'à lui, j'ai atterri sur son dos, je me suis accrochée à ses épaules, et je l'ai chevauché jusqu'à sa porte, puis à travers l'appartement, jusqu'à la chambre, où il m'a déposée sur le lit.

Il s'est jeté sur moi, couvrant mon corps du sien, ma bouche de la sienne. Quelque chose m'a chatouillée ; je n'arrivais plus à respirer. J'ai commencé à rire, et il m'a donné une petite chiquenaude sur le lobe de l'oreille.

« Du calme, il a dit. Bon sang ! On dirait un écureuil. »

Mais je ne pouvais m'arrêter de glousser. Tout était drôle : sa confession, ma réaction ; nous, là, en train de faire ce qu'on faisait, sa bouche sur la mienne — tiède, intime, affamée.

« Arrête, juste une minute. S'il te plaît. Il faut juste que je retrouve mon souffle. »

Très lentement, très attentivement, il a libéré un sein de sous ce chemisier ridicule, il l'a recouvert de sa bouche, il lui a soufflé de l'air tiède dessus. Sans gêne ni efforts excessifs, on s'est aidés mutuellement à ôter la plupart de nos vêtements. Il y avait dans la pièce juste assez de lumière pour y voir. Pleine d'une admiration muette, j'ai contemplé son corps, me soulevant, me détachant de lui pour plonger mon regard à l'intérieur du tunnel que formaient nos deux corps. Il était musclé, il avait un bassin étroit. Vues de cet angle, ses cuisses étaient comme deux monts arrondis. Sa peau était douce et fraîche contre la mienne, sauf cette chose comme une massue, brûlante, attachée à son aine, qui donnait des petits coups à l'aveuglette dans mon abdomen. J'ai tendu le bras, et je l'ai touchée, pour la première fois. Faire ça à William était d'une si totale étrangeté que j'ai inspiré profondément en l'attrapant.

« C'est tellement incestueux », j'ai dit.

Un éclair diabolique est passé dans son regard.

« Pervers », j'ai ajouté en riant.

Il a pris mes hanches dans ses mains, il m'a assise au-dessus de lui, et s'est glissé en moi. On s'est regardés, intensément, en respirant à peine, et puis on s'est enfoncés l'un dans l'autre. J'étais comme un convive affamé dans un banquet, envahie d'une brusque plénitude, assaillie d'une concupiscence si vaste que je me sentais au bord de la démence. Je le dévorais, je me gavais, je me prélassais dans ma gloutonnerie. William s'est constitué prisonnier de mes mains et de ma bouche, et tous les deux on riait tellement c'était bon.

Après m'être déchargée d'une année de frustration et de privation autant qu'il était possible de le faire en une fois, quelque chose a changé entre nous. On s'est dévisagés, nos visages sont devenus inexpressifs, et nous avons laissé nos corps s'abandonner à leurs désirs. La lumière tamisée donnait l'impression d'une scène au ralenti, légèrement irréelle. Une paix immense régnait au plus profond de moi ; je n'éprouvais aucune émotion particulière. C'était toujours moi et bien moi, entièrement présente, habitée d'une sensation de plaisir plus concrète et plus intense que toutes celles dont j'avais jusque-là fait l'expérience. J'ai de nouveau éclaté de rire, un rire de pur plaisir. William m'a répondu d'un sourire, il a mis ses mains en coupe autour de mon visage, l'air aussi étonné et repu que moi.

Peu avant l'aube, sans un mot, il m'a retournée sur un côté, et s'est pelotonné contre mon dos, en s'enroulant autour de moi, une main posée sur un sein avec autant de décontraction que s'il lui appartenait. Il s'est endormi en respirant contre ma nuque. Comment pouvait-il être là, si calme ? Comment pouvait-il dormir ? Tous mes muscles étaient contractés. Je suis revenue sur les événements de la nuit, j'ai revisionné dans ma tête le moindre détail de chaque minute depuis mon arrivée hésitante jusqu'à la suite. D'une certaine façon, qui me semblait relever de la magie, je m'étais débrouillée pour finir dans le lit de William avec lui.

J'avais très peu d'expérience de la plénitude et de la joie ; je trouvais en cet instant l'une et l'autre épuisantes, usantes pour les nerfs, et potentiellement dangereuses, à l'instar de toutes les choses nouvelles.

Je me suis obligée à penser, de manière crue, explicite, détaillée, à ce que William avait fait avec les prostituées, Gus, les couples entre deux âges, et les femmes masquées avec des fouets. Ces images de film miteux défilaient dans ma tête. Plus puissamment que mon choc et ma déception, je ressentais sa solitude, son désarroi. Qu'il avait dû se sentir dégradé et perdu, quelque plaisir que ces rencontres lui aient procuré à un autre niveau ! Ce qui me surprenait le plus, en fin de compte, c'était à quel point ce qu'il m'avait dit ne m'étonnait guère, maintenant que ça commençait à faire son chemin dans ma tête. Tout cela collait d'une curieuse façon avec ce que j'avais toujours su de William, et qui m'est apparu, tandis que j'étais couchée là, à côté de lui, comme beaucoup plus que ce que j'avais jamais su de personne d'autre. En tout ce qui concernait des sujets importants, nous connaissions le pire l'un sur l'autre.

Qu'allait-il faire de tout ça ? Qu'est-ce que moi j'en faisais ? Qu'étions-nous l'un pour l'autre maintenant ? Désormais, notre relation risquait d'être douloureuse, bizarre. C'était inévitable. Déjà, je redoutais le lendemain. Peut-être regretterait-il tout dès le réveil ? Peut-être était-ce moi qui allais regretter. Oh, mon Dieu ! Peut-être que le mieux à faire, c'était de me lever et de rentrer chez moi sans attendre, pour nous épargner l'un et l'autre.

Lentement, avec précaution, j'ai détaché mes membres des siens, je me suis levée et habillée dans la chambre à présent baignée de lumière du jour. William ne s'est pas réveillé. Sur la table du salon, il y avait deux bouteilles vides de champagne, une bouteille d'eau minérale, et deux flûtes à moitié bues, sans dessous-de-verre. J'ai tout emporté dans la cuisine, sur le comptoir près de l'évier, et je suis revenue essuyer la table avec une éponge humide. Sans un bruit, j'ai quitté l'appartement. En refermant la porte derrière moi, j'ai entendu le petit clic du verrouillage automatique.

Dans l'ascenseur, j'ai fixé mon reflet. J'avais l'air superbe et éhonté d'une starlette : ébouriffée, l'œil brillant, les joues luisantes, les lèvres roses et aussi gonflées que si une abeille les avait piquées. Tout mon corps paraissait légèrement enflé, bouffi de douceur et de sexe. J'ai décidé de marcher jusque chez moi. Le soleil me faisait du bien. C'était un vrai soulagement d'être dehors, dans la rue, mêlée au trafic matinal quotidien des camionnettes de livraison, des taxis qui reconduisaient les derniers fêtards de la nuit, des delis coréens qui vendaient journaux et café. L'air était frais et étincelant. Les feuilles commençaient juste à sortir sur les arbrisseaux plantés entre le trottoir et la rue ; quelques crocus précoces s'ouvraient. Plus je m'éloignais de chez William, plus mon esprit gagnait en altitude. En traversant le parc, je galopais presque, si heureuse d'être partie de chez lui qu'il me fallait courir pour ne pas éclater d'un rire sauvage et triomphant, en imaginant son soulagement lorsqu'il découvrirait que je n'étais plus là.

13

Le département des publications pour adultes des éditions Wilder and Sons était situé au seizième étage d'un gratte-ciel de taille moyenne. J'ai atterri dans la salle d'attente, sur une chaise violette trop rembourrée. La réceptionniste était si intensément monstrueuse que je ne pouvais m'empêcher de la fixer, sans toutefois l'offenser : sa lèvre supérieure formait un bec au-dessus de la lèvre inférieure ; sous des paupières tombantes, ses yeux étaient cerclés de noir ; sa tête émergeait directement d'entre les omoplates. Elle était en train de murmurer dans le téléphone ; de ce vague chuintement, des mots émergeaient, par deux ou trois : « Je lui ai dit... Il s'est montré tellement... Tout simplement horrible... En pleurant comme... » Je me suis concentrée pour entendre le reste.

William ne m'avait pas appelée, je ne l'avais pas appelé non plus, et maintenant c'était lundi, et ma poitrine était douloureuse et meurtrie, comme si on l'avait pétrie de l'intérieur, sans relâche et avec détermination.

Je partageais l'aire d'attente violette et huppée avec

trois autres personnes : un homme chauve, à la peau
tannée, avec une barbe paprika, qui aurait pu être le
capitaine du *Kon-Tiki* ; une femme extrêmement
menue agitée d'imperceptibles frémissements de
coyote, coiffée d'un feutre noir et mou comme une
couronne sur son long rideau de cheveux argentés ; et
un jeune homme au visage poupin et aux lèvres pincées. Ils avaient tous les trois une surprenante et iden-
tique aptitude à s'absorber en eux-mêmes, tels des
personnages de cire dans un musée, ou des lunatiques
dans un asile. Le téléphone de la réceptionniste a bêlé,
deux fois. « Ne quitte pas... Allô, oui ? Très bien, je le
lui dis. » Elle a levé vers moi ses yeux, deux pierres
noires antiques, sur lesquelles se sont abaissés les deux
hémisphères articulés de ses paupières. « Claudia Steiner ? Janine arrive dans une seconde. »

J'ai rassemblé mon sac, mon manteau, j'ai vérifié
que mon chemisier était correctement boutonné. Une
femme jeune, corpulente et rousse est apparue sur le
seuil. « Claudia ? » a-t-elle demandé d'un ton dubitatif
à l'intention de la femme à la chevelure en papier alu.

« Janine ? » j'ai dit, pas moins sceptique.

Elle a lâché un « Oh ! » et elle a ri.

« Ah, c'est vous, Claudia. Suivez-moi. »

La jaquette encadrée du *Privé en talons hauts* était
accrochée au mur, à mi-chemin du couloir le long
duquel Janine me conduisait. On y voyait le portrait,
artistiquement flou, d'un mannequin supposé être
Genevieve jeune. Une robe fourreau très ajustée épousait comme un gant son corps osseux. Elle prenait une
de ces poses avachies à la mode qui faisait saillir en

angle sa hanche. Le fond délavé couleur absinthe (brouillard pluvieux, halo de réverbère) donnait à sa peau un éclat hépatique. On aurait dit qu'elle était trop faible pour se tenir droite, accablée qu'elle était par les demandes inhérentes à son genre.

Gil Reeve était exactement tel que je me l'étais figuré : colérique, bien enveloppé, le visage marbré comme un rôti de culotte de bœuf. Un réseau de fines veines écarlates formait une toile sur le bulbe de son nez et dans le blanc des yeux. Il m'a tendu une main tiède et trapue, et, en la serrant, je n'ai pu retenir une grimace de nervosité que j'ai fait de mon mieux pour détourner en sourire. Je me suis sentie devenir muette et l'esprit confus.

« Eh bien, finalement, vous êtes une ingénue, a-t-il dit de cette voix traînante, douce et ironique, que je connaissais si bien. Entrez. »

Il a refermé la porte de son bureau derrière nous.

« Merci beaucoup d'avoir accepté de me rencontrer aussi rapidement », ai-je commencé, en m'enfonçant dans un fauteuil apparemment sans fond. Mes genoux sont remontés au niveau des oreilles. J'ai résisté pour ne pas battre des bras dans le vide. Je me suis extirpée de là pour m'installer sur un autre siège à droite, en tirant ma jupe vers le bas.

Gil s'est confortablement assis dans son fauteuil, son ventre en ballon de football roulant un peu sous sa chemise. « Que puis-je pour vous ? »

Je me suis débattue un moment avec cette espèce d'anguille glissante qu'était la raison de ma présence dans ce bureau, puis j'ai sorti de mon sac la disquette que j'avais volée à Jackie. Je l'ai tenue dans ma main. Il l'a regardée par-dessus ses lunettes. Il m'a semblé que j'allais devoir parler très fort pour pénétrer l'impassibilité soudaine et charnue de son visage.

« Ceci est la seule copie existante du nouveau livre de Jackie.

— J'espérais qu'elle nous le livrerait comme d'habitude.

— Elle ne l'a plus. Je l'ai emporté avec moi quand elle m'a renvoyée. Mais ce n'est pas du vol, ce texte m'appartient. C'est moi qui l'ai écrit. J'en ai la preuve. Là. »

J'ai ensuite sorti l'agrément que j'avais signé trois ans auparavant, et je le lui ai tendu, prête à lui expliquer qu'il n'engageait à rien, mais au lieu de le saisir il a fait pivoter son fauteuil pour faire face à la fenêtre. J'ai attendu. Le téléphone a sonné trois fois, puis s'est tu. Dans la rue en bas, une sirène d'ambulance s'époumonait dans un embouteillage, au milieu d'un tintamarre de klaxons. J'ai pensé au patient dans l'ambulance, en train de mourir parmi tout ce vacarme. Ensuite, j'ai remarqué que le haut du crâne de Gil dodelinait discrètement ; j'ai entendu un petit grognement, comme le bruit d'une bonde de baignoire qu'on retire. Quand il s'est retourné, ses sourcils étaient toujours froncés d'une hilarité contenue, même si tout le reste de son visage était sérieux.

« Si je comprends bien, a-t-il dit d'un ton sec, vous êtes venue pour me vendre le livre. »

Nous nous sommes toisés pendant un bref instant lourd de silence.

« Écoutez, ai-je dit. Comment vous sentiriez-vous si quelqu'un d'autre avait recueilli les fruits de votre travail durant trois ans ? Je sais bien qu'elle m'a payée, je sais que c'était ce qui était convenu dès le départ. Mais... » Ça, ça n'allait rien donner de bon. J'ai tout repris au début. « Vous savez que je suis capable d'écrire, j'ai dit avec sincérité. Les livres de Jackie en sont la preuve. »

Il a éclaté de rire.

Il fallait que je rie moi aussi un peu. Je l'ai imité.

« Bon, d'accord, j'ai repris, mais vous savez au moins que je peux enfiler des mots. Mon but est d'écrire mes propres livres, mais pour l'instant je me contenterai d'un peu d'argent en échange de cette disquette. Rien d'énorme. Juste assez pour me tirer d'affaire. »

Il m'a fait taire d'une main levée.

« Primo, a-t-il commencé d'une voix crispée, le fait si choquant que vous ayez écrit ce livre et le précédent n'est pas exactement une grande révélation. Secundo, si vous pensiez me faire baver d'impatience à l'idée d'avoir ce manuscrit entre les mains, vous pourriez être déçue d'apprendre que le grand public trouve de plus en plus de mauvais goût les récits sans contrition de styles de vie dispendieux. Les années quatre-vingt sont finies ; le vent a tourné. Le public n'en a plus rien à faire des gens richissimes, à moins qu'ils n'aient survécu à un inceste, qu'ils n'aient été alcooliques, ou ruinés. Je ne fais pas suivre les lettres négatives à Jackie, mais nous en recevons assez régulièrement. Pour être franc, beaucoup d'énergie a été dépensée pour protéger Jackie de plusieurs vérités déplaisantes à entendre, dont celle que ce livre sera son dernier, et qu'il ne rapportera pas un dixième de son avance. De plus, elle est en train de devenir un sujet de plaisanterie parmi les plus jeunes de notre équipe éditoriale. Franchement, ce serait un soulagement si elle était incapable de remplir les termes du contrat. Auquel cas, évidemment, elle serait priée de rembourser son avance. Son agent est parfaitement conscient de la situation ; je comprends que Jackie, en revanche, ne l'est pas. »

J'ai ouvert puis refermé la bouche.

« Il va sans dire que si elle nous soumet un premier jet acceptable, nous respecterons nos engagements et nous le publierons.

— Je vois.

— Vous auriez pu vous apercevoir qu'elle est prête à entendre les termes, quels qu'ils soient, que vous avez à proposer. Je crois que vous perdez votre temps.

— Pauvre Jackie », j'ai dit, rapidement.

Il a hoché la tête au-dessus de ses lunettes. On s'est dévisagés un instant. Je me suis sentie dans la position d'une bestiole qui gigote sous la lentille d'un microscope. J'avais honte, je me trouvais indigne.

« Merci d'avoir accepté de me rencontrer », j'ai dit en me levant.

Gil Reeve a serré la main que je lui tendais, mais je me suis demandé s'il allait l'essuyer dès que j'aurais quitté son bureau. Je ne l'en aurais pas blâmé.

La réceptionniste murmurait toujours dans son téléphone, avec beaucoup d'intensité. La salle d'attente s'était vidée. Tandis que je m'approchais de son bureau, j'ai été transpercée par le rayon de son regard vif : elle demeurait assise, aussi calme qu'une tortue, dans le tumulte de sa vie. Avec pondération, je me suis dirigée vers l'ascenseur.

J'ai marché jusqu'à la Cinquième Avenue, et de là je suis remontée jusqu'à la 59ᵉ Rue, pour aller m'asseoir sur un banc, tout en bas de Central Park. Des arbres presque nus se dégageaient à grand-peine de la boue, leurs branches recouvertes d'un duvet du vert le plus tendre. Les chevaux alignés le long du trottoir, attelés à des carrioles, ne s'occupaient que de leurs propres affaires insondables, chiant à volonté de gros bronzes mous et gras qui tournoyaient sur l'asphalte. Une flopée de pigeons a décollé en direction des arbres, tel un seul oiseau gigantesque qui aurait volé en éclats au contact des branches. Un homme était allongé sur un banc à côté du mien, en amont dans le sens du vent. Il dégageait une odeur de raisin ou de diluant pour peinture, un relent métallique plus âcre d'acétone, d'alcool non encore métabolisé, que ses entrailles digéraient. Un biochimiste que j'avais rencontré dans un bar m'avait expliqué le processus. J'ai frissonné, assaillie de craintes, en pensant à la chaîne d'événements qui avait conduit ce bonhomme jusqu'à ce point.

Au bout d'un moment, j'ai retraversé la rue jusqu'à la petite place où se dresse le monument doré, vif et tapageur du général Sherman. J'en ai fait plusieurs fois le tour, fascinée par tant de surenchère éhontée dans la vulgarité, et par les testicules géants qui pendent de l'étalon du général ; un pigeon noir était perché, tel un casque ailé, sur le sommet de la tête dorée et brillante du général, imperturbable, insensible à la vitesse évidente à laquelle le cheval galope derrière l'ange diligent qui conduit Sherman Dieu seul sait où. L'ange tient un rameau d'olivier qui ressemble à une plume gigantesque, et il a un air entendu, comme s'il savait quelque chose que Sherman ignore. J'ai songé un instant aux différentes sortes de victoires : victoire à la Pyrrhus, fausse victoire, victoire de haute lutte, victoire certaine, ailée, suprême.

Le souvenir de mon entretien avec Gil me donnait des démangeaisons comme si une colonie de fourmis venimeuses se promenait sur ma peau. J'ai décidé de rentrer chez moi à pied. Tout en filant dans cette soirée naissante et bleutée, je me suis autorisée à imaginer que j'étais une gentille jeune femme, équilibrée, dotée d'un emploi bien rémunéré, qui rentrait retrouver William, lequel avait cuisiné un petit dîner maison bien nourrissant, du poulet rôti et des brocolis à la vapeur, et ouvert une bouteille de bon vin rouge. Dans l'ensemble, comme fantasme, celui-là était plutôt pas mal. Il a produit le même effet que des réacteurs sur mon dos. Avant même de m'en apercevoir, j'étais presque arrivée chez moi. Mais le trajet s'est soldé par un crash lorsque j'ai fait la queue chez le traiteur chinois du coin, et que j'ai lu le menu. Je le connaissais déjà par cœur, ayant mangé chaque plat au moins trois fois.

J'ai gravi péniblement les escaliers jusqu'à mon appartement avec mon sachet en papier blanc, des légumes trop cuits baignant dans une sauce grise visqueuse, gluante. J'ai ouvert la porte d'un coup de pied, je suis entrée dans mon petit domaine, j'ai allumé la lumière et j'ai surpris plusieurs cafards gros et paisibles en train d'aller leur bonhomme de chemin le long du sol, du rebord de l'évier, sur le comptoir, le mur. J'ai frappé du pied, et ils se sont enfuis, mais avec réticence, sans conviction ni terreur. J'avais été déposée, destituée, éliminée de leur cosmogonie en l'espace d'un seul jour.

Dalila était couchée en plein milieu de mon lit et se léchait. Le passage de la langue sur ses parties génitales produisait un petit bruit humide qui m'a dérangé terriblement.

Et le voyant de mon répondeur ne clignotait pas. Il était immobile, tel un œil attentif qui plongeait dans mon âme.

J'ai posé le sac de nourriture sur la table et j'ai attrapé le téléphone.

Frieda a répondu dès la première sonnerie, en riant. Sa voix était chaleureuse, ardente.

« Ah, c'est tellement bien que tu me rappelles, j'ai oublié de te dire...

— Frieda ? »

Elle s'est tue.

« Qui est-ce ?

— Claudia.

— Oh, Claudia ! Mon Dieu ! Salut.

— Est-ce que je te dérange ?

— Non non. Ça va ?

— Je... Euh... Oui, je vais bien. Et toi ?

— Super. »

Il y a eu un silence. La ligne a grésillé.

« Cecil, ça va ?

— Super. Tout va superbien. Je me sens tellement rasoir, maintenant. Je n'ai plus autant de choses à raconter. Est-ce que le bonheur n'est pas triste ?

— C'est pas moi qui vais te le dire », ai-je répondu avec un rire que j'avais souhaité ironique.

Immédiatement, la voix de Frieda s'est transformée en un gazouillis onctueux.

« Non, vraiment ? Pourquoi ? Qu'est-ce qui va pas ?

— Laisse tomber. Parle-moi plutôt de toi. Comment va ton travail ?

— Tu te souviens de tous ces trucs que je n'arrêtais pas de ramasser dans la rue ? Eh bien, j'ai commencé une nouvelle série dans laquelle je m'en sers. Mais ils sont supposés être drôles et beaux, rien à voir avec un truc écolo lourdement moralisateur. J'ai envie de refaire des peintures au doigt et des tourtes à la boue.

— On sent l'influence de Cecil », j'ai dit, en m'efforçant de conserver un ton léger. C'était très difficile. Je me sentais amère, jalouse et seule.

« Bon sang, tout le monde n'arrête pas de me dire ça. Comme si je n'étais pas capable de changer par moi-même !

— Il me semble qu'on ne s'est pas parlé depuis des années, Frieda.

— Le téléphone fonctionne dans les deux sens, tu sais, a-t-elle répliqué d'un ton léger.

— Tu as raison. Désolée de n'avoir pas appelé. Tu veux qu'on fasse un truc ensemble un de ces quatre ?

— En fait, on part pour San Francisco demain à la

première heure. Le groupe de Cecil fait un concert là-bas, et après on prend quelques jours de vacances. On va peut-être louer une voiture, remonter le long de la côte et camper. »

J'ai été incapable de prononcer un seul mot pendant une minute. Je les imaginais tous les deux, assis épaule contre épaule devant un feu de camp sur la plage. Les falaises le long de l'autoroute numéro 1. Le fog, l'océan, les étoiles, la lumière dorée. « Eh bien, fais griller une saucisse de Francfort pour moi. Et amuse-toi bien. Je suis sincère, Frieda. Je suis tellement heureuse pour toi.

— Merci, elle a dit, d'une voix radoucie. Je suis désolée de ne pas t'avoir appelée depuis si longtemps. C'est juste que... Je ne sais pas, les choses ont changé.

— Tu veux dire que tu t'es fait enlever par des extraterrestres et qu'on t'a forcée à te comporter comme la moitié d'un couple heureux.

— Je t'appelle quand je reviens. »

Après avoir raccroché, je me suis retournée pour regarder vers le lit, et Dalila était toujours là. Elle m'observait aussi tranquillement que le voyant du répondeur, mais elle avait deux yeux au lieu d'un, et les siens pouvaient voir pour de vrai. Je me suis assise à côté d'elle avec prudence. Elle n'a pas bougé. J'ai touché son dos du bout des doigts. Je l'ai caressée, une fois, deux fois. Quelques touffes de poils se sont hérissées et sont restées dressées, raidies par l'électricité statique. Elle s'est reculée sur l'arrière-train, les yeux à moitié clos, elle s'est léché les côtes et puis elle s'est mise à ronronner. À peine respirais-je encore en lui grattouillant l'arrière des oreilles, et, lorsqu'elle a donné un coup de tête en direction de ma main, il s'en est fallu de peu que je me mette à pleurer.

Lorsque je me suis réveillée, j'étais enroulée sur moi-même sur le lit, dans un espace laissé vacant ; toute la pièce puait le *chow mein*. Je me suis étirée, je me suis levée pour aller jeter le sac du traiteur dans la poubelle. J'ai cherché mes clés, mon portefeuille, j'ai enfilé une veste et je suis sortie. J'ai balancé la poubelle dans le container sur le trottoir et j'ai filé en direction de Broadway.

Je me suis offert à dîner dans un *bistrot* qui faisait un angle, où l'on m'a installée à une petite table accueillante, avec une bougie allumée dans un photophore et une serviette en tissu ; le serveur a fait disparaître le couvert en face du mien et m'a tendu un menu aussi épais qu'un programme. Je n'avais pas besoin de le consulter ; je savais exactement ce que je voulais. Après une salade de pousses de légumes verts, et un verre de cabernet recommandé par le *maître d'*, j'ai attaqué une assiette de poulet grillé, avec de la purée et des brocolis. J'ai terminé avec une *mousse au chocolat* et un petit verre de vieux cognac si fort qu'il s'évaporait presque sur mes lèvres. Quand j'ai eu tout mangé et tout bu, j'ai posé la serviette sur la table et j'ai demandé l'addition. Elle est arrivée, je l'ai regardée sans changer de couleur, j'ai payé en espèces, et j'ai laissé un généreux pourboire.

Je suis descendue en flânant jusqu'à Times Square, en observant le visage des gens que je croisais comme si je venais de débarquer à New York et n'avais jamais vu personne comme eux auparavant. En rebroussant chemin le long de Broadway, je suis passée devant un cinéma où se jouait un film que je voulais voir. Par chance, la dernière séance commençait quinze minutes plus tard. J'ai acheté un ticket, je suis entrée, j'ai trouvé un fauteuil, et je me suis assise tranquillement, en remâchant mes pensées, jusqu'à ce que les lumières s'éteignent et que le film démarre.

Au bout de cinq minutes, j'étais complètement absorbée par l'histoire, et je le suis restée pendant presque deux heures. Quand les lumières se sont rallumées, j'ai cligné des yeux, j'ai bâillé et j'ai regardé autour de moi, totalement abasourdie de me retrouver dans cette salle de cinéma ; j'avais oublié le pouvoir tonique d'une bonne histoire. Je suis retournée chez moi à pied, sérieuse, mais insouciante.

Sitôt que je me suis réveillée le lendemain matin, je me suis éclairci la gorge, j'ai ôté un grain de sommeil du coin de l'œil, je me suis assise bien droite sur le bord du lit, les deux pieds posés par terre, j'ai attrapé le téléphone et j'ai appelé Jackie. Je percevais les pulsations de mon cœur à la base de mon cou. Me sentir désolée pour elle ne signifiait pas qu'elle ne me faisait plus peur. Mais, pour la première fois en ce qui concernait Jackie, ma sympathie avait raison de la terreur : elle méritait que je lui rende son livre, quelque bien que cela puisse lui faire. À moi, il ne m'en avait certainement été d'aucun.

Son téléphone a sonné une fois, deux fois. J'espérais

qu'elle était réveillée ; je voulais en finir avec ça. J'allais prétendre avoir oublié de transférer la copie de sauvegarde sur le disque dur parce que j'étais terriblement énervée lorsqu'elle m'avait renvoyée. Ce qui englobait le prétexte suivant que j'avais tout du long sauvegardé le nouveau livre sur disquette plutôt que sur disque dur : en fait, ce n'était ni plus ni moins ridicule que toutes les histoires de ma fabrication que je lui avais servies depuis des années.

« Claudia ! Mon Dieu que je suis heureuse de vous entendre ! »

Le diable si je m'étais attendue à cette réaction !

« Comment allez-vous ? ai-je demandé en bataillant avec un chat dans ma gorge, pas bien gros mais résistant.

— Eh bien, ma chère, je viens de passer une de ces périodes... » Elle a ri. C'était un rire qui manquait de sincérité, lourd d'un sous-entendu flagrant et creux qui aurait pu vouloir dire n'importe quoi. « Cette Goldie m'a laissée dans un de ces états...

— Elle vous a laissée ? j'ai répété, désorientée. Vous voulez dire qu'elle a démissionné ?

— Nous avons décidé de ne pas continuer, a répondu Jackie avec fermeté. Nous ne travaillions pas du tout bien ensemble, ça n'avait rien de commun avec vous ou Margot ; nous n'avions aucun rapport.

— C'est une dure à cuire.

— Ah ça, je ne vous le fais pas dire ! Quoi qu'il en soit, elle ne revient pas, et j'en ai fini avec cette agence qui me l'avait envoyée. J'ai parlé à une des femmes, là-bas, qui m'a dit que Goldie était ce qu'il y avait de

370

mieux, et qu'ils ne pouvaient donc m'envoyer personne d'autre ; elle s'est montrée plutôt grossière. J'en étais toute retournée. Je suppose qu'à l'heure qu'il est vous avez trouvé du travail ? »

Je suis restée bouche bée devant le combiné. Non. Impossible. Il n'en était pas question.

« En fait, pas encore...

— Voilà mon problème, Claudia. Je pars aujourd'hui, pour une semaine, vous savez, ce truc barbant à Long Island avec Mr Blevins, et il me faut trouver quelqu'un pour regarder mon courrier et pour répondre aux éventuelles urgences. Vous êtes la seule sur qui je puisse compter pour le faire correctement.

— Vous croyez ?

— Vous savez, Claudia, nous avons eu quelques problèmes mais... j'ai réfléchi à ce que vous avez dit l'autre jour en partant.

— Vraiment ?

— Vous savez, peut-être que j'ai été trop sévère avec vous, quelquefois.

— C'est tout à fait vrai, j'ai dit avec chaleur. Mais c'est vrai aussi que je n'ai pas été la meilleure des secrétaires.

— Nous pourrions toutes les deux faire un petit effort supplémentaire pour mieux nous comprendre.

— Oui, nous pourrions, sans doute. »

J'étais sidérée. Il y a eu un silence, qui n'avait rien d'inconfortable.

« J'ai essayé de travailler sur cette scène dont nous discutions lundi dernier, vous voyez de laquelle je veux parler ? »

Elle n'avait pas essayé de travailler sur cette scène. À l'évidence, elle n'avait même pas essayé d'ouvrir les fichiers. Elle n'avait fait aucun effort pour poursuivre le livre toute seule, même si l'échéance pour la remise du manuscrit était fixée à trois semaines de là ; Jackie ne manquait pourtant jamais une échéance, ou plutôt *je* ne les manquais jamais. Elle n'avait pas même remarqué que le livre s'était envolé.

J'ai marqué une pause.

« Écoutez, Jackie, je sais que vous n'avez pas travaillé sur cette scène.

— Mais si, j'ai passé tout un après-midi avec ces notes que nous avions prises. » Elle a hésité. J'ai attendu, amusée et compatissante. Pauvre Jackie ! Elle qui détestait plus que tout au monde être prise en flagrant délit de mensonge, ou de semi-vérité. « J'ai quelques idées pour le dénouement, a-t-elle repris, d'un ton de défi.

— Moi aussi.

— Vraiment ? (Elle avait l'air pathétique, dans sa façon d'être intéressée.) Ah, Claudia ! C'est formidable. J'ai hâte d'entendre tout ça. Pourrions-nous nous voir ce matin ? Je pars à une heure de l'après-midi, mais avant votre heure sera la mienne.

— En fait, aujourd'hui, j'ai des choses à faire, ai-je menti. (Je n'avais pas la plus petite envie de la voir ce jour-là.) Mais demain, je suis libre. Je peux venir le matin, trier votre courrier, et emporter l'ordinateur portable pour travailler chez moi. »

J'allais recommencer à travailler pour Jackie. Son courrier publicitaire débile ; l'odeur de son vestibule ;

toutes ces tenues affreuses, oppressantes que je pensais ne plus jamais porter. Elle a soupiré. Au lieu de la nouvelle secrétaire qui en jette dont elle avait rêvé, elle se retrouvait coincée avec son incompétent prédécesseur, sur qui elle ne pouvait pas plus compter qu'avant.

« Vous m'appellerez dès que j'aurai la moindre lettre ou le moindre message importants. La moindre lettre ! Le moindre message ! Surtout des invitations à des dîners intéressants, ou des lettres de gens importants. Ne vous fiez pas à vous-même pour savoir ce qui est important. Je veux être tenue au courant de tout. »

Oh, mon Dieu ! Qu'avais-je donc espéré ?

« Ne vous inquiétez pas, Jackie, je sais ce que j'ai à faire.

— Et, s'il vous plaît, faxez-moi tout ce qui a l'air urgent. Avec les pages que vous aurez écrites. Il me les faut chaque soir, pour que je puisse les contrôler. Il est terriblement important, vraiment, que nous finissions ce livre le plus tôt possible.

— D'accord », j'ai répondu, en enroulant le cordon du téléphone autour de mon avant-bras, et en tirant dessus comme une sauvage jusqu'à ce qu'il y ait une marque sur la peau. « Passez un bon séjour, Jackie. On se verra à votre retour. »

Quand le téléphone a sonné à peine quelques minutes plus tard, j'ai laissé le répondeur se mettre en route, ce dont je me suis félicitée lorsque j'ai entendu la voix de mon propriétaire : « Claudia, c'est encore Miller. Vous n'avez répondu à aucun des messages que je vous ai laissés ces derniers temps, donc j'en conclus que vous avez décidé de ne pas résoudre notre petit problème à l'amiable. Alors, bien malgré moi, je vais opter pour la méthode forte. Il me faut ces loyers d'ici cet après-midi, sinon je vais devoir mettre en branle les procédures d'expulsion. Vous ne me laissez pas d'alternative. Je vais passer dans un petit moment, et peut-être qu'on va pouvoir discuter tous les deux. Sinon, vous aurez affaire à mes avocats. Allez, mon chou, désolé qu'on en arrive là, je déteste faire des trucs pareils aux gens, surtout à une gentille jeune dame comme vous. »

« JE NE PEUX PAS PAYER ! » j'ai hurlé aux cafards, avec l'énergie d'une héroïne de mélodrame, mais aucun d'eux n'a poussé l'héroïsme jusqu'à se montrer. Entendre Dalila qui grignotait ses croquettes avec détermination derrière moi m'a donné assez faim pour me joindre à elle autour de son bol, mais au lieu de ça je me suis habillée et je suis allée dans un deli sur Broadway.

Dehors, l'air était vif. Le ciel était d'un bleu intense, plastique, et les immeubles étaient baignés de soleil ; juste au-dessus du New Jersey, quelques nuages blancs et propres flottaient en chaînes parallèles aussi minces que des anguilles ou des côtes. Le soleil semblait affluer de toutes les directions à la fois, la rue était inondée de lumière, sans aucune ombre. Il n'y avait qu'un discret murmure de fraîcheur dans le vent, comme un courant d'air souterrain qui s'infiltre dans une pièce chauffée.

Pendant que je faisais la queue dans le magasin avec

mon muffin et mon jus d'orange, j'ai aperçu Margot Spencer, dehors, vêtue d'un vieux jean et d'un pull déformé, qui essayait d'attacher un imposant chiot labrador noir à un réverbère. Elle avait rassemblé ses cheveux en queue-de-cheval. Pour une fois, elle avait l'air presque naturelle, ce pour quoi je ne l'avais pas reconnue avant de prêter attention à sa petite tête impeccablement dessinée. Le chiot n'était pas du tout coopératif. Quand il a sauté en l'air pour lui lécher le visage, Margot a lâché la laisse en cherchant à regagner son équilibre, et l'animal a manqué foncer au milieu des voitures. Elle a rattrapé l'extrémité de la laisse juste à temps pour le ramener vers elle. J'ai pris mes achats et ma monnaie, et je suis sortie.

« Salut Margot. Je peux te donner un coup de main ?

— Avec plaisir », a-t-elle répondu sans voir de qui venait l'offre. Quand elle a découvert qu'il s'agissait de moi, il était trop tard pour se dédire.

Je me suis accroupie, j'ai attrapé le chien par le collier et je l'ai regardé droit dans les yeux. « Tu vas te tenir tranquille maintenant, espèce de gros balourd », j'ai dit d'une voix ferme. Je n'avais pas beaucoup d'expérience avec les chiens, mais j'avais lu qu'ils répondaient bien à une conduite directive. Le chiot a dressé la tête comme s'il attendait que je joue avec lui, mais il n'a pas bougé. Margot a fait un bon nœud de sécurité à la laisse, puis il a bien fallu qu'elle recule et qu'elle me remercie. Ce qu'elle a fait avec sa grâce coutumière, en s'essuyant les mains sur son derrière, comme si la laisse les lui avait souillées.

« Bon, eh bien merci. Ton aide était la bienvenue, Claudia. Il était sur le point de s'enfuir.

— De rien. Je ne pouvais pas faire moins. »

Nous nous sommes regardées. Allions-nous reconnaître mes récentes erreurs et les dépasser, ou bien nous saluer froidement et demeurer ennemies ? J'avais pensé jusque-là que la décision appartenait à Margot, mais la joute avec le chiot avait nivelé le champ de bataille.

« Je veux dire, ai-je continué, après tout ce qui s'est passé dernièrement.

— Que s'est-il passé dernièrement ? » Elle a écarté une mèche brillante de cheveux bruns de devant son nez.

Bonne question. Je ne savais pas trop non plus. Est-ce que Gus lui avait rapporté que je n'avais pas été tendre avec elle, ou bien était-elle encore retournée par cette histoire de fausse mort de Jackie ? Peut-être y avait-il un peu des deux, ou encore autre chose que j'ignorais.

« Je sais que tu es très loyale envers Jackie », ai-je commencé lentement. Je hasardais une idée, en scrutant son regard pour y découvrir un indice. « Mais elle vient juste de me rappeler et elle m'a de nouveau engagée. Je pense qu'elle m'a pardonné.

— Jackie pardonne toujours à tout le monde, a dit Margot avec une esquisse de sourire. Elle est incapable de se souvenir assez longtemps de quelque chose pour garder rancune.

— Je sais. C'est une chance pour moi. » Il y a eu un blanc. J'ai eu l'impression que Margot attendait que je poursuive. « Qu'est-ce que je t'ai fait ? j'ai alors lâché, sidérée de ma propre audace.

— Que veux-tu dire ?

— On était amies. Enfin, on avait des rapports amicaux, et ça a changé. Je pense que c'est à cause de quelque chose que j'ai dit, ou fait. »

Le blanc de ses yeux était d'une absolue limpidité, si pur qu'il avait une nuance presque bleue. Sa peau était elle aussi sans défaut, d'un ivoire uniforme rehaussé d'un soupçon de rose sur les joues et les lèvres : elle n'avait pas un seul bouton, pas une seule cicatrice, pas même une seule tache de rousseur. Pour la toute première fois, je réalisais qu'elle avait ce même air moqueur et innocent que la bergère dans la collection de figurines de ma mère, cette jeune fille aux lèvres pincées en caraco et jupe ample et froncée, qui éternellement conduisait ses moutons vers quelque pâturage édénique.

« Tu n'as rien fait », elle a répondu.

J'en doutais.

« Vraiment ? Alors, c'est juste dans mon imagination ?

— Eh bien... » Elle a marqué une pause, avant d'ajouter avec une répugnance manifeste : « ... Non, en fait, pas complètement.

— C'est quoi, alors ? »

Son regard a dévié vers la circulation qui, à côté de nous, était fluide. C'était comme si les embouteillages, les concerts de klaxons et les poings brandis de l'hiver n'avaient jamais eu lieu ; comme si les banquises de neige crasseuse, et les nuages de vapeurs chaudes et puantes qui montaient des bouches de métro pour envelopper les auvents n'avaient fait hurler au meurtre aucune mère citadine : c'était le printemps à Manhattan. À l'évidence, Margot ne voulait pas avoir à m'accuser de quoi que ce soit ; elle ne voulait pas avoir cette conversation du tout. Elle voulait s'en aller vaquer à ses petites affaires, et ne jamais plus penser à moi.

Je l'aurais bien laissée partir, mais le ciel était ensoleillé, aussi bleu et luisant qu'une bâche goudronnée, et l'air était si surnaturellement lumineux qu'il me semblait que rien ne pouvait m'atteindre en cet instant. J'ai attendu avec bonne humeur, prête à rester là tout le jour. Elle allait devoir me dire ce qui clochait, parce que j'étais déterminée à ne pas bouger d'un pouce tant qu'elle ne l'aurait pas fait.

« Dis-le ! j'ai commandé, en adoptant la même technique que celle qui avait fonctionné avec son chien.

— C'est parce que tu es une alcoolique, elle a dit sur un ton d'excuse.

— Une quoi ? Tu me traites de *quoi* ?

Je suffoquais.

« Honnêtement, Claudia, ne prends pas ça de manière personnelle. Les gens qui boivent me mettent mal à l'aise. Je ne peux pas les fréquenter, c'est ainsi. Je dois garder mes distances, pour des raisons personnelles qui n'ont rien à voir avec toi. Ce sont mes histoires. »

Elle avait l'air d'une petite fille contrite et apeurée, comme si j'étais sur le point de la tabasser avec une bouteille de gnôle.

« Eh bien, oui, j'ai bégayé, je bois, c'est sûr, oui, je bois, mais tout le monde en fait autant, et de toute façon je bois pour m'amuser, je veux dire, c'est pas comme si j'étais une...

— Vraiment, je te le jure, je ne t'accuse de rien, je ne te juge pas. Je dois seulement me protéger.

— Te protéger ? De moi ? »

Nous nous sommes regardées dans les yeux. Je me suis souvenue à ce moment-là qu'il y avait dans le récit de son enfance un bon nombre de scènes dans lesquelles ses parents, des expatriés britanniques, partaient dîner au club au volant de leurs Jaguar et de leurs Mercedes, après les cocktails de l'apéritif. Gintonic l'été, whisky l'hiver — tout ça avait un petit côté romantique, ces adultes sexy, glamour, décadents, qui sortaient à la nuit tombée dans un nuage de rires et de fumée de cigarettes, laissant Margot seule avec sa nurse. Mais, en cet instant, j'ai brusquement compris que Margot pouvait avoir détesté son enfance autant que moi j'avais détesté la mienne. Et qu'elle m'avait évitée non pas à cause de quelque chose que j'avais fait, ce qui m'aurait donné un motif de regret et d'excuses, mais en raison de ce que j'étais, ce qui était au-delà de mon contrôle.

Je me suis forcée à lui sourire.

« Superchouette, ton chien, au fait.

— Je viens juste de l'avoir. Il me terrifie.

— Il faut simplement que tu lui montres qui est le chef, je l'ai encouragée. C'est ce qu'il attend.

— Peut-être », a-t-elle répliqué faiblement.

J'ai fait demi-tour en direction de la maison, les

joues brûlantes dans le vent vif. Un alcoolique était quelqu'un avec qui il fallait compter, quelqu'un d'intéressant et plus encore. J'aurais dû être affolée, morte de honte, j'aurais dû prêter attention à l'idée d'aller rejoindre tous ces fumeurs à la chaîne dans les sous-sols des églises — je savais bien ce que j'étais censée ressentir. Mais le soleil enveloppait la rue d'une lumière dorée comme la bière blonde, claire et éclatante de santé, les façades des immeubles de grès avaient la couleur mordorée, pain d'épice, d'un whisky contemplé à la lueur d'une bougie, l'air était aussi cristallin et tonique que le gin, et quelque chose a jailli en moi, une petite flamme persistante de moi-même. Les alcooliques ne se distinguaient pas eux-mêmes des autres, ils ne méprisaient personne, ils s'asseyaient à un bar épaule contre épaule avec tout le monde, débordants de sentiments de camaraderie. Le grondement de la vague était si puissant dans leur tête qu'il arrêtait le cours du temps, qu'il balayait tout, sinon l'immédiate réalité, et tout le monde voguait ensemble sur le courant doux et chaud d'un sentiment océanique. Qui pouvait vous noyer, ou vous aider à garder la tête hors de l'eau, ça dépendait. En me faisant mon petit topo le long du trottoir, grisée par la liquidité de la vie, un vers ou deux d'une camarade d'ivresse me sont parvenus, portés par la brise, tel un papillon jaune, entrant et sortant de ma vue — « Ô monde ! Je ne puis te tenir assez près ! Tes vents, tes vastes, mornes cieux... » Je me suis arrêtée là. Le ciel était bleu, c'était le printemps, du coup, la suite du vers ne collait plus. Mais j'ai éprouvé un amour soudain pour toute cette bonne vieille planète brillante et fragile : je l'aurais serrée si fort dans mes bras qu'elle se serait dégonflée, jusqu'à atteindre la taille d'un ballon pour jouer sur la plage.

14

Je passais la porte de mon immeuble quand quelqu'un est arrivé sur mes talons. Je me suis retournée, joviale, pour tenir la porte à cette personne, un voisin sans doute, et en lieu et place du supposé voisin je me suis trouvée nez à nez avec la grosse tête de buffle de mon propriétaire.

« Oh, monsieur Miller, j'ai dit, comme une idiote. Je m'étais absentée pendant plusieurs mois.

— Content de voir que vous êtes encore en vie, mon chou, il a répondu en me bloquant dans un angle de l'entrée. Je me faisais du souci. Je vous ai laissé je ne sais pas combien de messages.

— Oui, c'est-à-dire que j'ai perdu mon boulot, et j'ai dû quitter la ville pour m'occuper de... de ma tante, qui a une tumeur au cerveau, elle a besoin de moi et... (Je tentais de protéger mon nez de la puanteur de son after-shave.) En tous les cas, je suis désolée pour le loyer. »

Miller s'est repositionné pour circonvenir le stratagème de fuite de mes narines ; ses fanons ont tremblé et libéré un autre pet silencieux d'eau de toilette qui est descendu, celui-là, directement dans le fond de mon estomac vide, avec les enzymes et les acides.

« Y a pas de souci. Est-ce que vous pouvez me le payer d'ici cet après-midi ?

— Je sais pas. Je vais voir ce que je peux faire.

— Février, mars, avril. Trois mois », a-t-il récapitulé, en tenant en l'air le nombre de doigts adéquat.

Les poils de son torse pointaient à travers les pores de sa chemise comme des antennes d'insecte.

« Le problème, c'est que je n'ai pas du tout d'argent. Comme je vous le disais, j'ai perdu mon boulot.

— Ah, je déteste l'idée de perdre une bonne locataire comme vous. En fait, je montais vous voir, c'est bien que vous m'ayez épargné un voyage jusqu'en haut. Écoutez, donnez-moi un mois aujourd'hui, et les deux autres pourront attendre la semaine prochaine. Sinon... »

Il a écarté les mains, pour bien me faire comprendre à quel point la situation serait, *sinon*, désespérée.

« Aujourd'hui », j'ai répété.

Il me restait sur mon compte-chèques l'équivalent d'un demi-mois de loyer, sur l'argent que j'avais volé à Jackie. William m'aurait prêté le complément la main sur le cœur, et ma mère me l'aurait donné sans discuter, mais à ce moment-là je préférais ne rien demander ni à l'un ni à l'autre. J'aurais pu, je suppose, « emprunter » la somme à Jackie, au titre d'une avance sur mon salaire, mais à la seule pensée de sa réaction si elle s'en apercevait...

« Je vais voir ce que je peux faire, j'ai dit, comme

si j'avais prévu de me lancer, une fois là-haut, dans une frénésie d'opérations financières.

— Ça marche. J'ai quelqu'un d'autre à voir dans l'immeuble. Je passe chez vous à dix heures. C'est dans un quart d'heure.

— Dites, Miller...

— Dix ? Vous préférez dans dix minutes ? Pas de problème. À tout de suite. »

Sa solide carrure s'est hissée dans l'escalier. Il a frappé à la porte d'un autre locataire, et le bruit s'est répercuté dans la cage d'escalier. Dès que j'ai entendu la porte s'ouvrir, Miller entrer, la porte se refermer, j'ai foncé chez moi, le bas de la gorge si bien emboîté dans mes intestins qu'on aurait pu les croire en train d'échanger une poignée de main. Il n'allait pas m'expulser physiquement aujourd'hui, il ne pouvait pas. Ces choses-là prenaient du temps, il fallait passer par des voies légales, la possession vaut titre, j'allais bien finir par réunir la somme. Il ne pouvait pas me mettre à la porte de chez moi. Je n'étais même pas tenue de répondre lorsqu'il frapperait ; je pouvais prétendre être repartie m'occuper de la tumeur au cerveau de ma tante.

Jeans, brosse à dents, bloc-notes, stylo, boîtes à chat, litière, quoi d'autre ? Deux ou trois anthologies de poésie en édition de poche, trois chemises, du shampoing, des soutiens-gorge et des culottes. Sans même m'accorder le temps de respirer, j'ai fourré le tout dans un énorme et vieux sac à dos en toile. Je n'avais pas le temps de réfléchir à fond à la situation, mais, pour autant que j'avais jamais su quelque chose, je savais avec un instinct d'aveugle que le plus important pour moi, en cet instant, c'était de filer, n'importe où, d'y rester, et de ne jamais plus avoir à raconter un autre mensonge à Miller, aussi longtemps que je vivrais. Il était temps d'aller de l'avant. Cet appartement, c'était de l'histoire révolue. J'ai déniché la panière de Dalila, dans laquelle elle n'était plus entrée depuis que, petite, je l'avais apportée chez le vétérinaire pour la faire vacciner. À l'époque, elle détestait sa panière, et il n'y avait aucune raison de penser que ses sentiments avaient changé depuis, mais il était évident que je ne pouvais pas la planter là, parce que, pour une raison ou une autre, il était possible que je ne remette jamais plus les pieds ici. À mon immense stupéfaction, Dalila n'a pas bronché, n'a pas émis le moindre piaulement, comme si elle savait.

J'ai lancé un dernier regard à la ronde, et j'ai vu la pièce plus clairement que si je la voyais pour la première fois. Je n'avais pas vraiment vécu là, n'est-ce pas ? Pas de la façon, du moins, dont les autres gens habitent quelque part. Non, cette chambre avait été davantage une cellule. Ou une rampe de lancement. Oui, c'était cela. Et c'était bien plus réconfortant de la voir ainsi et d'imaginer que j'étais sur le point de décoller et de ne laisser derrière moi que de la terre brûlée. Dans les dernières secondes qui ont précédé la mise à feu, je me suis souvenue in extremis du gobelet en cristal de William. Je l'ai trouvé dans le placard. Et même si j'étais pressée comme une fusée, je suis demeurée là un instant à le contempler dans la faible lumière, à le tourner dans ma main pour faire étinceler ses facettes. Il m'a fait penser à l'autre pantoufle de verre de Cendrillon, celle qu'elle remporte avec elle tandis que sa jumelle reste au bal. J'ai enveloppé le verre dans une chaussette, je l'ai glissé dans le sac, et j'ai reporté mon attention sur le tas de notes impayées avec lesquelles je jouais depuis des semaines. Si je les abandonnais sur la table, je pourrais oublier leur existence, puisque je partais sans laisser d'adresse, mais le même instinct aveugle qui me commandait de partir m'enjoignait avec sévérité et en termes explicites d'emporter ces factures avec moi. Je les ai donc fourrées dans la poche extérieure du sac à dos et j'ai refermé la fermeture éclair.

J'ai enfilé les bretelles du sac sur mes épaules, empoigné la panière de Dalila, et j'ai fui le navire sans un regard en arrière sur les neuf années de ma vie que je quittais là, les autres à venir aussi vierges qu'un zéro devant moi. Le sac avec mes courses était sur le fauteuil ; je ne l'ai pas pris. Comment aurais-je toasté mon muffin, privée de mon grille-pain ? Au moment où je verrouillais la porte, le téléphone a sonné. En descendant la première volée de marches, j'ai entendu ma voix annoncer que je ne pouvais pas répondre pour l'instant. J'aurais bien aimé que cette petite phrase me suive dans l'escalier comme une voix off dans un film, mais elle est restée derrière moi, avec mes tenues de travail, peaux mortes d'un moi précédent que je larguais dans la débâcle.

Arrivée sur le palier du deuxième étage, j'ai entendu les aimables grommellements de Miller derrière la porte du 2B s'intensifier comme s'il était sur le point de ressortir. Son after-shave montait la garde sur le palier, à la façon d'un pitbull. J'ai continué sur ma lancée, jusqu'à la rue, où j'ai marqué un temps d'arrêt. Des gens m'ont alors bousculée, ont heurté la panière de Dalila, déterminés à ne pas gaspiller une seule demi-seconde en faisant un trop grand écart pour nous éviter. Et voilà. Je m'élançais sur des rapides sans même une lame de tonneau. L'homme à qui je filais toujours quelques pièces était assis à son poste habituel, sur son pas de porte, avec sa pancarte, et il a levé les yeux à mon approche. J'ai secoué la tête et continué ma route.

Jackie avait dit qu'elle partait à une heure de l'après-midi. Dans moins d'une demi-heure, donc, je pourrais aller chez elle, dévaliser son frigo et penser à ce que j'allais faire ensuite. J'ai porté mon chargement jusqu'à un banc, sur un îlot au milieu de Broadway, en face du type qui nourrissait les pigeons. Il s'en donnait à cœur joie. Je lui ai souri. Il était complètement à côté de ses pompes, il ne possédait rien d'autre au monde que sa couverture et quelques miettes de pain, mais il était un homme libre. Il y avait toujours pire vie que la sienne. Le type m'a surprise en train de le regarder et, sans me reconnaître, il a attaqué une petite improvisation : un petit plongeon, quelques pas de danse, un battement d'ailes de chauve-souris avec la couverture. Les pigeons ne le lâchaient pas d'une semelle et picoraient les petites poignées qu'il lançait de temps en temps.

Sortie de nulle part m'est venue une idée de roman que je pourrais écrire. J'ai vu toute l'histoire se dérouler devant moi, tel un repas au restaurant, sans doute parce que je devais crever de faim et que l'hypoglycémie me rendait un peu loufoque. En tout cas, l'idée était là, en suspension, et tel un mirage elle se surimpressionnait à l'homme aux pigeons, qui s'occupait maintenant à régler la circulation, ou du moins le croyait-il.

Quand j'ai jeté un œil à ma montre, une heure était passée. J'ai hélé un taxi, j'ai indiqué l'adresse de Jackie au chauffeur dont le turban ressemblait étrangement à celui de Madame Sésostris. Il a répété mes indications à sa façon — embrouillée —, et nous avons démarré. Il est allé pointer le museau de sa voiture contre un bouchon de circulation, il a klaxonné à l'adresse d'un joggeur potelé qui traversait au rouge en jurant « que le diable l'emporte » avec un drôle de phrasé. J'ai tendu le cou pour voir s'il n'y avait pas la possibilité de se glisser dans le couloir voisin, j'ai blêmi quand le compteur a enregistré un quarter supplémentaire si peu de temps après le précédent, et pressé une pédale d'accélérateur imaginaire au moment où nous nous sommes élancés sur une portion de rue dégagée.

Devant chez Jackie, j'ai laissé Ralph m'aider à descendre du taxi.

« Bonjour, Claudia », il a fait, sur ses gardes.

Il avait super-bonne mine, avec ses boutons d'uniforme qui étincelaient sous le soleil, et ses cheveux coupés de frais.

« Bonjour Ralph. J'ai loupé Jackie ?

— Elle vient juste de partir. »

Nous avons échangé un regard.

« Ralph, je voulais m'expliquer, à propos de l'autre jour.

— J'ai entendu dire qu'elle vous avait virée », il a dit avec un sourire réticent.

J'ai ri.

« Oh, c'était provisoire. Elle ne vous a pas dit que je travaillais de nouveau pour elle ?

— Non. (Il a emporté la panière de Dalila dans le hall.) Pour être franc, elle ne m'a même pas prévenu que vous veniez aujourd'hui.

— Elle aura oublié. Vous savez comment elle est... Je peux monter ça ? j'ai demandé en désignant mes affaires. J'ai la clé. »

Il a lancé un regard en direction de la panière, qui contenait manifestement un chat, et du sac à dos, qui tout aussi manifestement m'appartenait. Mais c'était un coup d'œil éclair, parce qu'il ne voulait pas se montrer impoli. J'ai transporté tout mon barda dans l'ascenseur, et j'ai adressé une prière à une divinité récemment inventée pour ce genre de circonstance. Dalila s'est mise à gratter le sol de son panier. Elle a fait le gros dos sous le couvercle, et a lâché un petit piaulement de détresse féline auquel j'aurais volontiers fait écho, plainte qui a dû confirmer à Ralph qu'il y avait bien dans l'air un truc pas catholique du tout. Il est resté à côté de la boîte de commandes de l'ascenseur, à délibérer : il n'avait pas la moindre idée de ce que j'allais faire là-haut, il n'avait pas confiance en moi de toute façon, le syndic risquait de le virer, il ne me devait rien. Mais son sentiment de camaraderie a finalement eu le dessus. Exactement ce sur quoi j'avais tablé.

« Allez, c'est parti ! » il a dit.

Les portes se sont refermées, et je me suis lentement élevée jusqu'au quatrième. « Brave type », j'ai murmuré, en me jurant de ne jamais oublier ce qu'il venait de faire, quelque loin que ma bonne fortune me mène.

L'appartement de Jackie sentait le renfermé, comme si les fenêtres avaient été scellées depuis mon départ. En entrant, j'ai respiré un fumet écœurant de parfum, de fleurs fanées et d'air de ville emprisonné. Tout était sombre et glacial là-dedans, et beaucoup trop paisible. J'ai délivré Dalila, qui a détalé avec raideur dans un coin du salon, et j'ai tiré les rideaux de la salle à manger. Les roses sur la table s'étaient figées en de petits boutons sur leurs tiges sèches ; les pétales tombés étaient aussi noirs qu'une pelure de banane. Juanita avait dû se faire virer juste après moi. J'ai emporté le bouquet dans la cuisine et je l'ai versé dans la poubelle. Le boucan qu'elle faisait en broyant m'a fait du bien : il me rappelait que toutes les fonctions vitales continuaient à fonctionner, envers et contre tout.

Le réfrigérateur n'offrait pas grand-chose : un tas de compost, dans un Tupperware, fait d'une laitue givrée et à moitié pourrie, et de poivrons verts ; une bouteille d'un champagne cher ; de l'eau pétillante devenue plate ; des condiments en pot qui s'étaient durcis en un anneau marron autour du couvercle et un morceau de pain blanc tranché de qualité supérieure. Le compartiment du freezer montrait, lui, un visage plus amical : quatre portions de lasagnes, un maxi-pot de yogourt glacé à la pêche, un sac de légumes variés et des steaks hachés. J'ai déballé une barquette de lasagnes que j'ai mise à chauffer dans le petit four électrique, et j'ai fait sauter le bouchon du champagne. J'en ai avalé quelques gorgées. Ça m'a fait penser à William. Et, immédiatement, j'ai ressenti une douleur violente dans le sternum, qui s'est propagée dans mes côtes.

Je suis allée dans la chambre de Jackie : il y avait là-dedans l'invraisemblable déballage que peut laisser une adolescente qui court à son premier rendez-vous. Flacons et pots de cosmétique étaient éparpillés sur la coiffeuse comme si elle les avait balayés d'un revers de main. Les tiroirs étaient restés ouverts, des bas en sortaient et pendaient, tels des bras et des jambes qui se balancent sur le bord d'un bateau. Un monceau de cintres et de robes chiffonnées recouvrait le lit. Plus par excédent d'énergie nerveuse qu'autre chose, j'ai entrepris de suspendre les robes, de plier les bas, de fermer les tiroirs, de redresser les flacons sur la coiffeuse. Le seul fait de faire ça a fait naître en moi un sentiment entièrement nouveau, telle une jeune pousse verte qui perce le terreau, un sentiment de protection à l'égard de Jackie, et de tout le monde. Elle aurait détesté rentrer à la maison et trouver toutes ses affaires dans un tel désordre. Je savais exactement ce qu'elle aurait ressenti : elle aurait eu le sentiment d'être abandonnée, laissée pour compte, esseulée. Peu importe qu'elle soit seule responsable de la radinerie qui l'empêchait d'engager une bonne à plein temps — elle n'y pouvait rien, elle était comme ça. Pauvre Jackie ! Elle avait de si piètres réserves de maîtrise d'elle-même. À la nouvelle que sa carrière littéraire se terminait, tout son petit monde allait probablement s'écraser autour de ses oreilles ; il était si précaire ! Ses illusions étaient tout ce qu'elle possédait, exception faite de Jimmy Blevins. Et de moi, à ce qu'il semblait.

En quittant la chambre, mon regard s'est posé sur la corbeille à papier, et j'ai aperçu le ticket de caisse d'une boutique de lingerie du quartier. Je l'ai ramassé pour me faire une idée plus précise de la nature de l'achat de Jackie, et j'en ai déduit que ce matin-là elle était allée s'acheter un teddy en soie, qui coûtait un tout petit peu plus de cent dollars. Et le jour même où elle partait pour Long Island, séjourner dans une maison de campagne retirée du monde avec un ami célibataire. Voilà qui ne manquait pas d'intérêt, quoique, franchement, ça ne me regardait pas. J'ai espéré qu'ils s'amuseraient bien, à valser sous le portique au soleil couchant. Peut-être même lui tenait-il la main lorsqu'ils marchaient le long de la plage. J'étais prête à parier que Jimmy était, en cet instant précis, au septième ciel.

J'ai soupiré, et puis j'ai décidé de déloger Dalila de la cachette où elle avait élu domicile, sous la région sombre du canapé. Mais en vain. J'ai renoncé, je suis allée chercher deux bols et un grand moule à gâteau dans la cuisine, j'ai rempli un des bols d'eau, et j'ai installé tout ça à une extrémité du canapé. J'ai versé de la nourriture pour chat dans le second bol, et de la litière dans le moule. Ça ferait l'affaire jusqu'à ce que je convainque Dalila de sortir de là et de retourner dans sa boîte, avant le retour de Jackie de Southampton. Si j'échouais, le pire qui pouvait arriver serait de devoir informer Jackie que mon chat était coincé sous son canapé, et qu'elle allait devoir s'en débrouiller. Cela m'effrayait moins que ça ne l'aurait fait un mois auparavant, mais cela restait toutefois une perspective que je considérais sans véritable enthousiasme.

Je me suis laissée tomber lourdement sur une chaise, vidée de toute mon excitation, assaillie d'appréhensions inconfortables, horribles même. J'étais de retour chez Jackie. Je n'avais nulle part où habiter. Comment allais-je faire pour affronter de nouveau William ? Qu'avais-je à lui offrir, à lui, ou à n'importe qui d'autre ? Rien n'avait changé. Rien ne pourrait jamais changer.

Le minuteur du four a émis un petit son de cloche. Machinalement, je suis allée dans la cuisine où j'ai mangé calmement pendant dix ou quinze minutes. Les lasagnes m'ont instantanément rechargée d'une pure énergie animale qui s'est transformée en un regain d'optimisme. J'ai jeté la barquette en aluminium, lavé la fourchette et bu un peu plus de champagne, étonnée d'éprouver une sensation inattendue de soulagement, un espoir incongru qui enflait en moi et finissait par ressembler à de l'excitation. Jackie et moi étions quittes. Certes, elle m'avait obligée à fouiller dans les poubelles, elle m'avait traitée comme si j'étais à moitié demeurée et m'avait laissée écrire ses livres pour gagner ma croûte, mais je lui avais dit ses quatre vérités et je lui avais volé son livre. Désormais, nous pouvions donc repartir sur de bonnes bases. Peut-être que cette fois je pourrais essayer de m'atteler au travail, de me concentrer pour piger correctement les adresses, et de penser à lui transmettre tous les messages. Un jour, j'aurais un meilleur boulot. Un jour, j'aurais une vie meilleure, et je serais moi-même meilleure. En attendant, je devais en passer par tout le reste.

J'ai sorti l'ordinateur portable de l'office, je l'ai branché, je l'ai allumé. J'ai farfouillé dans la poche extérieure de mon sac à dos jusqu'à ce que je mette la main sur la disquette. Quand je l'ai enfin trouvée, j'ai catalogué les fichiers et j'ai recopié l'intégralité du livre sur le disque dur.

Pendant que la machine cliquetait et ronronnait, j'ai composé le numéro de téléphone de William à son cabinet. Quelqu'un a répondu d'un ton sec « Cromwell Wharton Dunne, j'écoute ». C'était la voix d'une femme entre deux âges, qui s'exprimait avec l'accent démodé des natifs de Brooklyn. L'espace d'une brève bouffée de joie, j'ai cru que c'était Goldie.

« Je suis bien au cabinet de William Snow ? j'ai demandé.

— Tout à fait, ma belle, mais pour l'instant il est sorti.

— Qui êtes-vous ?

— Oh, je suis juste une intérimaire. Je m'appelle Rita, et je lui dirai que vous avez appelé. Qui dois-je lui dire de rappeler ?

— Mais... Où est Elissa ?

— Je peux vraiment pas vous dire. Tout ce que je

394

sais, c'est qu'en attendant qu'il trouve quelqu'un de définitif, moi, je suis là.

— Dites-lui de rappeler Claudia, je vous prie. »

En raccrochant, un sourire courait sur mes lèvres comme un feu follet.

C'est là que je me suis souvenue de cet appel que mon répondeur avait pris tandis que je filais de mon appartement. J'ai composé mon numéro pour voir de qui et de quoi il retournait. J'ai entendu le téléphone sonner dans l'appartement vide, ma propre voix annoncer que je n'étais pas là, et puis, après le bip, j'ai entendu une voix masculine familière dire : « Tu ne vas pas pouvoir te cacher de moi *ad vitam aeternam*, tu sais. Écoute, je prends l'après-midi, il n'y a personne ici parce que c'est la semaine de Pâques et qu'ils sont tous partis jouer au golf. Au cas où tu aurais oublié de t'en apercevoir, c'est le printemps. Rejoins-moi à trois heures à Central Park, sur la butte à côté du zoo, tu vois laquelle c'est. Si tu n'y es pas, Claudia, je te jure que je vais venir te traquer. Et si tu crois que je plaisante, je te conseille de réfléchir à deux fois. À tout à l'heure. »

J'étais étourdie, grisée. J'avais envie de courir dans tout l'appartement comme une hystérique, de renverser les choses de sur les étagères, de renverser les chaises, de lancer en l'air toutes les robes que je venais de suspendre. Au lieu de quoi, j'ai replacé le bouchon sur ce qu'il restait de champagne dans la bouteille, et je l'ai glissée dans une des poches latérales de mon sac à dos, j'ai planqué la panière de Dalila dans le placard à chaussures, j'ai chuchoté un au revoir à Dalila et j'ai gagné la porte d'entrée.

Qui s'est ouverte juste à ce moment-là.

Pétrifiée, je me suis préparée à raconter à Jackie tout ce qu'elle voulait entendre. J'étais venue ouvrir son courrier. J'avais jeté les fleurs fanées, j'avais rangé les robes dans le placard, j'avais...

Lucia a étranglé un cri quand elle m'a vue, puis, une main posée sur le cœur, elle s'est appuyée contre la console de l'entrée.

« Lucia, bonjour ! j'ai dit avec effusion. (Ça m'était complètement sorti de la tête qu'elle habitait là.) J'allais partir ; je suis désolée de t'avoir fait peur.

— Ça va », elle a fait.

Elle a repris ses esprits. J'ai remarqué le minuscule diamant planté dans sa narine ; Jackie avait dû grimper aux rideaux. Mais, à part ça, elle était telle qu'en elle-même, impeccable, jolie, et pleine d'assurance.

« J'adore tes cheveux ! elle a repris. Ça te va vraiment bien. »

J'ai passé le bout des doigts sur le haut de ma tête avant d'expliquer : « Jackie m'a appelée ce matin, elle m'a demandé de revenir travailler pour elle. C'est pourquoi je suis là.

— Oui, je sais. » Elle m'a souri, avec juste ce qu'il fallait de chaleur pour m'assurer qu'elle était contente que je sois restaurée dans mon rôle de secrétaire de sa tante, sans m'inviter à lui raconter aucun détail, et a poursuivi : « Je te dois de l'argent pour le taxi.

— Ne t'inquiète pas pour ça », j'ai répliqué d'un ton ferme.

Mais elle a sorti son portefeuille et m'a tendu un billet de cinq dollars.

« Claudia, merci pour les, euh... pour ces endroits, où tu m'as dit d'aller. Je m'amuse bien. Mais Jackie ne sait pas où je vais.

— Eh bien ce n'est pas moi qui vais le lui dire, sois sans crainte. Au fait, Lucia, il y a un chat ici. Sous le canapé. Il va falloir que je le laisse ici pour quelques jours. Tu comprends ce que je dis ?

— Oui », elle a répondu posément, en manifestant aussi peu de surprise que si tous les jours des chats venaient élire domicile sous le canapé de Jackie. « Tu veux que je m'en occupe ?

— Non, je reviens demain. Je voulais seulement te prévenir, pour que tu ne sois pas effrayée si elle te saute dessus.

— Les chats ne me font pas peur.

— Tu t'es fait percer le nez ? »

Elle a ri.

« C'est pas pour de vrai ! » Elle a détaché le diamant pour me le montrer. « Je ne ferais jamais ça. Mon père me tuerait. C'est pour rire. »

J'ai ri à mon tour.

« Bon, très bien. À demain alors ! »

J'ai pris l'ascenseur avec une vieille dame aux traits émaciés, vêtue d'un tailleur noir et d'un chapeau cloche en paille. Elle a regardé droit devant elle, en déglutissant avec effort. Dans cette petite boîte qui descendait, nos deux vies étaient l'une à côté de l'autre, mais ne se touchaient pas, bien séparées.

Dans le hall, Ralph m'a arrêtée pour me dire que

Louie venait de faire monter Lucia. Il s'est appliqué à ne pas me regarder dans les yeux, à prétendre ignorer le sac à dos que je trimballais toujours, mon sourire frénétique, les discrets relents de champagne dans mon haleine. Ça faisait beaucoup de choses à ne pas remarquer, et je me suis demandé s'il allait s'en tirer.

« Louie a oublié de lui dire que vous étiez là-haut, il a repris. Il ne le savait pas. »

Et là, il m'a lancé un regard et il a débité tout le reste : il était très embêté que je l'ai mis dans une telle situation, j'avais vraiment dépassé les bornes, mais il n'allait pas cafter à Jackie.

« Tout va bien, je l'ai rassuré. J'ai laissé mon chat là-haut, mais je reviendrai le chercher avant le retour de Jackie. »

Sept voiles sont descendus devant ses yeux : il ne voulait pas savoir. Il a promené un regard circulaire dans le hall. Les miroirs, les marbres et les paysages à l'huile peints par des peintres européens l'ont fixé en retour. Un petit vent s'est faufilé depuis la cour et a gonflé les mèches sages de sa coiffure réglementaire.

« Okay », il a dit.

Je l'ai remercié avec ferveur. J'aurais voulu le serrer dans mes bras, ce qui nous aurait horrifiés tous les deux.

J'ai quitté Park Avenue d'un pied ailé et printanier. Des tulipes poussaient côte à côte en massif dense le long du terre-plein central de l'avenue, et formaient un tapis de pétales cirés à quelques dizaines de centimètres au-dessus de l'asphalte. Dans un unisson étranglé et muet, elles ouvraient leur bouche vers le ciel. J'ai traversé la rue, j'en ai coupé une, que j'ai piquée dans mes cheveux. Puis j'ai bifurqué dans une rue, vers l'ouest, pour rejoindre Central Park. Je me suis glissée dans une brèche du mur d'enceinte et j'ai suivi un chemin à travers les arbres, avant d'émerger dans une clairière et d'aller m'effondrer au soleil sur la butte, là où William m'avait dit de l'attendre. J'ai sorti son gobelet en cristal du sac à dos, je l'ai rempli de champagne, j'ai fermé les yeux. Il me semblait que ma vie était en pièces autour de moi, tels les éclats d'une coquille d'œuf que j'aurais dû forcer pour en sortir. L'éclat du soleil sur mes paupières était optimiste. Je flottais, sans racines, comme une cosse, au-delà du bourdonnement de la ville. L'air était vivant de chlorophylle et d'élytres. À des kilomètres de là, un marteau piqueur attaquait les fondations de la ville. Contre mes oreilles somnolentes, ce bruit ressemblait à des bulles de champagne qui entraient en contact avec le verre, pop pop pop pop pop, et qui ne célébraient rien en particulier.

Cet ouvrage a été imprimé par la
SOCIÉTÉ NOUVELLE FIRMIN-DIDOT
Mesnil-sur-l'Estrée
pour le compte de France Loisirs
en novembre 2000

Cet ouvrage est imprimé
sur du papier sans bois et sans acide.

Imprimé en France
Dépôt légal : novembre 2000
N° d'édition : 34169 - N° d'impression : 53126